작별 일기

삶의 끝에 선 엄마를 기록하다

작별 일기

최현숙 지음

후마니타스

나는 사회적 소수자에 대한 이야기를 기록하는 다큐멘터리 감독이다. 다큐멘터리를 만들어 온 15년 동안, 많은 죽음을 겪어 왔다. 다큐멘터리의 주인공이 돌아가신 경우도 있었고, 돌아가신 분들을 주인공으로 한 적도 있었다. 그래서인지 죽음에 대해 생각해 볼 기회가 좀 많았다. 나에게 죽음은 언제나 느닷없이 다가오는 충격적인 사고이며, 상실의 고통 속에서 살아야 할 천형이고, 원인을 밝혀야 할 과제이기에, 두려움과 공포 그 자체이다. 그래서 나는 누군가의 죽음을 떠올리면, 어느 날 갑자기 붕괴될 내 삶을 상상하게 된다. 내 삶이 무너질까 봐 무섭고, 상실감을 극복할 수 없을 것 같아서 겁이 나며, 홀로 견뎌 내야 할 수많은 시간 앞에서 무력해진다. 아직도 부모에게 심리적·경제적 의존도가 높은 나로서는 부모의 죽음은 더욱 상상조차 어렵다.

그러나 최현숙의 글을 읽으면서, 나는 죽음에 대해 다른 이미지를 갖게 되었다. 4년간 어머니가 '해체'되어 죽음에 이르는 과정을 관찰하고 기록하면서, 어머니를 향했던 질문이 스스로에 대한 질문이 되고, 어머니를 이해할 수 있었던 실마리가 곧 자신을 이해할 수 있는 계기가 되는 과정을 지켜보면서, 죽음에 대한 이미지는 달라졌다. 늙음과 함께 서서히 다가오는 죽음은 단지 두려움의 대상이 아니라 '어떻게 살 것인가'라는 강력한 질문과 다르지 않다는 것을.___김일란(영화감독, 연분홍치마 활동가)

누구나 늙고 언젠가 죽는다. 고령 인구 비율이나 사망률로 표시되는 늙어 감이나 죽음과 달리, 누군가 겪는 인격화된 구체적인 늙어 감과 죽음은 서럽고 비장하고 때로 안타깝다. 최현숙은 부모의 늙어 감과 치매로 인한 어머니의 변화, 그리고 이어진 죽음으로 인한 이별의 과정, 그 과정의 한복판에서 배우자와 가족 구성원이 겪었던 당혹과 난처함을 미화하지 않은 채 사실 그대로 낱낱이 기록했다. 이 천 일간의 기록은 딸이 썼다는 의미에서 독특하고, 누구나 겪고 나면 일부러 잊어버리거나 그런 일 없었다는 듯 시치미 떼고 싶은 인간 삶의 마지막 장면을 텍스트로 옮겼다는 점에서 용기 있고 또한 진귀하다. 한 개인의 마지막 모습에 대한 꼼꼼한 기록 속에 최현숙은 인간의 존엄성과 의료 윤리에 대한 질문, 효로 치장되어 가족에게 내맡겨진 돌봄 노동의 현실에 대한 분석과 자본주의적 시장 논리에 의해 작동하는 실버산업에 대한 문제 제기까지 담아냈다. 이 책은 가장 사적인 기록이 공적인 관심과 교차할 수 있음을 입증하는 탁월한 사례이다.___노명우(사회학자, 아주대 교수)

나도 이런 글을 쓴 적이 있다. 어머니가 말기암 판정을 받고 9개월 만에 돌아가셨을 때였다. 지구의 표면에서 살아가던 한 유기체-인간이 수십 년 유지한 존재 자체, 육체, 인식, 마음 그리고 가족, 친구 등 나름 복잡한 소유와 관계를 다 중지 또는 해산하고, 결국 '한줌의 재', 즉 무(無)에 수렴하는 것은 대단하고 흥미로운 과정이었다.

문학은 인간 성장(≒형성, Bildung)의 위대함을 다루는 것을 자기의 한 본연으로 삼는데, 죽음이라는 존재의 쇠락·멸실(최현숙이 택한 더 극적인 용어로는 '해체') 또한 다른 의미에서 위대한 일이며, 그것을 쓰는 일도 문학적으로 대단히 가치 있다. 나를 낳고 기른 어머니라는 존재의 사멸을 계기로 나는 좀 더 성장했었다. 최현숙의 이 일기에도 그런 글쓰기의 가치와 사멸/성장의 변증이 담겼다.

『할배의 탄생』과 『할매의 탄생』 등을 쓴 최고의 노년 전문가이기도 한 저자의 이 『작별 일기』를 곰곰이 읽으면 좋겠다. 그러면 21세기 인간종의 삶/죽음, 그리고 그걸 둘러싼 사회의 모습을 이해하는 데 큰 도움이 될 듯하다. 공무원, 교수, 전문가, 작가뿐 아니라 과학자들과 시민들도 읽고, 어떤 공공적 교훈을 추출하고 모으면 좋겠다. 노인성 질환을 앓으며 느리게 '해체'를 향해 고통스럽게 가고 있는 이들과, 또 그들의 똥오줌을 받고 또 많은 병원비를 대느라 고통스러운 이들은 얼마든지 많으니까.__천정환(문화학자, 성균관대 교수)

차례

일러두기

✳ 지은이의 가족은 엄마와 지은이의 작은아들 부부를 제외하고 실명을 밝히지 않았다.

✳ 지은이의 부모님을 1대라 하고, 그 자식과 배우자를 2대, 손주와 그 배우자를 3대로 통칭했다. 가족 호칭은 대체로 지은이를 중심으로 했지만 화자나 문맥에 따라 달리 부르기도 했다. '집사람' 등의 성차별적 호칭은 되도록 지양하고자 했지만 화자에 따라 그대로 쓰기도 했다.

✳ 지은이의 아버지는 1929년생, 어머니는 1933년생이며, 맏아들은 1954년생, 맏딸인 지은이는 1957년생, 둘째 딸(셋째)은 1962년생, 셋째 딸(넷째)은 1965년생, 막내아들은 1968년생이다.

✳ 치매癡呆라는 단어가 '어리석다'라는 의미의 한자어로 이루어져 있고 사회적으로도 혐오와 낙인의 의미가 있어 되도록 '알츠하이머'라는 단어를 사용했다. 하지만 문맥에 따라 그대로 쓴 곳도 있다.

✳ 각주는 모두 2019년 현재 시점을 기준으로 작성한 것이다.

✳ 단행본, 정기간행물에는 겹낫쇠(『 』)를, 노래 제목에는 가랑이표(< >)를 사용했다.

들어가며

"이제는 너그 아버지를 떠맡지 않을란다."

엄마는 아버지의 퇴원이 결정되기가 무섭게 독립을 선언했다. 두 분은 경기도 성남의 한 아파트에서 함께 살았는데, 아버지가 2011년 12월, 감기에 이은 급성폐렴으로 병원에 이어 요양병원까지 가계시다 해를 넘기고 1월 말 집으로 돌아오기로 결정된 순간이었다. 이혼이든 별거든 불사하겠다는 엄마의 단호함은 모두를 당황케 했다. 평소 부부 갈등이 상당하긴 했지만, 엄마가 뭔가를 이토록 단호하게 주장한 것은 처음이었다. 그녀 나이 만 79세, 결혼 생활 59년 만이었다.

자식들은 대안을 찾아야 했다. 다섯 자식 모두 동의하는 바는 남매 중 누구도 부모를 '모시는' 것은 답이 아니라는 것이었다. 그러자면 아버지가 퇴원하기 전에 두 분 모두 동의할 수 있는 대안을 마련해야 했다. 노인장기요양제도상의 요양원은 건강 면에서도 자격 요건이 되지 않았고, 자식들의 경제·사회적 '레벨'상으로도 염두에 없었다. 긴급 논의를 거듭한 끝에 우리는 결국 '잘사는' 노인들을 위한 실버타운(이하 '타운'으로도 줄여 썼다)을 알아보기로 했다.

엄마는 따로 살 집이나 종교단체에서 운영하는 요양원까지 혼자 알아보는 눈치였다. 노인 돌봄 일을 하던 내게 독거노인한테는 정부 지원금이 얼마나 나오냐고 묻기도 했다. 나는 엄마처럼 본인도 자식들도 부자인 노인에게는 나라에서 돈을 주지 않는다고 잘라 말했는데, 엄마는 실망이 적지 않은 듯했다. 결국 수원의 실버타운에 입주하는 것이 어떻겠냐는 자식들의 제안을 엄마는 흔쾌히 수락했다. 대신 두 분이 각자 개인 공간을 사용하는 조건이었다. 이혼이나 별거까지 불사하겠다고 했지만 막상 단행할 수는 없고, 그래 봤자 아무 실익이 없다는 것을 깨달은 엄마로서는 최선의 대안이었다.

아버지는 전혀 달랐다. 장남의 실버타운 입주 제안에 낯빛이 하얘진 그가 긴 침묵 끝에 내뱉은 첫마디에는 노여움이 배어났다.

"나더러 양로원을 들어가라는 거냐?"

그로서는 큰아들네가 아닌 노인 복지시설로 들어가는 것이나 아내와 각방을 쓰는 것 모두가 충격이었다. 하지만 받아들이지 않을 수 없었다. 자식들과 타운을 예방한 후 아버지는 별수 없이 수긍했다. 개인 공간 두 곳의 임대 보증금 약 2억은 모두 엄마에게서 나왔다. 모을 줄만 알지 버릴 줄은 모르는 여자였던 엄마는 웬일인지 애지중지하던 살림을 2주간 자식과 이웃들에게 아낌없이 나눠 주고는 2012년 2월 말, 실버타운에 입주했다.

나는 2008년, 요양보호사와 사회복지사 자격증을 따면서부터 가난한 노인들의 일상 속에서 밥벌이와 조직화 활동을 시작했다. 처음에는 서울 종로구를 중심으로 일하며 중장년 여성 돌봄 노동자들을 조직하는 활동을 했고, 이어 2013년 9월부터 2016년 말까지는 서울 마포구에서 독거노인 생활관리사로 일하면서 밥벌이와 글쓰기를 병행했다.

내가 현장에서 만난 노인들은 밥상도 옷차림도 살림살이도 얼굴도 엄마, 아버지와 달랐다. 그들은 누추하고 신속하게 늙어 가고 있었다. 마포구 대흥동 4층 쪽방 건물의 좁고 가파른 계단, 벗겨진 페인트 사이로 곰팡이가 번지고 있는 벽면, 구석구석 쌓여 방치된 잡동사니 살림살이들, 바닥에 흩어진 신발짝들, 음습하고 어두운 복도를 따라 줄줄이 늘어선 채 문짝 하나로 구분되는 단칸방들. 폐병과 간경화와 무릎 통증으로 더 이상 계단을 오르내리지 못하던 옥탑방 할아버지와 그의 작고 굽은 몸과 검은 피부, 누런 눈, 지린내와 똥내가 가시지 않는 방, 그리고 그가 견뎌 낸 지독한 여름과 겨울들.

그에 반해, 실버타운 노인들은 예외적 존재였다. 돈으로 도달할 수 있는 온갖 편리와 우아해 '보임', 교양'스러움', 따스해 '보임'을 소유한 그들은 자식들과 안정적 관계를 차지할 가능성도, 노인 혐오에서 예외가 될 가능성도 더 컸다. 세상을 보는 주요 관점 중 하나가 '계급'인 나로서는, 부모가 아니었다면 실버타운 노인들에게 관심을 갖지 않았을 것이다. 부자들이 어떠하다는 왈가왈부 이전에 내 관심과 삶을 가난한 사람들 속에 두고 싶어서다.

하지만 늙음과 죽음의 가차 없음이 나를 유혹했다. 늙음과 죽음은 부자든 빈자든 누구에게나 가차 없이 다가온다. 부자들이 관심 밖이더라도 늙어 죽어 감에 대한 성찰의 끈은 놓고 싶지 않았다. 또 가난한 노인들의 상황을 가늠하는 데 그 상대적 존재인 부자 노인들의 삶을 들여다보는 것도 도움이 될 거라는 생각이 들었다. 그 김에 나는 늙어 죽어 가는 과정에서 돈이 얼마나 유효하고 또 무효한지, 부자들이 늙어 죽어 가는 과정에 대해 가족·산업·국가는 어떤 이해관계를 가지는지, 이는 가난한 노인들과 얼마나 다른지 보고 싶었다. 더구나 여든을 넘어선 부모는 내가 밀착하기 가장 좋은 늙은 타인이 아닌가. 계급적 관점만큼 젠더 관점 역시 중요한 나로서는, 아버지보다 네 살 어리지만 더 빠르게 해체돼 가는 엄마를 보면서 더는 기록을 미룰 수 없었다. 엄마의 알츠하이머 증상은 2015년 가을부터 심해지기 시작해 조울 증상도 나타나고 있었다. 2016년 해를 넘기고 나는 본격적으로 엄마와의 시간들을 기록하기 시작했다.

엄마의 습

"목욕탕 불 껐냐?"
"응, 껐어."
"목욕탕 불 껐냐?"
"그럼, 껐지."
"목욕탕 불 껐냐?"
"응, 아까 껐어."
"목욕탕 불 껐냐?"
"응, 엄마."

"셋째가 하라고 했냐?"

아침부터 엄마 방에 있는 냉장고를 뒤져 대기 시작한 내게 엄마가 물었다. 새해를 겸해 2대와 3대가 모두 오전 11시까지 타운에 모이기로 했는데, 약속 시간보다 한 시간 일찍 도착한 나는 그 김에 작은 아들과 냉장고 청소를 시작했다. 엄마도 말리지 않았다. 엄마는 자식들의 냉장고 청소를 냉장고 '검사'라 부르며 싫어했지만, 그렇다고 청소를 마다할 수는 없었다. 냉장고 안을 청결하게 유지하기에는 이미 인지력이나 기운이 많이 딸렸다.

무엇이든 편하게 버리지 못하는 엄마의 습은 여전했다. 정수기 물을 받아 마시는 고깔 모양 종이컵이 냉장고에서 스무 개 넘게 나왔다. 따로 쓸모도 없고, 타운 안에서는 흔해빠진 물건이다. 견과류가 담긴 종이컵도 있는 걸로 보아, 아마 차 마시는 시간인 '오후 세 시 다방'에서 주는 걸 먹지 않고 담아 온 것 같았다. 견과류는 나를 주기 위한 것이라 쳐도, 왜 그 컵을 모으느냐 말이다.

시들어 곯기 시작한 포도 서너 송이도 야채 칸에서 발견됐다. 엄마는 잘 발라내서 먹으면 된다 했고, 나는 집에 가져가서 발라 먹겠다며 몰래 들고 나와 쓰레기통에 버렸다. 이거 말고도 삶은 달걀

이 여덟 개, 요구르트가 스무 개 정도 있었는데, 요구르트 중 일고 여덟 개는 최근 거라며 다른 칸에 보관돼 있었다. 삶은 달걀과 요구르트는 식사 시간에 원하는 노인들이 가져갈 수 있도록, 식당 한쪽에 비치돼 있는 음식이다. 삶은 달걀은 내가 챙겨 넣었고, 오래된 요구르트는 방문한 자식들이 몇 개 마시고 버렸다.

엄마는 오늘도 몇 가지 질문을 반복해서 했다. 특히 외손주인 내 작은아들의 여자 친구에 대해 궁금하신 모양이다. "성격이 좋냐?" "언제 결혼할 거냐?"를 여러 번 묻다가, 심지어 "처녀냐?"라는 질문까지 나와 우리는 뒤집어지며 웃었다. 그러고 보니 외손주에게 곧 결혼할 애인이 있다는 건 정확하게 인지하고 있다. 만나 본 적도 없는 외손주 애인 이야기를 한 게 두어 달 전인데, 지금까지 기억하고 있는 것이다. 각별한 일은 다른 단기 기억과 달리 뇌의 다른 부분에 다른 방식으로 저장되는 걸까? 올 4월쯤 식을 할 예정이라 답했고, 그건 또 안 외워지는지 대여섯 번을 물었다.

어김없이 돈 얘기도 나왔다.

"다들 주식은 좀 올랐다냐?"

"글쎄요. 그건 잘 모르겠네요."

엄마는 타운에 들어오기 2년 전까지 주식 투자를 했다. 이제 주식은 못 하지만 어떤 은행, 어떤 예금에 돈을 넣어 두느냐에 신경을 많이 쓰고 있고, 자식들이 주는 용돈도 거의 다 꼬박꼬박 저축한다.

엄마는 당신 돈 7만 원*으로 오늘 자식들 식사비용을 식당에 미리 냈다는 자랑과 오늘 올 사람이 몇 명이냐는 질문도 열 번 넘게 했다. 먼저 도착한 내게만 그 말을 해놓고는 꾹 참고 있는데, 나는 눈치껏 그 인내가 한계에 도달하기 전에 '엄마의 한턱'을 공표했다. "우와, 우리 엄마 오늘 큰 턱 쏘시네." 모두 감격스레 감사 인사를 연발했다. 흐뭇한 엄마의 얼굴. 나는 엄마에게 그런 얘기는 내게 하는 게 효과적이라는 판단이 아직 남아 있다는 게 더 흐뭇했다.

계획을 바꿔 타운 바깥에서 외식을 하기로 하면서, 엄마는 미리 지불한 7만 원을 돌려받아야 할 뿐만 아니라, 두 분도 외식을 하니 1만4000원도 돌려받아야 한다고 주장했다. 그렇지 않다고, 그건 입소 당시 계약서에도 나와 있는 거라고 여러 번 말해도, 그런 계산은 부당하다고 다소 흥분한 모습까지 보이다 큰아들이 완강하게 말리고서야 수그러들었다.

0212(금)　　87세, 남성 노인, 아버지

아버지의 백내장 수술 때문에 어제 오늘 이틀 연속으로 내가 타운을 방문했다. 서너 달 전에 아버지는 오른쪽 눈 백내장 수술을 했고, 이번엔 왼쪽 눈을 해야 했다. 승용차가 있는 남매들이 시간 조정이 안

＊ 구내식당의 외부 손님 식대는 1인당 7000원이다.

돼서 예외적으로 내가 택시로 병원에 동행하게 되었다. 아버지는 여러모로 건강한 편이지만 청각 장애 탓에 간단한 병원 행차에도 반드시 동행이 붙어야 한다. 전에는 자식들과 그 배우자들, 타운의 간호사 등이 주로 해주었고 가끔 엄마가 그 역할을 하기도 했는데, 알츠하이머의 진행으로 이제 엄마는 불가능하다.

어제 약속 시간보다 일찍 도착해 타운 1층에 있는 북카페에서 아버지를 기다리다 보니 카페 바깥 홀을 지나다니는 노인들의 모습이 눈에 들어왔다. 시설에 들어오기에는 아직 건강해 보이는 노인들도 많다. 특히 헬스장을 이용하는 어떤 남성 노인들은 걸음걸이가 힘차다. 비교적 젊어 보이는 두 여성 노인은 비싼 등산복에 비싼 운동화를 갖추고 1층 홀을 크게 여러 바퀴 돌며 함께 걷기 운동을 하고 있었다. 아직 마당으로 운동을 나가기에는 추운 날씨. 혼자 빠른 속도로 열심히 운동하는 젊은 할머니, 경사로로 여러 층을 걸어 다니며 노래(주로 찬송가)를 부르는 한 무리의 할머니들, 보행기에 의지해 걷는 할아버지와 그의 아내인 듯 바로 옆에서 느리게 보조를 맞추며 걷는 할머니도 보였다.

타운에는 자가용을 이용해 출퇴근하며 사업을 계속하는 할아버지도 있고, 근처 텃밭을 임대해 야채 농사를 지어 자식들에게 들려 보내는 노부부도 있다. 자식들과 따로 살면서 혼자(혹은 부부가) 살림살이를 하는 것이 귀찮아, 돈 있는 김에 아예 주거 공간과 살림살이 노동을 구매하는 것이다. 이곳엔 그들이 노후를 편하게 즐길 수 있도록 거의 모든 것이 갖춰져 있다. 구내식당은 물론이고 카페,

영화관, 헬스장, 목욕탕, 교회, 한의원, 물리치료실, 미용실, 이용실 등이 모두 안에 있고, 재산 관리나 법률상담을 포함한 다양한 상담 프로그램들도 있다. 외출도 자유롭고 외부인의 방문도 자유롭다. 한편, 타운 내 세 곳에서는 거동이 불편해 독립 공간에서 생활하기 어려운 노인들이 간호사와 요양보호사들의 돌봄을 받으며 함께 생활하는 공동 케어홈이 운영되고 있다.

돈에 관한 엄마의 의심과 오해는 점점 더 심해지고 있다. 특히 요즘 들어 "큰아들이 아버지를 모시고 은행에 가서 내 돈 7000만 원을 찾아갔다"고 주장해 왔는데, 이 '7000만 원'은 이후 셋째가 동행한 병원 행차에서도 다시 등장했다. "병원에서 내 돈 7000만 원을 사기 쳤다. 그래서 병원도 약도 오늘로 끝이다"라고 주장했는데, 의사가 약을 안 드시면 자식들도 못 알아보게 된다고 설득해서 약은 받아 왔다. 그 직후에 방문한 막내에게는 셋째가 자기 서방 준다고 약 삼분지 일을 가져갔다고도 했다.

　나한테는 결혼을 앞둔 내 작은아들 소식을 여러 번 물었다. "걔네는 결혼하고 집 얻는 거를 어떻게 한다냐?" 엄마는 손주들 결혼 때마다 1000만 원씩 주겠다고 공표한 바 있는데, 셋째에게 내 작은 아들한테는 주지 않겠다고 했다. 이유는 전에 ○서방(나의 전남편)에게 돈을 빌려주고 받지 못했기 때문이란다. 하지만 이렇게 밀어 붙이기에는 심적으로 걸리는 게 있었는지 내게는 이런 이야기를 삼가며 자꾸 외손주 결혼 자금에 관해 묻는 것 같았다.

왜 자꾸 그렇게 돈 계산을 하느냐고 내가 묻자, "계산하면서 살 거야"라고 말하며 웃었다. 돈 계산은 지금의 엄마에겐 중요한 정신 줄이다. 문제는 그 정신줄 또한 상당히 허약해져 기억과 판단이 오락가락하며 왜곡과 오해와 생떼를 넘나든다는 점이었다.

"지금 반드시 소변을 보고 오셔야 한대요."

결국 화장실을 다녀오기는 했지만, 어제 수술 직전 간호사의 지시를 전달하는 내게 아버지는 대놓고 짜증을 냈다. 수술 직후 두 시간 동안은 절대 침대에서 일어나지 말라는 지시 사항도 무시하고, 침대에서 내려와 화장실에 다녀왔다. 수술 직후 최대한 움직이지 않게 하려는 지시 사항이지만, 대부분의 노인들은 지키기 힘든 일이다. 그의 전립선 문제를 모르는 바 아니어서 짜증을 내는 것도 이해 못 할 바는 아니었다. 자신의 노쇠를 확인하는 병원 행차 자체는 물론, '전립선에 관한 지적질'을 젊은 것들, 특히 여자들로부터 들어야 한다는 게 너무 신경질 나는 일이었을 것이다.

아버지는 수술 후 주의 사항(3일 이상 안대 착용, 머리를 아래로 쏟는 자세 금지 등)에 대해서도 별로 신경 쓰지 않는 것 같았다. 오늘 오전으로 예약된 병원 진료 때는 내가 타운까지 가지 않고 병원에서 만났는데, 이미 안대를 안 하고 있었다. 이에 대해 지적하자 처음에는 듣기만 하더니, 두 번째 지적에는 또 짜증을 냈다. 몸이 안 좋을 때면 짜증이 더 심하다. 예전처럼 느닷없이 분노를 표출하는 일은 많이 줄어들었지만, 잠복해 있다가 가끔씩 틈을 비집고 솟아올라오곤 한다. 지금도 나는 그와 가까이 있을 때면 그의 기분 상태와 상관없이 저절로 긴장하고 있는 나를 보게 된다. 내 어린 시절 그와의 싸움에서 비롯된 상처의 흉터다. 이성과 감정은 그와의 갈등과 상처를 거의 해결했지만, 몸은 예순을 넘도록 잊지 않고 있다. 내 몸과 마음은 그의 감정과 눈빛, 말투의 변화에 늘 예민하고, 변화가 시작되면 조마조마해진다.

청각 장애가 심하고, 분노 조절을 못 하던, 그리고 지금도 언제 그럴지 모르는 남성, 노인, 아버지. 하지만 요새 가족 모임에서 나는 가능하면 아버지와 가까운 곳에 있으려 한다. 어느새 홀로 있는 모습을 자주 보게 되기 때문이다. 누구도 고의는 아닌데, 가족 모임에서도 다른 식구들은 삼삼오오 모여 수다를 떨고 있는데, 그는 혼자 티브이 앞에 있는 경우가 많다. 조금만 거리를 두면, 그 풍경이 보인다.

아버지를 관찰하며 조금씩 관계를 진전시켜 나가는 과정은, 뿌연 안개가 가득한 어둠 속에서 천천히 시야를 넓혀 가며 대상의 면면을 서서히 파악해 나가는 것과 같은 일이다. 상대는 고정된 물체가 아니라, 이성과 감정을 가지고 변화하는 인간이다. 관찰자인 나의 생물학적 아버지이고, 59세 여성인 나와 공통의 경험과 그 경험에 대한 아마도 상당히 다른 기억과 해석을 갖고 있는 87세 남성이다. 한 십 년 전부터 천천히 해소되어 가고 있긴 한데, 어린 시절 나는 아버지와 지독한 갈등을 겪었다. 게다가 그는 귀가 거의 안 들려서 간단한 의사소통도 쉽지 않다. 부녀 관계가 아니라면 길게 말섞을 일조차 없는, 나와는 많이 다른, 아니 어쩌면 많이 같아서 상극인 사람이다.

이런 아버지에 대한 나의 관찰과 기록은 짧고 비정기적인 만남의 이어짐으로 일방적이고 표피적이라는 한계가 있을 수 있다. 하지만 그에 대한 내 고정관념을 털어 내는 작업이자, 잊힌 기억들을 살려 내고 새로운 해석을 바탕으로 그를 이해하는 작업으로서 지난하고 위험하지만 포기하고 싶지 않은 과제이기도 하다.

0327(일)　들리지 않는다는 것

3월 25일부터 2박 3일 동안 최 씨네 묘사墓祀를 핑계 삼아 전북 남원과 순창 지역을 여행했다. '3월 마지막 일요일'로 정해진 묘사에는 오빠네와 오빠의 큰아들네가 매번 참여하고, 아버지와 어머니도 건강이 되는 한 참여해 왔다. 나 역시 최 씨네 혈족 구경과 봄놀이 삼아 시간만 되면 동행한다.

이번 여행에는 엄마가 함께하지 않았다. 어지럽다는 것이 핵심 이유였다. 사실 엄마뿐 아니라 아버지 역시 1박이 넘는 여행은 점점 힘들어지고 있다. 작년 묘사 여행 중에도 아버지는 "나 죽고 나서도 묘사는 꼭 챙겨라"라는 말을 하셨다. 내게 하는 당부였다기보다 같이 있던 오빠와 올케언니에게 하는 당부로 나는 들었다.

아버지는 여행에서 대체로 보청기를 하고 있었다. 보청기를 하지 않은 동안에도 우리가 모르는 다른 경로로 대화 내용이나 상황을 상당히 이해하고 있어서 우리를 놀라게 하곤 했다. 이번 여행에서도 그는 말을 많이 하진 않았지만, 차의 방향이나 여행 일정 등에 대해 우리가 놓치는 것들을 지적하고 수정하거나 질문하고 확인하고 제안했다. 잠이 많은 편이지만, 깨어 있는 동안 끊임없이 관찰하고 생각하며 이해해 나가는 것 같다.

이번 여행에서는 오랜만에 그와 같은 방에서 잤다. 그는 상당히 깊게 자는 편이다. 귀가 들리지 않기 때문에 더 그럴 것이다. 쉽게 잠들지 못하고 깊게 자지 못해 자주 깨는 나로서는 부러운 잠습관이다. 문제는 그의 코 고는 소리다. 소리를 만드는 양반은 잘 자고 있는데 나만 깨서 핸드폰을 보다가 아예 거실로 나왔다. 그 김에 아예 1층 홀로 내려가 담배도 피고 커피도 마시며, 소파에서 책도 읽고 메모도 했다.

보청기만 빼면 세상이 온통 조용하다는 것은 어떤 걸까? 듣지 못한다는 건 주변 사람들과 오해를 만들 소지가 많은 일일 것이다. 자신도 모르게 만들어 내는 소리가 있고, 그로 인한 주변 사람의 피해를 감지 못하는 경우도 있기 때문이다. 무관심이나 무례로 여겨지는 행동으로 인한 오해와 편견을 당사자는 고스란히 감수해야 한다. 때로는 자신에 대한 그 오해와 편견조차 모르기도 하고, 제대로 듣지 못해 타인을 오해하거나 의심하기도 하면서 주변에 대해 공격적인 마음이나 행동이 나올 수도 있다. 하지만 이 역시 내 추측일 뿐 모든 장애는 당사자가 아니고서는 처지를 가늠하기 어렵다.

0425(월)　엄마의 1000만 원

엄마의 인지력이 점점 나빠지고 있다며, 더 자주 방문해 달라는 아버지의 요청이 있었다. 우리는 가능하면 돌아가면서 한 주에 한 번 이상 방문하고, 네 남매가 각자 한 달에 한 번 이상 방문하자던 이전의 약속을 재확인했다. 사실 그 재확인은 큰딸인 나만의 다짐인 측면이 크다. 다른 남매들은 이미 한 달에 두 번 이상 방문하고 있고, 특히 둘째 딸인 바로 아래 동생이 훨씬 더 자주 두 분을 찾으며 병원과 은행 행차에 동원되고 있다. 엄마는 요즘 들어 부쩍 은행 직원이 속인다느니 돈이 빈다느니 하며, 은행에서 소리를 지르기까지 한단다. 그 일에 대해 내가 할 수 있는 최선은 동생의 하소연을 전화로나마 잘 들어 주는 것이다.

　나는 4월의 숙제로, 1박 2일 방문 계획을 진즉에 세워 놓았다. 그 계획에는 수원의 모 병원에 입원해 있는 친구 병문안도 함께 묶여 있었다. 대중교통을 이용하는 내게 서울 마포에서 수원까지의 나들이는 잘못하면 한나절을 다 써버려야 하는 행차이기 때문에 두 곳을 모두 방문하면서 연차휴가*를 쓰지 않기 위해서는 머리를 써야 했다. 오전에 독거노인돌봄센터 근무를 서둘러 마치고, 간단히 점심을 해결한 후, 오후 2시경 친구가 입원한 병원에 도착해 병문안을 하고, 오후 5시경 타운에 도착해 1박을 한 후, 다음날 오전에 타운을 나와 오후 2시 회의에 늦지 않게 도착하는 것이 비집고 비집으며 만든 일정이었다. 친구와 부모님에게는 그저께 내 방문 계획을 알려 두었다. 그런데 오전 10시가 되기 전부터 엄마의 연락이 쇄도하기 시작했다. 센터 사무실에서 독거노인의 안부를 확인하기 위해 이리저리 전화를 하고 있던 나는, 오전 내내 엄마와 열 번도 넘는 통화를 했다.

— 언제 올 거냐?
— 5시는 돼야 돼.
— 빨리 와라.
— 가능하면 그러겠지만 5시보다 빨리 가긴 어려워.
— 2시까지는 와라.
— 그건 불가능해. 5시는 돼야 할 거야.

단체 대화방에 상황을 알리니 셋째는 이미 한바탕 엄마에게 들

---

* 당시 나는 주 5일 하루 다섯 시간의 독거노인 돌봄 노동을 하고 있었다. 이 일을 그만둔 것은 2016년 12월 말이다.

볶이고 난 뒤였다. 차가 있는 여동생이 먼저 당한 거다. 이럴 때면 차 없는 게 복이다. 지방에 가있는 셋째는 치외법권에 있다며 좋아 했다. 그래, 오늘은 내가 당할 차례다. 좀 쉬어라. 내가 알츠하이머 엄마에게 화를 내지 않는 것은, 수년간의 노인복지 돌봄 현장에서 도를 닦은 덕이다. 그렇더라도 나이 쉰이 넘지 않으면 불가능한 일 이라는 것이, 아직 쉰이 안 되어 툭하면 엄마랑 붉으락푸르락하는 막내 동생을 향한 내 농담이자 진담이다. 다시 전화가 왔다.

— 오고 있냐?
— 지금은 근무 중이고 5시는 돼야 갈 텐데.
— 지금 좀 와라.
— 지금은 근무 중이야. 나도 밥벌이를 해야지.
— 밥은 내가 줄 테니 얼른 와라.
— 아이구 엄마, 무슨 일인데 그리 급하셔? 별일은 없는 거지? 아 버지도 잘 계신 거지?
— 너랑 어딜 좀 가려고 그러니까 빨리 좀 와.
— 어딜 가시려고?
— 글쎄, 어디 갈 데가 있다. 니 아버지는 나만도 못하다.
— 아무래도 5시 전에는 힘들어요.

10분도 안 돼 또 전화가 온다.

— 너 아주 여기 들어와서 나랑 같이 살자.

— 내가 엄마처럼 부자인 줄 아슈? 난 돈도 없고, 돈 있는 자식도 없어.

— 내가 부자냐? 어쨌든 돈은 내가 다 댈 테니 들어와.

(조금 있다 또)

— 아직 출발 안 했냐?

— 응, 아직 일하고 있어.

— 나랑 한 시간만 어딜 다녀오면 되는데 넌 그 시간도 못 내냐?

— 엄마는 한 시간이지만 나는 엄마네 갔다 오려면 한나절은 걸려. 오늘은 거기서 하룻밤 잘 테니까 저녁에 얘기 많이 합시다.

— 너랑 얘길 하고 싶은 게 아니고 3시 전에 같이 가야 할 데가 있어서 그런다.

3시라면 은행 이야기구나. 은행에 가면 뭔가 또 계산이 틀리다는 한바탕 시비에 휘말릴 수 있다. 엄마가 아무리 우겨도 절대 3시 전에는 가면 안 된다. 은행 동행을 주로 하는 여동생이 은행 직원들에게 너무 미안하다며 길게 하소연하던 게 생각났다. 그러면서도 내 마음 한쪽엔 서광이 반짝. 근데 이 서광이 맞는 건가? 하여튼 섣불리 기대하진 말자. 최현숙 자존심이 있지, 하하하.

(위 통화 계속)

— 엄마, 3시 전은 불가능해. 근데 은행 가시려고?

— 내가 은행 간다는 소리를 했냐?

슬쩍 던진 내 유도신문에 엄마는 얼결에 걸려들었다. '은행' 소리를 무시하지 못하고, 수긍해 버린 거다. 예전 같으면 이토록 허술할 리 없는 엄마다. 그래, 알츠하이머가 맞긴 맞군.

엄마는 모든 손주들의 결혼에 1000만 원의 축하금을 '하사'하겠다고 오래전에 공언한 바 있고, 이를 잘 지켜 왔다. 내 작은아들의 결혼식은 이번 주 토요일로 닥쳐 있다. 그런데 엄마는 알츠하이머 탓인지 그 1000만 원을 줄지 말지 최근 계속 오락가락했다. 오락가락하는 게 기억인지 마음인지가 자식들이 봐도 헷갈릴 지경이었다. 그러다가 결혼식을 앞두고 '까짓 거 줘버려야지' 싶어 은행을 가자는 거 같았다. 초기 알츠하이머는 '제정신'과 '딴 정신' 사이를 들락거리는데, 엄마의 지금 상태는 상당히 '제정신'이다. 이럴 때 얼른 1000만 원을 잡아 놔야 한다. 그렇다고 그 1000만 원을 잡자고 머리를 짜내 세운 내 일정을 취소해 버리는 건, 스스로 자존심이 안 서는 일이다.

(위 통화 계속)

— 3시까지 어딜 가야 한다니까 하는 말이지. 하여튼 오늘은 5시는 돼야 도착할 수 있어요.

엄마도 나도 끝까지 '1000만 원' 소리는 하지 않았다. 그러다 정오 직전에 책상에서 일어나며 이번에는 내가 먼저 전화를 했다.

— 엄마, 지금 출발할게. 2시는 돼야 도착할 거야. 점심 드시고 외출 준비해 놓고 계셔요.

— 늦게 온다더니 웬일이냐? 왜 맘이 바뀐 거냐?

— (아이구, 이 양반 역시 단수가 높네) 엄마가 하도 급하다니까 그런 거지.

— 그래? 알았다. 근데 너는 차 안 갖고 오지?

— 엄마, 난 차가 없어. 밑에 버스 정류장에서 택시 하나 잡아타고 올라갈 테니까 준비해 놓고 계셔.

— 택시? 돈도 많다. 택시비는 니가 낼 거냐?

— 아따, 돈도 많은 양반이 당신 일에 딸더러 택시비를 내라고 하네. 알았수, 내가 낼게. 2시경에 도착할 거니까 늦지 않게 준비하고 계셔요.

— 다 늙은 노인네가 외출 준비할 게 뭐 있냐? 그냥 이러고 나가면 되지.

— 그래, 편하게 하고 가시면 돼요. 도착 직전에 전화할 거니까, 핸드폰 잘 가지고 계셔.

어쨌든 엄마는 아직 자기 입으로 은행 갈 거라고 말한 것은 아니고, 나 역시 은행 너머를 생각하는 기색은 숨겼다. 수원 성균관대

역에서 내려 버스로 갈아타자마자 엄마에게 전화를 했으나 받지 않았다. 세 번을 그러고 나서야 연결된 엄마는, 아버지와 타운 셔틀버스를 타고 나가는 중이라고 했다. 나랑 나가면 택시비가 드는데 셔틀버스는 공짜라는 거다. 은행 가는 양반의 기분을 흩트릴 일은 아니다 싶어 나는 별 불평 없이 넘겼다. 그 김에 친구 병문안을 갔다가 좀 늦게 들어가겠으니 다녀와서 먼저 저녁 식사를 하시라고 했다. 1000만원 여부는 이미 결정 난 거고 그걸 일찍 확인할 필요까지는 없었다.

타운에 돌아간 것은 저녁 8시가 다 되어서였다. 엄마 방의 벨을 누르자 안에서 엄마 목소리가 들렸다. 느긋하게 기다리니 문이 열렸다. 엄마는 옷을 다 벗고 현관문 바로 옆에 있는 목욕탕으로 천천히 발을 떼고 있었다.

"조심하세요. 노인들은 목욕탕 바닥 아주 조심해야 돼."

"밥은 먹었냐?"

심하지는 않지만 꾸렁내가 방 전체를 꽉 채우고 있었다. 팬티에 변을 묻힌 것 이상의 일이 있었던 거다. 그러나 둘 다 냄새에 대해서는 아무 말도 안 했다.

"아구 엄마, 이렇게 어둡게 계시다가 넘어지시면 어쩌려고."

나는 불부터 켰다.

"난 혼자 있을 때 불 안 켜. 테레비 켜놓으면 훤한데 뭐하러 불을 켜?"

1인당 1억의 보증금과 월 200여만 원의 생활비를 내는 실버타운에서도 엄마의 절약 근성은 그대로이다.

아버지 방에 가보니 티브이를 켜놓은 채 주무시고 계셔서 끄고 다시 돌아와 보니 엄마는 천천히 몸을 닦고 옷을 입고 있다. "니 친구는 어디가 아픈 거냐?" 오늘은 기억력도 좋으시다. 옷을 다 입고 난 엄마가 가방을 뒤적거리더니 하얀 봉투를 꺼내 내민다. 100만 원짜리 수표 열 장이다! 사실 나는 그 돈을 내게 주며, 엄마가 무슨 말을 할지가 궁금했다. 하지만 엄마는 별 말 없이 내 속을 살피는 듯 미소만 지었다.

"다들 주기로 한 거니까 딱이(외손주의 아명)도 줘야지."

최근의 오락가락과 달리 오늘은 정한 마음을 꼬옥 붙잡고 있다. 이런 장면에선 그저 고마워만 하면 된다. "엄마, 감사합니다. 잘 전달할게요." 엄마는, 손주의 결혼과 병원에 있는 내 친구와 막내의 해외 출장에 대해 같은 질문을 여러 번 했다. 같은 질문에 같은 톤으로 같은 대답을 하며, 나는 수표 열 장을 방바닥에 부채모양으로 펼쳐 놓고 사진을 찍어 대화방에 올렸다. 모두 나만큼 좋아했다. 똥차를 만나면 돈이 들어온다더니 그날 새벽, 나 사는 골목에 똥차가 왔었다!

알츠하이머에도 불구하고 엄마는 조금이라도 더 높은 이자를 쫓아 계속 은행을 옮기고 있다. 자식들이 주는 용돈을 모아 적금도 들고 있다. 그러느라 아버지 몫의 용돈도 대체로 엄마한테 넘어간다. 자식들은 모두 강력히 반대했지만, 아버지가 정색을 하며 엄마하자는 대로 하라고 하셔서 결국 두 양반 용돈이 엄마 통장으로 들어가고 있는 것이다. 내가 아는 한 아버지는 평생 돈에 열심을 내본 적이 없고, 엄마는 평생 돈에 아등바등했다. 다섯 남매와 아버지 모두, 엄마의 통장 개수와 총액을 모른다.* 아마 엄마도 모르지 않을까. 그런 엄마가 열한 명의 손주들 결혼에 1000만 원씩을 내놓겠다고 선언했을 때, 우리는 모두 내심 놀랐다. 액수가 커서이기도 했지만, 돈에 대한 엄마의 마음 내려놓기 때문이었다.

하지만 손주들에게 가는 돈 외의 다른 돈에 대한 마음 졸이기는 여전했다. 알츠하이머의 진행을 아직 붙들어 주고 있는 것도 돈에 대한 집착이다. 그래서 우리는 그 집착을 미워도 하고 다행스러워도 하며 시달림을 달게 받고 있다. 요즘 와서는 돈에 대한 기억의 왜곡으로 큰아들을 미워하기도 하고, 은행 동행을 전담하다시피 하는 셋째를 의심하기도 했다.

엄마의 통장 총액이 얼마든, 오늘 받은 1000만 원이 엄마에게 얼마만 한 돈이든, 그 돈들은 엄마의 '전깃불 끄기'로 시작해 모인 것임을 나는 안다. 결혼 이후 평생을 돈 때문에 안절부절못한 엄마에게 상처도 받고 미워도 하고 흉도 보며 자란 다섯 남매는 그 돈으로 자라 이제 예순셋에서 마흔아홉까지 되어 있다. 나 역시 엄마를 미워하며 배운 그리고 내 아들이 미워하는 그 '전깃불 끄기'로 둘째

---

* 엄마 돌아가시기 전에 셋째가 정리를 한다고는 했는데, 지금까지도 어디선가 모르는 적금 등이 나와 남편과 자식들이 인감증명서와 확인서를 떼어 대고 있다.

아들의 결혼에 나대로는 큰돈을 마련할 수 있었다. 내 주변의 많은 여성 노인들 역시 오늘도 전깃불을 끈 채, 어두운 방 안에서 티브이만 켜놓고 있을 것이다. 마지막 가는 날 자식들에게 한 푼이라도 더 주고 가겠다는 일념으로 말이다. 미련하고 어리석고 애달픈 에미들! 요즘도 가끔 내 절약 근성에 스스로 진저리를 치며, 엄마 나이가 되기 전에 내 버르장머리를 뜯어고치겠다고 다짐만 자꾸 한다.

0603(금)　83년 만의 기저귀

5월 중순경 엄마가 아무래도 기저귀를 사용하는 게 좋겠다는 타운 부원장의 제안이 있었다. 청소하시는 분들의 귀띔도 있었고, 사실 우리 남매들도 모두 엄마의 요실금이 심해지는 것을 느끼고 있었다. 엄마에게 기저귀를 사용하도록 설득하는 일은 주로 내가 하기로 했다. 며칠 전 오빠네 집에서 있었던 가족 모임 때 조금 일찍 도착한 나는, 오빠가 먼저 모시고 온 엄마에게 의논할 것이 있다며 단둘이 자리할 기회를 만들었다. 엄마는 자신이 의논 상대가 된다는 것에 단박에 기분이 좋아졌다. 그 표정만으로도 나는 성공을 예감했다. 설득은 생각보다 쉬웠다. 본인도 점점 심해지는 요실금이 귀찮고 난감했을 것이다. 알츠하이머로 수치심이나 자존심이 좀 줄어든 탓도 있을 것이다.

그렇게 해서 갓난아기 시절 아마도 1년 넘게 기저귀를 찼을 엄마는 83년 만에 다시 기저귀를 입게 되었다.

이번 가족 모임에서 남매들은 매주 누군가가 타운을 방문하는 시스템을 명확히 했다. 남매들 모임의 총무인 막내가 의논한 사항을 정리해 대화방에 올렸다. 넷째는 한국에 없으니 일단 열외다.

부모님 방문 수칙

방문 시기

○ 토요일 기준으로 방문 시기가 결정됩니다.

○ 주별 담당 집안은 1토(매달 첫 번째 토요일)는 첫째네 식구, 2토는 둘째네 식구, 3토는 셋째네 식구, 4토는 막내네 식구입니다.

○ 본인이 맡은 주말에 부모님을 포함한 가족 행사가 있을 경우 해당 주는 복불복으로 쉬는 것이나, 만약 해당 달에 5토가 있으면 5토에 대체 방문합니다.

○ 토요일을 전후로 양 이틀을 포함해 목금토일월 중 하루를 방문하면 되나, 만약 해당 5일이 모두 불가할 경우 다른 사람과 미리 상의해 일정을 서로 바꿀 수 있습니다.

○ 상기 담당 일정과 무관하게 부모님을 모시고 병원을 방문해야 할 경우 해당 주를 방문한 것으로 갈음하고, 해당 주 원래 담당

자에게 본인 방문 시기의 대리 방문을 요청할 수 있습니다.

○ 방문자가 정해지지 않은 5토 주는 대화방에서 상의해 시간 나
는 사람이 방문합니다.

○ 상기 방문 시기는 원칙일 뿐으로, 시간이 허락하면 이와 무관
하게 자율로 '더' 방문합니다.

○ 본 수칙은 2016년 6월 1일부터 시작합니다.

방문자 정의

○ 해당 집안에서 아무나 한 명 이상 방문하면 됩니다. 예를 들어
둘째네 집의 경우 다음과 같은 조합이 허용됩니다.

(예) 현숙 성철 설아, 현숙 성철, 현숙 설아, 성철 설아, 현숙, 성철, 설아.

방문자 임무

① 다음을 포함한 간단한 방문일지를 (2대만 모이는) 최가네 대화
방과 (3대까지 포함한) 가족 대화방에 올립니다.

　　○ 부모님 근황(건강 상태, 기분 상태 등)

　　○ 마련해 간 물품과 다음 주 방문자 준비 사항(과일, 간식, 샴
　　푸, 로션, 기저귀 등)

　　○ 특이 사항(타운의 변동 내용 등)

② 방문 시 돌봄 활동

　　○ [필수] 아버님, 어머님 방 두 곳의 냉장고를 (특히 여름엔 철저
　　히) 청소합니다. 냉장고 상태를 봐서 그냥 닦고 정리해도

되고, 바닥과 문의 플라스틱을 분해해 닦고 씻고 조립해도 좋습니다. 냉장고에 들어 있는 유효기간을 알 수 없는 계란, 빵, 우유, 요구르트, 견과류 등은 웬만하면 수거합니다.

○ [선택] 타운 측에서 주 3회 방과 목욕탕을 청소하기는 하지만, 살펴보고 필요하면 두 분 방의 목욕탕 청소 부탁합니다. 특히 엄마 목욕탕은 청결뿐 아니라 바닥 미끄러움 등도 철저히 확인 부탁합니다.

애매모호한 사항이 조금 있어 보이나 이는 적당히 남매간의 우애와 사랑과 효로 융통성 있게 대처하며, 필요한 수칙이 더 생기면 논의 후 추가하겠습니다. 보완 사항 의견 부탁드립니다.

― 첫째 : 거의 완벽합니다. 부모님의 노쇠가 너무 안타깝지만, 즐거운 마음으로 최선을 다해 부모 사랑과 형제 사랑을 실천하도록 노력하죠.

― 셋째 : 구체적으로 써주니 고맙네. 엄마가 요즘 다 같이 모여 있으면 기분이 더 좋아지시는 듯해요. 어제도 싱글벙글하며 짜증이 없으시더라구요.

― 나 : 와, 총무학과 박사과정 수료했고마! 평생 총무 해잡수슈!☺

이런 수칙에 대해 남들은 남매들끼리 너무 빡빡한 거 아니냐고 생각할지도 모르지만, 우리 사이에서는 자연스러운 일이다. 그 이유는 이 규칙 너머가 풍부해서다. 여차하면 모이자, 여행 가자, 뭐 먹으러 와라, 하며 동생들과 부모를 불러 대는 큰아들 덕에, 그리고 가능하면 모여서 즐겁게 함께하는 동생들과 배우자들 덕에, 사실 저 규칙 말고도 우리가 부모님을 볼 기회는 많다. 그러니 방문 수칙의 핵심은 방문에 있는 것이 아니라 '정기성'에 있다. 수칙 없이 하다 보면 어떤 때는 방문이 몰리지만 어떤 때는 뜸한 경우가 생기곤 했다. 방문이 몰리는 거야 당연히 좋고, 뜸해지는 것을 막자는 것이다.

나아가 이제는 돌봄과 관찰을 체계적으로 하고 공유하자는 의도도 있다. 여든 중반을 넘은 두 분에게 언제 어떤 변화가 닥칠지 모르는 일이고, 주 1회 드나드는 것으로도 변화의 낌새를 알아채지 못할 수 있으니, 세세히 살피고 과정과 결과를 공유하자는 것이다. 게다가 성실과 정확을 칼같이 하는 '이상한' 우리 남매의 풍토로 보면, 수칙 제정은 백번 옳은 처사이다.

나로 말할 거 같으면 자유방임으로 놔둘 경우 가장 방문을 게을리 할 사람이다. 그동안은 외국에 장기체류 중인 넷째를 빼면, 집도 가장 멀고, 차도 유일하게 없으며, 하루 다섯 시간 직장에도 메어 있고, 배우자도 없으니, 어영부영 넘어갈 좋은 핑곗거리가 많았다. 하지만 이제 나도 꼼짝없게 되었다.

방문 수칙에 따라 둘째인 나는 6월 둘째 주 금요일인 오늘 오후 5시쯤 타운에 도착했다. 엄마는 자기 방 근처의 공동 공간에서 다른 할머니들 다섯 분과 티브이를 보고 있었다. 내가 할머니들에게 인사를 하자 엄마는 큰딸이라고 소개했다.

아버지는 티브이로 바둑을 보고 있었다. 내가 방에 들어가는 소리도 아버지를 부르는 소리도 듣지 못하다가, 아버지의 얼굴 옆쪽으로 다가서니 조금 놀라는 기색을 보이며 돌아보셨다. "왔냐?" 아버지는 짧게 한마디만 건네고는, 곧 티브이로 눈을 가져갔다. 혼자일 때는 보청기를 안 하는 경우가 많아 놀라지 않게 인기척을 하느라 늘 신경을 쓰지만, 실패하는 경우가 과반이다.

냉장고를 열어 보니 예상대로 많이 지저분했다. 두 분의 간식은 주로 엄마 방 큰 냉장고에 보관하기 때문에 아버지 냉장고에는 신경을 덜 쓴 탓이다. 냉장고 청소를 하겠다는 말과 손짓에, 아버지는 그러라고 했다. 나는 엄마 방의 행주며 수세미 등을 챙겨 가 냉장고 청소를 시작했다. 냉장고에는 곰팡이가 여기저기 피어 있었고, 특히 냉동칸 아래 물받이에 깔아 놓은 두 장의 젖은 수건은 미끄덩거리기까지 했다. 젖은 수건은 빨아서 외부 쓰레기통에 버리고, 마른 수건을 새로 깔아 놓았다. 냉장고 내부 칸들은 일일이 뜯어내 청소하고 삶은 달걀 세 개는 꺼내 왔다. 그래도 요즘 구운 식빵은 보이지 않는다. 사 간 과일과 냉장고에 있던 과일들을 씻고 잘라 두 개의 냉장고에 나눠 넣고, 상하고 시든 것들은 엄마 눈을 피해 처분했다.

"애인 방에 왔다!"

저녁 식사 시간이 되어 엄마를 모시고 아버지 방으로 갔는데, 남편 방에 들어서면서부터 엄마는 애교를 부렸다. 심지어는 "상범 찌, 나 왔쩌. 우리 밥 먹으러 가요" 하며 혀 짧은 소리까지 했다. 더 놀라운 것은 아버지 역시 늘 그랬던 것처럼 자연스럽게 듣고 있는 것이 아닌가! 아니, 이 노인네들이 요즘 내내 이러고 산다는 것인가? 당혹스럽지만 다행이다. 엄마는 우리에겐 아직 습관처럼 아버지 흉을 보지만 두 양반의 관계는 많이 좋아졌다. 아버지는 엄마에 대해 배려하거나 염려하는 말만 한다. 어쨌든 자식으로서는 더없이 다행스러운 일이다. 우리는 모두 어린 시절 두 분의 갈등으로 인한 심리적 상처들을 가지고 있다.

아버지는 바둑을 좀 더 봐야 한다며 먼저 내려가라고 했다. 확인해 보니 식사 시작 시간인 오후 6시가 20분이나 남아 있었다. 나는 엄마와 먼저 내려와 식당 옆 헬스실에 갔다. 엄마는 안마 의자에 앉았고, 나도 나란히 앉았다. 나는 엄마의 신혼 시절 태몽 이야기를 꺼냈다. 엄마는 이제껏 들었던 것 중 가장 세세한 기억을 담아 생생한 이야기를 들려주었다. 흥미로운 점은, 그동안 지리산 천왕봉 산신령한테 상으로 받은 돼지 새끼가 "수놈 세 마리, 암놈 세 마리"였다고 말해 왔는데, 이번 이야기에선 "수놈만 세 마리"였다는 거다 (엄마는 내 바로 밑으로 남자아이를 낳았다가 곧 잃었다). 그리고 산을 내려와서 학교 같은 데를 들어갔는데 커다란 교실마다 소와 돼지들이 아주 많더란다.

"그동안은 돼지 새끼가 셋 셋 해서 암수 여섯 마리라고 했었 잖아?"

"아니야, 안 그랬어. 암놈은 꿈에 안 나왔어. 무슨 산신령이 딸까지 꿈에 보여 주냐?"

뭔 놈의 태몽이 그렇게 남성 중심적인지, 그리고 그동안의 '셋 셋' 이야기는 그럼 딸들에 대한 엄마의 배려였는지, 배려든 전략이든 이젠 그것을 놓치면서도 꿈 내용은 오늘따라 어찌 저리 세세하게 큰아들의 인생 전체를 훑고 있는지(큰아들은 동물생명공학과 교수다), 아니면 엄마의 꿈 이야기나 기억은 현실의 전개와 변화에 따라 지속적으로 재구성되는 것인지, 도대체 오늘 이야기 중 어느 것이 '제정신'에서 나온 것이고 어느 것이 '딴 정신'의 영향인지 도무지 알 수가 없다.

음식을 받아 오면서 엄마는 욕심을 부렸다. 떡국과 밥 중 하나를 선택하는 것이 보통인데, 구태여 한 번 더 가서 둘 다 받아 왔고, 그 김에 물김치도 하나 더 받아 왔다. 딸에게 먹이고 싶은 욕심 때문인지 나더러 자꾸 많이 먹으라고 했다. 알츠하이머 초기에 한동안 식사량을 스스로 조절하지 못해 어려움이 있었는데, 그건 아닌 것 같았다. 식사를 마치고 엄마는 조금 남은 떡국이 보이지 않도록 빈 그릇을 위에 올려놓고는 그 식판을 내가 들고 가게 하는 꾀를 냈다. 여전히 똑똑하시고, '100원 쿠폰'*에 대한 욕망도 말짱한 우리 엄마.

식사를 마치고 아버지는 헬스실로 가고 엄마와 나는 건물 바깥을 산책했다. 평소 엄마는 자식들이 강권해야 겨우 걷는 시늉을 내는 정도다. 그래도 오늘은 막상 건물 밖으로 나오자 공기가 신선하다며 좋아해 우리는 걷다 쉬다를 반복하며 건물 뒤 산 아래 산책로를 두 바퀴 돌았다. 아버지가 산책에 동행하지 않은 것은, 이 산책로의 얕은 언덕만으로도 숨이 차서다. 걷는 동안 태몽 이야기가 도돌이됐고, 내 작은아들 부부 이야기, 전에 나랑 "쫌매 주려고" 했던 춘식이 아줌마네의 장가 안 간 아들 이야기들이 오르락내리락했다. 첫 자식으로 아들을 낳았을 때가 당신 인생에서 제일로 기뻤을 때라며, 당시 같이 살던 시아버님이 마루를 뛰어다니며 좋아하셨다는 대목에서는 몸동작과 표정을 만들며 연기까지 했다.

산책을 마치고 함께 아버지 방으로 가보니 아버지는 화투를 펴놓고 계셨다. 엄마는 나랑 이야기할 때와 달리 서방 앞에선 또 애교 섞인 말투로 변했다. 귀 잡순 영감은 늙은 마누라의 혀 짧은 소리를 일일이 알아듣기나 하는 걸까? 하여튼 아내의 표정과 몸짓과 내가 간파하지 못하는 소통 경로로 할망구의 애교를 만족스럽게 즐기고

---

* 식사를 남기지 않는 노인들에게 주는 쿠폰. 이 쿠폰은 구내매점에서 화폐처럼 사용할 수 있다.

있는 건 분명해 보였다. 이런 뒤늦은 사이좋음이 내게는 즐거움이고 위안이자 놀랍고 낯선 일이다. 각각의 그리고 서로의 무엇이 저런 변화를 만든 걸까? 늙는다는 것은 젊은 시절과는 다른 성찰과 노력, 덜 늙은 것들은 세세히 알지 못할 '포기'와 '남은 추구'의 부단한 과정일 터. 그래서 자신과 서로와 자식들과 세상에 대해 다른 시선이 생기는 걸까? 멀지 않은 죽음과 함께할 세월, 성찰과 회한과 결단, 책임과 강박에서 자유로워져 그런 걸까?

엄마는 나와 목욕하는 걸 아주 좋아한다. 그래서 나는 1박을 하는 날뿐만 아니라 당일치기 방문에서도 엄마와의 목욕은 되도록 빼먹지 않으려 한다. 모처럼 꾀벗고 엄마와 놀 수 있는 기회이기도 하고, 그 김에 엄마 몸도 살핀다.

타운에서는 원하는 노인들에게 공동 사우나실에서 주 1회 목욕 서비스를 제공한다. 노인들의 건강 상태에 따라 다르지만 대체로 도와주는 직원이 있다. 문제는 그 목욕이든 당신 혼자 하는 목욕이든, 당신 맘엔 그다지 흡족하지 않다는 거다. 내 도움이 있어도 물이 가득 찬 탕 속을 드나드는 것은 쉽지 않았다. 특히 탕 안에 앉았다가 혼자 일어나는 일이나 탕을 넘나들며 한 다리씩 올리고, 내리고, 무게중심을 옮기고, 착지하는 일은 아주 위험했다. 나는 이젠 절대로 혼자 욕조에 들어가는 목욕은 하지 말라고 신신당부했지만 엄마는 건성으로 듣는 눈치다.

먼저 목욕물이 다 찰 때까지 탕 바깥에서 머리부터 감기로 했다. 의자에 앉아 머리에 샴푸 거품을 내다 말고 자꾸 탕 속으로 들어가겠다고 우겨서, 결국 그대로 탕 속에 들어가 함께 앉았다. 엄마는 때가 많이 나오냐고 수도 없이 물었지만, 사실 때는 거의 안 나왔다. 워낙에 깔끔한 양반이라 혼자서도 자주 씻으면서 제대로 된 목욕을 할 기회니 때가 많이 나오기를 기대하는 거다. 때가 나온다는 말에 만족하시는 듯해서 적당히 응했다. 비누칠한 걸 자꾸 까먹고 또 하자고 해서 말리느라 애를 먹었다. 샴푸와 린스도 더 하면 머릿결과 두피가 많이 상한다는 말 역시 여러 번 해야 했다. 머리를 헹구는 것도 오래오래 했다.

엄마의 피부는 좋았다. 머리에 비듬도 전혀 없고, 피부도 뽀얗고, 노인성 반점도 없으며, 습기도 적당하다. 엄마는 비누를 아버지 방에서 미리 가져왔어야 한다는 말, 지난번 은행에서 준 비누 선물 두 상자를 셋째가 다 가져갔다는 말도 반복했다. 물은 낭비다 싶을 정도로 펑펑 써댔다. 젊은 시절 엄마는 물 한 방울도 아끼는 사람이었다. 전기는 여전히 내 돈처럼 아끼는 양반이, 수돗물 특히 가스비가 나가는 더운물을 낭비하는 게 내겐 신기했다.

둘이 욕조에 들어앉아 한참을 놀다 젖무덤으로 화제가 옮아갔다.

"엄마는 젖이 작아서 좋았겠네."

"야, 이 젖으로도 자식 다섯을 부족한 줄 모르고 키웠어."

내게는 그 큰 젖으로 자식을 둘밖에 안 키웠냐는 소리로 들린다.

"도대체 내 젖은 누구를 닮은 거야?"

나와 달리 엄마는 함몰 젖꼭지도 아니다.

"우리 작은 언니 젖이 니 꺼처럼 생겼더라."

엄마는 표정까지 찡그리며 말했다. 그만큼 자기 것이 자랑스러운 거다. 어린 시절 동네 아짐 하나는 젖이 하도 추욱 늘어져서 애기를 등에 업은 채 젖을 옆구리로 빼서 먹이더라며 깔깔 웃는다. 니 젖이 늘어졌다는 소리를 대놓고 하지 않는 염치는 남긴 거다. 쳇! 엄마 젖을 손에 쥐며 "에계계, 한 줌도 안 되네" 하고 놀렸더니, 엄마는 두 손으로 내 젖 하나를 감싸 잡으며 "아구야, 두 손으로도 안 잡히겠다" 하며 아주 신나라 했다. 엄마가 먼저 나한테 물을 튕기며 좋아해서 나도 지지 않고 복수해 주었다.

탕 안에 너무 오래 있으면 안 좋으니 그만 나가자니까, 물장난만 했지 머리도 안 감고 때도 안 벗겼다고 한참을 우긴다. "다 했습니다요"를 반복하며 몸과 머리를 다시 헹군 후 먼저 내보내고, 나는 내 남은 목욕과 욕실 정리를 하고 나왔다.

엄마는 나를 위해 팬티 상자에서 예쁜 새 팬티를 꺼내 놓았다. 지난번 며느리가 사준 새 팬티를 좋아만 했지 입지는 않았던 거다. 이번에도 여전히 엄마는 헌 팬티를 찾아 입었다. 이게 절약 습성인지 편해서인지는(입던 팬티의 보드라운 감촉과 사이즈 때문에) 잘 모르겠다. 몸을 닦고 옷을 챙겨 입으면서도 "목욕탕 불 껐냐?"라는 소리를 열 번도 넘게 했고, 나도 같은 톤으로 "응, 껐어"를 열 번도 넘게 했다.

내 옷을 챙겨 입다 말고, 엄마가 입고 있던 봄 내복을 본 나는 문자 그대로 포복절도했다. 닳아빠지다 못해 구멍이 난 데를 꿰매고, 꿰맨 데를 또 꿰매고, 꿰매느라 천이 당겨져 벌어진 구멍을 또 꿰매고, 빨기도 수도 없이 빨아 꿰매지 않은 부분도 닳고 해져 곧 찢어질 듯 보였다. 게다가 그 바느질이라는 것도 꼭 유치원 꼬마가 철사를 얼기설기 얽어 놓은 듯했는데, 바늘귀도 어두우니 솜이불 꿰매는 굵은 무명실에 바늘도 아마 젤로 굵은 바늘을 쓴 것 같았고, 바느질은 방향이라는 게 없이 동서남북 상하 좌우를 되는 대로 왔다 갔다 한 모양새였다. 엄마는 꿰맨 부위가 15센티미터나 되는 두 허벅지를 나란히 모아 옆으로 누워서는 보란 듯이 나를 향해 웃고 있었다. 나는 이건 정말 작품이다 싶어 얼른 사진부터 찍었다.

"야, 찍지 마. 이거 아버지 보면 혼나."

"아버지한테는 안 보여 줄 거야."

"○○랑 ○○가 봐도 안 돼. 아주 난리들이 날 거야. 이거는 내가 너 올 때만 꺼내 입는 거야. 이게 얼마나 보드랍고 편한데."

"알았어요. 식구들한테는 절대 안 이를게. 사진도 나만 가지고 있을게."

200만 원도 넘는다는 옥침대 위에, 걸레로도 쓰지 못할 내복을 입고 좋다고 웃고 있는 할망구라니. 둘이 맞장구를 치며 웃다 말고, 내 웃음이 또 미웠다. 이런 옷을 입지 않을 수 없는 가난한 할머니들이 떠올라서다. 빈곤은 구멍 난 내복이 아니라, 구멍 난 내복이 쪽팔리는 거다.

기저귀에 대해 슬쩍 물어보니, 아직은 잘 때와 외출할 때만 사용하시겠단다. 아직은 그래도 될 듯해서 그러자고 했다. 엄마는 '100원 쿠폰' 모아 놓은 것을 뭉텅이째 잃어버렸다고 아주 아쉬워했다. 다음날 아침 나는 홀을 돌아다니다가 떨어져 있는 쿠폰 하나를 주워다 줬다. 엄마는 반가워하면서도 잃어버린 뭉텅이를 또 너무 아쉬워했다.

0617(금)　　엄마의 원피스

지난 주 방문 때 챙겨 나온 엄마 원피스 두 벌의 속감을 바꾸는 수선비와 드라이 비용으로 모두 10만 원이 나왔다. 좀 과하다 싶었지만 엄마가 좋아하는 옷이어서 남매들끼리 의논해 수선을 맡겼고 오늘 찾아서 택배로 보내 드렸다. 면 재질의 파란색 여름 원피스였는데 엄마에겐 추억이 많은 옷이고, 겉감은 아직 좋아서 내 보기에도 버리기는 아까웠다. 엄마는 둘째 딸인가 셋째 딸인가가 결혼할 때 사줬고, 어디에 입고 갔고, 누가 예쁘다고 했고 등등, 그 원피스 이야기를 오래 했더랬다. 엄마에게 원피스를 택배로 보낸다고 전화했더니 많이 좋아하셨고, 돈은 자식들이 다 냈다고 하니 더 좋아하셨다.*

0716(토)   엄마의 냄새

막내가 방문해서 엄마 목욕탕과 냉장고를 청소했는데, 목욕탕에 지린내가 아주 심하더란다. 누구든 방문할 때마다 목욕탕 바닥은 비누 청소를 하기로 했다. 기저귀를 제대로 사용하지 않는다는 뜻인데, 이는 무더위도 이유겠지만 기저귀를 잘 사용해야 한다는 데 대한 인지력이 떨어진 때문인 듯하다. 후각과 타인에 대한 수치심도 떨어졌다. 막내는 엄마에게 기저귀를 잘 사용하라는 말을 차마 못 하겠단다. 엄마가 과일을 좋아하고 아버지에게도 잘 챙겨 드렸었는데, 알츠하이머가 심해지면서 그 역할을 제대로 못 하니 과일도 많이 남아 돌고 있다.

0729(금)   집착의 순서

이번엔 작은아들네 부부와 함께 타운을 방문했다. 내 며느리가 타운을 방문하는 것은 이번이 처음이다.

* 2016년 여름과 2017년 여름에 입으셨고, 2018년 여름에는 그 옷을 챙겨 입을 건강이 되지 못했다. 지금은 둘 다 내가 물려받아 입는 중이다.

일부러 두 분이 저녁 식사를 마치는 시간에 맞춰 외식을 하고 들어갔다. 6시 반쯤 도착하니 엄마는 방문을 열어 놓고 있었다. 우리 도착에 맞춰 한바탕 방 전체를 치운 것 같았다. 새 외손주 며느리의 첫 방문이니 신경이 쓰이지 않을 수 없었을 것이다. 하지만 냄새를 어쩔 수는 없었다. 지난 일주일 내내 폭염주의보가 내릴 만큼 무더웠던 탓도 있겠지만, 엄마의 냄새는 점점 심해지고 있었다. 작년 여름에는 거의 없던 냄새이고, 한 달 전보다도 상당히 심해졌다. 오늘은 독한 지린내가 당혹스러울 정도였다. 사실 나는 내 평생의 액취증 덕/탓에 냄새에는 감각적으로건 정서적으로건 무딘 편이다. 하지만 서른세 살의 두 젊은이에게는, 특히 타운을 처음 방문한 며느리에게는, 더 낯설고 견디기 힘든 냄새였으리라. 나중에 너무 더워서 좀 나갔다 오겠다던 두 사람의 말은, 더위보다는 냄새 때문이었을 것이다.

도착하자마자 셋이서 두 분의 방을 한바탕 청소하고 나는 그 모습을 찍어 자랑과 보고 삼아 대화방에 올렸다. 두 사람이 저녁 8시 반쯤 가고, 나는 목욕을 위해 방문을 닫았다. 그러자 냄새는 더 심해졌다. 특히 목욕탕이 가장 심했다. 육면체의 공간을 가득 채운 지린내와 구린내 때문에 숨쉬기가 힘들 정도였다.

엄마의 죽음은 냄새에서 시작되는 걸까? 이전까지는 그녀에게서 죽음의 낌새를 느껴 본 적이 없었다. 그런데 심한 냄새에 그녀의 몸이 죽어 가고 있다는 생각이 든다. 그녀의 정신 역시 집착과 인지장애가 뒤엉켜 밀고 당기는 샅바 싸움을 하고 있다. 알츠하이머가 심해지면서 집착을 하나씩 놓고 있지만, 아직은 여러 종류의 집착이 남아 있다. 집착의 대상은 점점 줄어들고 있지만 하나를 놓기 전마다 놓치지 않으려고 악다구니를 한다. 생애 동안 가장 소중했던, 애증이 뒤엉킨 소재들이다.* 그 집착 덕에 알츠하이머의 진행이 늦춰지고 있는 것도 같지만, 마지막 몸부림이어서인지 때론 광기마저 묻어 있다. 어느 날 그 집착들을 모두 놓아 버리면, 해체는 가속도가 붙을 것이다. 이미 시작된 걸까? 이틀간 느낀 엄마 방의 냄새는 엄마가 삶 쪽이 아닌 죽음 쪽으로 불쑥 들어섰음을, 죽음을 향한 회귀 불가능한 모퉁이 하나를 돌았음을 느끼게 했다. 그리고 엄마의 죽음 과정이 그녀에게나 남편에게나 자식들에게나 쉽지 않을 것임을 예감한다.

손주 부부가 타운을 둘러보겠다며 잠시 나간 사이, 엄마는 내게 큰아들에 대한 원망을 털어놓았다. 요지는 "젤 투자를 많이 한" 큰아들이 자기를 배신했다는 것이고, 그 배신의 구체적 내용은 자신을

* 그 마지막 집착의 내용과 순서는 돈, 큰아들, 남편이었던 것 같다. 점점 더 자신과 밀착한 것들로 옮겨 갔다. 하지만 끝까지 자기 자신 혹은 생명 자체에 집착하는 모습은 없었다. 왜 엄마는 자기 목숨에 집착하지 않았을까? 살 만큼 살아서? 죽고 싶을 만큼 고령의 삶이 힘겨워서? 끝까지 자아를 직면하지 않고 주변과의 관계로만 자신을 파악해서? 나는 어떤가? 엄마의 열정을 고스란히 닮은, 24년 늦게 그녀의 나이를 뒤쫓아 가고 있는 나는 그녀와 무엇이 같고 무엇이 다른가? 그녀의 삶을 통해 나는 무엇을 배우는가?

아파트에서 내쫓아 이곳에 집어넣고는 아파트를 자기 소유로 만들어 버렸다는 거다. 돈에 관한 사실관계뿐 아니라 당시의 타운 입주 결정 과정과는 전혀 다른 내용으로 그 해석은 터무니없는 것이었다.

2012년 2월, 입주를 의논할 당시 엄마는 이곳으로 들어오는 것에 적극적으로 동의했다. 남편에 대한 돌봄에서 벗어난다는 점에 대해 다소 들뜬 모습까지 보였다. 언제부터 그녀의 기억과 해석이 왜곡되기 시작했는지 모르겠지만, 문제는 그녀가 이전의 일들을 기억하지 못한 채 현재의 기억과 해석만을 고집하고 있다는 것이다.

노부모에게 그토록 잘하는 큰아들을 놓고 저렇게 불행한 생각을 하는 것이, 나는 인간적으로 많이 측은하고 안타깝게 여겨졌다. 돈에 대한 애착이 생의 마지막까지, 만족이 아니라 집착과 의심과 미움으로 이어지는 것을 보며 착잡했다. 엄마의 기억과 해석은 잘 못되었고, 큰아들은 아주 효자이며 현재도 많은 부담을 감당하고 있다는 말을 여러 번 했지만, 계속 부인만 반복했다. 그 부인과 집착을 단지 알츠하이머 증상으로만 여겨 무시하기에는, 그로 인한 본인의 불행감이 너무 커보였다. 물론 큰딸에게 하는 말이라 여과 없이 과장되게 드러난 것일 수도 있지만, 이야기하는 동안 보이는 말투와 표정 등에서 그 분노의 정도가 너무 심하게 느껴졌다.

나는 엄마가 왜곡해서 생각하고 있는 것들을 조목조목 되짚어 주었지만, 엄마의 분노만 돋울 뿐이었다. 설명을 하면 할수록 목소리도 분노도 커졌다. 나중에는 낯빛이 흥분으로 붉어지고, 눈동자가 증오로 이글거리며, 목소리에 독이 묻어났다. 나는 점점 높아지는 소리에 무안해져 방문을 닫았다. 하지만 엄마는 복도를 지나는 다른 사람들이 우리 대화를 들을 수 있다는 것에도 전혀 신경을 쓰지 않았다. 남들의 시선을 누구보다 의식하는 평소의 그녀라면 있을 수 없는 일이다. 대체로 '잘나가는' 삶을 살아왔음직한 노인들이 모여 사는 실버타운에 입주한 후에는 한층 더 남의 눈을 의식하는 언행을 했고, 나한테도 요구했던 그녀다. 나는 평소 차림에 거의 신경을 안 쓰는 편인데, 타운에 올 때만은 두 분을 위해 신경을 쓰고 있다. 하지만 이제 엄마는 인지장애와 집착으로 인한 왜곡과 분노로, 남들을 신경 쓰는 '교양머리'와 '양반연'까지 때때로 놓아 버리고 있었다.

내 반박이 오히려 역효과만 내는 것을 확인하고, 나는 일단 포기했다. 큰아들에 대한 미움과 분노에 내가 당장은 개입할 수 없겠다 싶었다. 하지만 아들 부부를 배웅하고 들어오면서 그럼에도 불구하고 오빠에 관한 내 믿음을 더 이야기해야겠다는 생각이 들었다. 그렇게 해서 혼자 있는 시간에라도 자신의 기억과 해석을 되짚어 볼 여지를 남겨 두고 싶었다. 그동안 엄마는 대체로 그런 편이었다. 대화 당시는 자기주장만 고집하다가도 나중에 보면 상대편의 주장에 대해 좀 더 생각해 본 흔적이나, 당시의 자기감정과 언어에 대해 성찰해 본 낌새가 보였다. 게다가 아직 그녀의 알츠하이머는 '제정신'의 인지나 성찰이 전혀 불가능한 상태는 아니다. 나를 설득할 생각 말라고 강하게 항변했지만, 그녀는 조금은 설득되기도 하는 사람이다. 엄마와의 대화가 불가능하다고 단정하고 싶지도 않았다. 그녀의 언어나 둘의 대화가 아무 의미도 성과도 없는 것이라고 포기하고 싶지 않았다. 그녀의 분노와 말을 돌아볼 때, 그녀가 가장 원하는 것은 '시설에서의 자유'인 것 같았다. "나를 여기에 넣은 큰아들"에 대한 미움이었지, 넣는 과정에서의 돈 문제는 오히려 나중이고 혹 헷갈리기도 하는 눈치였기 때문이다.

나는 큰아들에 대한 이런 분노와 왜곡을 오빠에게는 말하지 않았다. 그가 너무 괴로워할 것 같았다. 하지만 그는 이미 엄마의 주장과 감정을 알고 있었다. 엄마가 직접 그에게도 해댔던 거다. "어머니를 뵙고 온 날이면 너무 힘들어서 잠을 못 잔다"라는 말의 의미를 나는 그제야 알 것 같았다.

[나의 방문 보고] *

○ 준비해 간 물품 : 과일(황도 6개, 거봉 4송이), 목욕탕 바닥 청소용 솔, 세숫비누 4개

○ 기존의 과일 수거 후 현재 남은 과일은 황도 6개, 천도 5개, 포도 7송이, 귤 14개(편하게 드시도록 일부는 잘라서 그릇에 담아 놓을 필요가 있음).

* 다섯 남매는 대략 다음과 같은 형식으로 매회 방문 때마다 '방문 보고'를 대화방에 올렸다. 이하에서 이와 같은 세세한 방문 보고 형식은 대체로 생략했다. 또 과일을 신선한 상태로 유지하며 골고루 챙겨 드리기 위해 각자가 사간 과일과 남은 과일 목록도 자세히 공유했으나 이 역시 생략한다.

엄마 상태

○ 피부 등 상태 좋으심. 정서적으로 약간 우울한 듯했으나 괜찮아짐. 약간 살이 찌심. 운동을 거의 안 하시는 듯. 보행 보조기를 이용해 걷기 운동을 하시도록 권하는데, "그거 사용하는 사람은 지금 이용하는 식당에서 밥을 먹지 못하게 한다"라고 하심(그런 규정은 없음. 보행 보조기를 쓰지 않기 위한 핑계로 꾸며낸 것으로 보임).

○ 약 플레이트* 여전히 사용하지 않으심. 약 플레이트를 사용하자고 해도, "아직 그럴 정도는 아니"라며 마다하심. 그러면서도 어제 저녁 약을 먹었는지 안 먹었는지를 계속 헷갈려 하심.

다음 방문자가 준비할 물품

○ 과일 : 당분간 복숭아 좋을 듯(두 분 다 좋아하심).

○ 가루비누, 탈취제 혹은 방향제(유해하지 않고 향이 부드러운 것으로), 과일 손질해 담아 놓을 반찬통 2개

* 일주일치 약을 요일별로 칸에 넣어 놓는 통.

유학 중인 조카가 잠깐 한국에 들른 김에 오빠네 집에서 가족 모임
이 있었고, 엄마 아버지도 함께했다. 엄마는 이틀 전과는 달리 유쾌
해 보였다. 큰아들이 자신에게 잘하는 것이 진정인지 가식인지가 의
심스럽던 엄마 옆에서, 나 역시 자식들 앞에서 보이는 엄마의 유
쾌함이 진짜인지 꾸며낸 것인지 의심했다. 그렇더라도 내가 할 수
있는 최선은, 그녀가 보여 주는 유쾌함에 맞장구를 치는 것이다. 내
의심을 엄마가 눈치채게 하는 것은 엄마의 감정을 더 나쁘게 할 뿐
이다. 엄마는 아직 상당히 똑똑하다.

귀가 후 두 분을 모셔다 드린 막내는 대화방에 다음과 같은 제
안을 했다.

어머니가 오늘 형님네서 모두 인사하고 헤어진 걸 기억 못 하시고,
"애들은 다 어디 갔냐? 인사도 못 했다" 하시네요. 다음부터는 헤어
질 때 시간이 좀 걸리더라도 오래 인사하고 헤어지는 게 좋을 듯합
니다.

하루 자고 갈 요량으로 어제 오후 3시에 타운에 들어왔다. 냄새는 여
전했다. 지난 가족 모임에서 내가 사다 드린 방향제가 보이지 않아
물었더니, 엄마는 어딘가에 넣어 둔 방향제를 찾기 위해 옷장과 서
랍 등을 뒤지기 시작하면서 혼란과 피곤한 기색을 역력히 드러냈다.
더 찾지 말라고 해도 포기하지 않았는데, 그러면서 다른 옷이나 살
림들이 바닥에 널브러지며 더 정신없어 하다 짜증을 내기 시작했다.
결국 내가 잠깐 나서서 있을 만한 곳을 뒤져 금방 찾아냈다. 지난 오
빠네 집 모임에서 쇼핑백에 화투와 반찬통과 방향제를 담아 드렸는
데, 손대지 않은 채 그대로였다. 그것들을 가지고 왔다는 사실 자체
를 잊은 듯했다. 내가 쉽게 찾는 걸 보고는, "옛날에도 내가 커피 숨
겨 놓으면, 나는 못 찾고 너는 나 몰래 찾아서 혼자 숨겨 놓고 타먹고
그랬지"하며 옛날이야기를 하시다 곧 즐거워졌다.

　　오늘은 엄마 기분이 상당히 좋은 편이어서 많은 이야기를 나눴
다. 그 김에 나는 엄마 기억의 상층부에 즐거움을 한 켜 얹어 두려
고 말을 보탰다.

　　"엄마처럼 행복한 말년이 어디 있어. 엄마가 평생 열심히 살아
서 그 덕에 자식들도 모두 잘되고, 엄마에게 다 잘하고 있는 거야."

　　듣는 둥 마는 둥 하던 엄마는 뜬금없이 내 가출 이력을 꺼내 들
었다.

"너는 집 나가서 대체 어디 가 있었냐? 내가 그렇게 찾아다녔는데 못 찾겠더라."

마치 내가 말한 "행복"이나 "잘된 자식들"에 흠이 있다는 듯, 우리 둘 사이에서라면 비밀 삼을 거 없이 그런 흠 정도는 털어놓아도 되지 않겠냐는 투로, 원망의 눈빛을 하고 은밀하고 간단하게 툭 던진 말이었다. 사실 스무 살 즈음 나는 세 번의 가출을 했었다. 어쩌면 엄마는 그렇게 시작된 내 젊은 시절의 방황과 내 맘대로 한 결혼, 그리고 25년 후의 이혼 등을 훑고 있는지도 몰랐다.

난 가끔 "현숙아" 하는 환청을 들을 때가 있다. 엄마의 애타는 목소리다. 집 나간 딸년을 찾아 나섰다가 결국 못 찾고 돌아왔는데, 여러 날 후 제 발로 기어 들어온 딸년을 붙들며 터져 나오는 소리다. 아버지한테 잘못했다는 한 마디를 안 하고 버티며 매를 벌고 있는 딸년을 향한, 속 터지는 소리이기도 하다. 그 순간들에 엄마는 그 소리를 냈음 직하다. 내게 엄마의 젊은 모습에 대한 기억은 거의 없다. 가출한 나를 위해 늘 대문을 잠그지 않았다는 엄마 혹은 어두운 골목에 서서 나를 기다렸다는 엄마. 그것은 실제로 본 모습이 아니라 언젠가 엄마가 해준 이야기 속 장면, '나를 위한 엄마'에 관한 내 안의 영상이다.

"아따, 이 양반이 왜 갑자기 고리짝 이야기를 끄집어내시나?"

40년 넘은 일이 엊그제 일로 바짝 다가와 버린 나는 서둘러 줄거리를 잡았다. 그런데 내 답은 기다리지도 않고 엄마는 또 다른 이야기로 깡충 뛴다. 알츠하이머 이후로는 그녀의 불규칙한 방향 틀기와 반전을 따라잡기가 쉽지 않다.

"이번엔 땅콩이 없네. 너네 아버지가 왜 그런지 땅콩을 드시더라구."

다른 때는 많든 적든 나를 위해 모아 둔 견과류 뭉치를 주었는데, 이번에는 없어서 아쉽다는 말이다. 엄마는 견과류 모은 것을 내게만 주고 있다. "드시지도 않을 걸 왜 받아 모으냐?"라고 타박할 리 없는 자식인 나를 위한, 엄마와 아버지의 합작 애정이다. 엄마는 자식들의 반응이나 여건에 따라 자식들을 다르게 대하고 있다. 아직은 그럴 인지력이 있는 거다.

엄마에게 나는 아린 손가락이다. 그녀에게 내가 실패로 해석된다는 것이, 나로서는 불효라기보다 양념을 쳐준 느낌이다. 큰딸의 '실패'보다는 다른 자식들의 '성공'이 엄마에게는 월등할 거다. 나로 인해 엄마가 완벽하게 행복하지는 않다는 사실에서, 훨씬 더 가난하고 고생 많은 노인들에 대한 미안함이 조금이나마 덜어지는 것 같다. 그리고 그만하면 행복이 넘칠 만한 노인이 불행을 만들어서 붙들고 있는 모습에서 사람 사는 게 조금은 공정하다는 느낌도 든다. 빈과 부로 행과 불행이 갈라지는 세상에 대한 내 무기력과 공분을 조금은 위로받는 느낌이다.

한동안 자취를 감췄던, 냅킨을 모아 둔 쇼핑백이 다시 걸려 있다. 막내가 발견하곤 속상해 하며 버리겠다고 한 것을, 그러면 엄마가 너무 허탈해 할 거라고 내가 말렸던 그 쇼핑백이다. 쓰다 만 두루마리 화장지는 욕실장 안에 들어 있다. 오랜만에 보는 쇼핑백이어서 '그 습관이 다시 시작됐나?' 싶었는데, 모아 놓은 양으로 볼 때 그간 자식들에게 숨겨 왔을 뿐 계속 이어지고 있는 듯하다. 심한 저장 강박이나 도둑질로 가지 않는 한, 나는 크게 말리지 않는 게 좋다고 생각한다. 나 혼자 방문하는 날만 꺼내 놓는다는 것은, 자식을 가려 가며 처신할 판단력과 눈치가 아직 살아 있다는 뜻이다. 나는 무심한 척 별다른 반응을 하지 않았다. 적어도 내 앞에서는 그 습을 맘껏 발휘하게 해주고 싶었다. 남들 앞에 대놓고 드러내지는 못하지만, 그녀에겐 소소한 즐거움이자 자족이고 '어쩔 수 없음'이며, 나름대로 명분과 실리가 확실한 '잘하는 일'이라는 걸 알기 때문이다.

이제 엄마는 기껏해야 구내식당에서 하루 세 번, 한 번에 서너 장, 하루 열 장 정도의 냅킨 챙기기로, "휴지 한 칸도 애끼며" 살아온 평생의 절약 근성과 저축 욕망을 감질나게라도 채우며, 자기 자신을 살아가고 있는 것이다. 산업사회 삶의 방편으로서 양반집 여인네의 교양과는 이질적이지만 몸에 각인돼 버린 아등바등. 몸에서 뜯어낼 수도 없고 뒤엉켜 분리할 수도 없이 그녀 자신이 되어 버린 습꿀. 부자 노인들이 사는 실버타운에서 남들 시선에 묶여 사느라 스스로 타협해서 겨우 요만큼씩 자잘하게라도 쥐고 있는 그 습을 구태여 타박하고 싶지 않았다. 이는 그녀에 대한 내 이해이자, 그녀의 습과 태도가 길러 낸 내 몸과 인식, 결국 대물림된 내 시선과 습에 대한 해명이기도 하다. 그 덕/탓에 내가 자라났다. 그 습을 찌질

하다고, 대체 몇 푼이나 아낀다고 그 짓을 하냐며 신경질 내는 젊은
것들의 사고방식이야말로 또 다른 형태의 물질주의이다.* 그녀들
의 절약 근성 때문에 생태적인 면에서 그나마 세상이 덜 망가졌다
는 게 내 생각이다. 그런 면에서 절약 혹은 가난은 그 자체가 생태
적 삶이라 생각한다.

"엄마가 오는 기색이면 얼른 불을 끈다."
　　엄마는 요즘 아버지 방에도 불을 켜지 못하게 하고 있었다. 아
버지는 하소연과 살짝 흥보기를 담은 표정으로 나한테 이 얘기를
전했다. 에어컨 바람은 싫어하지만 선풍기는 자주 켜는 아버지에게
선풍기마저 못 틀게 하고, 심지어 보청기 건조기가 전기를 많이 먹
는다며 그것까지 못 쓰게 한단다. 아버지는 아내의 절약 강박과 잔
소리가 귀찮기는 하지만, 그럭저럭 참거나 못 알아들은 척 넘어가
는 눈치다. 귀를 잡쉈으니 들어도 못 들은 척 넘어가는 게 어렵진
않을 것도 같다.

　　　　* 이와 같은 내용은 "한 할머니의 습習: 지구는 누가 살렸나?"라는 제목
　　　　으로 내 페이스북 계정에도 공유한 바 있다. 이에 대해 페이스북 친구들은
　　　　댓글로 핫도그·닭꼬치 꼬챙이까지 재활용하는 습, 신문지 적셔서 걸레질
　　　　하는 습, 쓰레기봉투 아끼려고 퇴행성관절염 앓는 손가락으로 쓰레기를
　　　　꾹꾹 눌러 담는 습, 키친타월과 물티슈를 빨아서 말려 쓰는 습 등 엄마들
　　　　의 각종 속 터지는 궁상들과 저장 강박, 그에 대해 질색팔색하는 자식들의
　　　　심정을 전해 주었다.

미워하면서 닮는다고 나 역시 마찬가지 습이 있다. 돈이건 물건이건 시간이건, 아낄 수 있는데 아끼지 않으면 마음이 불편해지고, 심지어 죄책감까지 들곤 한다. 산업사회 세대의 특징이자 한계이다.

나는 그녀의 절약 강박에 대해 다소 넉넉한 시선이 되고부터, 내 자신의 절약 강박에 대한 짜증에서도 벗어나기 시작했다. 별다른 이익도 없는, 쩨쩨하거나 지저분해 보일 수 있는 내 자질구레한 절약 행위들에 대해, 좋은 의미의 절약인지, 돈에 대한 강박인지, 생태적 관점인지, 늘 내 속을 뒤져 댔었다. 그런데 엄마의 행위에 넉넉해지면서, 내 행위의 출발이 어느 쪽이든 별 이익도 손해도 아니며, 이상할 것도 과할 것도 없고, 되는 대로 가능하면 즐겁게 하고 안 하면 안 하는 대로 말아 버리는, 어쨌든 좋은 습관이라는 것으로 정리가 됐다. 청결과 편리가 상업주의와 만나 사건·사고들(대표적으로 가습기 살균제 참사)을 만들고 있는 세상에서 남들을 잘 설득할 수 있을지는 모르겠다.

아버지 역시 나와 비슷한 경지에 이른 걸까? 아버지가 평생 돈에 연연하지 않고 살았다는 규정을, 나는 지금은 하지 않는다. 그 나름대로 돈에 관한 상처와 갈등이 있었을 거다. 하지만 적어도 절약 근성이니 돈 욕심이니 그런 게 없는 것은 확실하다. 그에게 돈은 어쨌든 결국 아내나 자식들에게서 나오게 되어 있는 거였다. 그런 그가 요즘은 아내의 축적 행위에 적당히 공조하고 있다. 티 나지 않을 정도이지만, 끼니마다 먹지도 않을 삶은 계란과 구운 식빵과 딸기잼을 같이 챙기고, 차 마시는 시간마다 견과류를 챙겨서 아내의 냉장고에 함께 모아 주는 것이다. 남들 눈에 유난스러워 보이지 않도록 아내에게 주의는 주면서. 아내의 습관을 못 하게 말리기보다 동조하면서 심해지지 않게 관리하자는 전략일까. 그 축적물들이 결국 "젤 못사는" 큰딸한테 가는 걸 아버지도 알 거다. 두 분의 관계가 닭살 돋는 한 쌍으로 변한 데에는, 엄마의 절약 근성에 대한 아버지의 은근한 공조 덕도 있는 것 같다.

사실 아버지는 친족 관계 이외에 다른 각별한 관계가 없는 사람이었다. 성질이 어때서가 아니다. 시대의 흐름과 아내의 욕망을 거스르지 못해 자신에게 딱 맞았던 시골 교사 자리에서 뿌리 뽑혀 산업사회가 태동하던 서울 변두리 돈암동으로 이사한 후 내내 경제적 가장이자 사회 속 남자의 자리를 만들지 못했지만, 바둑 친구나 장기 친구 등 나름대로의 사회관계를 만들어 가고 있었다. 엄마가 가장 듣기 싫어하던 칭찬이지만, 그는 어딜 가나 "법 없이도 살 사람"이란 소리를 듣곤 했다. 집 식구들 외의 다른 어느 관계에서도 문제를 만들지 않았고, 그 방식은 대체로 양보와 희생이었다. 물론 그 양보와 희생이 엄마의 속을 매번 뒤집어 놓거나 다른 식구들에게는 부담이 되었음은 더 말할 필요가 없다.

하지만 청각 장애가 심해지고 실버타운에 입주하면서 그가 새로운 관계를 만들기는 거의 불가능해졌다. 그에겐 아내밖에 없게 된 것이다. 과거 아내와의 관계에 대한 자기 성찰 역시 작용한 것 같다. 그리고 자식들 앞에서 자신의 역할과 정당성을 회복하는 길은 아내와의 관계 회복이라는 깨달음도 있었으리라. 여하튼 실버타운에 들어온 후 '헌신'이라고 표현할 수 있을 정도로 아내에 대한 그의 노력은 깊었다. 아버지를 가장 미워한 내가 보기에도, 아버지의 헌신과 엄마의 여전한 무시 사이에서 이젠 엄마를 더 탓해야 할 정도로, 그는 헌신했고 엄마는 여전히 그를 미워했다.

그러다가 엄마도 변했다. 그 변화의 원인은 뭘까? 그녀 역시 타운 안에서 어떤 전략을 마련한 것일까? 아니면 성찰의 결과일까? 특히 실버타운이라는 공간에서 점점 낡아 가는 자신의 몸과 정신을 느끼면서, 그리고 남편의 일방적 헌신과 인내를 보면서, 자신이 마지막까지 일상적으로 기댈 곳은 남편이라는 판단이 들었을지도 모른다. 자식들이 가장 골칫거리로 여기는 것이 노부모의 관계라는 점도 알았을 것이다.

입주 후 2년여의 세월이 흐르면서 엄마는 남편의 헌신과 인내를 인정하고 받아들이게 되었고, 두 분의 관계는 아주 좋아졌다. 내가 농담 삼아 엄마에게 "옛날엔 그렇게 많이 싸우더니, 이렇게 사이가 좋으니 정말 좋네"라는 말을 하면, 엄마는 "우리가 싸웠냐? 젊어서는 사느라 그랬나 보지……" 하며 딴청을 부렸다. 그래, 사느라 그랬던 거다. 안 살기로 했으면 그렇게 싸워 대지 않았을 거고, 그랬다면 우리 집 상황은 (긍정적인 쪽으로든 부정적인 쪽으로든) 많이 달랐을 것이다.

이날 아침 식사를 마치고 아버지는 "내가 너희 엄마 건사하느라 고생이 많지야?" 하며 웃었다. 말의 내용도 내용이지만 그가 나를 향해 웃는 것 자체가 내겐 참 낯설고 각별한 일이었다.

어젯밤에도 티브이를 밤늦도록 켜놓고 싶어 하는 엄마와 실랑이를 벌였다. 나는 그런 상태에서는 도저히 잘 수 없어서 소리를 좀 줄이는 것으로 타협했지만, 그 소리와 빛만으로도 잘 수가 없었다. 엄마가 잠든 새 티브이를 끄고도 계속 잠들지 못한 나는 결국 새벽 2시에 아예 노트북과 책을 챙겨 방을 나왔다.

바깥 홀에 있다가 새벽 3시 반쯤 잠깐 방에 들어갔더니 엄마는 화장실에 있고, 방바닥과 내가 덮던 이불에는 오줌이 묻어 있었다. 자는 시간에는 소변 관리가 더 안 되는 듯하다. 엄마는 오밤중에 어딜 갔다 오냐고 오히려 나를 걱정했다. 홀에서 책을 보고 있었다고 하니, 이 새벽에 남들한테 피해되는 짓을 한다며 또 잔소리를 한다.

"니 방은 넓냐?" 엄마는 누워서도 이 질문을 여러 번 했다. 나는 넓지는 않지만 혼자서는 불편한 게 없다고 여러 번 답했다. 전세 보증금도 묻길래 1억이라고 답했다. 엄마는 어느 정도의 넓이를 생각하는 걸까. 그러다 결국 엄마는 "나 더 안 좋아지면 너한테 갈 거야"라며 속내를 드러냈다. 나는 불가능하다고만 간단히 답했다.

비슷한 대화는 전에도 여러 번 있었다. 다른 자식에게는 하지 않는 말인데, 내가 이혼했고 자식들도 독립해서 혼자 살고 있다는 것이 주된 이유일 거다. 엄마는 아직 타운을 자신의 마지막 거처로 수긍하지 못하고 있다. 정말 자식과 살고 싶은 걸까, 아니면 나와 살고 싶은 걸까. 나는 서울에서 해야 할 일이 마무리되고 나면 타운 근처로 이사할 생각이다. 그때는 두 분의 건강이 더욱 나빠져 있을 테고, 두 분의 일상도 많이 달라져 있을 것이다.

기록을 남기다 보면 주로 엄마에 관한 기록이고, 아버지에 대한 기록은 별로 없다. 엄마의 알츠하이머 때문이기도 하고, 아버지와 함께하는 시간이 그만큼 적은 것이다. 그의 청각 장애로 소통이 어려운 것, 상대적으로 덜 친밀한 관계 등이 원인이겠다. 하지만 그와도 많은 것을 나누며 기록하고 싶어 기회를 더 만들어야겠다는 생각이 든다. 그래서 오늘은 엄마랑 아버지 방으로 가서 복숭아를 깎아 먹었다. 우리 셋 사이에 이런 장면이 얼마나 있었던가? 더 노력해야겠다.

엄마는 작은 것부터 먹자고 하고, 나는 "엄마, 이젠 뭐든지 맛있는 거부터 잡수셔" 하며 큰 것부터 깎았다. 엄마는 "난 큰 거는 아직 한 번도 안 먹었다!"라고 하면서도 넷째가 전에 사온 물 많고 커다란 복숭아 이야기를 여러 번 했다. 아주 맛있었다며 누구누구와 함께 먹었는지를 나열한다. 그 자리에 "우리 강아지"(막내에 대한 엄마의 애칭)가 있었는지는 헷갈려 하면서도 큰며느리가 사온 비싼 과일에 대한 칭찬은 잊지 않는다. 엄마는 또 큰며느리가 지난주에 당신 고쟁이를 삶아서 빨아 주었다는 이야기도 빠뜨리지 않았다.

[나의 방문 보고]

○ 엄마 방 싱크대 아래 수납공간을 모처럼 열어 보니 쉬파리들이 날아다니고 애벌레들까지 있었음. 내부를 좀 더 살폈더니 홍시 먹다 남은 게 있었고, 썩은 상태였음.

○ '오늘 날짜에 대한 인지'는 년과 월과 요일까지는 잘 짚고, 날짜는 16일 정도로 이야기하시며(실제는 8월 11일). '해방절'을 막 지나지 않았냐고 하심. 이후 산책하면서 날짜가 헷갈리고 많이 어지럽다고 여러 번 이야기하시며 "내가 치매가 좀 심해진 거 같다"라고 하심(일단 본인이 '치매'가 있다는 것에 대해 거부감이 없으셔서 다행).

0812(금)　노인들의 사정

아침 식사를 위해 챙겨 입은 엄마의 차림새는, 옷에는 도통 촉이 없는 내게도 일단 좀 난해해 보였다. 하의는 냉장고 바지 같은 헐렁하고 알록달록한 원색의 칠부 바지에 운동화를 신고, 윗도리는, 본인 표현대로라면 "교양 있는" 블라우스를 입었다. 이제 운동화는 걷기 위해 받아들일 수밖에 없는 필수품이고, 요실금 때문에 하의는 빨기도 마르기도 쉬운 바지를 입어야 했지만 평소의 양반연은 포기할 수 없었던 거다. 양반연을 포기하지 못한 기색은 굳이 챙겨 신은 양말에서도 드러났다.

　작년의 그 지독한 무더위에도 엄마는 방에서도 양말을 챙겨 신었다. "니네 아버지가 시켜서"라고 했지만, 양반연에 대한 욕망과 자유로움에 대한 욕망은 평생 엄마 안에 분열적으로 뒤엉켜 있었다. 그런 식의 양반 품새는 자긍이면서 구속이었다. 사회성 좋은 엄마에게 부부가 함께 실버타운에 들어온 것은, 자유를 제한하는 일이었다. 특히 청각 장애가 심하고 가부장적인 아버지의 아내로 부유한 노인들의 공동 주거 시설에서 생활하는 것은, 엄마의 사회관계에 대한 제약이자 옷차림과 언행에 대한 제한이기도 했다. 여름에도 양말을 꼭 신어야 한다거나 다른 사람들과 마음 놓고 어울리지 못한 측면이 많았다. 두 분 다 타인의 시선을 의식해 아파트에 살 때보다 오히려 더 구속받는 삶을 살았다. 초기에 엄마는 안 하던 화장을 매일 했고, 옷을 제대로 갖춰 입고서야 방 바깥을 나갔으며, 옷이나 신발의 상표에 신경을 썼고, 시간이 지나면서 슬슬 다른 노인들에게 자식 자랑을 시작했다.

하지만 요실금과 알츠하이머로 인해 양반연은 이제 점점 포기할 수밖에 없게 됐다. 인지력에 전혀 문제가 없는 아버지 체면에 아내의 상스러운 냉장고 바지가 어떨지 좀 궁금하기도 하고 염려도 됐지만, 본인도 전립선이 좋지 않아 배뇨 문제가 있는 터이니 아내의 사정을 나보다 더 잘 이해하고 있으리라. 다른 노인들 역시 엄마의 그런 차림새나 차차 흐트러져 가는 변화를 알아차리기는 해도 쑥덕거릴 처지는 아닐 것이다. 당장이든 장차든 그녀의 사정이 자신의 사정이 될 거라는 걸 그곳 노인들이 모를 리 없다. 더 늙은 사람을 보면서 '나는 언제 저렇게 되려나', '나도 결국 저렇게 되겠구나' 하고들 있을 것이다.

그 할머니가 내게 처음 말을 건 것은 아침 식사 전 헬스장에서였다. 엄마를 안마 의자에 앉혀 드리고, 나는 엄마가 잘 보이는 기구 위에 서서 허리 돌리기를 하고 있었다. 한 할머니가 내 바로 옆의 허리 운동 기구에 올라섰다. 모든 노인에게 그렇듯 내가 먼저 인사를 건넸다. 분홍 윗도리의 할머니는 낯이 익었다. 딱히 다른 노인들과 구분되는 것은 없었지만 낯선 얼굴은 아니었다.

"따님은 교회 안 나가시나?"

할머니는 내 인사에 내가 교인인지부터 물었다.

"아, 교회 다녀요."

난 그렇게만 답했다. 실은 가톨릭 영세를 받은 기독교인이지만 개신교든 가톨릭이든 다른 종교든, 종교가 있든 없든, 내게는 별 의미가 없다. 다만 전도는 일단 피하고 본다.

"아, 따님은 교회 나가요? 그러면 엄마도 교회 나오시게 딸이 얘기 좀 자주 해요. 딸만 천당 가면 되겠어요?"

그렇게 시작한 교회 타령이 무진장 계속됐다. 가능하면 이 안에서는 누구에게도 내 주장을 명확히 하지 않던 터인데, 결국 내 입에서 "신앙 문제는 엄마가 알아서 하실 문제지요"라는 말이 약간 차갑고 단호하게 나갔다. 예의에 어긋날 정도는 아니었지만 효력은 있었다. 내 얼굴을 슬쩍 살핀 분홍 할머니는 말을 중단했다. 나는 마침 식사 시간도 다 되어 분홍 할머니를 피해 엄마를 모시고 식당으로 향했다. 가는 길에 분홍 할머니의 교회 타령을 엄마에게 간단히 전했더니 엄마도 이미 겪은 듯 "그 할머니 맨날 그래" 하며 동조했다. 그러면서도 엄마는 "쉿" 하고 손가락을 입에 갖다 댔다. 이곳은 개신교 복지 재단이 만든 실버타운이고, 관내에 교회도 있다.

오전 8시가 되자 배식 시작을 알리는 음악이 흘러나왔다. 아버지는 내 몫의 식대 7000원을 투명한 상자에 미리 넣어 놓고 줄을 서 있었다. 엄마는 죽을 나눠 주는 줄에 섰고, 나는 아버지와 같은 밥줄에 섰다. 아버지와 나 사이에 열 명 정도의 노인들이 있었다. 줄을 서놓고 보니 분홍 할머니가 내 바로 뒤에 서 있었다. 적당한 기회를 봐서 슬쩍 미안함을 표현해야겠다 생각했다. 내 바로 앞에는 할아버지가 있었다. 큰 키에 마른 체격이었는데, 굽은 등과 걸음걸이만으로도 파킨슨 환자임을 알 수 있었다. 몸 전체가 앞으로 넘어질 듯 불안정했고 팔도 약간 떨고 있었다. 걸음이 느리고 보폭이 짧아서 앞 노인과의 거리가 차차 벌어져 갔다. 당신 식판을 스스로 챙길 수 있을지조차 걱정되는 이런 정도의 노인이 타운 안에는 여럿 있다. 나는 조금 거리를 두고 그의 뒤를 천천히 따라갔다. 그는 일고여덟 가지 반찬을 차례차례 집어 식판에 옮기며 자신의 속도대로 나아가고 있었다.

"아휴 답답해. 빨리빨리 좀 하시지. 다들 기다리는데."

앞의 할아버지에게도 충분히 들릴 만한 크기의 짜증 섞인 목소리가 뒤에서 들려왔다. 돌아볼 것도 없이 분홍 할머니. 조금 전까지의 미안한 마음이 뒤집어지며 참기 어려운 화가 치밀었다. 나는 일부러 걸음을 뒤로 물리며 얼굴까지 뒤로 향했다. 분홍 할머니가 반드시 알아듣도록, 하지만 다른 노인들에겐 들리지 않도록 톤은 조정했다.

"아니, 환자 어르신이 좀 느린 거를 그렇게 못 참아 하시면서 교회는 뭐하러 다니시고 전도는 뭐하러 하세요?"

나는 비교적 감정 관리를 잘하는 편이다. 나이 덕인지, 슬픔이든 분노든 부지불식간에 바깥으로 솟아오르는 경우는 별로 없다. 그런데 내 아킬레스건이 몇 가지 있다. 대체로는 사회적 약자에 대한 차별과 무시, 맹신적 신앙, 그리고 가부장적 권위가 발동되는 순간에 나도 모르게 분노가 치솟곤 한다. 때로는 상대가 한 차별과 무시를 능가하며 상대를 정확히 짓뭉개는 말이 튀어나오기도 한다. 상대에 따라 어느 정도 조절은 하는 편인데, 오늘은 살짝 넘어섰다.

말을 뱉으면서도 아차 싶기는 했다. 헬스장에서의 일에 이어, 더구나 아침 시간에 두 번이나 좀 과하다 싶었다. 엄마 아버지 걱정도 됐다. 나야 가끔 들르는 사람이고 내내 여기 있어야 하는 건 그분들인데, 엄마 아버지가 이 안에서 불편하게 될 상황은 어쨌든 만들지 말아야 했다. 만일 저 할머니가 내 말에 역정을 내며 큰소리라도 친다면 나는 일단 수그려 주는 척할 생각도 했다.

말을 마치고 다시 적당한 줄 간격을 만들었다. 머릿속이 복잡한 채 할아버지 뒤를 따르며 반찬을 담고 있는데, 이번에는 할아버지가 아예 걸음을 멈추는 듯했다. 나도 걸음을 멈추었다. 할아버지는 짧은 보폭을 더 짧게 하며 나를 향해 주춤주춤 몸을 돌렸다. 식판을 든 채 몸을 돌리는 움직임이 도무지 불안했다. 그가 뒤를 돌아봐야 할 일을 찾아볼 생각에 나도 주변을 둘러봤다. 주변엔 각별할

게 없었다. 다시 할아버지를 쳐다보는데 그와 눈길이 마주쳤다. 아니 그는 내 눈길을 기다리고 있었다. 그의 안면 근육이 느리고 미세하게 움직였고, 이어 눈가의 주름과 눈썹이 움직였다. 하지만 나는 눈만 마주쳤지 그 움직임들의 의미를 못 알아듣고 있었다. 질문의 의미로 엷은 미소를 담아 그의 눈을 들여다봤지만 그래도 의중을 알 수 없었다.

뒤를 돌아보니 배식 줄이 우리 때문에 아예 멈춰 있었고, 뒤의 노인들은 무슨 일인가 궁금해 하며 원인을 찾고 있었다. 다시 노인을 바라봤다. 노인의 입이 느리게 움직였다. 무언가 말을 했음이 분명한데 역시 알아들을 수 없었다. 나는 뒷사람들을 위해 일단 줄에서 벗어났다. 노인도 나를 천천히 따랐다. 그런데 뭐한다고 분홍 할머니까지 우리를 따라 줄을 벗어났다. 그 양반 나름대로 이대로 끝낼 생각은 아닌가 싶었다. 셋이 비켜서자 배식 줄은 정상으로 돌아갔다. 할아버지가 다시 입을 움직거렸다. 난 또 못 알아들었다. 궁금함이 묻은 미소만 담고 있는 나를 향해 분홍 할머니가 통역을 했다.

"고맙다고 하시네요."

"네? 아, 네."

내 시선은 할아버지와 할머니 사이를 오락가락하며 허둥댔다. 사실 그가 할머니와 나 사이의 일을 알아채고 있을 거라는 생각을 못 했다. 그의 안면 근육이 다시 느리게 움직거리며 내게서 할머니에게로 시선이 옮아갔다. 안면 근육의 움직임이 그의 미소였던 거다. 그러고 그는 다시 줄로 돌아갔다. 노인 하나가 자리를 마련해 주며 내게도 들어오라는 눈짓을 했다. 나는 분홍 할머니에게 보일 게 웃음인지 다른 무엇인지 몰라 시선을 피한 채 줄로 들어섰다. 아직 그녀의 의중을 파악할 수 없었다. 그녀도 따라 들어왔다.

"내가 오늘 젊은 사람한테 참 많이 배우네요."

그 말을 전하기 위해 일부러 내 뒤에 바짝 붙은 게 분명했다. 말투로 보아 미안함이 분명했고, 나는 좀 당황했다. 뭐라고 반응은 해야겠는데, 적당한 말이 떠오르지 않았다. 그녀에 대한 내 감정이 후딱 뒤집어지진 않았지만 사과부터 해야겠다 싶었다.

"죄송해요. 어르신한테 오늘 제 말투가 계속 무례했네요."

"아니에요. 내가 나이를 허투루 먹은 거지요. 젊은 분한테 부끄럽네요."

"제가 성질이 못돼서 그냥 나오는 대로 말을 해버렸어요."

분홍 할머니는 아니라며 미안하다는 웃음을 건네고는, 식판을 들고 자기 식탁을 찾아갔다.

엄마의 식판은 예상대로 풍성했다. 원래는 한 토막씩 담긴 갈치구이 접시에는 두 토막이 담겨 있다. 양상추도 한 접시를 더 얹은 게 역력했고, 삶은 계란도 두 개였다. 요즘 엄마의 몸무게가 약간 줄은 걸 보면, 식탐은 아니고 나를 위한 게 분명했다. 갈치를 보고 아버지가 한마디 했고, 엄마는 얼른 내 갈치 접시에 한 토막을 더 얹어 주었다. 나는 어린 시절의 밥상머리가 떠올랐다.

엄마의 숲

우리는 못사는 편은 아니었다(이에 대해서는 남매들마다 좀 기억이 다르다. 각자 경험도 달랐고 기대치와 해석의 차이도 있기 때문이다). 먹는 것 역시 그럭저럭 넉넉했지만, 어려서부터 유난히 차별에 예민했던 내게 밥상머리에서의 권력관계는 늘 주시의 대상이자 저항의 소재였다. 생선은 대체로 두 종류가 올라왔다. 조기나 굴비처럼 비싼 생선과 꽁치처럼 싼 생선, 그리고 그 중간쯤에는 갈치 같은 게 있었다. 내 머리에 박힌 반찬은 굴비와 꽁치다. 굴비는 아버지와 오빠를 위한 것이었고, 막내인 남동생이 밥상에 둘러앉을 만큼 자라서는 그의 것이기도 했다. 남은 식구인 엄마와 딸 셋은 꽁치류 차지였다. 10원에 열 마리 하던 꽁치 가격이 지금도 생각난다. 그 성별 배분을 내가 가만히 두고 볼 리 없었다. 내 젓가락은 수시로 굴비를 노렸고, 그걸 쳐낸 건 늘 엄마의 젓가락이었다. 그러니 엄마가 내 접시에 얹어 준 갈치 한 토막에서 50년 전의 밥상머리가 떠오르는 건 당연했다.*

엄마는 자기 갈치를 다 먹었고, 나 역시 내 것을 다 먹고 '하나

* 엄마는 다른 건 무지 아꼈어도 먹이는 거는 그럭저럭 괜찮았다. 하지만 그렇게 먹이고 남은 음식들을 도무지 버리지 못하고 냉장고에 모아 두었다가, 온갖 것을 한데 넣어 섞어찌개를 만들었다. 꽁치와 동태, 양미리에 야채와 김치까지 섞이는 식이었다. 그러나 그 찌개는 자식들 누구도 안 먹고 늘 엄마 차지였다. 영양으로 치면 최고라나 뭐라나 해가며 말이다. 그렇게 혼자 먹다 보니 남으면 끓이고 또 끓이고를 반복해 끝도 없이 남은 음식이 보태졌다. 당시 나는 가스비가 더 든다고 타박을 해댔는데, 그 역시 내 습이 되어 버렸다.

2016년 일기

더'는 엄마와 나눠 먹었다. 아버지는 자기 갈치도 남겼다. 여느 때와 달리 아버지는 식사를 마친 후 삶은 계란도 드셨다. 조금은 별스러운 일이다. 아버지의 인지력에 어떤 변화가 생긴 것일까? "아버지가 요즘은 땅콩을 드시더라" 했던 엄마의 말이 떠올랐다. 한 번의 일로 단정할 건 아니지만, 두고 살필 일이다. 엄마야 여러 경로로 병증과 노쇠의 진행이 확인되지만 언어적 소통이 어려운 아버지에게서 느닷없이 어떤 병증이나 노쇠가 드러날 수 있다.

하긴 별스러움으로 치자면, 아버지가 엄마의 수집벽에 대해 협조로 전환한 게 가장 별스러운 일이긴 하다. 엄마의 수집증에 잔소리도 하고 우리한테 살짝 흉도 보던 아버지가 공조를 하고 있었다. 어느 날 보니 자기 몫의 삶은 계란과 구운 식빵, 일회용 딸기잼과 요구르트, 견과류는 물론이고 '100원 쿠폰'도 꼬박꼬박 챙겨 바치고 있었다. 엄마는 2×5센티미터 직사각형 종이 쿠폰을, 노란 고무줄로 묶어 작은 손가방에 챙기고 있다. 뭐 유난한 일은 아닌 듯하다. 다른 노인들도 그 쿠폰 모으기에 재미를 붙인 모양인지 '100원 쿠폰'은 금세 동이 나버리곤 했고, 그러면 식당 측에서는 그 열 개를 '1000원 쿠폰'으로 바꿔 주었다.

2015년 5월의 가족 여행 때 엄마는 그렇게 모은 쿠폰으로 매점에서 참외를 한 보따리 사왔다. 하나에 2400원씩 했다는 참외를 8개 사서 분홍색 보자기에 싸들고 큰아들 차를 탄 거다. 뭣 하러 짐을 만드냐는 막내아들의 면박에도 불구하고, 상하기 전에 그것부터 깎아 먹어야 한다는 엄마의 성화에, 부산 바닷가의 비싼 호텔 1층 로비에 열댓 명의 식구들이 둘러앉아 그걸 다 깎아 먹었다. 나는 즉시 계산에 들어갔고, 두 분이 하루 세끼를 꼬박 받은 것으로 칠 때 32일간 192개를 모았다는 계산을 공지했다. 모두 "대단한 우리 엄마"를 찾아가며 재미있어 했다.

엄마에게 실버타운은 대외적으로 '성공한 삶'을 상징하는 경제적 도달인 한편, 욕망의 거세 혹은 억압으로도 보인다. 결혼 후부터 실버타운 입주 전까지 평생을 아등바등하며 노점과 가게, 미제 물건 장사와 돈놀이, 집장사 등 갖은 틈새 벌이를 했던 엄마는 타운 입주 2년 전까지도 주식 투자를 하며 산업사회 남자들의 직장과는 다른 '여자들 벌이'의 구석들을 뒤져 댔다. 여든에 입주해 지금 여든넷. 아마 마지막까지 이곳에서 살 거다. 그녀 안에 아직 꾸물거리는 열정과 자유에 대한 욕망은 알츠하이머와 합세해 돈에 관해서는 그 누구도 믿지 못하는 상황이 되었다. 이제는 자식과 심지어 은행 직원까지 믿지 못하게 되었고, 의심을 넘어 기억을 왜곡시켜 그 누구보다 스스로를 바글바글 불행하게 만들고 있다. 게다가 알츠하이머가 심해지기 전에는 타운의 다른 노인들을 의식하며 열등감을 나타내기도 했다.

"여기는 다 잘나가는 사람들만 있어. 내가 젤 꼬래비야."

그러면서 우리가 알게 모르게 속도 좀 앓고, 자식 자랑에 과장도 좀 보탰던 것 같다. 입주 초기에 엄마는 타운 내에서 자신의 사회적 위치 설정을 어떻게 해야 할지 좀 혼란스러워 했다. 당시에 알츠하이머는 없었지만 워낙에 실버타운이라는 데가 잘사는 노인들만 모인 곳이다 보니 엄마의 성격이나 사회성으로 볼 때, 대체 얼마나 잘살고 얼마나 잘나가던 사람들인지 신경이 쓰이지 않을 수 없었던 거다. 처음에는 자식들이 사가는 옷이나 신발의 상표에도 신경을 썼고, 딸 하나가 사간 원피스는 색깔이 천박하다며 대놓고 퇴짜를 놓기도 했다. 웬만큼 감을 잡고서는 자식 자랑에 주력하는 듯했다. 가진 돈이야 크게 많은 것도 아니고, 많든 적든 타운에 내는 돈은 모두가 비등비등하다. 가만 보니 당신 자식들이 잘나가는 자식들인데다 유달리 방문도 잦으니 그쪽으로 방향을 잡은 거다. S대를 나와 S대 교수를 하는 장남이야 말할 것도 없고, Y대에 E대까지 대학 이름과 박사 학위로 일단 위상을 잡았다. 이른바 '이류 대학'을 나온 딸 하나는 "치대 나온 딸"로만 이야기됐고, 나 역시 대학 이름은 빼고 "4년 특대 장학생"으로만 설명이 됐다.

그러던 엄마가 갑자기 시큰둥해진 것은, 그놈의 음악 경연대회 탓이다. 목소리가 맑고 높으며 박자에 멜로디까지 정확한 엄마의 노래 솜씨는, 늘 자식들이 칭찬해 마지않는 항목이었다. 조금만 칭찬할라치면 바로 가곡 몇 곡은 뽑아 주곤 했다. 타운 안에서 음악 경연대회가 개최된다며 나가겠다고 해서 자식들 모두 웃샤웃샤 했고 응원 갈 계획도 짰는데, 어느 날 갑자기 안 나가겠다는 거다. 이유를 물어도 어영부영하더니 나한테만 몰래 말해 준 사연인즉슨, 젊어서 성악을 전공하거나 음대 교수를 한 사람들이 많다는 거였다. 관내 교회에서 성가대를 모집한다는 소식에 다시 권유해 보았지만, 그것도 싫다고 했다. 자식들이 대체로 잘된 거 말고는 별나게 자랑할 것이 없다는 사실을 알면서, 엄마의 실버타운 생활은 시큰둥해지고 게을러졌다. 평생 돈 벌기에만 열심이었던 자신에 비해, 교육 정도나 사회적 위치에서 자신보다 월등한 노인들이 많다는 걸 알게 되면서부터는 그런 '폼 잡기'를 차차 접어 갔던 것이다. 이제는 알츠하이머와 갈수록 심해지는 요실금으로 일말의 교양 부리기마저 거의 불가능한 일이 되어 버렸다.

0819(금)　엄마의 단계

셋째가 아침부터 서둘러 엄마와 은행 몇 군데를 다녀왔고 그 김에 비비크림 두 개, 콤팩트 두 개, 기저귀, 그리고 한국을 잠깐 왔다 간 넷째가 사주고 간 기초 화장품 세트를 가져갔다. 엄마는 요즘도 아침에 일어나자마자 파운데이션까지 하는 화장을 하고, 밤마다 그 화장을 지우고 잔다.

　기저귀 사용은 여전히 진도가 안 나가고 있다. 엄마 방의 청소와 빨래를 담당하는 직원은 딸들을 만나면 조심스레 말을 꺼냈다. 엄마 방에서 나는 냄새와 주변 노인들과의 트러블 때문이었다. 홀에서 나는 티브이 소리가 시끄럽다며 엄마가 리모컨을 가져가 버린

일도 있었다. 엄마 방 근처의 넓은 홀에는 한쪽에 대형 티브이가 있어 노인들이 모여 한담도 나누고 티브이도 본다. 대형 에어컨도 있어 여름이면 모두가 애용하는 공간이다. 물론 엄마는 아무도 없을 때를 틈타 리모컨을 가져갔는데, 아마 그것을 누가 본 모양이었다. 노인들 사이에 말들이 좀 있었지만 누구도 엄마에게 직접 따지지는 않았단다. 2층 홀과 방을 청소하는 직원이 전해 듣고 조심스레 이야기를 꺼냈지만, 엄마는 아니라고 딱 잡아뗐다. 직원은 뒤져 보겠다고 할 수도 없어 난감했는데, 엄마 방을 청소하다 보니 나왔다고 했다.

"어머니께 보여 드렸더니 도둑 취급을 하냐며 많이 기분 나빠하시더라고요. 아마 가져간 걸 까먹으셨던 거 같아요."

직원은 오히려 조심스러워 했다. 단독생활을 하실 수 있는 시기가 얼마 남지 않은 것 같다는 말도 했다. 이제는 다른 대책이 필요한 단계인 것이다.

그 외에도 문제는 여러 가지였다. 타운 측에서 일주일에 세 번 방 청소와 세탁을 해주지만, 엄마는 소변 문제뿐 아니라 정리된 상태를 유지하지 못하는 문제로 청소와 세탁이 더 자주 필요한 상황이 되었다. 옷장 정리도 문제였다. 엄마의 엉킨 머릿속처럼 옷장 속은 뒤죽박죽되기 일쑤였다. 딸들과 며느리들이 가끔 정리를 했지만 곧 뒤엉켰다. 그럴 때면 포장조차 뜯지 않은 속옷들이 이 구석 저 구석에서 나왔다. 자식들이 기껏 사다 준 팬티나 속바지, 속치마는 모셔 놓은 채 낡은 것만 입는 문제로 딸들과 실랑이도 했다. 낡은 것은 엄마 몰래 버리고 일부러 새것들을 앞쪽에 놔둬도, 엄마는 헌것을 찾느라 서랍과 장을 온통 들쑤셔 놓곤 했다.

밤에는 소변 관리가 더 안 됐다. 나는 1박을 하는 날마다 엄마의 소변 문제가 단지 냄새를 넘어 낙상 사고로 이어질 수도 있다는 걸 확인할 수 있었다. 목욕탕에는 늘상 플라스틱 대야에 속옷과 빨랫감들이 담겨 있었다. 오줌이 묻은 것들을 엄마나 아버지가 담가 놓은 거다. 어떤 것은 나름대로 빨아서 옷걸이에 걸어 방 안에 널어놓기도 했는데, 제대로 빨아지지 않은 듯 냄새가 났다.

내가 1박을 하는 날이면 아침 일찍 몸을 씻기고 새 옷으로 갈아입혀 드렸는데, 내가 없는 날은 아침마다 아버지가 어떻게든 이 일을 하고 있었다. 오전 8시에 시작하는 아침 식사에 아내를 데려가기 위해, 아버지는 늘 7시면 엄마 방으로 온다. 하지만 이젠 아버지 혼자 돌볼 수 있는 단계를 넘어선 것 같았다.

얼마 전부터 아버지는 "너그 엄마가 얼마 못 살 거 같다"라는 말을 자주 했다. 하지만 자식들은 걱정하는 표정으로 수긍은 해도 내심 그러지는 않을 거라 생각했다. 신체적으로는 아버지보다 엄마가 더 건강한 편이었기 때문이다. 질환이나 드시는 약도 아버지가 월등 많았다. 엄마는 최근 들어 알츠하이머 약을 드실 뿐, 고혈압과 당뇨 같은 노인성 질환도 없고 소화력도 좋으며 치아는 특출나게 좋다. 다만 알츠하이머의 진행과 함께 점점 다리 근육과 기능이 떨어지는 것이 문제다. 그에 비해 아버지는 심장과 전립선과 혈압에 문제가 있어 약을 복용 중이고, 폐도 약하다.

하지만 그간 노인 복지 현장에서의 경험을 돌이켜 볼 때, 자식들의 이런 합리적 추론에도 불구하고, 노부부의 죽음 순서가 어떻게 될지는 모르는 일이다. 많은 경우 여든을 넘은 노인의 죽음 과정은 합리나 예상과는 아주 다르게 전개되거나 혹은 느닷없이 닥쳐 버리곤 한다.

0820(토)　"아무래도 오래가지 못하겠다"

아버지는 오늘도 막내네 부부와 산책을 하다 엄마에 대한 염려를 내비쳤다.

"아무래도 엄마가 오래가지 못할 거 같다. 너희가 와주느라 고생이 많겠지만 그래도 시간 되는 대로 자주 와주길 바란다."

"아버님이 어머니 돌보시느라 더 힘드시지요."

"나는 괜찮다."

막내는 이 이야기를 전하며 눈물을 글썽였고, 셋째는 그래도 아버지가 엄마 때문에 더 꿋꿋하신 것 같다며 위로했다.

오빠네 집에서 추석 가족 모임을 했다. 우리는 여러 집의 상황을 종합해 모든 명절 모임은 명절 당일 전날로 정해 놓고 있다. 엄마 아버지는 오빠네 부부가 오전에 모시고 왔는데, 엄마의 속옷과 외출복을 다시 갈아입히느라 시간이 많이 늦어졌다. 이날부터 아버지는 엄마와 외출할 때 기저귀와 팬티를 챙기기 시작했다.

오빠는 요즘 엄마를 모시러 가면 시간이 얼마나 걸릴지 예상할 수 없다고 했다.

"전에는 몇 시에 간다고 하면 모든 준비를 마치고 현관 앞까지 미리 나오셔서 기다리고 있었는데, 이제는 준비도 안 해놓고 마치 몇 시까지 가겠다는 말을 전혀 안 들은 것처럼 '왔냐? 어딜 갈려고?' 한다니까."

시간에 철저한 오빠로서는 늘어지는 그 시간을 편하게 느낄 수 없었을 것이다. 외출 복장에 대해서도 이젠 차림에 신경 쓰지 않고 아무렇게나 하고 나가려 하고, 옷을 좀 챙겨 입도록 설득하면, 머릿속이 복잡해지는 듯 갑자기 외출을 귀찮아하다가 결국 안 가겠다고 우기신단다. 마침 청소하시던 분이 "추석 모임에서 아들 며느리 손주 증손주 다 만나실 텐데 그렇게 하고 나가시면 안 되지요" 하며 오빠 대신 옷을 갈아입혀 주었다고 했다. 오빠는 그 아주머니가 아주 싹싹하고 일 처리도 잘하더라며 감탄했다.

자식들끼리는 이번 모임에서 두 가지를 논의했다.

○ 엄마 돌봄을 보다 적극적으로 하기 위해 노인장기요양 등급
  신청을 하고, 공동 케어홈으로 옮기거나 별도 간병인을 채용
  하는 문제를 아버지 및 타운 측과 의논하기로.
○ 엄마의 장례식에 상영할 영상물을 제작하기로 함. 제작은 내
  작은아들네 부부(음향 감독과 미디어 아티스트)가 맡기로. 제작비
  200만 원 가운데 100만 원은 선지급하고, 완제품 납품시 잔액
  을 치르기로 결정.

0917(토)　　이름이 결론 나지 않은 항구

어제 오늘 이틀에 걸쳐 대화방에서 엄마의 장례식에서 상영할 영상
물에 대해 상세한 논의를 했다. 각자 가지고 있는 부모님 사진이나
동영상, 가족 여행 사진과 영상 등을 이메일과 USB를 이용해 내게
전달하고, 인화된 사진은 스캔을 떠서 보내거나 직접 만날 때 전달
하기로 했다. 나는 전체를 취합해 영상물에 사용할 것을 선택한 후
날짜와 설명을 붙여 제작자인 아들 부부에게 넘기는 역할을 맡았다.

　사진을 정리하면서 나는 장소가 기억나지 않는 사진 하나를 대
화방에 올렸다. 2014년 12월 가족 여행에서 찍은 사진이었다.

"저 항구 이름 기억하시는 분! 섬 이름이 좀 어려웠는데……".

서해안 궁평항이다, 아니다, 그 섬에 다녀오다 할머니 산소에 들렀다, 산소 간 거는 그날 아니다, 나는 거기 간 적 없다, 아무래도 부산 인근 섬인 거 같다, 부산 여행은 봄이었다, 저건 겨울 사진이다, 부산 여행기는 글 올린 날짜를 확인해 보니 2015년 5월이다, 젊은 것들이 더 기억을 못 한다, 노인네들이 왜 그렇게 우기냐, 엄마 닮아 간다, 니네는 안 늙을 줄 아냐, 등등 온갖 설왕설래를 하다가 결국 사진 이름을 "2014년 12월 가족 여행. 이름이 결론 나지 않은 항구"로 하기로 했다.

사진을 정리하다 보니 아버지 사진이 상대적으로 적어 이제라도 기회가 될 때마다 몰래몰래 찍기로 했다. 방문 때마다 가능하면 사진을 찍어 대화방에 올리는데, 아버지는 늘 사진 찍는 걸 질색하신다. 아내가 찍히는 것도 별로 좋지는 않은 눈치다. 노쇠함을 구경당하는 느낌이어서일까?

0925(일)   어떻게 죽을/살아갈 것인가

오늘은 엄마의 장롱 속 앨범에서 사진을 무진장 챙길 수 있었다. 타운에 들어오기 전, 엄마는 살림살이를 거의 정리했지만, 앨범만은 챙겨 왔다. 사진 속 엄마는 아주 패셔너블한 여성이다. 특히 유럽 여행 사진은 행복한 표정과 화려한 차림이 많다. 엄마는 조금 전 본 사진도 다시 보며 처음 보는 것처럼 즐거워했고, 환갑에 유럽 가고, 언제 제주도 가고, 언제 설악산 가고 했다며 자랑을 이었다. 사진으로 이런저런 이야기를 나누는 것이 기억력 연습이나 기분 전환에 아주 좋은 듯하다. 부부의 유럽 여행 사진첩 등 몇 권의 앨범을 뒤적이는 동안, 엄마는 마치 처음 보듯이 재미있어 하면서 기억의 실마리를 풀어 나갔다.

"그때는 머리도 까맸고 살아 있었네."

엄마는 자신의 젊은 시절 사진들을 보며 말했다. 내가 "지금도 살아 있지"라고 하니까 "지금은 죽은 거나 마찬가지"라고 한다. 유럽 여행은 아마 1989년경 아버지 환갑 기념으로 큰아들이 은행에서 대출까지 받아 보내 드렸던 것 같다. 큰아들이 재직 중인 대학의 노 교수들 은퇴 여행에, 젊은 교수의 부모가 함께 끼어 갔던 것이다. 그 여행을 위해 일부러 카메라를 사갔던 아버지가 일행에게 사진을 찍어 달라고 자주 부탁했던 모양인지 부부가 함께 찍은 사진도 많고, 각자의 독사진도 많다. 사진 속 엄마는 지금의 나보다 한참 젊고 화려하다. 거의 꾸미지 않는 나와 달리, 엄마의 패션 감각이나 사진 찍는 폼은 나름 연출이 좋다.

나의 큰아버지, 작은아버지 등 엄마의 시댁 쪽 사람들이 나온 앨범을 보면서는, 일일이 한 사람 한 사람 짚으며 "이 양반도 갔고 이 양반도 갔고……" 등을 여러 번 반복했다. 노인들에게 앨범은, 먼저 간 사람들을 헤아리는 일이기도 하구나. 나는 얼굴을 전혀 모르는 중년 남녀와 함께 찍은 사진이 있어 물어봤더니, 서울 사는 초등학교 동창들 모임이었단다. 엄마가 쉰은 되어 보이니 1980년대 초중반에 찍은 사진이다. 그 시절 엄마가 초등학교 동창회에 갔었다는 것이 왠지 낯설게 느껴졌다. 십대 초반에서 이십대 중반의 자식 다섯을 두었을 시기이니, 아직 돈 버는 자식 없이 혼자 아등바등하던 때인데, 사진 속 엄마는 그 가운데 가장 멋쟁이처럼 보인다.

내가 떠올리는 엄마의 모습은 멋쟁이와는 거리가 멀다. 집에서 입던 옷 위에 외투 하나를 덮어쓰고 어두운 밤길을 뚫고 일숫돈을 걷으러 나갔다 들어오는 모습이나 지치고 피곤한 표정을 하고서도 머리는 노상 바쁘게 굴리는 여자의 이미지가 내 속에 남은 엄마다. 동네 아줌마들과의 친목계 사진도 있었다. 가게를 하는 동안은 상점 주인들끼리 친목계가 있었지만, 가게를 하지 않는 동안에도 계속 낙찰계, 번호계 같은 걸 많이 했단다. 엄마는 사람들 하나하나를 당시의 호칭으로 부르며 설명해 준다. 유나 엄마, 세탁소 아줌마, 봉수 엄마, 친척집 아줌마, 고아원집 여자……. 그런 기억력은 지금의 나보다 훨씬 낫다.

사진은 즐거운 일이 있을 때 찍는 게 보통이니 평소의 이미지와 다른 느낌인 것은 당연하지만, 웃는 얼굴의 아버지 사진들을 보는 것 또한 생소했다. 내게 그는 딸의 늦은 귀가를 야단치는 '화내는 가부장의 얼굴'로 떠오르는 사람이다. 여동생의 결혼 피로연 자리라는데, 아버지와 여동생이 활짝 웃는 얼굴을 서로 바짝 붙이고 찍은 사진을 보며, 동생이 그에게 기쁨을 주었다는 것이 다행스러운 한편, '내가 그에게 기쁨을 준 것은 언제였을까?' 하는 생각도 들었다. 두 분이 행복해 하는 유럽 여행 사진을 보니 내가 이 부부의 사이를 너무 갈등 관계로만 규정하고 과장했던 건 아닌가 하는 생각도 든다.

사진 챙겨 오면서 엄마랑 한 대화.

— 내 사진을 왜 니가 가져가?

— 응, 엄마 주인공으로 영화 만들려고.

— 나 같이 못생긴 사람이 어떻게 영화 주인공을 하냐?

— 엄마가 왜 못생겼다는 거야?

— 다 늙어 빠져서 귀신 같잖아.

— 누구나 다 젊어 싱싱하던 시절이 있고, 늙으면 쪼골쪼골 해지는 거지. 그런 모습이 모두 나와야 좋은 영화지.

— 젊은데도 그런 걸 아는 거 보니 너 참 똑똑하다.

— 엄마 닮아서 내가 좀 똑똑하기는 하지.

— 하하하.

최근에 입주한 할아버지가 뒷산에서 자결한 사건이 있었다고 엄마가 말해 주었다. 자주 보던 분은 아니라 얼굴은 기억하지 못하지만 할아버지가 걸어 다니는 모습이나 그 부인이 휠체어를 밀어주던 모습이 기억난다고 했다. 최근에 부인이 건강 상태가 악화돼 외부 병원에 입원했고, 그사이 할아버지가 새벽에 혼자 산에 올라가 나무에 목을 매 자결했다는 것이었다. 타운 측에서는 아무 말이 없었고 엄마는 다른 노인들을 통해 들은 거였다. 그 일로 엄마가 건물 뒤쪽으로 산책하는 걸 더 꺼려하는 것 같아 밝은 시간에 같이 그 길을 산책하며 이야기를 나눴다. 내가 유도하기는 했지만, 엄마는 끔찍하고 무서운 일이 아니라 안타깝고 슬픈 일이라는 결론에 도달했다. 그러면서도 아버지에게는 말하지 말아야겠단다.

나는 비참하고 슬픈 의미로 쓰이는 '자살'이라는 단어보다, 결단의 의미를 담은 '자결'이라는 말을 쓰려 한다. 물론 그 노인의 마음을 내 나름대로 상상해서 쓰는 말이다. 삶의 존엄을 더 이상 유지할 수 없다고 확신하는 사람이 스스로 죽음을 선택하는 것에 대해 쉽게 왈가왈부할 수 없다는 것이 내 생각이다. 주로 극빈 노인의 자결을 보며 느끼는 것이지만, 죽음 곁에 다다른 노인이라면 빈부를 떠나 같은 심정일 수 있다고 생각한다. '어디까지 살아야 하는가?'는 개인적이고 사회적이며 철학적인 질문이자 과제이다.

나이가 든다는 것은 가정이나 사회에서 자신의 능력과 역할이 점점 줄어드는 것을 느끼고 수긍해 가는 과정이기도 하다. 나는 '사회적 쓸모'를 장차 내 자발적 죽음의 가장 중요한 기준점으로 삼는다. 다른 사람들과의 차이라면 사회적 쓸모의 한계점에서 자결을 선택하느냐 자연사를 기다리느냐에 있을 것이다. 그 '한계점' 이후의 타인의 삶에 대해서는 내 기준으로 판단하지 않는다. 다만 나 자신에 대해서는, 삶의 의미를 부여하지 않는 것이다. 물론 그

'쓸모'란 것의 구체적 내역에 대해서는 나도 살아가면서 판단할 것이다. 그 판단력이 늘 살아 있기를! 어떻게 죽을 것인가를 작정한다는 것은, '어떻게 살아갈 것인가'라는 질문에 더 진지해지는 것을 말한다.

사간 양말을 아버지에게 드리니 그는 발목 부분부터 확인했다. 그러고는 숨겨 둔 재미있는 이야기라도 있는 듯 웃음까지 띠면서 엄마가 양말을 다 가져갔다는 이야기를 해주셨다. 올해 3월 남원 묘사 여행 도중에 두 양반의 양말을 다섯 켤레씩 샀는데, 엄마가 당신 양말까지 다 가져갔다는 거다. 그 간단한 이야기에 나는 마음이 푸근해졌다. 아버지와 이런 정도의 스토리가 있는 대화를 나누게 된 것은 몇 년 되지 않았다. 그가 귀를 잡순 탓도 있지만, 그와 나 사이의 감정적 거리는 쉽게 좁혀지지 않았다. 그도 그렇겠지만 내 편에서도 어떻게 다가갈지를 늘 생각만 했지 실천이 쉽지 않았다. 물론 안 하던 말이나 몸짓을 하나씩 작정해서 하고는 있고, 그럴 때마다 그가 내 변화를 느끼며 좋아할 거라고 생각한다. 하지만 그는 좀처럼 좋아하는 기색을 드러내지 않는 성격이고, 나 역시 그에게 필요한 일을 먼저 챙기는 것 이상으로 성큼 다가가지를 못한다. 지금껏 작심하고 그의 손을 잡은 적이 세 번 있었는데, 그가 먼저 손을 빼지는 않았다. 그와 나의 관계는 구체적 노력을 통해 한걸음씩 가까워지고 있다.

나중에 엄마한테 왜 아버지 양말을 다 가져갔냐고 물으니까, 남자 양말인데 작다면서 아버지가 주었단다. 귀 잡순 늙은 남편과 알 츠하이머를 앓는 늙은 아내 사이에 자주 생길 만한 엇갈림이다. 젊은 시절이라면 남편은 화를 내고 아내는 그런 남편을 미워했을 상황인데, 이제는 남편이 져주고 아내는 좋아한다.

돌아갈 준비를 하는 내게, 아버지는 차비 하라며 또 5만 원짜리 한 장을 챙겨 주었다. '차비'니 '사온 과일값'이니 '엄마 목욕값'이니 핑계를 만들며, 내 방문 때마다 거의 매번 주신다. 괜찮다고 해봤자 소용이 없어 이젠 감사하다며 받는다. 혹 그가 까먹는 날이면 속으로 '저 양반이 오늘은 까먹으셨네' 하는 생각이 들 정도다. 삶은 계란과 견과류는 이미 챙겼고, 엄마가 배도 가져가라는 것을 무거워서 뿌리쳤다.

　　두 분은 다른 자식들에게 하지 않는 물질적 배려를 나한테만 한다. 나는 물론 다른 남매들도, 이젠 늘 받기만 하는 두 양반이 챙겨 줄 자식이 있어서 다행이라고 그래서 내가 더 효녀라고 하며 웃는다. 모두 다른 자식들 지갑에서 나온 돈이다. 두 양반에게 나라는 존재는 여전히 생인손 앓는 손가락이다. 지난 시절 아버지와의 갖은 갈등과 매질에 대해서도 그럴 테고, 나의 이혼, 가난, 큰아들과의 단절, 작금의 독거 등이 부모로서는 내내 안쓰러울 거다. 그 항목들 중 대부분을 나는 오히려 '자유'로 느끼고 해석하지만 그들 마음은 다른 거다. 내가 쓴 책들을 아버지가 읽을 거라고 생각하지는 않으면서도 그에게 꼬박꼬박 챙겨 주는 이유도, '쟤는 뭐 먹고 사나?' 싶은 염려를 덜기 위해서다. 내 편에서 염려되는 거라면, 그 책들마다 "아버지를 미워한 힘으로 내 길을 만들었다"라는 대목이 빠지지 않고 들어 있다는 것이다.

[나의 방문 보고]

○ 엄마에게 기저귀 사용 건 다시 이야기했는데 "내가 아직 그렇게 늙지는 않았어" 하시면서도 밤에는 사용하겠다고 겨우 응낙. 하지만 안 지킬 것 같음. 이번 밤에는 두 번 깨심. 둘 다 소변을 보기 위한 것인데, 한 번은 오줌을 많이 흘리고는 목욕탕에서 속옷을 빨아 걸어 놓으심.
○ 아버지가 '엘리베이터 버튼 누르기' '식사 시간 묻기' 등으로 엄마의 인지력을 계속 연습시키고 있음.

1003(월)　막내의 암행 방문

막내가 예정에 없던 방문을 했다. 다음은 대화방에서 나눈 이야기.

— 막내 : 어머니 쓰레기통 포도 껍질에 초파리가 가득. 냉장고 속 포도도 비닐에 안 넣어서 말라 시들고 초파리까지. 엄마가 화장지

대신 식당서 가져온 냅킨 사용하시는 거 문제. 모두 버리겠음. 못 하시게 해야 할 듯.

— 나 : 그거 옷장 쇼핑백에도 무지 많음. 넘 심하게 버리면 엄마 우울해짐. 노인성 수집 강박증. 못하게 해도 계속할 걸. 적당히 타협해야 함.

— 막내 : 오면 항상 버리고 두루마리 화장지 사용하시게 지도 필요. 휴지가 없는 거 같으니 지금 나가서 사두려 함.

— 나 : ○○야, 냅킨 그거, 엄마 입장에서는 너한테 들킨 거야. 나 갈 때는 꺼내 놓고 다른 자식들 갈 때는 숨겨 놓더라고.

— 막내 : 내가 불시 방문해서 들킨 거네.

— 나 : 그래, 니가 오늘 암행어사 된 거야, 이놈아! ☺

— 막내 : 어머니 왈, "니가 사온 맛있는 포도는 셋째가 가져가 버렸다!" 하하. 아이고, 우리 오마니.

— 나 : 기억의 새로운 재구성이구만! 막내 너 성공한 거다. 지난 번엔 니가 다 가져갔다고 하셨음.

— 막내 : 우야튼 오늘 오긴 잘했음. 안 그럼 초파리와의 전쟁터에서 사셨을 듯. 어머니 왈, 화장지도 셋째가 다 가져갔다. ☺ 왜케 마니 가져간 거야!

— 셋째 : 미치갔구만.

오늘은 맏며느리가 혼자 두 분을 방문했고 2G폰을 쓰는 관계로 문자로 받은 방문 보고를 셋째가 다음과 같이 대화방에 올렸다.

> 어머니 방 청소 중 티브이 장식장 밑에서 썩은 음식물에 곰팡이까지 핀 플라스틱 접시가 나옴. 쓸고 닦고 방바닥 얼룩도 수세미로 문질러 지움. 모아 놓은 냅킨 다 버리고 창틀도 닦음. 냉장고(깨끗해서 문에 있는 고무홈에 낀 때만 제거)와 화장실 청소. 화장실 슬리퍼는 세제 풀어 담가 놓았다가 닦음. 쓰레기통이 좀 녹슬었던데, 다음 방문자가 플라스틱 쓰레기통과 그 속에 씌울 비닐봉지를 갖다 놓으면 좋을 듯. 아버님 방은 깨끗하고, 아버지도 치울 것 없다고 하셨어요. 갈 때 단감 15개, 화장지 두 통 사갔어요. 이상입니다.
> — 모두 : 수고 많았어요. 울 언니 일 무지 많이 했네. 청소 끝판왕 맏며느리! 근데 울 엄마, 딸도 아들도 아닌 맏며느리라서 냅킨 휴지 다 버리는 걸 막아서질 못하셨군. 불쌍한 시어머니! 하하하.

엄마와 걷기 운동을 하다가 보행기를 이용해 걷는 할머니 한 분을 만났다. 나는 일부러 말을 걸었다.

"아유, 보행기 사용하시는 거 보니까 좋네요. 저희 엄마는 아무리 설득해도 안 쓰시네요. 한번 쓰기 시작하면 이거 없으면 아예 못 걷는다고 하시면서."

"엄마 말씀이 맞아요. 한번 쓰기 시작하니까 이거 없으면 걷지를 못해요."

엄마는 보란 듯이 의기양양하게 웃는다. 걷기 힘들다고 안 걷는 것보다, 보행기를 이용해서라도 걷는 것이 더 낫다는 말을 해봤자다.

노인 돌봄 현장에서 일하다 보면 유사한 경우를 많이 본다. 많은 노인들이 지팡이를 포함해 보행 보조 기구를 처음 사용하는 단계에서 상당히 거부감을 갖는다. 건강이나 걷기 능력 여부에 대한 판단을 넘어 평가당하는 느낌인 거다. 그러다 보니 (젊은 것들이야 다른 세상 사람이라 쳐도) 노인들끼리도 지팡이나 보행기 사용에 대해 다른 노인의 시선을 의식한다. 내가 돌보던 한 할머니는 자식들이 지팡이를 여러 개 사줬는데도 쓰지 않고 햇볕 쨍한 날에도 늘 검정 장우산을 들고 다녔다. '지팡이 짚는 할머니'로는 보이기 싫은 거다.

보행기는 노인들에게 자신은 이제 두 다리로 걸을 수 없다는 사실을 확인시키는 물건이다. 그러다 보니 두 다리로 걸을 능력이 아예 없어져 버린 후에야 별수 없이 사용하는 물건이 되곤 한다. 더 많이 더 잘하게 하는 도구가 아니라 불가피해서 받아들이고 마는 도구인 것이다. 노인과 비노인 사이의, 입장과 느낌과 정체성의 차이가 담긴 예민한 지점이다.

"걔가 나를 속인 건가?"

대화방에서 이야기하진 않았지만 오빠에 대해 엄마는 이 말을 여러 번 했다. 다른 자식에 비해 상대적으로 큰아들이 자신에게 어떻게 하는가에 대해 마음을 많이 쓰며, 여차하면 그 의심과 상상이 오해와 분노와 섭섭함으로 삐져나오는 것이다. 큰아들 역시 엄마의 이런 증상을 알츠하이머나 장남에 대한 집착으로 알고는 있으면서도 매번 우울해 하고 힘들어 한다. 장남의 자리, 쉽지 않다.

엄마는 셋째가 맛이 덜한 포도를 사다 놓고 막내가 사다 놨던 맛있는 포도를 가져갔다는 말도 여러 번 했다. 그러면서 그 말을 셋째한테는 절대 하지 말라고 한다. 셋째는 시든 포도를 싱싱한 포도로 바꿔 두려는 의도였지만 엄마는 그런 개연성이나 의도를 제대로 넘겨짚지 못하고 있다.

기저귀 사용도 계속 미루고 있다. 기저귀는 "애기들이나 차는 거"란다. 나이가 많아진다는 건 신체적으로는 점점 아기가 되는 것이라고 말했지만, 엄마는 수긍하지 않는다. "아기가 된다"라는 말은 내 실수였다. 신체 능력의 저하를 자연스러운 일로 받아들이도록 격려 차원에서 한 말인데, 그걸 아기에 비유하는 것은 노인의 자존심을 상하게 할 수 있다. 돌봄자들이 노인을 아기 취급하는 말투나 단어를 사용하는 것은 지양해야 한다. 노인의 자존심을 상하게 하는 면도 있고, 돌봄자 자신이 노인을 주체적 의사가 있는 성인이 아닌 판단력 없는 아기로 보게 만드는 습관이다. 모든 돌봄자와 피돌봄자 간에는 일상적이고 첨예한 권력관계가 있다. 특히 성인인 피돌봄자에게는 인권침해의 여지도 크다. 많은 장애인, 특히 여성 장애인들이 이런 취급을 당한다. 나도 다른 노인들과 달리 혹은 아버지와 달리, 더 친근한 여성이자 엄마라는 이유로 그녀를 정당하게 대하지 않은 경우가 많았겠다 싶다.

"딸 밥값 좀 엄마가 한번 내줘 보지?"

　아버지가 던진 농담에 엄마는 쑥스럽게 웃고 만다. "이번에도 또 현금이 없는 거지? 은행 가서 찾아와야 하는 거지?" 아버지는 한 번 더 엄마를 놀려 본다. 엄마의 타운 내 미장원 비용도 늘 당신이 낸다며 웃는다. 아버지는 '그 5만 원'뿐 아니라 내 몫의 밥값까지 늘 당신이 내고 있다. 그에게 기쁨이기도 할 거다. '경제력 없음'은 가장인 그에게 큰 콤플렉스이자 슬픔이었을 터. 내 어린 시절 그는, 나와의 잦은 갈등과는 별도로, 그래도 자식에게 용돈은 넉넉히 주고 싶은 가장이었을 거다.

엄마는 돈이 다 은행에 들어 있어서 현금이 없다는 소리를 맨날 한다. 나랑 둘이 식당에 갈 때면 내 밥값을 누가 낼지 은근히 걱정하는 눈치다. "밥값은 가져왔냐? 내가 현금이 없는데" 같은 말을 꼬박꼬박 한다. 나야 혹시 몰라 1만 원짜리 하나를 챙겨 나오기는 하지만, 엄마나 나나 모두 아버지가 내실 거라 생각한다. "우리 신랑이 가져올 꺼야"라며 어린냥까지 할 때도 있다.

요즘은 어지러워서 은행을 못 가겠다는 엄마의 말은 맞다. 혼자든 아버지와 함께든 타운 셔틀버스로 은행을 가는 것이 이제는 불가능하다. 어지럼증과 다리 힘도 문제지만, 은행 절차가 엄마에게 쉽지 않은 과정이 되어 버렸다. 그러니 자식들이 주는 용돈은 꼬박꼬박 모이기만 하고, 모인 돈을 은행에 넣기 위해 셋째가 정기적으로 호출된다. 요즘은 셋째의 차로 함께 가는 것도 힘든 눈치다. 동행하면 엄마도 힘들지만 셋째는 더 힘들다. 몸으로 힘든 건 나중이고, 은행 직원에 대한 엄마의 의심증 때문에 곤혹스러운 일을 겪는다.

식사 후 엄마랑 둘이 산책하면서 엄마의 구두쇠 습성을 슬쩍 흉봤더니, "내가 이래 봬도 손주들 결혼식에 1000만 원씩 딱딱 내놓는 사람이야!"라며 큰소리를 치셨다. 나는 "그건 정말 엄마가 아주 잘하시는 거야. 자식들이랑 손주들이 남들한테 엄마 자랑을 얼마나 하는데"라고 추켜세웠다. 그랬더니 엄마는 "그러면 사람들이 뭐래?" 하며 한걸음 더 나간다. "사람들이 모두 '야, 그 할머니 정말 대단하시다. 너네는 좋겠다' 그런다니까."

엄마는 함박웃음을 지었다.

알츠하이머 노인들에게 음악요법이 좋다는 걸 생각해 내고, 이번 방문에서는 엄마가 좋아하는 가곡들을 유튜브로 틀어 놓고 놀았다. 예상대로 엄마는 아주 좋아했다. 특히 남성 성악가의 가곡이 나올 때마다 매번 "똑같아, 똑같아"를 연발했다. 바이올린을 잘 켜고 가곡을 잘 부르던 자신의 이복 오빠(당신 아버지의 '첩'의 아들) 목소리와 똑같다는 것이다. 이십대 초반 좌우 갈등의 와중에 사회주의 신념을 가지고 살다 아마도 죽임을 당해 시신조차 찾지 못한 젊은이다. 생모 얼굴도 모르고 아버지까지 십대 중반에 잃은 엄마에게, 그 오빠는 혈족으로서 가장 아프고 따뜻한 기억으로 남아 있다. 그 오빠 이야기만 나오면 엄마의 이야기타래는 끝이 없다. 나 역시 엄마를 통해 들은 이야기이지만, 출신과 시대의 아픔 속에 살다 간 한 젊은이를 떠올리며 별도의 글을 쓰기도 했다. 한편 나는 유튜브 속 남성 성악가의 목소리가 오빠 목소리와도 비슷하다는 말을 했다. 특히 오빠가 자주 부르던 〈산들바람〉이 생각났다.

"그래, ○○ 목소리랑도 같네."

엄마는 이제 자신의 오빠와 큰아들 사이를 오가며 이야기를 이었다.

이른 아침, 간단한 샤워 후 옷을 갈아입느라 둘 다 맨몸일 때, 엄마가 먼저 이야기를 시작했다.

— 너는 꼬추를 달고 나왔으면 좋았을 걸. 자지 하나 달고 나오지 그랬냐.

— 자지보다 보지가 더 좋은 거야.

— 나나 너나 자지를 못 달고 태어난 게 아깝다.

— 엄마가 남자로 태어났으면 무슨 일을 하고 살았을 거 같아?

— 그런 상상은 해봤자지 뭐.

— 아침 밥 먹기 전에 운동 좀 한번 합시다.

— 싫어.

— 싫긴 뭐가 싫어. 나 없을 땐 운동 안 하잖아. 나 왔을 때나 좀 해야지.

— 아냐, 잠자야지.

— 무슨 잠을 또 자. 여태껏 자놓고. 7시인데 슬슬 챙기고 나가야지. 밥을 먹을 거면 밥값을 해야지. 밥값으로 한 바퀴만 내요, 알겠지?

— 싫어.

— 아구, 이 안 씨 고집. 아까 보니까 요 앞에 할아버지는 새벽 4시 반부터 운동하더라. 일찍 일어나셨네요, 했더니 자기는 새벽 3시면 일어난대. 저녁엔 7시에 자고.

— 그래서, 그 할아버지하고 얘기했어?

— 응.

— 왜 남자하고 얘기를 해?

— 아이구, 남녀칠세부동석? 그건 호랭이 담배 피던 시절 이야

기지.

— 하나님이 따먹지 말라고 한 무화과를 하와가 따먹어서 이 세상이 안 좋게 된 거야. 그게 성경 말씀이잖아.

— 그건 다 여자들 못살게 굴려고 남자들이 지어낸 말이야. 지네는 온갖 바람 다 피면서 여자들 바람 못 피게 하려고 만든 말. 근데 방귀 누가 꼈어? 엄마가 꼈지?

— 나는 안 꼈어.

— 냄새가 폴폴 나는구만 뭘. 나도 안 꼈는데 그럼 누가 꼈다는 거야?

— ○○(큰아들)가 와서 꼈나 보다. 하하하.

— 엄마, 나가서 운동부터 하고 밥 먹기!

— 운동 안 하고 밥 먹기!

— 하이구, 이 양반 좀 봐. 운동 안 하면 밥 안 먹기!

— 너나 운동하고 밥 안 먹기! 너는 혼자 운동하고 밥 먹지 말고 가!

엄마는 끝에 가서 갑자기 어린냥을 섞으며, 나를 한 방 먹였다는 듯 좋아했다. 내 말에 대꾸하는 엄마의 언어 조합 능력은 상당한 수준이다. 논리력이 있어야 가능한 대화다. 물론 시간이 갈수록 이런 대화는 어려워질 것이다. 하여튼 지금의 알츠하이머 단계에서 엄마의 뇌 손상 영역은 언어 영역과는 거리가 있어 보인다.

하지만 시간이나 공간 인지력과 최근 일에 대한 기억력은 많이 떨어졌다. 지금이 5월이라고 해서 추석이 지난 지 얼마 안 되었다니까 추석이 5월 15일이라고 하셨다. 일시적인 헷갈림일 수 있으나 당신 생일도 정확히 기억하지 못하신다. 또 엘리베이터 버튼 작동법에 대해서도 혼란스러워 한다. 방향 표시나 정지·열림·닫힘 등 다양한 표시들 자체가 어지러운 거다. 늘 다니는 공간이니 여기가 몇 층인지는 알고 우리가 갈 곳의 층수도 알고 있지만, 거길 가기 위해 어떤 버튼을 눌러야 할지 헷갈려 한다. 타운 내라도 자주 가지 않는 곳을 가거나 늘 이용하는 통로가 아닌 다른 통로를 이용하면, 공간 인지력 전체가 뒤흔들리는 듯하다. 물론 그날그날의 건강과 기분 상태에 따라서도 알츠하이머의 진퇴는 달라진다.

엄마의 채비가 늦어지는 바람에, 식당에 도착하니 아버지는 먼저 식사를 하고 있었다. 지금 엄마의 사정을 누구보다 잘 아는 건 그라고 생각하지만, 나는 혹시 짜증이 나계시지 않을까 염려하고 있었다. 물론 아버지는 어떤 싫은 소리도 하지 않았다.

　아버지의 많은 변화에도 불구하고 그가 느닷없이 화를 낼지도 모른다는 데 대한 두려움은 내 의식과 무의식 구석구석에 남아 있다. 맞서 싸웠지만 두려움이 없어서는 아니었던 거다. 맞서 싸우는 건, 두려움에도 불구하고 싸우며 힘을 키우는 과정이다. 굴종이나 회피와는 다른 종류의 상처를 입는 것이다. 그런데 엄마도 나와 비슷한 염려를 하고 있었다. 아버지와 마주보고 내 옆자리에서 식사를 하던 엄마가 내게 속삭였다.

"너네 아버지는 화가 나면 밥상을 엎어 버리기도 했어."

물론 나도 아는 얘기다.

"평생 동안 몇 번이나 그런 거 같아?"

"음, 네 번 정도. 지금도 언제 그럴지 몰라."

알츠하이머에도 불구하고 그 두려움이 아직 남아 있다. 내게도 오래도록, 아마 그가 죽을 때까지 남아 있을 것이다. 엄마에게는 표정 연기까지 하며 안심을 시켰다.

"엄마 겁내지 마. 이젠 아버지가 엄마한테 아주 잘하잖아."

나에게 하는 소리이기도 하다. 징그러운 흉터.

식사를 마치고 운동을 위해 밖으로 나오는 길에 앞서 걷는 아버지를 보며 엄마가 말했다. 엄마는 아직 그 생각 중이다.

"왜 아버지가 요즘은 화를 안 내는지 도무지 모르겠어."

"그동안 반성을 많이 한 거지."

"그랬을까……."

남편의 변해 가는 모습, 그 정서와 태도 변화를 가장 가까이에서 지켜봤을 아내. 그 아내는 점점 기억을 잃어 가고 있고, 그런 아내를 지켜보면서 그에 적응하며 변화해 가는 남편. 부부가 함께 늙어 간다는 것이 어떤 건지 이제 조금 알 것 같다. 각자의 몸과 마음도 변하고, 서로에 대한 태도와 관계 역시 변한다. 모든 노부부가 긍정적으로 변하는 건 아니겠지만, 두 분의 경우 다행히도 그런 것 같다.

엄마가 전화기를 잃어버린 것 같다며 낮에 막내로부터 연락이 왔다. 셋째는 엄마가 며칠 전부터 전화를 받지 않아 계속 아버지 전화로 통화를 했단다. 다행히 저녁에 엄마와 통화가 됐는데, 알고 보니 핸드폰을 음악실에 두고 온 것이었다. 엄마는 아버지가 돌아다니며 찾아 줬다고 행복해 했다. 셋째는 엄마가 아버지 말이라면 거의 순종 수준으로 들으시며, 아버지를 쫓아다니는 모습이 꼭 소녀 같았다며 흐뭇해했다. 병원에서도 두 분이 손을 꼭 붙잡고 다니는 모습이 보기 좋았단다. 하지만 나는 "엄마가 아버지가 시키는 대로 말도 잘 듣는다"는 대목에서 혼자 생각이 복잡해졌다.

　"시키는 대로 하지 못해? 대답 안 해?"

　매질과 고함으로 순종과 굴복의 답을 강요하던 아버지의 문장에, 어린 시절 나는 이를 갈며 입을 닫은 채 매를 벌었다. 그래 놓고는 오밤중 자고 있는 내게 연고를 발라 주던 아버지. 뜨거운 살에 닿던 부드럽고 차가운 연고의 감촉. 그럼에도 끝까지 잠든 척하던 나⋯⋯.

"내가 정신착란증이 있는 거 같아."

오늘은 엄마가 이렇게 말했다. 머릿속이 뒤죽박죽인 느낌인 걸까? 스스로 기억과 판단이 오락가락한다는 것을, 그것이 왜곡과 분노로까지 이어진다는 것을 알고 자신을 믿지 못하는 걸까? 가끔 "이러고 살아서 뭐하니?", "놈팽이가 다 됐어"라고도 했다. 그럴 때마다 우린 "엄마가 있어서 우리가 얼마나 든든한데"라며, 엄마의 존재 자체가 기쁨이라는 것을 강조한다.

드물긴 하지만 엄마와의 대화 중 '죽음'이라는 단어가 필요한 대목에서 나는 그 말을 피하지 않고 있다. 속마음을 알 순 없지만, 그녀 역시 그 단어에 별다른 감정을 붙이지 않는 눈치다. 속은 다를까? 자신에 대해 "무능"이나 "놈팽이"나 "살아서 뭐하니" 같은 표현을 하는 한은, 아직 몸도 마음도 괜찮은 편인 것 같다. 그런 느낌을 말로라도 표현하지 않는다면 혼자 우울감에 빠지거나 분노에 휘둘릴 수 있다. 거기서 더 나아가면 지각도 감정도 없는 상태로 갈 수 있다.

방문 때마다 엄마의 뇌기능이 뚝뚝 떨어지고 있음이 확연히 느껴진다. 내년 벚꽃 놀이는 같이 가자는 등 앞일에 대해 이야기하면, "내가 그때까지 살아 있을라나……" 같은 말을 아무렇지 않게 한다. 2년 전만 해도 "○○가 장가가는 건 봐야지.", "○○가 학교 들어가는 건 봐야지" 했었다. 하긴 오늘도 "죽을래도 자식들이 낱낱이 다 걱정"이란다.

오늘의 소득은 삶은 달걀 예닐곱 개와 견과류 한 보시기, 그리고 아버지의 5만 원. 오늘 아버지의 5만 원은 '엄마 목욕비'란다. 나는 오늘도 그저 감사히 챙겨 주는 걸 잘 챙겨 넣었다.

　어린 시절 학용품 같은 걸 사려고 엄마한테 돈을 달라고 하면 엄마는 "니네 아버지한테 달라고 해"라고 짜증을 내며 아버지에게 넘겼고, 아버지에게 가서 기어들어 가는 목소리로 겨우 말을 꺼내면 아버지는 화가 묻은 말투로 "엄마한테 달라고 해"라며 엄마에게 넘겼다. 탁구공처럼 둘 사이를 왔다 갔다 하면서 나는 난감하기도 하고 짜증도 나고, 그리고 무엇보다 또 부부 싸움이 날 것 같아 두려웠다. 그러다가 싸움이 나면 돈 받는 것을 포기하고 집을 나왔다. 그때 내게 남는 느낌은 부부 싸움의 원인이 됐다는 자책이었다. 그러면서 엄마의 돈 심부름에서 삥땅을 하는 버릇이 생겼다. 그 삥땅은 엄마의 돈을 훔치는 것을 넘어 청년 시절까지 도벽의 늪에서 벗어나지 못하게 한 기나긴 혼돈의 시작이었다. 그것은 내 인생 전체를 휘두른 걸림돌이었고 나중에야 딛고 일어선 디딤돌이 되었다. 쉰 중반 넘어서까지 내 젊은 시절의 도벽에 대해 누구와도 얘기해 본 적이 없었다. 아버지의 5만 원은 나를 늘 그 생각으로 돌아가게 하고, 마치 '그때 네게 그럴 수밖에 없어서 미안하다'라는 의미로 다가

와 내 안의 트라우마를 감싸 준다. 그 5만 원에는 그 시절 딸에게 주고 싶었던 그의 마음과 주지 못했던 자격지심, 열등감, 분노, 그리고 미안함과 화해의 제안까지 담겨 있다고 나는 해석한다.

생애 끝에 아버지가 내게 잘해 줄 기회가 있는 것이 큰 다행인 한편, 가난한 노인들도 떠오른다. 자식은 차라리 안 보는 게 속 편하다던 마포구 아현동 산동네의 독거노인. 그는 자식이 오랜만에 연락을 하면 오히려 덜컹 겁이 난다고 했다. 독한 빈곤에 처해 있을 때는 차라리 서로 안 보는 게 낫고 모르는 척해 주는 게 낫다. 해결해 줄 능력이 없기 때문이다.

엄마의 손발톱을 깎아 주는 나를 아버지는 흐뭇하게 바라보았다. "좋겠네, 딸이 손톱까지 깎아 주고." 그 말이 내게는 '고맙다'라는 말로 들렸다. 그는 어릴 적 아침마다 내 머리를 땋아 주고, 손톱을 깎아 주고, 연습장을 묶어 주고, 새 학기 교과서 표지를 싸주었다. 담장 너머 야채밭을 가꾸고, 마당에 꽃과 나무를 심고, 연못을 파서 오리를 키우고, 토끼와 닭과 새를 키운 것도 아버지였다. 남매들은 그걸 즐겼던가? 어느 겨울 아버지가 보름 정도 시골에 다녀오는 동안 모이 좀 주라고 부탁하며 지하 보일러실에 옮겨 놓은 새들을 식구들 모두 새까맣게 까먹고 굶겨 죽인 적이 있었다. 새들의 죽음을 확인한 것도, 불같이 화를 낸 것도, 그 주검들을 치운 것도 아버지였다. 그는 나를 돌보고 싶어 했는데, 나는 그 돌봄이 싫었다. 내가 그걸 깨달은 건 오십 중반이 넘어서다.

미워하는 동안은 떠오르지 않았던, 꾹꾹 눌러둔 기억들이다.

다음에는 그의 손발톱도 깎아 주겠다고 우겨 볼까? 그와 나는 서로 그런 곁이 되지 못하고 늘 엇갈렸다. 그는 책을 아주 좋아했는데, 이젠 그 딸이 낸 책들을 받아만 보고 아마 읽지는 못할 것이다. 남원과 전주에서 국어 교사를 하던 그는, 갓 서른에 서울로 이주하면서 청년 시절부터 모았던 한문 고서와 철학 서적과 소설책들을 바리바리 싸들고 올라왔다. 엄마의 집장사로 이사가 잦던 시절, 엄마에게는 "쌀도 돈도 안 나오는 쓰잘데없는 짐짝"밖에 안 되는 것들이었지만, 나는 어릴 적 그를 피해 다락에 들어앉아 제목도 내용도 모른 채 들입다 읽어 대던 그 책들 덕에 상처를 보듬을 수 있었다.

어느 날 아버지는 혼자 마당에 그것들을 모아 놓고 불태웠다. 이사 전날이었다. 이층 창문에서 잠깐 내려다보고 까맣게 잊고 있었는데, 엄마와 구술생애사 작업을 하던 어느 귀퉁이에서, 마흔 중반 그 서생의 등짝이 쑤욱 올라왔다. 내 나이 오십 줄에 들었을 때다. 아버지와 자식 간의 시간 차. 애비가 젊고 자식이 어릴 때 자식은 애비를 죽였고, 애비가 늙고 자식이 따라 늙으면서야 죽인 애비를 내 안에서 다시, 아니 새롭게 살려 내는 중이다.

자고 일어나 새벽 5시경 바깥 산책을 좀 하다가 1층 카페에서 내 일들을 처리하고 6시 40분에 다시 엄마 방으로 왔다. 7시면 늘 아버지가 오기 때문에, 내가 온 날에나 아버지의 아침 노동을 덜어 드리자는 생각이었다. 부스스한 백발의 엄마는 아랫도리를 벗은 채 침대 끝에 멍하니 걸터앉아 있었다. 나는 순간 놀랐지만 애써 무심한 표정을 지으며 뒤집어진 팬티와 내복 바지를 일단 물에 담가 놓았다.

"내가 아주 놈팽이가 됐어."

"자식 다섯에 증손주들한테까지 모두 나눠 줘서 엄마한테 힘이 조금밖에 안 남은 거지. 아침에는 누구나 멍하기도 하고."

혼란과 무력감이 뒤섞인 얼굴을 보니 엄마 스스로 언급했던 "정신착란증"이 떠올랐다.* 오늘 장면은 오래 기억에 남을 것 같다. 내가 없는 이른 아침마다 엄마와 아버지는 이렇게 만났겠구나. 특히 엄마는 대변을 주로 이른 아침에 보는 습관이 있었다. 대변은 아직 관리가 되고 있지만, 옷에 변을 묻히는 실수도 종종 있다.

엄마의 샤워를 돕는 동안 아버지가 왔다. 혹 딸이 제대로 못 챙길까 봐 들른 거다. 아버지는 새 옷을 꺼내 놓고는, 천천히 챙겨서 8시에 식당에서 보자며 나가셨다.

나는 기저귀 얘기를 살짝 다시 꺼냈다. 나라에서 아주 싼 값에 준다는 말까지 했다. 엄마는 솔깃한지 몇 가지 질문을 더 했다.

"원래는 얼마냐?"

---

* 엄마는 이런 말들을 하곤 했다.
　― 하루 종일 맨날 뭘 찾다가 볼 일을 못 봐. 정신착란증이야, 내가.
　― 리모컨이고 카드키고 귀신이 붙었는가 어디로 자꾸 숨어. 귀신이 곡할 노릇이야. (이건 젊은 시절부터 엄마 입에 붙은 말이다)
　― 너그들이나 아버지뿐 아니라 열쇠랑 핸드폰이랑 리모컨이랑 이런 애들까지 나를 무시하고 놀려.

"국가에서 얼마를 대냐?"

"그래서 실제 내는 돈이 얼마냐?"

적당히 둘러대면서 자식들이 내는 돈이 하나에 200원밖에 안
된다고 했더니 "200원이면 옛날에는 뭐뭐를 했다"라면서도 좀 안
심하는 눈치였다.

"근데 엄마 자식들 돈 많은데 뭐 그런 걱정을 해?"

"그래도 모두들 얼마나 알뜰한데."

엄마는 그러다 말고 자식 자랑으로 넘어가 버렸지만 그 200원
덕인지 이젠 밤에는 써봐야겠다고 했다. 내일 오전에 타운 노인들
의 단체 건강검진이 있는데(엄마의 설명이 좀 아리까리한데, 아마 건
강진 차량이 오나 보다), 길게 기다릴지도 모르니 이번에야말로
200원밖에 안 하는 기저귀를 사용해야겠단다.

오늘 보니 엄마는 아침 채비를 혼자 하는 것이 불가능해졌다.
한 달 전과는 완연히 달라진 것이다. 씻고, 닦고, 입고, 화장하고,
머리 빗는 일들이 제대로 진전되지 않았다. 어젯밤 목욕을 했는데
도 아침에도 머리를 감겠다고 한참을 우기다가, 이번엔 온수를 틀
어 놓은 채 얼굴에 비누칠을 몇 번씩 했다. 양치질할 생각은 전혀
안 하다가 챙겨 주니 두어 번 문지르고 헹구고는 좀 있다 또 치약을
짜는 것도 여러 번이었다. 팬티와 얇은 내복과 겉옷과 양말 같은 걸
챙겨 입는 것도 너무 어려운 일이었다. 옷장을 여러 번 왔다 갔다
하거나 무엇을 입고 신을지를 결정하지 못했다. 맨 얼굴에 파운데
이션부터 바르려고 하길래 기초화장부터 해야 한다고 하니, 기초화

장품 중에 무엇을 먼저 바를지, 발랐는지 안 발랐는지 헷갈려 했고, 나중엔 파운데이션을 여러 번 바르려 했다. 늘 가지고 다니는 손가방에 빗을 넣고는 찾고 또 찾고, 머리를 빗고 또 빗었다.

이 일련의 과정을 나는 최대한 차분하게 보조하려 했지만, 엄마로서는 내 말이나 행동 하나하나에서 독촉을 읽는 듯, 나 때문에 더 헷갈린다는 핑계도 댔다. 알츠하이머 노인을 돌보는 과정에서 짜증을 내지 않는 건 아주 중요하지만 아주 어려운 일인데, 문득 아침 채비를 돕는 아버지도, 그의 도움을 받는 엄마도 걱정스러웠다. 자식들이 외출하자고 할 때마다 일단 안 하겠다고 하던 게 이젠 이해가 갔다. 엄마는 이제 아버지와 만나기로 한 약속 시간도 전혀 염두에 없었다. 우리는 이미 늦고 있었다.

엄마는 방을 나와 엘리베이터까지 가는 약 60미터 사이에도 현관문을 잠갔는지 예닐곱 차례 확인했다. 엘리베이터를 향해 모퉁이를 돌면서부터는 현관문 생각은 단박에 없어지고 아버지의 부재를 불안해하며 왜 없는 건지, 만날 약속은 제대로 했는지를 여러 번 물었다. 내게 손거울과 빗을 가지고 있는지 물어 없다고 하자 "그래 니가 그렇지 뭐" 하다가 "여자가 어쩌고저쩌고"라고도 했다. 당신 얼굴과 머리가 괜찮은지를 물을 때마다, 나는 눈을 맞추고 머리 모양을 살피며 괜찮다고 하거나 머리를 가다듬어 주거나 뭉친 화장을 펴주었다. 나는 아무리 반복되더라도 되도록이면 그때마다 마음과 생각이 담겼다고 느낄 응답을 하려 한다. 눈치가 백단인 양반이라 대강 예쁘다고만 했다가는 무시당한다는 느낌을 마음에 담을 것 같아서다. 작은 빗과 손거울이 엄마가 늘 지니고 다니던 필수품인데, 그걸 자꾸 잃어버려서 자주 새로 갖다 드리고 있다. 여성 노인들일수록 외모, 특히 얼굴에 대한 욕망은 오래도록 남아 있다. 알츠하이머가 심한 여성 노인들도 화장 서비스를 받으면서 아주 행복해 하는 경우가 많다.

외모에 대한 추구나 민감함은 타운의 다른 여성 노인들에게서도 자주 느낀다. 이른 아침마다 각자의 방 안에서 옷차림과 화장과 목걸이와 귀걸이와 스카프 등으로 꾸미고 방문을 나선다. 남성 노인들 역시 나름대로 신경을 쓴 모양새다. 건강을 상당히 잃은 노인들을 제외하고는, 젊은 시절의 취향과 외양을 최대한 살리려 한다. 복도나 식당에서 서로 간에 오고 가는 말과 눈인사에서도 소위 '교양'이라는 것이 묻어난다.

엄마의 경우, 신체 능력보다 정신 능력의 하강이 빠른 편이다. 아마도 정신 능력은 거의 없고 몸은 건강한 상태로 긴 시간을 살게 될지도 모른다. 물론 노인들의 건강에는 변수가 많아서 단정할 일은 아니다. 엄마의 경우, 현재 몸은 상당히 건강한 편이고 식사도 잘하신다. 엄마와 아버지의 죽음 차례가 어떻게 될지는 가족 모두에게 중요한 사항이다. "너희 엄마를 먼저 묻어 주고 얼마 있다가 내가 가는 것이 내 남은 유일한 바람이다." 4년 전 타운으로 입주하기 직전, 세레모니 삼아 자손들을 소집해 놓고 아버지가 한 말이다. 우선은 아버지도 자식들도, 엄마 차례가 먼저 오는 것이 낫다고 생각하고 있다.

엄마의 오른쪽 어깨 아래, 팔 뒤쪽으로 지름 1센티미터 정도의 검버섯이 하나 생겼다. 이번에 새롭게 발견한 것이다. 엄마에게는 안 보일 테니 다행이다. 엄마와 목욕할 때마다 나는 검버섯이 생겼는지를 살폈다. '죽음 꽃'이라고도 부르는데, 나는 그 이름엔 반대한다. 늙음과 노인에 대한 낙인이 담긴 단어. 나이 듦과 연관된 피부 색소의 변화이지만, 죽음과 연관 지을 의학적 근거는 없다. 하지만 한편으로는 반점을 발견하고 내 마음 한쪽이 어두워지는 것 또한 어쩔 수 없다. 그 반점 이야기를 엄마한테는 안 했는데, 엄마는 내 오른쪽 손목 위에 있는 점 비슷한 걸 보고 또 놀란다.

"너 왜 벌써 이런 게 생겼냐?"

"요리하다가 기름이 튀어서 그런 거야."

"난 그런 거 하나도 없어."

엄마랑 목욕할 때마다 매번 반복하는 대화이다. 엄마는 혼자 목욕하다가 넘어졌다는 이야기도 했다. 다행히 등에 약간의 통증밖엔 없어서 아버지가 파스를 붙여 줬단다. 이젠 리모컨으로 티브이 켜는 것이나 핸드폰 충전, 핸드폰 전원을 켜고 끄고를 제대로 못 한다. 내가 잠든 동안 티브이를 켜려고 한바탕 전전긍긍하다 포기하고 다시 잠드는 것을 비몽사몽간에 알았으면서도, 나는 일부러 잠든 척했다.

"너그들이 나를 무시한다"라는 느낌은 엄마의 오랜 자격지심이었다. '양반입네' 하는 부잣집 막내딸로 귀하게 자라다 최 씨네 '양반집'으로 시집와 전북 남원과 전주에서 스물다섯까지 사는 동안은 적당히 '양반답게' 살았다. 하지만 둘째인 내가 겨우 돌을 지난 1959년, 산업사회가 막 시작한 수도 서울의 끄트머리 돈암동 산동네로 이주한 후, 돈 안 버는 남편을 대신해 자식 다섯을 키우며 당시 여자들이 할 수 있는 온갖 틈새 벌이를 해야 했다. '양반' 자원이 도움이 되었지만, 당사자 입장에서는 '닥치는 대로'였다. 그런 자신에 대해 여전히 '양반집 여인네'를 정체성 중 하나로 갖고 있던 열정적인 여성의 내면은 분열적일 수밖에 없었다. 최 씨네 사람들이나 남편과 자식들 모두가, 돈놀이에 미제 물건 장사에 집장사를 하는 자기를 '양반답지 않은 여자'로 본다는 거였다. 그게 엄마의 속마음이었고, 가끔 이질적인 것들의 뒤엉킴을 드러내곤 했다.

어떤 남편을 만났든 엄마는 소위 '살림만 하는 여자'는 될 수 없는 여성이었지만 "남편이 벌어다 주는 돈으로 살림만 하는 여자가 젤로 부럽다"라는 넋두리를 자주 했다. 딸이 보기에는 그럴 수밖에 없던 것이라기보다는 선택이었고, 성취이자 자긍으로 보였지만 말이다. '닥치는 대로'만도 아니어서, 나름의 명확한 기준도 있었다. 강남 부동산은 '투기'여서 안 했고, 대방동과 상도동 집장사는 '투자'여서 했단다. 또 '물장사'는 꿈에도 생각해 본 적이 없다고도 했다.

하지만 돈벌이 자체나 돈벌이 방법들에 대해서 '양반답지 못한 여자'라는 자기 감시와 멸시가 늘 있었고, 그 자기 멸시는 타인의 시선과 밀착되어 있었다. 그 타인에는 자신이 번 '돈 덕'을 보는 남편과 자식들이 당연히 포함되었는데, 남편과 자식이어서 가장 밉고 뜨거웠다. 자식들 앞에서 자신이 혼자 얼마나 고생하는지를 강조하는 것을 넘어, 꼭 필요한 돈에도 일단 거절부터 하고는 남편에 대한 불평과 자신의 고생에 대한 울화를 이어 갔다. 나아가 자신의 노고에 대해 서방과 자식들이 고마워하는 게 아니라 '양반답지 못한 돈벌이'를 한다고 속으로 비난하고 무시할 거라는 게 자격지심의 핵심이었다.

엄마는 큰아들이 교수로 발령 나자마자 다시 '양반'으로 들어앉느라, 여러 손해를 감수하면서도 '돈놀이'를 딱 그만두고 주식 투자를 시작했다. 그걸 실버타운 입주 2년 전인 2010년, 엄마 나이 일흔여덟까지 했다. 그렇게 모은 돈 중 일부로 당신과 서방의 실버타운 보증금 약 2억을 댔고, 두 분의 생활비 월 400여만 원을 아들 둘과 분담해 오고 있다.*

* 무작정 안 쓰고 모으기만 하던 엄마를 놓고 왈가왈부들 했지만, 엄마가 돌아가신 후에도 그렇게 모은 엄마의 돈은 요긴하게 쓰이고 있다. 이런저런 결정과 조정 과정이 있었지만, 지금도 엄마가 남긴 돈으로 아버지의 타운 생활비와 가족 모임의 식사비 등을 지불하고 있다. 그때마다 우리는 엄마가 주신 돈임을 이야기한다. 살아서나 죽어서나 엄마는 돈줄이구나. '버는 놈 따로 있고, 쓰는 놈 따로 있다'라는 옛말은 상당히 맞다.

2016년 일기

엘리베이터를 타지 말고 슬라이딩 복도로 걷자고 유도하지만 엄마는 엘리베이터로 간다. 엘리베이터 버튼을 놓고 주저하는 엄마. 아버지가 없는 김에 과제를 주지 않고 내가 눌렀다.

— 야가 나보다 영리하네.

— 엄마가 얼마나 영리한데.

— 그래도 내가 아직 또라이가 되진 않았어.

— 엄마, 나도 벌써 머리에서 생각하는 단어랑 입에서 나오는 단어가 달라. 엄마도 그러지?

— 몰라. 그것마저도 나는 몰라.

내 말을 알아듣고 대답하는 것도 집중력이 필요한 문제다. 방문 때마다 가능하면 많은 대화를 시도한다. 갈수록 엄마의 말투나 말꼬리에 어린냥이 진하게 붙는다. 알츠하이머의 진행으로 인한 무력감과 우울을 어린냥 속으로 숨기는 것일까?

엄마는 나더러 자신의 침대 한쪽에 앉으라고는 하지만, 침대 위 이불에는 내 몸이 닿지 않도록 신경 쓴다. 오줌 냄새가 밴다는 거다. 내게 이부자리를 내줄 때마다 당신이 쓰던 게 아니라고 여러 번 강조한다. 침대에서 엄마랑 안고 누워 있자고 하면, "냄새나"라고 말한다. "괜찮아" 하며 일부러 엄마를 더 끌어안으면서 나는 혼자 울컥한다. "냄새나"라는 말은 어린 시절 내가 많이 듣던 말이다.

나는 엄마를 뒤에서 안고 많은 이야기를 했다. 내 나이 스물넷, 배가 만삭이었을 때, 엄마가 내 단칸방에 와서 나란히 누웠던 게 생각났다. 가출과 결혼과 임신 과정에서 처음으로 내가 사는 독산동 벌집 단칸방에 엄마가 온 날이었다. 엄마는 내 결혼과 임신에 대해 걱정이 잔뜩 담긴 잔소리를 했고, 나는 등을 보인 채 소리 죽여 울었다. 엄마도 그때 울었을까. 작년에 여동생이 해준 말로는, 그 시절이 엄마에게는 경제적으로 가장 힘든 때였고, 자신은 대학 입시 원서 비용도 타내기 어려웠단다.

잠자리에 들기 전, 옛날이야기를 해달라고 했다. 엄마는 기다렸다는 듯이 쑤욱 어린 시절로 들어갔다. 얼른 녹음기를 눌렀다. 3년 전 책(『천당허고 지옥이 그만큼 칭하가 날라나』)에 실었던 이야기와 거의 같은데 오히려 더 생생해졌다.

1121(월) 아버지의 필요

오전 10시쯤 막내의 메시지가 떴다. 엄마한테서 전화가 왔는데 아버지가 담이 심하게 드셨다고 했다. 엄마를 챙기느라 근육통이 생긴 것 같았다. 다행히 제부가 시간이 되어서 근처 정형외과에 아버지를 모시고 갔다.

오후에 제부는 아버지의 왼쪽 어깨뼈에 석회질이 쌓여 있어 많이 아플 거라는 진단 결과를 전해 주었다. 또 왼쪽 팔목이 많이 부어 손을 전혀 쓸 수 없는 상황이어서 왼팔에 깁스를 했다고 한다. 엄마에 집중하느라 아버지의 필요를 놓치는 경우가 많은데, 필요 사항을 편하게 얘기하시는 편이어서 다행이다. 많은 가난한 노인들은 자식한테 말하지 않고 병을 키운다.

1128(월)   셋째 남편의 방문 보고

아버님 모시고 병원 다녀왔습니다. 깁스도 풀고, 주사도 맞았습니다. 석회질이 없어진 것은 아니지만 염증이 해결되어 병원에는 더 안 가셔도 됩니다. 이제 샤워도 마음 놓고 하실 수 있습니다. 아버님이 방바닥에 앉으실 때, 무릎이 안 좋으니 털썩 앉으시면서 왼손으로 방바닥을 짚으시더라고요. 아마도 그것 때문에 왼쪽 손목이 부은 게 아닌가 싶습니다. 그래서 가급적 방바닥에 앉지 마시고 침대나 의자에 앉으시라고 권해 드렸습니다.

병원비가 이번에 좀 많이 나왔네요. 검사비와 깁스, 주사비와 약값 등등 지난주 12만 원, 이번 주 7만5100원입니다.

— 모두 : 감사와 격려

타운에 있는 엄마의 농 안에서 엄마가 젊은 시절 쓴 일기장을 발견했다. 엄마가 일기를 내내 보관하고 있었구나! 겉표지는 떨어져 나간 채로, 속표지부터 보였다. 1966년 '지성일기'知性日記라고 한자로 인쇄가 돼 있고, 등대를 바라보고 항해 중인 돛단배 사진이 있다. 그리고 그 위에 검정 사인펜으로 "1967, 5月"이라고 육필로 쓴 큰 글씨가 보인다. 엄마 필체다.

알츠하이머를 앓는 여든다섯 엄마의 일기장을 얻어 오는 건 어려운 일이 아니었다. 1967년부터 1980년까지, 그러니까 엄마가 서른다섯에서 마흔여덟까지 쓴 일기였다. 나로 치면 초등학교 4학년부터 대학을 졸업한 해까지이고, 내 마지막 가출 직후에서 일기는 끝났다.

현숙아, 간밤 꿈에 너를 보았다. 너는 나를 미워하고 원망하겠지. 歲月(세월)이 흐르고 생각을 하노라면 너도 나를 이해할 때가 있을 거다. 이해 안 해줘도 좋다. 나는 이 世上(세상)길을 피할 수가 없구나. 이게 사람들이 살아왔던 길이라면, 남들 하는 대로 그냥 울고 웃으며 따라가는 수밖에. 내가 어떻게 叛逆(반역)할 수가 있겠니?"*

* 한자는 음독 없이 적혀 있다.

'반역'을 떠올렸었구나, 엄마가. 스무 살이 넘으면서 반복된 큰딸의 가출에 애간장을 녹이면서도, 자신이 못한 반역의 기미를 알아챘을까? 마음 한구석 부러워도 했을까? 나에 대한 엄마의 잔소리는 "너는 왜 그러고 사냐?"와 "나도 너처럼 좀 살아봤으면 좋겠다"를 오락가락했다. 나와 다른 선택을 한 엄마를 내 나이 마흔이 넘어서야 존중하게 되었다. 그녀는 당신 몫의 삶을 치열하게 살아 냈고, 알츠하이머를 앓고 있는 지금도 그렇다.

이전의 가출들과 달리 마지막 것을 나는 출가出家라고 불러 왔다. 그래 봤자 다른 가家를 만들어 25년 후 다시 나왔지만, '아버지의 집'에서 출가한 것은 내 생애를 요약하는 한 문장으로 정리된다. "아버지를 미워한 힘으로 내 길을 만들었다." 단지 혈육의 아버지를 넘어 '아버지'로 상징되는 세상 모든 질서와 규범과 관점을 의심하며 반역할 수 있었다. '아버지의 것들'은 거부했지만 내 것은 아직 만들지 못해 많은 방황과 혼돈을 거쳤다. 뒤늦은 내 글쓰기는 그 방황과 혼돈과 상처의 정리 작업 같기도 하다. "니가 요즘 책을 쓴대매. 나는 니가 그럴 줄 알았어." 문득 말짱한 정신으로 돌아온 엄마가 뜬금없이 칭찬의 말을 던진다.

일기에는 한 여자의 열정과 절망과 갈증과 절박이 가득했다. 나는 느리게 읽어 내려갔다. 상반된 선택을 한 두 여자의 내면은 고스란히 닮아 있다. 그 나이쯤의 나 같기도 했다. 갈등과 불만과 미움으로 속이 바글바글하면서도, 온갖 돈벌이와 살림을 해대면서도, 일기를 썼구나. 그래야 살 수 있었구나. 구로공단 근처 벌집 단칸방에서 새벽이면 부엌 부뚜막에 둥그런 양은 밥상을 펴고 쪼그려 앉아 무엇이든 끄적거려야 했던, 그러지 않고는 나를 놓쳐 버릴 것 같았던 내 시절이 떠올랐다.*

일기에서 보이는 엄마의 자책과 달리, 사실 나는 아버지와의 싸움에 집중하느라 엄마를 원망할 새도 바라볼 새도 없었다. 엄마의 딸로도, 다섯 남매 중 하나로도 기억이 별로 없다. 나는 잊었으나 남매들은 기억하는 내 지난 삶을 듣다 보면, 나 모르게 다들 나를 용서해 줬구나 싶다. 그렇더라도 '용서'라니? '나 모르게 용서해 줬구나' 따위의 게으른 문장, 특히 족에 관한 이 몰계급적이고 비릿한 문장이 싫고, '용서'의 사방으로 갖은 불공정과 시시비비가 희번덕거리지만, 간략하게 말하자면 나는 족에게서도 세상에게서도 많이 용서받으며 살았더라. 내가 한 미움과 혼돈과 방황과 안간힘과 더불어, 엄마가 못 했고 내가 한 반역과, 나 모르게 받은 용서 덕으로, 소위 독립이라는 걸 하고 있더라.

나는 아버지의 5만 원을 또 받아 들고 엄마에게 슬쩍 물었다.

"아버지는 왜 나한테만 이걸 주시는 걸까?"

"젊어서 너한테 한 게 미안한가 보지."

이럴 땐 말짱한 엄마. 귀 잡순 아버지한테 나도 미안한 게 많다.

---

* 나는 엄마의 모습 안에서 나를 많이 보며, 엄마를 이해하려다 내가 이해되기도 하고 거꾸로 나를 이해하려다 엄마가 이해되기도 한다. 비슷해서만이 아니라 전혀 딴판의 선택에서도, 나와 엄마는 등이 붙은 쌍생아처럼 그 욕망의 뿌리나 성향이 많이 닮아 있다.

엄마의 일기에는, 다섯 자식을 둔 한 여자의 고민들이 한가득이다. 자기 인생에 대한 열망들……, 그것을 위해 집을 나가 버리고 싶다고도 쓰고, 현재의 인생에 계속 붙들리느니 죽어 버리고 싶다고도 쓴다. 그럼에도 자식들을 위해 희생하며 살자고 끊임없이 다짐하고, 하나님을 붙잡고 이 삶을 잘 감당하게 해달라 기도하며 매달린다. 그녀의 열망을 읽으며, 내 속이 바짝 마를 지경이다. 엄마는 내게 열정을 물려준 여자다. 그때 엄마 나이에 나는 남편과 자식과의 관계는 유지하면서도 내 길을 찾아 나섰다. 그때 엄마가 다섯 자식과 남편이라는 족族 울타리에(혹은 사회 규범에) 발목 잡힌 채로 자유를 갈망한다는 것은, 얼마나 힘겹고 지치는 일이었을까? 족, 양반, 에미, 아내, 여자의 길, 사람의 도리.

엄마의 일기를 보면서 한 여성을 가두고 억압한 한 남자에 대한 분노가 다시 일어난다. 나에 대한 아버지의 폭력은 이제 내게 분노도 슬픔도 눈물도 아니다. 그럼에도 그런 나를 안타까워하며 남편에게 달려드는 엄마의 모습이 떠오르면서 엄마의 아픈 마음 때문에 내가 아프다.

일기 곳곳에 보이는 엄마 남편의 무책임과 폭력과 억압은 나를 다시 화나게 한다. 한편, 지금의 두 분 관계를 떠올리면 서로 간 인생의 대차대조표가 그려지기도 한다. 이제 그는 자신보다 먼저 무너져 가는 늙은 아내를 돌보는 늙은 남편이다. 인생이란 건 다 살아야 겨우 알 수 있는, 혹은 다 살아도 미처 모르는, 게다가 개개인이 제각각인 무대구나. 누군가에게 신세를 진다는 것은, 언제든 그 신세를 갚는다는 전제가 깔려 있다는 말이기도 하다. 인생의 어느 한 지점만을 단편적으로 보며 관계를 해석할 일은 아니라는 생각이 든다.

그렇다고 억압을 참고 인내하면 좋은 날이 올 거라는 둥의 이야기는 동의할 수 없다. 아니 동의할 수 없는 것을 넘어 신경질이 돋는다. 하지만 참고 견디는 사람 중 일부는 보상을 받게(실은 만들게) 된다는 말도 부정할 수만은 없다. 이 억압과 그에 대한 저항 혹은 인내의 사슬은 개인적 차원의 일이기도 하지만 무엇보다 사회적 차원에서 생각해야 한다. 그 인내가 개인 및 사회의 성장과 성숙을 위한 것인지, 과정과 결과는 어떤지 등을 성찰해야 한다는 것이다. 오로지 자식을 위해 자신의 인생을 숙주 삼은 어미 아비들은 너무도 많으며, 그렇게 자란 자식들이 도달한 소위 '성공'이 만들어 내는 사적 소유의 대물림과 사회적 불평등도 심각하다.

엄마는 가정 안에서, 나는 엄마와는 '다른 가정'을 위해, 늘 고민하고 갈등하며 살았고 다른 길을 모색했다. 엄마가 자신의 공간이라고 수긍하고 스스로를 가두었던 혹은 사회적으로 갇혔던 가정에 나는 나를 가둘 수 없었고, 내 길과 내 인생을 찾아 나섰다. 남편을 떠나면서 그리고 그전에 아버지를 떠나면서 말이다. 냉혹하게 말하자면, 엄마는 스스로 족쇄를 만들어 자신의 발목에 차고 보람과 자긍으로 삼다가 집착과 증오에 갇혔다. 인생이라는 게 여차하면 그렇게 되어 버린다. 엄마와 다른 내 선택이 내 족쇄가 되지 않기 위해 나는 무엇을 버려야 하는가? 지금 무엇이 내 발목을 잡고 있는가?

평소 두 분이 사용하는 구내식당과 자식이 왔을 때 사용하는 구내식당이 다르다. 문제는 이렇게 식당이 바뀌는 것에 대한 엄마의 혼란이 점점 더 심해지고 있다는 것이다. 같은 회사가 운영하는 식당이어서 양쪽 어느 직원에게든 알리기만 하면 된다(사실 알리지 않아도 그들이 먼저 알고 묻는다). 엄마 주장의 핵심은, 원래 이용하던 식당에 들러 보고를 하고 다른 식당으로 가야 한다는 것, 이런 변경 자체가 직원과 다른 노인들에게 폐가 된다는 것, 두 가지다. 또 식당 구조와 테이블 위치의 변동, 배식 방법의 차이도 그녀에겐 혼돈이다. 평소 가는 식당은 몸이 안 좋은 노인을 위해 음식을 테이블까지 갖다준다(이때 한 끼에 500원이 추가된다). 그런 여러 가지 변동이 엄마 머릿속을 미리부터 뒤죽박죽으로 만든다.

무엇보다 식당까지 가는 길이 바뀌는 게 가장 큰 혼란이다. 기존 식당은 구관 2층, 바꾸는 식당은 신관 1층. 엄마 방에서의 거리로 치면 기껏해야 40미터 차이다. 엄마로선 이 오만 가지 차이와 염려들이 뒤범벅되어 그녀 말로 "정신착란"까지 오게 하는 거고, 그로 인한 스트레스로 나한테 화살이 돌아올 때가 있다. "너 여기서 밥 먹지 마", "다음부터는 돈 줄 테니 바깥에서 사먹고 와", 그리고 심지어는 "너 이제 절대 나한테 오지 마. 꼴도 보기 싫어"까지 막 가버린다. 쉽고 차분하게 여러 번 설명해도 이해를 못 하고, 점점 분노까지 섞인 신경질을 낸다. 그 신경질을 영감 앞에서는 최대한 감추고 딸년한테만 무한 반복한다.

엄마는 모든 서비스를 받을 만큼 많은 보증금과 생활비를 내고 있다. 두 식당을 같은 회사에서 운영하는 거여서 그들은 손해나 이익이 없다. "오늘은 여기서 먹을게요" 그 한마디만 해주면 끝이다 등을 아무리 설명해 줘도 좌불안석이다. 먹은 게 체하겠다고도 한다. 나도 체할 판이다. 여자들이 더 그렇듯, 타인에게 폐가 되지 않으려고 신경 쓰는 습관, 당신이 '돈 내는 갑'이 아닌 '관리 받는 을'이라는 입장 착오가 알츠하이머로 인한 인지장애와 뒤섞여 있다. 엄마 머릿속의 뒤죽박죽이 충분히 그려지고 그로 인한 혼란과 스트레스에서 뻗어 나온 신경질임을 알면서도, 이 정도 되면 나도 간당간당해진다. 일단 무수히 반복되는 같은 소리도 문제지만, 이 양반이 나를 화내도 되는 상대로 여긴다는 느낌 때문이다. '가난하고 이혼까지 한 젤로 별 볼일 없는, 젊어서도 젤 쉽게 부려 먹던 큰딸년'인 나여서 쉽게 화를 낸다는 생각 말이다. 서방 앞에서는 참는 신경질을 서방 없는 틈을 타 나한테만 내는 것도 같다. 심지어 아들 며느리나 사위는 물론이고, 서방 있는 딸한테도 이렇게는 안 할 거라는 생각에까지 미친다. 다양한 권력관계 속에서 습뒣이 되어 버린 차별이자, 치매로 인한 뒤죽박죽 속에서도 빼꼼히 살아 있는 머리 굴리기 아닌가. 솔직히 말하면, 차별에 대한 공분은 나중이고, 무엇보다 나에 대한 그 '취급' 때문에 더 참지 않고/못하고, 나도 출구를 팍 뚫는다.

"그만 좀 하시죠."

표정과 눈빛과 음색과 문구에 신경질을 집약해 낮고 단호하게 나는 말하고야 말았다. 이럴 땐 아버지 귀 잡순 게 다행이다. 아버지 듣는 데서라면 이렇게는 못할 거다. 근데 이건 또 무슨 구별과 차별인가? 젠장.

엄마는 당장 푹 기가 꺾여 한동안 조용하다. 도대체 내가 이 '치매 할망구'를 놓고 뭐하는 짓인가 반성이 시작된다. '아이구 참, 내가 죽일 년이구나' 하고 있는데, 엄마는 또 다른 레퍼토리로 넘어가 버린다. 이번엔 빨래다. 빨래 가지고 방 안에서 전전긍긍하지 말고 빨래하는 분 오는 날 내놓기만 하면 된다고 수없이 말했는데도 소용이 없다.

— 이걸 해달라고 내놓지 뭐하러 엄마가 빨아? 빨래 생기면 목욕탕 한쪽에 챙겨 놨다가, 빨래하는 날 아줌마가 한꺼번에 가져가게 하면 되잖아.

— 내놓을 만한 빨래가 되들 못하니까 그렇지. 여자가 돼 가지고 빤쓰 같은 걸 어쩌다 한 번씩이지 어떻게 맨날 내놔? 그 사람은 말도 못하게 착한 사람이라 말 안 해도 여기저기 찾아서 빨아 주는 사람이야.

— 엄마가 침대 위에 오줌 흘리고 팬티도 제대로 안 빨아진 채로 널어 놓으니 방에서 냄새가 나잖아요.

— (갑자기 짜증과 화가 묻은 말투로) 알아, 내가 그걸 모를까 봐 그 말을 하냐?

새벽녘에 나가려고 노트북과 책을 챙기는데 엄마가 또 잔소리를 시작했다.

　　— 지키는 사람들이 얼마나 욕을 할 거야? 이 집 딸년만 오면 맨날
밤에 돌아다닌다고 다들 싫어할 거야.

　　— 지키는 사람 없어. 다들 자느라고 몰라. 알아도 잠이 안 와서 그
러나 보다 할 거고.

　　— 다 같이 쓰는 공간인데 그렇게 맘대로 하면 돼? 공동 공간은 우
리 게 아니잖아.

　　— 공동 공간은 모두의 것이야, 그러니까 적당히 나눠 쓰면 되는
거야.

　　— 불 켜놓으면 전기요금 나가잖아?

　　— 엄마, 거긴 밤새 불 켜놓는 곳이야. 그 불로 책 좀 보는데 누가
뭐라고 한다는 거야?

　　— 이 방에서 이 불 켜고 보면 되지.

　　— 그럼 엄마가 잠을 못자잖아.

　　— 그런다고 남한테 피해를 줘?

　　— 다들 자고 있고 나도 조용조용해서 피해 주는 거 없어.

　　— 딴 사람들은 그렇게 생각 안 해.

　　— 그런 사람 있으면 맘대로 생각하게 놔둬.

　　— 켜져 있는 불도 내 것 남의 것이 있어. 남의 걸 마음대로 쓰면
도둑년이야. 너 이제 오지 마. 아주 신경 쓰여서 못살겠어.

　　— …….

— 세상을 다 너 맘대로 사는 게 아니야.

— 나는 엄마가 아니야. 나는 내 맘대로 살 거야.

— 잘났다, 이년아.

'몸에 밴 규범', '있지도 않은 규율까지 끌어들이는 자발적 복종', '타인의 시선', '이 집 딸년'. 내 인식의 그물망에 턱턱 걸려드는 항목들이다. 평생 고생해 벌어들인 '돈 덕'에 갑이 되고서도 뼛속 깊이 박힌 늙은 여자의 을 근성. 알츠하이머 엄마를 놓고 내 대답은 점점 신경질 묻은 정치적 선언이 되어 버린다. 뒤엉켜 뭉개진 사적 기억들을 꼬집고 비틀며, 여성 간의 차이를 대충 묵살하며, 내 발목을 붙들고 늘어지려는 과거와 지금의 엄마에게서, 내 발을 마저 뽑아 배반하고 나간다. 그만큼 나도 잠에는 예민한 거고, 새벽 시간만은 포기할 수 없는 거고, 나는 엄마가 아닌 거다. 한 살, 네 살 두 아이와 서방이 단칸방에서 자는 동안에도 그 방을 나와 부뚜막에 양은 밥상을 펴고 앉아 책을 읽었고, 나중에는 그 집도 나왔다.

그 와중에 나온 "도둑년"이라는 엄마의 말에 내 기억은 또 40, 50년을 훌쩍 거슬러 버린다. 엄마의 돈 심부름에서 삥땅을 하다 도벽이 굳어져 버린 나. 엄마는 아무 기억도 배려도 없이 그 단어를 내질러 버리는구나. 이쯤 되면 나도 더 대꾸하기 싫어진다. 얼른 나가는 게 수다. 방을 나오는 내 뒤통수에 딸려 오는 엄마의 한숨 소리. "아휴……." 엄마의 저 한숨 소리는 우리 둘 사이의 수많은 애와 증을 한 덩어리로 뭉개 내던지는 마지막 일격이다. 피차 신경질이 돋은 것은 새벽이어서다. 피하자. 알츠하이머 엄마를 놓고 뒤집어져 봤자 나만 죽일 년이다.

시간을 좀 흘려보내고 사과 삼아 내가 먼저 입을 열었다.

— 엄마, 그래도 내가 만고에 젤 편하지 않아?

— 나는 니가 무서워, 야단칠까 봐.

— 내가 뭐가 무서워. 엄마는 그냥 맘 편하게 있으면 돼. 남의 눈치도 볼 거 없어. 여기 일하는 사람들 무시하고 그러는 거는 나쁜 거지만, 그렇다고 너무 눈치 보고 시키는 대로 해야 한다고 생각할 필요는 없어.

— 여기 노인들 불쌍해. 마음대로 못하니까.

— 마음대로 하고 싶은 게 뭐야?

— 아유 시끄러. 얼마나 힘들면 쌩오줌이랑 쌩똥을 싸겠냐? 너도 이다음에 알게 돼, 나만큼 늙으면.

— 이것저것 신경 쓰지 말고 맘 편하게 먹어요. 몸 아픈 거야 나이 들어서 별수 없는 거니까, 마음이라도 편하게 하라고.

— 야, 시끄러. 얼른 자.

[나의 방문 보고]

기저귀를 사용하지 않는 이유 중 가장 중요한 것은 역시 돈 문제. 정책이 바뀌어서 80세 이상 노인들은 국가에서 완전 무료로 제공하며, 자식들에게 쿠폰을 줘서 그걸 가지고 매장에 가면 준다고 하니 쉽게 수락. 쿠폰 안 쓰면 도로 반납해야 한다고 했음. 계속 잘 사용하실지는 더 관찰해 봐야. 자연스럽게 자주 물어보고, 장롱 속 기저귀 잔량을 자주 확인할 것. 다만 기저귀에만 너무 의존하면 소변 조절 능력이 아예 없어져 버릴 수 있으니, 착용은 하되 소변 마려우면 스스로 화장실 가시도록 가끔 권고해야 함. 수면과 외출시에만 사용하시라고 하는 단계는 지난 것으로 보임.

2
0
1
7
년 일기

가차 없이 다가오는 것들

"나는 너무나 힘들었어. 그 냄새가 나한텐 아주 큰 수렁 같은 거였어."
"큰애는 잘 사니?"
"응암동 고모도 그 냄새가 났어."
"응암동 고모는 잘 있대?"
"엄마, 그때 나는 너무너무 고민하다 힘들게 부탁한 거였어."
"넌 냄새가 심하지 않았어."
"아니야, 아주 심했어. 그래서 너무 힘들었어."

[막내의 방문 보고]

○ 두 분 안산 공장 모시고 갔다가 지금 타운 모셔다 드리고 집 도착. 아버님께서 공장 보고 싶다고 하시더니 아직 공사 중이어서 계단을 못 오르시고 1층 내부와 바뀐 외관만 보심. 아버님은 정신이 아주 맑으심. 추석에 들르셨던 때와 무엇이 달라졌는지 하나하나 세세히 지적하심.

○ 어머님 방 상태는 이전과 동일. 침대에서 화장실까지 소변 흘린 자국이 많음. 기저귀 아마 사용 안 하시는 듯. 내가 주로 주말에 방문하니까 청소 상태가 유난히 안 좋은 것만 보는 건지. 평일 엄마 방 상태는 어떤지 누가 좀 알려 주세요.

○ 오늘 어머니 정신 상태 매우 흐려서 너무 걱정. 식당 이동, 안산 이동, 타운 이동 중에 계속 답해 드려도 동일한 질문을 거의 1분마다 계속. 기억력뿐만 아니라 상황 인지력도 너무 떨어지심. 아버님이 맑은 정신으로 어머님 상태 설명해 주시고 옆에서 챙겨 주셔서 너무너무 감사하다는 마음이 듦. 우리도 나이 먹어 저럴 수 있을까 하는 생각도 들고. 아버님이 건강하셔야 할 텐데…… 살아 계신 동안 조금이라도 더 잘해야겠다는 생

각. 근데 막상 그러지도 못하고 좀 많이 우울.

— 나 : 평일 엄마 방 상황은 그리 심각하지는 않았어. 주말이어서 더 그런 듯. 근데 한 번 방문할 때마다 엄마가 눈에 띄게 안 좋아지는 거는 확실. 최선을 다하자구요.

— 막내 : 나도 그렇게 느낌. 지난여름부터 서서히 안 좋아지시는 거 느꼈는데 가을부터는 심각. 아버님 말씀이 최근에 아주 안 좋다고 하시면서 눈물을 글썽이심.

— 나 : 에공, 아버지가 일일이 말씀하시는 양반이 아니다 보니 더 안쓰럽다는……☹ 오늘도 "내가 고생이 많지야……" 하는 한마디 정도만 하시더라고. 엄마에 집중하느라 여차하면 놓쳐 버릴 수 있을 듯. 아버지 건강도 잘 살피고, 마음의 감사나 지지도 자주 표현합시다. 표현 안 하면 모르는 거더라고요.

— 셋째 : 평일에도 청소하시는 분 오기 전에 가면, 엄마 방 상태 안 좋더라고요. 아버지는 그 상태와 엄마를 매일 겪으시는 거. ☹ 기저귀는 여전히 제대로 사용 안 함. 오늘도 엄마랑 화장실 갔을 때 왜 안 하셨는지 물었더니, 추워서 옷이 두껍고 해서 귀찮으시다고만. 여름엔 더워서 싫고 겨울엔 옷이 두꺼워서 싫고.

— 막내 : 여하튼 기회 될 때마다 아버님께 맘 전하자고요.

— 첫째 : 부모님에 대한 동생들의 배려와 효도 고맙습니다. 올 한 해도 형제간에 우애 있게 잘 지내도록 하지요.

오후 3시경 작은아들 차로 타운을 방문했다. 오늘은 1박이 어려워서 오자마자 엄마랑 목욕을 했고, 아들은 할머니 방과 냉장고, 싱크대, 선반을 청소해 주었다. 아버지 방은 여전히 깨끗해서 냉장고 청소만 했고, 넷이 함께 저녁 식사와 산책을 했다.

두 분 식사량이 좀 줄었다. 두 달 전부터 몸이 더 안 좋은 노인들을 위한 구관 식당을 이용하시는데, 그곳 노인들 식사량이 비교적 적은 편이라 두 분도 식사량 자체가 줄은 듯하다. 엄마는 아예 처음부터 외손주에게 밥을 상당히 덜어 냈고, 아버지도 좀 남기셨다. 아버지 어깨는 나아졌지만, 엄마가 자신의 식판을 드는 것이 불안해서 계속 그 식당을 이용하고 있었다. 아버지 역시 식사 때마다 식판 두 개를 옮기는 것은 힘들고 번거로운 일이다. 자식들이 간 날은 신관 식당을 이용하면서 엄마 식판을 늘 자식들이 맡는다.

기저귀는 안 하고 있었는데, 목욕하고 나서 착용하자고 하니 흔쾌히 그러자고 했다. 목욕하면서 "너는 요즘 재밌게 지내?" 하고 묻길래, "이번에 나온 책도 잘 팔리고 강의 요청이나 글 요청들이 많아 엄마 나 요즘 잘나가" 하고 웃었더니 "그치? 그럴 줄 알았어" 한다. 어떻게 알았냐고 하니 꿈에 보였단다.

"내 꿈에 니가 혼자서 책 보고 글 쓰고 강의하더라."

꿈인지 아니면 다른 남매들이 와서 전한 이야기 때문인지는 알 수 없다.

　오늘 아버지의 5만 원 제목은, 외손주 차 기름값. 식당 앞 소파에 앉아 이런저런 이야기를 하다가 엄마를 향해 아버지가 공치사를 하셨다.

　"최가네로 시집와서 고생 많았네. 그게 몇 년인가? 30년도 넘었지 아마. (계산을 하는 표정이다가) 너희 엄마가 스무 살에 시집왔으니까, 30년이 아니라 60년도 더 넘었네."

　내가 64년이라고 하니 "그렇구나, 벌써 그렇게 됐구나" 하시며 미소를 지었다.

0127(금)　　설날 모임

오늘은 설 가족 모임이 있었다. 엄마는 웬일인지 고집 부리지 않고 큰아들을 따라나섰다. 우리는 엄마의 상태가 상태니만큼 공동 돌봄을 하는 케어홈으로 옮기는 것과 그 이전 단계로 개인 간병인을 하루 네 시간 정도씩 채용하는 문제에 대해 의논했다. 작은아들이 아버지 의견을 우선 들어 보기로 했고, 위 두 건과 상관없이 노인장기요양등급은 신청하기로 했다. 현재 엄마의 건강 상태라면 요양 서비스를 하루 서너 시간 받을 수 있는데, 타운은 장기요양제도와 별도 기관이어서 개인 비용으로 간병인을 채용해야 한다. 두 분의 방 청소와 빨래를 담당하는 직원들을 위한 설 선물도 챙겨 드렸다.

0209(목)　"왜 나한테는 빈 봉투만 줬냐?"

오늘도 1박을 할 수 없어 2시 반쯤 도착하자마자 냉장고 청소를 하고, 식사와 운동 후 목욕까지 같이 했다.

　　엄마가 "명절에 왜 나한테는 빈 봉투만 줬냐?" 물으시길래 본인이 이미 받은 봉투에서 돈을 다 꺼내 가방에 보관했다고 알려 드리고, 가방을 찾아서 직접 보여 주었다. 엄마와 둘이 먼저 운동하고 식당 앞에서 아버지를 만나기로 했는데, 아버지가 도착하기 전까지 엄마는 내내 아버지를 찾아야 한다고 전전긍긍했다. 저녁 약 챙겨 드리고 기저귀 해드리고 타운을 나서니 8시 반이었다.

0222(수)　간병인①

지난번 내가 같이 식사할 때는, 엄마가 한도 없이 먹으려 한다고 아버지가 걱정을 하셨는데, 오늘 방문한 셋째에 따르면 엄마가 지난번 사간 딸기 두 상자를 벌써 다 드셨다고 한다. 하지만 오히려 식사량은 줄었고 반찬 투정도 하시는 걸 보니 과일을 얼마나 드시는지에 따라 식사량이 달라지는 것도 같다.

아버지는 개인 간병인을 두자는 제안에 자식들에게 부담 주기 싫다며 당신이 더 해보겠다고 하셨으나, 이미 아버지에게 많이 무리가 되고 있고 엄마를 위해서도 전문 간병인을 두는 게 더 좋다고 설득한 결과 결국 동의하셨다.

셋째가 타운 팀장에게 공동 케어홈 입주 문제를 문의했다. 이미 그쪽에선 세탁과 청소 담당 직원이 많이 힘들어 해서 공동 케어홈 입주를 권유하기로 직원회의에서 이야기가 되었으나 차마 말을 꺼내지 못하고 미루고만 있던 상황이었다. 동생은 케어홈에 가기 전에 우선 개인 간병인을 썼으면 좋겠다는 의견을 전달했고, 타운 측에서 우선 하루 3시간 주 6일간 오는 간병인을 연결해 주기로 했다.

엄마는 예상대로 가족이 아닌 타인에게 돌봄을 받는 것에 대해 거부 반응을 보였다. 셋째가 엄마와 전화로 실랑이를 좀 한 모양이다. 그렇지 않으면 공동 케어홈으로 가야 한다, 간병인에게 나가는 비용은 나라에서 나온다 해서 일단 설득은 했으나 좀 더 지켜봐야 할 것 같다.

[셋째의 방문 보고]

○ 원래 엄마 치매 검진 받으러 가야 하는 날인데, 날씨가 안 좋아 혼자 가서 약만 70일분 받아 왔어요. 수면제 포함된 저녁 약이

항상 부족해 10일치 여유분 가져왔어요.

○ 두 분 내복과 기저귀 90매 갖다 놨어요. 기저귀는 300매를 미리 구입했고, 줄어드는 양 봐서 엄마 방에 갖다 놓을게요.

○ 타운 측이 하루 3시간(오전 9~12시), 시급 8000원, 토요일까지 주 6일 근무 조건으로 간병인을 연결해 주기로 함. 업무 내용은 목욕, 청소, 빨래, 대화, 운동 등. 필요한 경우 업무 시간은 늘릴 수 있음. 개인 간병인을 쓰는 입주 노인들이 많다고 함.

○ 공동 케어홈 월 생활비는 224만 원(현재보다 30여만 원 많음). 아버지나 가족들의 수시 방문 가능(밤 9시 이후나 아침 8시 이전 시간만 아니면 됨). 아버지가 원하시면 케어홈에서 엄마와 식사도 함께할 수 있음.

0223(목)   엄마와 조국

간병인으로부터 셋째에게 연락이 왔다. 엄마가 당신 물건에 손도 못 대게 한다는 거다. 타운 팀장에게 전화해서 설득해 달라 부탁했는데, 엄마는 "내 집 가면 된다. 내가 우리 집 넓게 놔두고 이럴 필요 없다"라고 큰소리치셨단다. 팀장의 강력한 설득과 아버지의 합세로 간병인은 일단 오늘 근무는 하고 퇴근했다.

— 셋째 : 간병인 근무와 관련해 아들 중 하나가 조만간 가서 엄마에게 못을 박아 두는 게 필요해요. 이런 일은 아들이 나서야 해결됨. ☺

— 막내 : 일단 지금 전화부터 할게요. (통화 후) 나라에서 보내 주는 분이라고 설명하니 좋아하시네요. 간병인 아주머니가 사람이 아주 좋아 보인다고 하세요. 더 지켜봐야겠지만 오늘 내일은 괜찮을 듯. 다음 주는 또 상황 봐가면서 대응하자고요. 이번 주말 사이에 간병인이 오는 거 자체를 잊으실 수도 있으니.

— 나 : 엄마에게는 '조국'이 최고구나. 기저귀도 무료, 간병인도 무료! 하하하. 일단 모두 나라에서 주는 걸로 입 통일! 간병인과 타운 측에도 그리 입을 맞춰 놔야. 막내가 마저 두 측에 소통 맡아 주세요. 그리고 진짜로 그런 나라를 만들자!

— 셋째 : 나도 지금 간병인과 통화. 엄마가 나라에서 돈 나온다고 하니까 아주 좋아지셨대요. 하하하. 며칠 변덕 부리시더라도 잘 설명해 드리며 고생 좀 부탁한다고 말씀드렸어요. 벌써 많이 친해지셨고, 내일부터는 틈틈이 운동도 시켜 주시겠다고 해요. 다음에 올 때 엄마 콤팩트 하나와 방에서 사용할 작은 빨래대 사다 달라고 하셔요. 드럼 세탁기가 방에 있으니, 그것으로 하루 한 번씩 빨래하실 예정이라고 합니다. 이제부터는 소변으로 인한 빨래며 방 청소와 냄새 등에서 한결 마음을 놓을 수 있겠네요.

우리 남매들의 중요한 장점이라면, 돈에 관해서는 일단 서로 돕는다는 점이다. 특히 가장 가난한 나로서는 이런저런 경제적 도움을 주로 받는 편이고, 이에 대해 누구도 불만이 없다. 또 돈에 관해서는 명확히 하자는 것이 우리 모두의 공통된 견해이기 때문에 부모님 돌봄 비용에 대해서는 특히 함께 원칙을 정하고 지불 내역을 꼼꼼히 정리해 공유하고 있다. 만에 하나 돈 문제로 남매간 의가 상하는 것을 예방하자는 큰아들의 철저함에 모두 동의해서다. 물론 나는 공동 경비도 거의 내지 않거나, 때에 따라 전체의 1퍼센트를 지불하는 정도다. '돈 많은 사람 우선'에다 '아들 우선'이다 보니 나는 납부에서 예외적 존재다.

월 생활비 등 정기적으로 지출해야 하는 돈은 총무인 막내가 통장을 만들어 관리하고 있고, 병원비나 3만 원 이상의 물품비 등 비정기적 지출은 별도의 공급 통장을 만들어 셋째가 관리하며, 둘 다 정기적으로 결산 보고를 하고 있다.

부모 돌봄 비용 및 유산 등에 관한 논의*

* 우리는 400만 원에 달하는 월 생활비를 아들 둘이 계속 부담하는 게(그 중에서도 오빠의 부담이 더 컸다) 무리이며, 오빠가 2020년 2월에 은퇴 예정인 점을 고려해 다른 방책을 마련할 필요가 있다는 생각이 들었다. 장남을 제외한 넷이 별도의 대화방을 만들어 논의한 후 다음과 같이 내용을 정리했고, 세 딸이 제안하는 방식으로 큰딸인 내가 전체 대화방에 올렸다.

— 나 : 2012년 2월 타운 입주 후 생활비가 연 평균 3600만 원씩 들어갔고, 올해부터는 생활비 인상과 추가될 간병인 임금을 포함해 4500만 원 정도 될 것으로 예상합니다.

한편 타운 보증금은 1억7800만 원(이 가운데 1억6000만 원은 엄마 돈, 나머지는 장남이 낸 것)입니다. 그리고 전에 어머님이 당신이 낸 보증금을 큰아들 1500만 원, 세 딸 각각 3000만 원, 작은아들 5500만 원으로 나중에 나눠 가지라고 말씀하셨습니다(엄마의 계산 근거는 다 까먹었지만 ☺). 엄마가 그동안 자식들에게 받은 용돈을 안 쓰고 모은 게, 셋째의 최근 확인에 의하면, 1억3000만 원 정도라고 합니다. 그래서 타운 보증금과 통장 금액을 합하면 2억9000만 원 정도이고, 현재 지출 기준으로 계산하면 이것으로 차후 두 분의 약 6년간 타운 생활비를 충당할 수 있을 것 같습니다.

이에 모두가 동의해 주신다면, 올해 1월부터 부모 돌봄에 들어가는 비용(생활비와 간병비)을 어머님 돈에서 지출하는 것으로 하고, 우선 큰아들과 작은아들이 선지출하다가 적절한 시점에 반환받는 것이 좋겠다는 생각입니다. 부모님이 장수하셔서 해당 2억9000만 원을 모두 소진할 시에는 다시 의논하고, 혹시 일찍 돌아가셔서 남을 시에는 두 아들의 지출분을 정산한 후 잔액을 다섯 남매가 똑같이 분할하는 것으로 일단 정하되, 다른 논의는 그때 가서 하면 되겠습니다.

— 셋째 : 오랫동안 아드님들 고생하셨고, 우리도 항상 마음에 부담이 있었습니다. 이제까지 충분히 고생하셨으니 부디 이후에는

이런 방법이 좋겠습니다.

— 넷째 : 저도 논의에 참여했고, 당연히 동의합니다.

— 막내 : 어제 큰누나가 잠깐 얘기했고, 내가 간여할 내용이 아니라 의견을 주진 못했는데, 누나들이 이렇게 협의해 제안했나 보네요. 사실 제가 지출하는 비용도 약간의 부담은 있지만, 저보다는 형님이 지출하는 비용이 훨씬 커서 늘 죄송했는데, 이렇게 누나들이 제안해 주셔서 매우 감사드립니다.

(두 시간 후) 형님과 통화했고, 형님이 이동 중이어서 제가 대신 적습니다. 형님은 제안해 준 동생들에게 감사하고 여러 생각이 들기는 하지만 동생들 의견을 존중해 따르겠다고 하십니다. 오남매 모두 동의한 결정 사항이니 2017년 올해 1월부터 소급 적용해 정리하고, 매년 말에 지출 내역을 공지하겠습니다.

— 첫째 : 답이 늦어 죄송합니다. 대화창 내용 보고 동생들께 많이 고마웠습니다. 무엇보다도 형제간에 서로 이해하고 우애 있게 지내서 항상 고맙습니다.

— 모두 : 감사와 격려

0225(토)   간병인②

— 막내 : 집사람과 함께 11시 40분에 도착해 간병인과 말씀 나눔.

전문성도 있어 보이고 인상이 아주 좋으심. 어머님은 아직 좀 거부하시지만 점점 나아지고 있다 함. 간병인이 오기 시작했다는 사실 자체를 잊는 듯하다고. 아버님은 내가 말씀드리기 전에 "간병인 줄 돈은 나라에서 나오는 거라고 말하라" 하심. 하하하. 똑똑한 아버님.

— 나 : 짜고 치는 거 유전이었어, 우리. ☺

— 셋째 : 간병인이 진심으로 일을 하시는 듯. 지난번 돌봤던 타운 3층 할아버지는, 가족들이 연락해도 못 오고 할아버지 상태는 아주 안 좋아서, 밤에 퇴근 안 하고 이틀 밤을 할아버지 방에서 주무시며 간호하다가, 밤사이에 어르신이 돌아가셨대. 그제야 가족들이 왔고. 8개월을 모시던 분인데, 그렇게 가족들 없이 가시는 게 너무 안타까웠다며, 나한테 얘기하면서도 우시더라고.

— 막내 : 아버지가 어머니 옆에 계속 붙어 있어야 해서 운동을 전혀 못 했다고 하심. 이제부터 간병인 오시는 오전 시간에 헬스장에서 운동하시겠다고. "엄마가 얼마나 더 살려나 모르겠다" 하시며 걱정. 방 상태는 좋고 지린내 나지 않아 청소하지 않았습니다. 식사는 매우 잘하시고 두 분 다 기분도 좋고 몸 상태도 좋으셔요.

간병인은 월~토, 9~12시로 근무 정했어요. 지금은 퇴근하셨어요. 오면 항상 청소하느라 분주했는데, 청소 안 하고 그 시간에 어머님 아버님과 이야기 많이 할 수 있으니 아주 좋네요. 진즉부터 할 걸! 타운 측과 좀 일찍 상담할 걸 그랬어요. (엄마 목소리 녹음해서 올림)

<u>0301(수)</u>　틀니

어제 아버지가 점심 드시다가 틀니가 끊어졌다며 전화가 왔다. 치과는 타운에서 승용차로 5분 내 거리지만 당장 오후에 동행할 수 있는 사람이 없었다. 부모님의 병원 행차는 주로 차가 있는 다른 남매들이 동행해 왔지만, 이번에는 차가 없는 내가 다녀오기로 하고 이를 이번 달 내 정기 방문으로 대체하기로 했다.

　　서울 마포에서 새벽부터 서둘러 타운에 도착하니 오전 8시 30분. 엄마는 어깨, 아버지는 허리에 담이 붙어서 두 분에게 파스를 붙여 드렸다.

　　아버지의 틀니 수리는 무료였다. 아버지는 끊어진 부분은 물론이고, 혹시 틀니를 새로 할까 봐 용돈 모은 걸 다 챙겨 나오셨다. ☺ 갈 때는 타운 셔틀버스를 타고 갔는데, 올 때는 택시가 잘 잡히지 않았다. 추운 날씨에 아버지가 길에 한동안 서계신 것이 헤어져서도 마음에 걸렸다.

<u>0302(목)</u>　간병인③

간병인에 따르면 엄마가 밤에 소변을 가리는 것이 완전히 불가능한

단계에 이른 것 같다. 낮에는 그래도 잘 가리시는데, 아침에 출근해 보면 이불이 푸욱 젖어 있다고. 얇은 기저귀로는 밤 동안의 소변량을 감당하지 못하기 때문에 밤에 사용하는 디펜드 기저귀(성인용 팬티 기저귀)가 필요하다고 했다. 또 자주 빨아 쓸 수 있는 얇은 이불도 필요하다고. 나는 대화방에 이 같은 사항들을 전달했고, 셋째가 통째로 쉽게 빨아 말릴 수 있는 얇은 이불과 아기들 사용하는 방수 커버, 나이트용 디펜드 기저귀를 주문해 두었다.

초기와 달리 엄마와 간병인의 관계는 많이 편해진 것 같다. 엄마는 간병인 점심 식사를 걱정했는데, 간병인은 오후에도 타운 내 다른 노인을 돌보기 때문에 보통 도시락을 싸와서 엄마가 식사하러 간 사이 그 방에서 드시고 나온다 했다.

0304(토)　심근경색

어제 오늘 셋째와 막내가 아버지의 전화를 받았다. 심장이 안 좋은 것 같아 병원을 가야겠다는 것이었다. 아무래도 심근경색 스텐트 시술을 한 번 더 해야겠다는 느낌이 드셨던 모양이다. 감기 증상도 심하시다고. 막내는 아버지와 통화를 하다 아침 식사를 제대로 못 하셨다는 이야기를 듣고는 서둘러 타운을 찾아 두 분의 몸 상태를 살폈다. 아버지는 작년부터 숨차는 증상이 차차 심해져 지난번 스텐트 시술 전의 불편함 정도와 비슷한 수준에 이르렀다고 했다. 엄마의 몸 상태는 나쁘지 않은데 정신은 점점 더 흐려지는 것 같고, 아버지는 몸 상태도 나쁘고 기력도 없다며 막내가 걱정을 많이 했다.

<u>0305(일)   아버지의 감기</u>

다음 주 평일 방문 계획을 세워 놨던 오빠네 부부가 아버지의 건강 상태가 좋지 않다는 소식에 일정을 취소하고 타운을 찾았다. 오빠는 내게 "아버지가 아프다는데 큰딸이 아무 연락이 없다. 현숙이가 모르고 있냐?" 하더라는 말을 전해 주었다.

안 그래도 나는 아버지의 감기가 나랑 치과에서 돌아올 때 택시 잡느라 한참을 길에서 서있던 것 때문이라는 생각에 마음이 쓰이던 차였다. 그날 아버지는 날씨가 따뜻하다고 얇은 잠바를 입고 있었고, 치과 주변이 사거리여서 바람이 좀 셌다. 아버지는 아마 내가 연락이 없는 게 큰딸이 그 일을 마음에 두어 그러나 싶어 더 마음을 쓰셨던 듯하다.

나와의 통화에서 아버지는 별 말씀이 없으셨다. 나도 별 말은 하지 않았다. 그렇지만 서로 마음은 통했다는 생각이 들었다.

셋째가 아버지를 모시고 병원에 다녀왔다. 아버지는 아침에 간병인이 오기 전에 엄마를 씻기고 챙길 때나, 타운 내 경사로를 오를 때 특히 힘들어 하고 있었다. 게다가 식사량도 평상시의 절반으로 줄어든 상태였다.

2주 뒤에 조영 검사와 초음파검사를 한 후 필요하면 당일 스텐트 시술까지 하기로 했다. 셋째는 의사 소견을 전하며, 간단한 시술이어서 아흔 넘어서도 무리가 없으며, 시술을 하고 나면 숨쉬기가 좋아져서 운동도 가능해지니 식사량도 늘어날 거라 했다.

아버지는 여전히 엄마에 대해 걱정은 많으면서도 공동 케어홈은 중환자만 가는 곳이니 엄마는 아직 안 된다고 선을 그었다.*

* 이 말씀은 사실이라기보다 아버지의 바람에 해당한다. 이듬해 우리가 엄마를 공동 케어홈으로 모시면서 확인한 바로는, 엄마는 정신 건강 기준으로는 상당히 늦게 들어온 편이었다. 케어홈으로 가고 싶지 않아 하는 엄마의 마음과 엄마를 더 가까운 곳에 두고 돌보고 싶어 하는 아버지의 마음을 생각해 개인 간병인을 두는 단계를 9개월 정도 거쳤던 건데, 무엇이 더 좋은 선택이었는지는 지금도 모르겠다. 단지 건강의 문제보다는 두 분의 희망 사항을 우선시했던 것이고, 엄마에게도 개인 공간은 케어홈보다는 더 주체적인 일상을 의미하기 때문이기도 했다.

하지만 어쩌면 운동이나 거동, 사회관계 면에서는 독립 공간보다 공동 생활이 엄마에게 더 좋았을지도 모른다. 간병인이 오게 된 후부터 엄마는 특히 운동을 거의 하지 않고 최대한 침대에 누워 있으려고만 했고, 이런 운

어제 오전 7시 40분, 셋째네 부부가 타운에 도착해 아버지를 모시고 ○○대학병원에 갔다. 간병인에게는 아버지가 안 계시니 엄마 점심 드시는 것까지 챙겨 달라고 부탁해 두었다. 검사 결과 다행히 혈관 막힌 부위가 시술하기 좋은 위치로 확인됐다. 오후 1시 전에 검사와 시술을 모두 잘 마쳤고, 2인실에 입원했다. 시술 후 막히는 경우가 있어 하루는 잘 지켜봐야 한다고 했다. 1차 시술 후 약을 꾸준히 잘 드셔서 여러 군데가 막히지는 않았다고 한다. 아버지는 점심을 들고 나더니 벌써 숨쉬기가 한결 좋아진 것 같다고 하셨다.

큰아들 부부는 저녁에 타운에 들렀다가 병원을 찾았다. 밤에 한 사람은 있으려고 했는데 아버지가 단호하게 혼자 계시겠다고 해서 귀가했다. 아버지는 이번에도 나를 찾았다고 한다.

"현숙이는 나 시술하는 거 모르냐? 왜 전화를 안 하냐?"

나는 대구 출장 중이어서 아버지와 통화만 했다. 셋째는 "우리 아버지 출석 체크 확실하게 하시네" 하며 웃었다.

동 부족은 다리 힘뿐 아니라 알츠하이머의 진행, 사회관계, 정서 상태 등에 부정적 영향을 주었다.

오늘은 아침 일찍 작은며느리가 병원을 찾았다. 담당 의사가 회진하며 시술은 잘되었고 경과도 좋다고 했단다. 오늘 퇴원해 한 달 후 경과를 확인하면 된다고 한다.

엄마는 어젯밤 계속 셋째에게 전화해서 아버지를 찾았다. 하루 더 병원에 계시다가 내일 가실 거라고 계속 알려 드려도, 15초만 지나면 잊고 또 찾으셨다고 한다. 아버지도 엄마에게 여러 번 전화를 했는데 전원이 꺼져 있더라고 걱정하셨다. 셋째가 간병인에게 전화해서 상황을 알리고 엄마를 안심시켜 달라 부탁했다. 점심에 아버지는 타운에 도착해 엄마와 상봉했다. 간병인 말씀이 엄마가 내내 걱정을 많이 하며 기다리시다가 이제야 웃으신단다.

3월 9일부터 드나든 병원비 총액이 60만 원 정도로 생각보다 적게 나와 모두들 의료보험을 찬양했다.

0325(토) 막내의 방문

— 막내 : 냉장고 속 정체불명의 작은 케이크 버림. 아버지는 수술 후 확실히 좋아지셨고, 어머니는 정신이 맑아진 건지 셋째와 은행 가야겠다고 하심. ☺ 만기가 없는 MMF로 이체하는 게 좋을 듯.

— 셋째 : 엄마 돈 한군데 모으는 거는 정기예금 만기 날짜가 제각각이라서 한꺼번에는 안 됨. 엄마가 은행만 가면 총기와 집중력이

살아나서 대강 설명해서는 설득이 안 됨.

— 막내 : 누나는 기회 되면 어머님 자산 좀 파악해 주셔요. 어머니가 간병인 칭찬 많이 하심. 목욕도 하루걸러 해주고, 잘 놀아 준다고. 현숙이랑 같이 살겠다는 말 여러 번 하심. 좋겠수 큰누나, 하하하.

0409(일) 양반집 여자와 주체적 여성

엄마랑 나란히 침대에 누워 스마트폰 유튜브로 가곡을 들었다. 역시 이번에도 남성 성악가의 노래가 나올 때마다 이복 오빠 얘기를 계속했다. 혹 슬픔이나 우울감을 만드는 게 아닌가 살폈는데, 추억에 젖어 오래된 기억들을 살려 내며 기억 놀이를 하는 거여서 생각도 말도 즐기고 있었다. 노래를 통한 기억 놀이 중에는 알츠하이머 증상이 전혀 보이지 않았다.

음악 덕분인지 이번 방문은 아주 즐겁고 평화로웠다. 나란히 누워 껴안고 서로의 젖무덤을 만지작거리며 놀기도 했다. 엄마는 연이어 나오는 가곡들을 전주만 듣고도 대부분 알아챘고 거의 모든 곡을 따라 불렀으며, 누워서도 팔을 흔들며 지휘까지 하면서 이복 오빠에서 시작된 기억들을 동서남북으로 확장해 나갔다. 어떤 기억은 해석이나 내용에서 한걸음 더 나아간 것도 있었다.

─ 춘섭 오빠는 혁명가였어. (이 표현은 처음 듣는 말이었다.)

─ 그럼 엄마도 혁명가였던 거네.

─ 나는 뭐 소꿉장난이나 겨우 한 거고. 내가 뭘 제대로 알기나 했
겠냐? 그저 한때 멋모르고 불장난하면서 신이 나서 한 거지. 춘섭
오빠 아니었으면 언감생심 꿈도 못 꿨겠지.

엄마보다 네 살 위인 춘섭은 20대 초반에 빨치산 활동을 하다
가 행방불명되었다. 당시도 지금도 엄마는 그를 따라 십대 중반에
짧게 경험한 인민위원회 여맹 활동을 "소꿉장난", "불장난"으로
해석하고 있다. 당시의 관점에서 본다면 무섭고 조심스러운, 하지
만 절대로 놓치고 싶지 않은 뜨겁고 벅찬 경험이었을 텐데 말이다.
물론 부유한 양반집 출신의 그녀가 십대 중반에 인민위원회에 연
루될 가능성은 춘섭 오빠가 아니었다면 없었을 것이다. 이후 여맹
활동의 경험은 본인은 물론 주변 사람들도 입에 올리지 않는 일이
었다.

열정적인 여성 청년에겐 평생 지워지지 않을 정신적 세례였을
짧은 주체적(혹은 해방적) 경험을 뒤로한 채, 지지자도 사상적 토대
도 만날 수 없었던 그녀는 다음해 바로 혼인하고, 양반과 산업사회
의 혼돈된 교차로를 헤쳐 나가야 했다. 억압과 부정의에 대한 감각
과 열정, 결혼 후 가계를 위해 양반을 집어던진 선택들, 경제활동을
접으면서 다시 안주한 양반, 하지만 지금도 여전한 '양반집 여자'
정체성과 '주체적 여성' 정체성 간의 혼돈과 분열들. 이제 85세 알

츠하이머 여성 노인으로서 양반다움조차 연출이 불가능할 정도로 몸과 정신은 낡아 버렸지만, 그 와중에도 완철은 자신의 해석에서 한걸음 더 나아가 발언했다. '혁명가'라는 단어로.

국가와 사회와 가족 안에서 묻어야 했던 기억이지만 지워지지 않는 기억이었고, 신뢰할 만한 청자인 딸로 인해 다시 살려 낸 기억과 재해석이다. "그거 무서운 거"라며 내 진보 정당 활동을 늘 걱정하면서도, 나랑 둘만 있을 때 슬쩍 옆구리만 찌르면 딸 걱정은 까먹은 채 자랑과 재미 삼아 여맹 활동의 추억과 이어진 기억들을 줄줄이 말아 건져 올리곤 했던 엄마다. 집 근처에서 했다간 집안이 난리가 났을 거라며, 자신이 노래를 먼저 배워 먼 이웃 동네 부녀자들에게 가르쳐 주러 다녔단다. 여맹 선전부장이었다는 십대 후반 완철의 목청에는 얼마나 신바람이 일렁였을까. 기억나는 대로 불러 달라니 한 소절을 뽑았다.

"짚자리에 떨어지는 날부터 쓰지 못할 계집이라고 해서 갖은 학대 다 받았지 않느냐?"

더는 기억나지 않는단다. 그녀를 꼬옥 안고 나는 다섯 남매 낳아 잘 키워 주느라 고생 많았다고, 감사하다고 얘기해 주었다. 쑥스러워 하면서도 좋아하는 엄마. 오늘은 그녀의 인지장애를 거의 느낄 수 없었다. 엄마의 남은 기능이나 욕구와 만나는 방법을 하나 더 찾아낸 것 같다.

"까먹지 않을 곳에 잘 넣어 둬야 해."

어젯밤 방에 들어가자마자 엄마는 용돈 봉투에서 돈을 꺼내 장롱 어딘가에 꼬깃꼬깃 챙겨 넣었다. 나는 일부러 쳐다보지 않으며 당부했다. 엄마는 너는 몰라도 된다고 했다. 나는 나중에 빈 봉투만 받아 서랍에 넣었다. 그런데 오늘 아침 식사를 하러 나갈 채비를 하다가 어제 엄마가 외출할 때 입었던 윗도리에서 5만 원이 든 봉투가 하나 나왔다. 이 돈도 어제 받은 돈에 합쳐 놓자니까, 엄마는 돈 받은 적이 없단다. 어제 오자마자 본인이 장롱 어딘가에 넣어 뒀다고 해도 계속 아니라고 우겼다.

"니네가 요즘 언제 나한테 용돈 줬냐?"

아버지가 장롱 안에서 엄마의 커다란 손가방을 꺼내 오셨고, 그 안에 든 주황색 가죽가방 속에서 꽤 많은 돈이 든 서류 봉투가 나왔다. 지금 나온 5만 원까지 합해서 헤아려 보니 91만 원. 우리는 봉투에 "5월 7일 91만 원"이라고 쓰고, 도로 있던 자리에 돌려 놓았다.

아버지 말씀이, 며칠 전 식사 마치고 나오는 길에 엄마가 뒤따라오지 않는 것을 알아채고 다시 돌아가 봤더니, 식당 직원과 시비 중이더란다. 엄마는 직원을 붙들고 식당에 지갑을 놓고 나왔는데 다시 찾아보니 없다고 주장 중이었다. 아버지가 얼마나 들었냐고 물으니 1000원짜리 몇 장이 들어 있다고 했다. 엄마는 아버지가 방에 가서 찾아보자고 달래도 화를 내며 계속 우기셨단다. 겨우 데리고 올라와서 보니 4000원이 들어 있는 손지갑은 침대 위에 있었다.

아버지는 엄마가 돈에 관해 점점 이상한 소리를 많이 한다며 걱정했다. 아버지에게 갑자기 화내는 일도 잦아졌단다. 엄마의 돈 관리 능력은 점점 떨어질 것이고 그에 비례해 돈에 관해 남들을 의심하는 마음도 커질 터라 주변 사람들과 이렇게 문제를 일으키는 일도 점점 늘어날 것이다. 자식이나 남편은 괜찮지만 간병인에게 그럴까 봐 걱정이다. 알츠하이머 노인을 돌보는 많은 돌봄 노동자들이 이런 어려움을 겪는다.

그래서 우리는 튼튼한 봉투 하나를 마련해서 현금은 일단 그 봉투에 넣어 두도록 하고, 자식들이 가끔 금액을 확인해 엄마에게도 알려 주고, 날짜별로 종이에 적어 봉투 안에 넣어 두기로 했다. 현금이 많아지면 은행에 입금하고 그 내역도 종이에 계속 적어 나가기로 했다.* 이런 이야기를 대화방에 공유하면서, 엄마의 증상에 속상해 하거나 잔소리하거나 잘하도록 독려하는 것보다, 남은 기능이 무엇인지 파악하고 그것을 매개로 엄마와 소통하며 즐겁게 지내는 것이 가장 좋은 방법임을 남매들과 다시 확인했다. 인지 능력이 떨어지지 않게 하려고 어려운 질문을 자꾸 하거나 문제 행동

---

* 이 약속은 오래가지 못했다. 엄마의 알츠하이머가 빠르게 진행되면서 이 일을 신경 쓰기에는 우리가 할 일이 너무 많아졌기 때문이다.

을 지적하면, 노인은 스트레스가 많아지면서 돌발적으로 공격성을 드러내거나 우울감이 깊어진다. 아마 아버지에게 갑자기 화를 낸 것도 그런 상황에서가 아닐까 싶다. 아버지의 경우 날짜나 요일, 시각, 층수, 엘리베이터 버튼 작동 등에 대해 엄마에게 계속 질문하고 있다. 이에 대해 귀 잡순 아버지에게 어떻게 잘 설명해 드릴 수 있을지 난감하다.

"이거 어디 궁궐 기둥인가? 아주 거창하네."

엄마 몸 위에 내 다리를 포개 놓자 엄마가 말했다. 그렇게 침대에 누워 껴안은 채로 한참을 이야기하다 내가 방바닥에 이불을 펴기 시작하자 엄마는 뭐하러 이불을 따로 까냐고 같이 자자 한다. 하지만 나는 그런 자세로는 전혀 잘 수가 없다. 이부자리를 깔고 이젠 티브이를 끄자고 했더니 소리만 작게 줄이자면서 티브이 소리는 자장가라고 우겼다. 그러면 나 못 잔다고 우겼더니 이번에는 쉽게 허락한다.

내가 미처 잠들기 전에 엄마가 내게 무슨 말인가를 했는데, 나는 일부러 자는 척하며 답하지 않았다. 그러다가 나도 엄마도 잠들었다. 엄마는 중간에 한 번도 깨지 않고 자는 듯했다. 그러고 보면 엄마가 밤에 깨는 것은 소변 염려 때문이 컸던 것 같다. 요즘 저녁 식사 후 복용하는 약에 수면제가 포함된 때문도 있다. 치매약이나 수면제는 효과도 있지만, 신경을 둔하게 하는 부작용도 있는 것 같다. 하지만 그럼에도 불구하고 조울 증상과 과민 증상을 완화하고 잠을 잘 자게 해주는 등의 장점 때문에 선택이 불가피하다.

간병인 덕에 엄마가 많이 안정된 것 같다. 우선 대소변 냄새가 전혀 나지 않아 모두 아주 만족하고 있다. 장롱 속 옷들과 살림살이도 아주 깔끔하게 정리돼 있다. 1일 3시간, 주 6일, 시간당 8000원의 간병인 노동으로 우리는 두 분과 더 많은 이야기를 나눌 수 있게 됐고, 아버지의 돌봄 노동도 상당히 줄어들었으며, 엄마도 심리적으로 안정을 찾았다.

엄마는 간병인과 아버지를 농담 삼아 "지도 교수"라 부른다. 일요일에는 "간병인 지도 교수가 안 오는 날"이라고도 했고, 월요일이면 "간병인 권력"이 온다고도 했다. 엄마는 가끔 이렇게 생각이 많이 담긴 말이나 문장을 구사해서 나를 깜짝 놀라게 한다. 어제는 당신과 나와 셋째 딸, 셋이 미국에 가서 화장품 장사를 하자고 했다. 아마 여동생이 한국의 모 화장품을 미국에 좀 많이 사간 일에서 시작된 엄마의 상상인 듯하다. 셋이서 합작해서 자기가 물건을 떼어 오고 딸 둘이서 팔면 큰돈을 벌 수 있다는 거다. 어떤 때는 해외 대리점을 하자다가, 어떤 때는 국내 면세점을 하자고도 했다. "엄마 걸어 다니기도 힘든데 그걸 어떻게 해?" 하고 물으면, 자기는 앉아서 운영만 하고, 딸 둘은 엄마가 시키는 대로 유통을 맡고, 아가씨 판매원을 둬서 팔게 하면 된단다. 월급도 많이 줄 거란다. 자기는 이제 죽을 때가 다 됐으니 돈 많이 가져 뭐하냐는 거다. "지금이라도 돈 버는 거라면 뭐든 자신 있다"라는 말도 여러 번 했다. '돈

벌이'에 마음이 꽂혔는지 다른 이야기로 빠져나가려 해도 결국 그 이야기로 돌아왔다. 제발 돈 버는 상상의 나래만 펼치시고, 벌어 놓은 돈에 대해 왜곡만 하지 마시라, 나의 오마니!

내가 요양보호사로 돌본 한 98세 할머니는 내가 돈을 훔쳐 갔다는 의심을 여러 번 하셨고, 그럴 때마다 나는 딸에게 상황을 알렸다. 딸은 이전 요양보호사들도 그 일로 많이 힘들어 하다 갈등이 심해져 계속 그만두셨다며 신경 쓰지 말라고 했다. 가끔 여기저기서 일부러 감춰 놓은 듯한 돈이 발견되기도 했다. 할머니가 돌아가시고 나도 장례식장에 갔는데, 자녀들이 할머니 방을 정리하면서 보니 옷장 깊은 곳이나 그릇 포개진 사이에서 현금과 현금 봉투들이 여러 개 나왔다고 했다. 심지어 이미 발행이 중지된 지폐도 나왔단다. 은 젓가락 한 짝이나 참기름, '구루무'(수분 '크림'의 일본식 표현) 등이 없어졌다는 분들도 있었고, 심지어는 쌀독에 쌀이 자꾸 준다고 당신 손바닥으로 쌀 위를 눌러놓는 분도 있었다.

간병인이 오고부터는 기저귀를 잘 쓰고 있다. 돈도 돈이지만, 일일이 갈고 챙기는 게 엄마한텐 힘들었던 것 같다. 딸이나 남편, 간병인이 기저귀를 채워 주는 것에 대한 거부감도 크지 않다. 수치심이 적어진 것도 있겠지만, 소변을 감당하지 못하는 게 엄마로서도 힘들었을 거다. 엄마는 "국가에서 '꽁'으로 주는 게 아니라 당신과 자식들이 세금으로 미리 다 낸 거"라고, "옛날에 내가 집장사랑 가게 하면서 세금을 얼마나 냈는데" 하며, 당당한 권리임을 주장했다. 똑똑한 할머니!

아버지는 아침 7시가 되기 전에 우리 방으로 왔고, 오자마자 기저귀를 갈자며 옷장에서 기저귀와 팬티를 꺼내셨다. 또 목욕탕에서 물수건을 만들어 건네시면서 엄마 아랫도리를 닦아 드리라고도 했다. 목욕은 간병인과 이틀에 한 번씩 하고 기저귀 사용도 잘하시니 이제 아침 샤워는 생략해도 되지만, 물수건으로 닦아 주고, 기저귀와 옷을 갈아입히는 등의 아침 돌봄은 여전히 아버지가 감당하고 있었다.

0511(목) 여행을 못 한다는 것

2월 중순에 나와 오빠네 부부, 여동생네 부부가 함께 6일간 베트남 여행을 간 적이 있었다. 막내네가 두 분 곁에 있으니 큰 걱정은 없었지만, 노쇠한 부모를 두고 남매들이 여러 날 외국으로 휴가 여행을 가는 건 조심스럽고 죄송한 일이었다. 우리는 아버지에게만 알리고 엄마에겐 말하지 않았다. 아버지도 엄마에겐 알리지 말라고 했다. 그런데 누구한테 들었는지 나중에야 이 사실을 알게 된 엄마는 그 불평을 두고두고 하고 있다. 다른 나라도 아닌 '월남' 여행에 자신을 데려가지 않았다는 거다.

엄마는 쉰 즈음 '월남'을 여행한 적이 있었고, 그래서인지 베트남에 대해 나름의 로망이 있다. 하긴 그 세대 사람들에게 '월남'은 각별한 나라다. 해외여행이 자유화되기 전, 파병이라는 방식으로 서민들이 갈 수 있었던 거의 유일한 '외국'이었고, 박정희 정권이 무지 떠들어 놓은 '세계 평화' 어쩌고 때문에 아직도 우리가 베트남에 뭔가 은혜를 베풀고 '구원'해 준 줄 아는 노인들이 많다.

엄마 주장의 핵심은 "너네가 돌아가면서 휠체어를 밀면 얼마든지 갈 수 있었다"라는 것이었다. 2015년에 가족 여행으로 간 부산에서 엄마는 휠체어의 단맛을 만끽한 적이 있었다(하지만 그 후 어지럽다는 이유로 모든 여행을 거절했다). 엄마는 본인이 곰곰 생각해 보니 '월남' 가기 전에 오빠가 자신을 대상으로 '걷기 시험'을 봤단다. 같이 운동하자면서 복도를 함께 걸었는데, 그게 걷기 시험이었고, 그때 불합격 판정을 해서 자기한테는 말도 안 하고 "지네들끼리만" 몰래 갔다 왔다는 거다. 이 이야기를 시작한 게 여행 다녀온지 한 달이 넘은 3월부터이고, 그 불평이 오빠한테 전달된 건 또 한달 후여서, 정작 오빠는 그 '걷기 시험'에 대해서는 아무 기억이 없는데, 엄마는 나름대로 기억과 해석의 조각을 맞춰 그림을 완성해서는 세 달 내내 그 불평을 하고 있었다.

그런데 대체 그 여행을 엄마한테 말한 건 누굴까? 아무리 생각해 봐도 "엄마한테는 말하지 말고 다녀와라"라고 한 아버지밖엔 없다. 그렇다면 아버지도 내심 괘씸해한 것일까? 더 이상 여행을 하지 못한다는 것은 늙어 가는 과정에서 맞닥뜨리는 큰 아쉬움이리라.

아버지는 물론이고 엄마 역시 딸·아들에게 하는 이야기가 따로 있고, 며느리·사위에게 하는 이야기가 따로 있다. 그 경계를 우리 측에서 흩트리는 것에 대해, 아버지는 대놓고 거부 반응을 보이고 엄마는 입을 닫고 알츠하이머 속으로 의뭉스럽게 숨어 버리는 듯하다. 엄마는 사위와 며느리, 손주들에게는 "고맙다, 좋다, 수고했다" 등등 이쁜 말만 한다. 딸들한테는 속내를 좀 편하게 드러내는데, 자식이나 남편에 대한 불만이나 나름대로 각색한 오해들이 포함되곤 한다. 엄마의 이런 구분과 언어 구사력, 전략적(으로 보이는) 의뭉스러움을 보면, 이 양반의 알츠하이머가 그쪽으로는 거의 진행되지 않은 게 확실하다.

문제는 장남에 대한 오해와 왜곡이다. 이는 때로 기가 찰 정도로 심각한데, 그것에 대해 듣는 딸들이 해명을 좀 할라치면 분노까지 드러낸다. "니네 오빠한테는 절대 말하지 마"라며 쏟아 내는 말들을 딸들은 오빠의 심정을 고려해 취사선택하고 희석해서 전달하곤 한다. 엄마가 큰아들에게 어떤 식으로 이런 오해를 드러내는지 예상은 되지만 세세히는 모른다. 오빠의 방문 보고엔 그런 내용이 없지만 혼자 힘들어 하는 기색은 역력하다.

"부모님을 뵙고 오면 너무 힘드네요." "지난번 다녀와서 내내 잠을 못자네요." 오빠의 표현은 이 정도다. 오빠는 돈 문제나 재산 문제 등 본인 생각에 명명백백한 공적 확인이 필요한 경우, 만에 하나 있을 수 있는 남매간 오해를 결벽에 가까울 정도로 예방하느라 정작 오해하는 엄마는 빼고 동생들을 긴급 소집하곤 한다. 그러면 우리는 위로차 이미 다 아는 내용을 복습하고, 그 김에 밥이나 얻어 먹고 온다.

오늘은 셋째가 방문했다. 아버지 보청기가 귀에 너무 꽉 끼어서 윤활 크림을 구매했고, 오른쪽 보청기 건전지 넣는 뚜껑이 떨어져서 본사에 수리를 맡겼다고 한다. 한동안 오른쪽 보청기가 없어 더 듣기 힘드실 것이다.

　　셋째가 간병인과 이야기를 많이 했는데, 진심을 담아 일하시고, 자식들보다 더 즐겁게 돌봐 주시는 것 같다고 했다. 어떨 때 간병인이 아침에 와보면 엄마가 화장실을 미처 가지 못하고 대변을 봐 놓으시고 혼자 안절부절못하는 경우도 있다고 한다. 한 달에 한 번 1박을 하는 나도 세 번을 겪은 상황이니 아버지는 이런 상황을 혼자 많이 겪으셨을 거다.

　　모두 좋은 간병인을 만난 데 감사했다.

오늘은 막내네가 방문했다. 아버지는 엄마가 설사를 할 위험이 있다며 참외는 도로 가져가라고 했고, 골드키위가 맛있다니 많이 사오라 했단다. 하여튼 두 분이 과일을 잘 드셔서 다행이다. 구내식당에서 식사할 때 방문한 자식들의 밥값은 늘 아버지가 내시는데, 한 번도 내본 적 없는 엄마가 오늘은 밥 먹다 말고 별스런 질문을 하더란다.

"너네 회사에 직원이 몇 명이나 되냐?"
"스물다섯 명이요."
"밥값이 많이 들어가겠다."

엄마 덕분에 모두 실컷 웃었다.

0607(수) 치매 등급 심사

지난달 말에 셋째가 엄마의 치매 등급 심사를 신청해 두었는데, 노인장기요양보험에서 오늘 오전 10시에 방문하겠다고 연락이 왔다. 자식 중에 갈 수 있는 사람이 없어서 타운 측 사회복지사와 아버지가 동석해 심사를 받았다. 치매 등급을 잘 받기 위해서는 '모른다', '못한다' 같은 응답을 많이 해야 하는데, 우리 엄마는 아주 똑소리 나게 시험을 잘 봤다고 사회복지사가 전해 주었다. 하지만 내 경험에 비추어 볼 때 엄마 정도면 등급이 잘 나올 것이다.

> — 첫째 : 너무나 마음 아프고 서글프군요. 총명한 우리 어머니가 이렇게까지 되다니 너무 안타깝습니다. 동생들이 잘하고 있지만 살아 계시는 동안 더욱더 자주 찾아뵙고 편안하게 해드렸으면 합니다.
> — 모두 : 네. ☺

0612(월)   의사 소견서 받는 날

오늘은 치매에 관한 의사 소견서를 받기 위해 셋째가 엄마를 모시고 병원을 찾았다. 의사 소견서가 어떻게 나오는지가 등급 판정에 큰 영향을 미치기 때문에 나는 동생에게 가능하면 엄마 없이 의사와 이야기하는 자리를 만들어서 엄마의 증상(시공간 인지력 저하, 대소변 관리의 어려움, 의심증, 현저한 기억력 저하 등)을 자세히 설명해 주라고 이야기해 두었다.

의사 앞에서도 엄마는 엄청 똑똑한 학생이었단다. 엄마 왈, "내가 아는 걸 안다고 해야지 왜 모른다고 하나?"

[셋째의 방문 보고]

의사 소견서는 잘 받았어요. 병원에 아버지도 동행. 오전에 갔는데
도, 간 김에 엄마 진료까지 받아서 시간이 꽤 걸렸어요. 점심시간
훨씬 지나서야 함께 칼국수로 점심. 두 분 다 아주 맛있게 드셨어
요. 보리밥풀과자, 바나나, 참외, 오디, 베이킹소다 사다 놨어요.
오랜만에 오디를 보시더니 엄청 좋아하시며 서로 먹여 주고, 입에
보라색 물든 거 보고 껄껄 웃고, 거울 보고 또 껄껄 웃고……. 치매
도 엄마 삶의 무게를 내려놓게 해주니 그것도 감사하다 싶네요.

0618(일) 간병인의 시급

간병인 임금과 관련해 내가 먼저 인상을 제안했다. 간병인 임금이
시간당 8000원인데, 문재인 정부의 공약인 '2020년부터 최저임금
1만 원'을 우리가 먼저 실천했으면 하는 마음에서다. 오빠는 이미
가끔 10만 원씩 수고비를 추가로 드리고 있다며 찬성했지만, 막내
는 일단 9000원으로 하고 1년 후 1만 원으로 올리자고 제안했다.
사업하는 사람은 좀 다르군. ☺ 총무 말씀이라 모두 복종해 주었다.
　셋째의 핸드폰으로, 엄마가 치매 4등급 장기요양 인정자로 결
정되었다는 문자가 왔다. 이후 보호자 한 명이 교육을 받으러 가야
했는데, 의논하다가 작은며느리가 가기로 했다.

0630(금)　셋째의 방문 보고

아버지는 지난주 일요일엔 어깨가 그렇게 아프시다더니 정형외과는 안 가시겠다며 계속 맨손체조 중. 아버님 말씀이, 자식들이 전화를 자주 안 한다고 엄마가 불만이라고. 그래서 엄마가 전화를 잘 안 받으시며, 받아도 기억을 못 하신다고 잘 설명 드림. 하여튼 못 받으시건 기억을 못 하시건 자주 전화는 드리겠다고 함. 가능하면 두 분 같이 계시는 동안에 전화합시다. 그래야 전화한 걸 아버지도 아시고 좋아하시니까.

0712(수)　노부부의 변화

현재 엄마와 아버지는 세상없는 잉꼬부부다. 2012년 2월 타운에 들어오기 전까지는 평균을 훨씬 넘는 갈등 관계였는데, 입주 2년차부터 눈에 띄게 좋아지기 시작했다. 두 양반의 마음엔 무슨 변화가 있었던 걸까?

늙은 아내는 알츠하이머로 분노와 상처의 기억이 많이 사그라들었다. 게다가 2010년에 했던 큰딸과의 구술생애사 과정에서 상처와 한을 한바탕 털어놓았다.

늙은 남편은 알츠하이머 아내를 돌보는 역할을 남은 생의 과제로 삼은 것 같았다. 타운에 입주하면서부터, 엄마에 대한 아버지의 태도는 확연히 달라지기 시작했다. 이전의 억압적인 모습은 차차 없어졌고 늘 아내를 챙기려 노력했으며, 입주 초기 1, 2년간 남편을 심하게 거부하는 엄마의 태도를 잘 참아 냈다. 저러다가 두 분이 또 언제 한바탕 폭발할지 모른다는 생각으로 자식들은 조마조마했지만, 모든 사소한 갈등 상황을 아버지는 '안 부딪히기'로 일관했다. 자식들 모두 놀랐고, 특히 나로서는 불가사의할 지경이었다. 내가 아는 '그 아버지'가 어떻게 저럴 수 있단 말인가?

엄마의 알츠하이머가 심해질수록 아버지의 아내 돌봄은 점점 더 중요해졌고, 엄마와 자식들에게 아버지의 존재는 너무 다행이고 감사한 요소가 되었다. 다행히 아내도 점점 순해졌다. 엄마는 알츠하이머 이전과 달리 남편에게 전적으로 의존하는, 순종적이고 심지어 애교까지 부리는 아내로 바뀌어 갔다. 내게는 아버지의 돌변과 함께 엄마의 돌변 역시 놀랍고 기가 찬 일이었다. 엄마의 알츠하이머가 소위 '미운 치매'가 아닌 '예쁜 치매'였던 영향도 크고, 자식들의 잦은 방문과 돌봄과는 별도로 이젠 우리 둘밖에 없다는 판단도 있었을 거다.

이를 보면서 내가 깨닫는 점은, 각자 나이가 들고 성숙해 가면서 가족 내 자기중심성이나 상호 관계 등이 지속적으로 변화한다는 거다. 가족의 경제적 여유와 늙어 감 또한 관계 변화에 주요한 변수이다. 이 가족의 경제적 여유는 구성원 간 갈등을 줄이고 화목을 유지하는 데 큰 역할을 하고 있다.

여기서 나의 성찰 지점은,

○ 가족 구성원 간 관계는 특히 각자의 나이와 가족 내 권력관계 상의 위치 및 자기중심적 해석으로 인해 서로 어긋나는 경우 가 많다.

○ 근본적인 애정과 지지만 있다면 시간과 상황의 변화 및 각자 의 성숙으로 인해 좋은 관계로 변화할 수 있다.

○ 정서적·정신적 안정과 관계 변화에는 경제적 기반도 중요한 요소다.

○ 말년의 노인들 역시 자신들의 삶의 단계와 과정을 살아가고 있는 중이다.

○ '늙음'이 '좋은 삶'의 주요 요소일 수 있다.

0719(수) 아버지의 수고

셋째가 ○○ 대학병원에 아버지를 모시고 심혈관계 정기검진을 다녀왔다. 별다른 검사 없이 혈압 측정과 대화로 진찰을 받았다.

아버지의 돌봄 노동에 대해 셋째와 나 모두 걱정이 많았다. 간병인이 오기 전에 아침 식사를 위한 엄마의 외출 준비(씻기기와 대소변 처리, 옷 갈아입히기 등)를 혼자 감당해야 하는 일이 점점 더 무리로 보였다. 아버지 역시 "내가 생각해도 진짜 일 많이 한다" 하셨다. 아버지는 오전 7시 전에 엄마 방으로 오시는데, 특히 이른 아침에는 엄마의 인지력이 더 안 좋은 상태여서 쉬운 일이 아닐 듯했다. 간병인이 퇴근하고 난 오후와 저녁 시간에도 식사하러 가기, 약 챙겨 먹이기, 기저귀 갈기 등 아버지가 많은 일을 하고 있었다. 나는 간병인의 출근 시간을 좀 당겨서라도 아버지의 아침 부담을 좀 덜어 드릴 필요가 있다고 생각했다.

엄마는 이제 돈에 관한 인지력 자체가 많이 떨어졌다. 그래서 아버지의 용돈은 아버지께 매달 직접 현금으로 드리기로 했다. 아버지가 먼저 불편하다는 이야기를 꺼내셨는데, 엄마의 절약 습관으로 아버지는 엄마 통장으로 한꺼번에 입금되던 자신의 용돈을 거의 꺼내 쓰지 못하고, 명절이나 생신 등에 현금으로 받은 용돈을 아껴서 손주 용돈, 자식들 밥값, 이발비 등을 내고 있었기 때문이다. 이에 대해 혹시 엄마가 불만을 표하더라도 우리는 그대로 밀고 나가기로 했다.

0812(토)　힘에 부치다

아버지가 아침 식사 전에 엄마를 돌보는 일이 한계에 달했다. 숨이 차서 몇 번씩 쉬며 하신다고 어려움을 토로하셔서 우리는 급히 간병인이 한 시간 일찍 출근하도록 근무시간을 조정했다. 아침 식사를 간병인이 식당에서 받아 오는 것도 가능했으나 아버지의 반대로 두 분이 같이 식당에서 드시는 것은 그대로 유지하기로 했다. 간병인은 7시 40분에 출근해 어머니를 씻겨 드리고 오전 11시 반에 퇴근하는 것으로 해서 하루 네 시간을 근무하게 됐다.

이번 달부터 아버지의 용돈을 따로 현금으로 드리기 시작했으나 엄마는 여전히 모르고 있다. 아버지 왈, "엄마는 내 용돈이 자기 통장으로 들어가지 않는 것도 모르는 거 같다. 불평을 안 하네."

0906(수)　　아버지의 전립선①

전립선비대증으로 아버지의 소변 문제가 심각해졌다. 그제 자녀들에게는 말을 안 하시고 타운 간호사와 의논한 후 인근 병원에 가서 처방을 받았는데 전혀 진전이 없었고, 오늘 셋째가 큰 병원에 모시고 가 피검사 후 소변줄과 소변주머니 처치를 받았다.

셋째의 전언에 따르면, 소변을 제대로 못 보니 잠도 제대로 못 주무시고, 소변줄·소변주머니까지 하니 남들 눈이 의식되어 신경이 예민해지고 짜증을 많이 내셨다 한다. 저러다가 다른 병까지 돋을까 걱정이다. 이럴 때 늙음은 정말 신경질 나는 일일 거다.

0913(수)　아버지의 전립선②

아버지는 소변줄은 뺐는데, 경과를 더 지켜봐야 하는 상황이다. 한 달 뒤 다시 검진하기로 하고 약을 처방받았다. 피검사와 초음파검사 결과로는 피에 염증 지수가 있고 전립선은 정상 대비 세 배 정도 비대하다고 했다. 염증의 이유는 전립선암, 전립선염, 방광염 등일 수 있으니 경과를 두고 보자고 했다.

0918(월)　아버지의 전립선③

아버지의 전립선이 다시 안 좋아지면서 작은며느리가 급하게 병원에 모시고 갔다. 아버지는 다시 소변줄을 끼게 됐다. 2주 후 경과를 보고 뺄 예정이다. 계속 소변보기가 어려우면 수술해야 하는데 현재 연세상 힘들 거 같다고 한다. 일단 소변줄을 활용하고 약으로 치료하면서 상황을 지켜보기로 했다.

저녁에 가족 모임이 예정돼 있었으나 오후 1시 38분, 셋째가 대화방
에 다급한 공지를 올렸다.

> — 셋째 : 아버지가 지금 열이 많이 나신대요. 원인은 감기보다는
> 소변줄 착용으로 인한 감염이 아닌가 한다는데, 오늘 병원에 모시
> 고 가야 하는 건지 판단이 안 서네요. 대학병원 가면 시간만 많이
> 끌어서 인근 ○○ 병원으로 가는 게 좋겠는데 오후에 모시고 갈
> 수 있는 분 있나요? (다들 일정이 안 나오는 상황) 그럼 제가 모시고
> 다녀올게요. 애들 아빠랑 같이 갈 예정인데, 애들 아빠도 요즘 몸
> 이 안 좋아 병원 갔더니 무조건 쉬라 하는 상황이에요. 아버지 모
> 시고 병원 다녀와서 우리는 오늘 저녁 모임에 불참할게요. 죄송해
> 요. 소변줄이 장기화되면 종아리에 붙이는 게 아버지가 자존감이
> 덜 상하실 듯해요. 지금도 남의 눈길이 많이 불편하실 거예요.
> — 나 : 에고, 두 분이 노쇠해지시니 돌발 상황이 늘어나네요. 모두
> 힘내자고요.

신문 칼럼 원고를 넘기고 갑자기 두 분이 보고 싶어졌다. 이번 칼럼 내용은 주로 엄마에 대한 이야기이고, 당연히 아버지도 등장한다. 원고를 쓰느라 두 분 생각을 하긴 했지만, 갑자기 엄마 아버지가 보고 싶은 건 내게 낯선 감정이었다. 이번 달 나는 마지막 주에 방문하기로 이미 조정해 놓은 상태였다.

"죄송합니다. 오늘 엄마 아버지가 보고 싶어서 가고 싶은데 이번 주 가실 분이랑 순서를 바꿀 수 있나요?"

그냥 한 번 더 가는 걸로 하면 의논할 일도 아닌데, 차례를 바꾸자는 이 속셈이라니. 다행히 당일 방문 예정이었던 막내가 "누나한테 효도할 기회를 양보하겠다" 해서 아침 겸 점심을 먹고 집을 나섰다.

사실 더 보고 싶은 건 아버지였다. 난데없이 아버지를 보고 싶은 마음이 밀려들다니 …… 스스로가 낯설고 흥미롭다. 미움이야 없어졌고, 아직 실천은 못 했으나 그와 한번 깊게 안아야겠다는 생각도 하긴 하지만, 거의 밤샘을 한 상태에서 순서까지 바꿔 가며 아버지를 보러 달려가고 싶다는 마음이 생기는 게, 스스로 참 요상하다 싶은 한편, 그 마음의 결을 차갑게 쪼개 보고도 싶었다.

여든아홉인 그는 요즘 전립선비대증으로 고생이 많다. 한 차례로 끝날 줄 알았던 소변줄을 며칠 새 다시 달아야 했고, 자식들도 그도 비정기적으로 반복되겠거니 각오 중이다. 그로서는 몸의 괴로움보다 자존심이 상하는 게 우선 문제다. 티를 내는 건 아니지만 젊어서나 지금이나 외양에 대한 그의 '고상한' 취향은 좀 각별하다. 몸이 낡아 외양이 허술해질수록, 그 욕망은 당분간 더해질 것 같다. 마누라와 자식들의 돈 덕으로 유지되는 그의 고상함에 대해 난 옛날에는 미웠고 지금은 당신 복이려니 한다. 노쇠한 나이에 아내를 정성 들여 돌보는 걸 보면서, 그 복 또한 공짜가 아니라는 생각도 든다.

노쇠를 이유로 의사는 아버지에게 수술을 권하지 않았다. 자기가 낳은 자식들과만 병원 동행을 바랐지만 각자의 사정상 사위에 며느리까지 동원되었고, 그도 별수 없이 수긍하고 있다. 이번 방문에서 큰딸인 내가 조심스레 "힘드시죠" 정도의 아는 체만 했는데도, 그 얘긴 하지 말자며 표정이 단호해졌다. 방을 나올 때면 소변통이 담긴 종이 가방을 들어야 하고, 소변줄로 인해 바지 앞트임 단도리가 제대로 안 되는 것도 자존감을 많이 상하게 할 터였다. 아버지의 이런 상황으로 인한 스트레스와 짜증을 엄마도 잘 알고 있었다. "왜 안 그렇겠어? 몸이 저렇게 안 좋은데……"라며 엄마는 아버지를 이해하고 있었다. 식사와 엄마를 돌보기 위해 나서는 것 말고는 거의 방에만 계시고, 엄마에게도 짜증이 늘었다고 한다. 그 얘기를 전하는 엄마의 말투는 치매가 전혀 없는 사람처럼 말짱했고 게다가 속상해 하는 마음까지 묻어났다. 아버지가 아프니 엄마가 좀 똑똑해진 느낌이 들 정도다.

그런데 그 얘긴 하지 말자며 표정이 단호해진 걸로 아버지의 말이 끝난 게 아니었다. 그 표정을 바꾸지 않고 바로 이어 아버지는 우리 사이 금기의 영역을 침범했다.

"너도 이제 담배 좀 끊어라."

순간 '아니 이 양반이 이 영역까지 침범하다니' 싶었는데, 그 말이 튀어나온 게 당신도 기가 찼는지 표정이 확 펴지며 웃어 버렸다. 나도 그냥 따라 웃고 말았다. 마치 자신의 괴로움이 내 담배 탓인 것마냥 이어서 터져 버린 말의 진심은, 너도 나처럼 담배를 오래 피우면 늙어서 고생할 거라는 뜻일 거다. 그는 '빠다볼' 같은 양반답지 않은 주전부리까지 동원해도 못 끊던 담배를 일흔 중반 협심증 때문에 억지로 끊었고, 올해 환갑인 나는 끊을 마음이 없다. 누가 빨리 시작했는지는 모르겠다. 나는 스물 즈음이다. "나 보면서도 그러냐?"가 그가 하고 싶은 말일 테고, '담배로 인한 폐해는 모두 각오를 하고 있습니다'가 내 속 대답이다.

아버지는 피워도 되는 담배를 왜 나는 끊어야 하는지, 설득이 되게 얘기해 달라며 시작된 스무 살 나와 아버지의 담배 싸움은 내 가출들로 중단되었고, 이후로는 '묻지 않고 들키지 않기' 정도로 합의가 되어 있었다. 합의했다기보다 합의가 된 걸로 나는 안다. 아니 그전에, 내 흡연이 당신과 합의하고 말고 할 일이 아니라는 게 내 소신임을 그가 수긍한 걸로 나는 안다. 아니면 말고. 그런데 늙고 병든 당신의 괴로움 때문에 길게 참았던 참견이 느닷없이 튀어나온 거다. 젠장, 상황이 이 정도니 돈도 차도 못 대는 큰딸로서 '부모 함께 돌보기'의 몫으로 담배 끊겠다는 거짓말이라도 해야 하는 건가.

엄마 아버지를 보니 늙어 죽음에 닿는 과정까지도 돈이 많이 드는 거 같다며 동생은 내 걱정을 했다. 그 김에 내 소신 하나를 동생에게 넌지시 알려 줬다. 늙어 죽어 감에 관한 내 기획은 '적당한 때 알아서 죽기', 즉 자유 죽음이다. 인생 막바지를 그리 작정하고 나니, 남은 삶에 대해 계획이 선다. 순전히 개인적으로라면 안락사니 존엄사니 하는 말들이 좀 간지럽다. 빈곤한 노인들 입장에서라면 배부른 소리다. 안락사를 위해 외국을 찾는 노인에 대해 내가 돌보던 한 가난한 노인은 이렇게 일갈했다. "돈 갖고 지랄하고 자빠졌네." 좋은 데 쓰고 앉은 자리에서 죽으면 될 일이라는 뜻이었을 것이다. 내 심정도 비슷하다.

아버지가 시간을 헷갈려 하는 말을 세 번이나 해서 좀 놀랐다. 오후 3시 40분인데 저녁 식사 시간이 다 되지 않았냐고 물으면서 식사 시작 시간이 7시 반이라고도 했다. 아마 5시를 생각하며 7시로 발음만 잘못하셨겠지 생각했는데, 아버지는 곰곰 생각하시더니 그래도 정리되지 않는 듯, 내게 안내 데스크에 전화로 알아보라는 말까지 했다. 이미 아는 거지만 나는 시키는 대로 하고, "신관은 5시 반부터 구관은 6시부터"라고 알려 드렸다. 그전에 내가 도착해서 엄마와 함께 아버지 방을 찾은 게 오후 2시경이었는데, 잠깐 이야기를 하고 방을 나올 때 아버지가 "엄마 약은 8시 반이다"라며 내게 약을 챙겨 먹이라고 해서 놀라기도 했다. 곧 벽시계를 보며 "아하, 좀 전에 저녁밥을 먹은 줄 알았더니 점심이었구나"라고 번복하신 게 다행이기는 한데, 혹 알츠하이머의 기미인가 걱정도 된다. 소변줄로 인해 사람 눈이 싫어 방에만 있다 보니 시간 흐름을 헷갈린 것일 수도 있다.

　나는 내 방문 보고에 이 이야기도 쓰며 우선은 "방에만 계셔서"로 정리하면서도, 어쨌든 아버지도 잘 관찰해 보자고 했다. '말이 씨가 된다'라는 옛말을 떠올린 것인지 다들 읽기만 하고 말조심하는 눈치다. 아버지가 신경질을 내는 다른 이유는 혹 아내보다 자기가 앞서가지는 않을까 하는 걱정도 있을 것이다. 아버지는 평소 "니네 엄마를 먼저 묻어 흙을 밟아 주고 나도 곧이어 가는 게"* 당신의 남은 바람이라 하곤 했다.

　전립선이든 뭐든, 병은 자존심 상해 할 일이 아니라는 내 소신을 아버지한테는 말하지 못했다.

---

* 엄마가 돌아가신 후, 나는 아버지의 저 말을 떠올릴 때마다 마음이 서늘해진다. 겉보기로는 생각보다 괜찮은 편이지만 늘 '만에 하나'라는 생각을 하며 그의 기분과 표정을 살피곤 한다. 나 자신은 자발적 죽음을 작정하고 있지만, 부모를 그렇게 보내는 것은 또 다른 문제다. 그러니 내 자식에 대한 대비는, 자발적 죽음에 대한 내 소신을 평소에 수시로 밝히는 거다.

가장 자주 병원에 동행하는 셋째는 요즘 빈곤 지역 아동 돌봄 활동 외에 자기 손주까지 돌보는 등의 사정으로, 아버지의 병원 동행 요청을 다 채워 줄 수 없는 상태다. 게다가 누구든 어떤 상황이든 닥치는 대로 응하며 스킬을 익혀 두어야 한다는 게, 부모 돌봄에 관한 우리 모두의 생각이다. 손 아래위나 관계의 어떠함과 상관없이 "감사합니다", "수고하셨습니다" 등으로 서로를 격려하면서 혹 누구에게 너무 부담이 되고 있는 건 아닌지 살피고 있다. 누군가 좀 불평이 쌓이면 대화방보다는 제일 편한 사람과의 수다로 불평을 털고, 듣는 사람은 "맞어", "그래", "다음에 모일 때 내가 슬쩍 이야기해 볼게" 하면서 무조건 들어 주면 되었다.

엄마의 알츠하이머가 점점 심각해지고 있음에도 불구하고 타운 직원들과 아버지와 간병인 덕에 그나마 안정을 찾아가던 터에, 아버지의 전립선비대증과 잦은 병원행으로 요즘 우리는 비상 상황이다. 하지만 오빠 말로 "젤로 바쁜" 데다 차까지 없는 나는, 병원 동행에서 예외다. 가족들에게는 미안하지만 홀로 몰래 즐기는 여유이기도 한데, 남매들까지 차가 없다면 주어지지 않을 여유라는 면에서, 여러 다른 일과 마찬가지로 그들의 돈 덕에 나의 돈 없음을 즐기고 있다는 것도 안다. 노상 "가난이 좋네, 단출함이 좋네" 떠벌리지만, 족과의 관계에서는 순전히 남매들 돈 덕에 내 가난이 문제되지 않는 거다. 나 사는 거야 내 맘대로 단출하게 살 수 있지만, 남매들 돈 없이 두 분을 돌봐야 했다면 가난으로 인한 '불효'의 괴로움을 고스란히 겪었을 것이다. 그러니 입으로 글로 떠벌리는 것과 달리 현실에서, 특히 족들과의 관계에서 내 가난은 늘 이율배반이다.

엄마는 요새 수집증이 거의 없어졌다. 여기저기서 눈에 띄던 냅킨·식빵·계란 같은 것들이 이젠 보이지 않는다. 그런데 견과류는 여전하다. 큰딸에게 주겠다는 일념을 아직 놓치지 않고 있는 거다. 하지만 전에는 비닐봉지나 작은 종이컵에 담긴 채로 냉장고 여기저기에 있었는데, 지금은 플라스틱 반찬통 서너 개에 깔끔하게 담겨 있다. 아마 엄마가 모아 온 것을 간병인이 깔끔하게 정리해 놓는 것 같다. 양도 많아서, 가방에 넣어 버스와 지하철을 타고 집까지 오는 동안 꽤 무겁다.

　돈에 관한 인지력도 현저히 떨어졌다. 이제는 돈 자체에 거의 관심이 없다. 8월부터 두 분의 용돈을 모두 아버지에게 드렸는데, 이에 대해 엄마는 불만은커녕 인지조차 못 하고 있다.

　또 자식들이 방문하는 날 구내식당을 구관에서 신관으로 변동하는 것에 대해서도 점점 더 혼란스러워 하고 있다. 이번 나와의 저녁 식사 때는 특히 더 심했다. 아버지는 소변줄 때문에 식판을 식탁까지 가져다주는 구관 식당을 이용해야 했다. 구관 식당은 자식 등 외부인은 이용할 수 없다. 그래서 아버지는 구관 식당, 나와 엄마는 신관 식당으로 가자고 아버지가 말했고, 나는 얼른 알아들었다. 5시 정도에 아버지는 엄마 방에 와서 "나는 먼저 가니까 너는 나중에 엄마랑 가서 식사해라"라고 하시며 1만 원도 주셨다.

그때부터 엄마는 또 불안증을 보이기 시작했다. 자식이 오면 식당이 바뀐다는 것에 대해 도무지 이해를 못 했고, 그 변동으로 인해 직원이나 타인들에게 폐가 될 것이라 여러 번 걱정했다. 나와 신관 식당까지 걸어가면서도, 식당 앞에서도, 식당에 들어가서도, 들어가서 테이블을 잡을 때도, 기다리는 시간에도, 내가 두 사람 몫의 식판을 챙기러 왔다 갔다 하는 과정에서도, 내내 불안해하거나 내 판단과 행동을 못 미더워 했다. 계속 구관 식당을 가봐야겠다며 나가려 하고, 식사를 하다가도 일어나려 했다. 다른 자식들이 와서 식사할 때도 계속 그랬단다. 그러다가도 아버지가 단호하게 말하면 잠잠해졌는데, 이번엔 아버지도 없이 나와만 식사를 하는 것이 엄마로서는 도무지 이해하기 어려운 일이었던 것이다. 그녀는 이제 모든 것을 남편에게 의존하고 있다.

식당 가는 길에, 엄마가 알츠하이머 증상이 거의 없던 시기에 친했다는 할머니 두 명을 만나 잠깐 이야기를 나눴다. 한 분은 엄마보다 한 살 많다는데 정신도 또렷하고 차림도 깔끔했다. 그분 말씀이 엄마가 전에는 고도리도 잘했다며, 누군가에게는 고도리를 가르쳐 준다면서 돈을 많이 따기도 했다고 하셨다. 그러더니 어느 날부터 남편만 졸졸 따라다니고 자기들과 어울리지 않는다는 거다. 아마 그때가 치매가 심해진 시점일 것이다. 엄마는 그 할머니조차 기억에 없는 표정으로 "내가 아주 멍청이가 됐어요"라는 말만 반복했다.

아버지의 소변줄에 관해 의견을 나눴다. 대체로 셋째가 의견을 냈고 모두가 동의했다.

○ 10월 2일, 병원에서 진단받고 괜찮으면 소변줄을 뺄 예정이었으나, 이번 추석 연휴가 긴 관계로 혹 다시 안 좋아지면 문제가 커질 상황. 그래서 10월 2일은 상황만 확인하고 소변줄을 다리에 고정하는 처치를 받고, 추석이 지난 후 예약된 10월 18일에 소변줄을 뺄지 결정하기로 함(아버지도 동의).

○ 앞이 지퍼가 아닌 단추로 여미는 남자 바지를 가져오도록. 소변을 흘리는 경우가 많으니 바지 여러 개 필요.

0927(수) 연휴 준비

추석 연휴 중 간병인 근무 확인. 10월 3일(전체 가족 모임)과 4일(추석 당일)만 빼고 모두 오시기로 하고, 연휴 추가 근무 수당과 명절 상여금을 지급하기로 했다.

1002(월) 전립선 상황

작은며느리가 아침 일찍부터 서둘러 아버지를 모시고 병원에 갔다. 바지 앞의 지퍼 부분으로 소변줄을 빼서 쇼핑백에 소변통을 따로 들고 다니는 방식에서 소변줄을 다리에 부착하는 방식으로 처치를 바꿨는데, 아버지 표정이 훨씬 밝아졌다고 한다. 아버지 왈, "이런 거 있었으면 진즉에 할 걸 그랬다." 아버지 스스로는 많이 좋아졌다고 느끼셨지만, 검사 결과 소변 양도 아주 적고 잔뇨도 많아서 좋아진 것은 아니었다. 약은 추가 2주분을 받았고 변비가 심해 변비약도 처방받았다.

오늘의 진료비 + 약값(6만9900원 + 1만1600원)은 8만1500원. 다음 진료는 10월 23일 9시 20분이다.

1009(월) 아버지의 편애

3일에 큰아들 집에 부모님을 비롯해 온 가족이 모였다. 엄마에 관한 영상물을 함께 보았고, 엄마의 임종 전 단계에서 연명 의료 거부에 대한 전체 합의에 이르렀다.* 현재 제도나 자녀들이 준비해야 할 것들에 대한 상세한 내용은 내가 더 챙겨 공유하기로 했다.

남은 추석 연휴 동안 모두 한 번씩 더 각자 타운을 방문하기로 했고, 10월 23일 전립선과 관련한 병원행은 셋째가 동행하기로 했는데, 아버지가 작은며느리와 함께 가겠다고 하셔서 재조정했다. 전립선 치료라 며느리보다 딸이 덜 불편하실 거라 생각했는데, 아버지는 오히려 작은며느리의 동행을 원하셨다. 아마 그동안 같이 다니면서 작은며느리의 똑똑함과 친절함이 편하셨던 것 같다. 모두 "아버지가 박사 며느리를 편애하시는 바람에 작은며느리가 고생이 많네요!" 하며 감사와 칭찬을 했다. 10월 방문 일정은 이 때문에 재조정됐다.

기타 보고

○ 아버지가 설사 기운이 약간 있음. 음식 문제는 아니고 계속된 변비약 복용이 원인으로 여겨짐. 대변 상황 보면서 변비약 횟수를 조정하시도록 말씀드림.

○ 아버지가 타운 직원들 추석 선물과 간병인 명절 보너스 챙겼는지 확인 질문.

○ 셋째네 부부는 외손주(아직 한 돌 전 아기)를 데리고 별도 방문. 변비 처방을 위해 요플레 마련.＊ 프로바이오틱스도 드시기 시작.

＊ 노인 복지 현장에서 오래 일해 온 내가 가끔 이야기를 꺼내 오랜 시간 서로 의견을 나눴던 상황이었기 때문에 합의에 이르는 데 어려움은 없었다. 이 시기는 합의를 공식화할 시기라는 생각에 내가 먼저 이야기를 꺼낸 것이었다.

오후 1시 12분, 셋째가 시작한 대화방 대화이다.

— 셋째 : 좀 전에 사회복지사한테서 전화가 왔어요. 아버님이 월요일 저녁 9시쯤 옆 건물 12층에서 발견되셨대요. 치매도 아니시고 그 시간에 거기 계실 이유가 없는데……. 바로 위가 옥상이고, 옥상으로 나가는 문은 잠겨 있었다고. 별일 없이 직원과 같이 내려오셨는데, 타운으로서는 요즘 건강 문제로 심리적으로 문제가 있지 않나 해서 대화가 꼭 필요한 것 같다고 연락이 왔네요.

— 막내 : 내가 3시쯤 방문할게요. 누가 발견하고, 뭘 하고 계셨는지, 표정은 어떠셨는지, 혹시 더 정보가 있나요? 나랑 전망 보러 가신 적 있는 그곳인 거 같아서요. 위에 올라가 보니 전망 좋다고 하시길래 아버님이랑 같이 갔었거든요.

— 셋째 : 순찰 돌던 직원이 발견해서 함께 내려왔대요. 아, 그러고 보니 거긴가 보네. 내가 일단 아버지랑 통화해 볼게요. (10여 분 후) 통화해 보니 별다른 이상은 없는 듯해요. 간병인과도 통화했는데, 아버지가 12층까지 가서 운동했다고 자랑하시더래요.

＊ 이때부터 두 분 모두 요플레를 드시기 시작했고, 나중에는 비피더스도 추가해 매일 드셨다.

— 나 : 음…… 그래도 저녁 9시라니 좀…….

— 첫째 : 아버님이 최근에 새로 드시는 약이 있나요? 아버님이 약에 좀 민감해서서요. 민감한 분은 새로운 약에 이상 증상을 보이기도.

— 셋째 : 특별히 더 드시는 약은 없고, 기존 약에 전립선약이 하루 네 번, 그리고 변비약.

— 첫째 : 그렇다면 크게 걱정 안 해도 될 듯하고, 동생들 타운 방문 시 어머니뿐 아니라 아버님도 눈여겨보시도록 부탁합니다.

— 모두 : 네!

— 첫째 : 아버님과 통화했는데 좋으시고, 오히려 내가 어떠냐고 걱정하시네요.

— 나 : 저도 오빠가 걱정입니다. ☺

— 막내 : 일단은 걱정 안 해도 될 듯해요. 오늘 제 방문은 취소합니다.

모두 처음엔 같은 단어와 같은 느낌을 떠올렸을 거다. 내 느낌은 좀 결이 다르다. 평소 나의 최후에 대해 '자유 죽음'을 공공연히 말하는 사람으로서, 만에 하나 아버지가 자유 죽음을 선택하더라도 이를 '비참'이니 '불효'니 하는 통념과 연결하지는 않겠다는 게 내 생각이다. 많은 자살이 사회적 타살인 경우가 많기 때문에 위험한 말이기도 하지만, 태어남을 선택할 수 없는 인간이 자신의 끝을 선택하는 것은, 남은 사람들의 고통과는 별도로, 존중되어야 할 고유의 권리라고 생각한다.

오늘 작은며느리가 아버지를 모시고 병원에 다녀왔다. 아버지는 검사 후 드디어 소변줄을 제거했다! 큰 차도는 없지만 좀 나아졌고, 어느 정도 상태인지 확인하기 위해 일단 제거한 것. 한 달 뒤에도 상태가 안 좋으면 수술을 할지 소변줄을 장기적으로 착용할지 결정해야 한다고 한다. 소변줄을 장기적으로 한다면 지금 방식은 감염 위험이 있어 아랫배에 구멍을 내 소변을 배출시켜야 한다고 했다.

오늘의 진료비 + 약값은 2만7500원.

— 작은며느리 : 간병인 말씀이 요플레 아주 잘 드시고, 포도도 잘 드신다고 하네요. 지난 추석 후 갖다 놨던 한과도 모두 드셨더라고요. 아버님께서 변비에 효과가 있으셔서 저녁마다 산책 겸 운동을 한 시간 정도 하신다고 합니다. 그러면 다음날 변 보기가 수월해 계속하신다고 합니다. 아마 12층도 운동 차원으로 가신 듯해요.

— 모두 : 박사 며느리 짱!

나흘 전에 내 조정된 방문 일정을 웹 캘린더에도 저장해 두었고, 그 후에도 여러 번 그 일정을 눈에 익혔는데, 정작 오늘은 까맣게 잊고 있었다. 새벽부터 전날 있었던 인터뷰 녹취를 풀며 글작업을 하느라 다른 생각을 전혀 못 하고 있었던 거다. 낮잠을 좀 자고 일어나 오후 2시 45분경 늦은 점심을 먹다 말고 갑자기 기억이 스쳤다. 급히 아버지와 통화하고, 집을 나온 게 3시 15분. 서둘러 가면 5시에는 도착할 수 있었다. 그런데 지하철에서 도스토예프스키에 관한 녹음 자료를 듣느라 두 정류장을 더 갔고, 되돌아오는 길에는 노선을 헷갈려 또 20분을 헤맸다. 전날도 지하철 갈아타는 것을 실수해서 약속 장소에 40분이나 늦었다. 내 두뇌도 점점 무뎌지고 있음을 다시금 절감한다. 이미 나도 알츠하이머 단계에 들어섰음을 다시 새긴다.

　타운 아래 슈퍼에서 내가 준비하기로 한 포도와 요플레와 화장지를 사서 엄마 방에 들어서니 5시 45분. 두 분 방 모두 잠겨 있다. 식사하러 내려가신 게다. 아버지와 통화하니 밥은 어떻게 했냐고 물으셨다. 집에서 나오기 직전에 먹었다고 답하고, 공용 공간에서 책을 읽으며 기다렸다. 25분쯤 지나니 두 분이 오셨고, 그래도 밥을 먹어야 하는 거 아니냐고 물으셔서 4시에 먹어 괜찮다고 거짓말을 했다. 내가 있는 동안 엄마는 밥 이야기를 다섯 번도 더 물었다.

야구 중계를 보다 말고 아버지는 무거워서 화장지를 어떻게 들고 왔냐고 묻는다. 요 아래 슈퍼에서 샀기 때문에 괜찮았다고 하니, 그 슈퍼는 배달도 해주니 다음부터는 무거운 게 있으면 배달을 시키라고 한다. 그는 그렇게 문득문득 내게 마음을 표현한다. 그 표현은 늘 에둘러져서 오고, 나는 상상력과 감수성을 동원해 그의 마음을 가늠한다. 그의 마음이나 의사를 내가 얼마나 정확히 짚어 냈는지는 확인하지 않는다. 미확인이 그와 내가 관계 맺는 방식이다.

오늘은 자고 가지 못한다는 말을 듣고, 아버지는 다소 아쉬워하는 눈치였다. 과일을 깎아 두 방 냉장고에 나눠 넣고, 셋이 이야기를 나누었다. 약 일주일 전 소변줄을 뗀 게 그의 마음에 여유를 준 것 같았다. 대화나 말도 많이 늘었고, 웃는 표정도 많이 보인다. 엄마 역시 마찬가지다. 소변줄을 달고 있는 동안 아버지의 스트레스는 엄마는 물론 자식들에게도 구체적으로 느껴졌다. 물론 이전의 '느닷없는 분노'와는 달랐지만, 가족 모임에서 갑자기 가겠다고 일어난다든지, 병원을 누구와 함께 갈 것인가에 대해 불만을 드러낸다든지, 이젠 웬만하면 자식들이 하자는 대로 하는 그의 최근 스타일을 거스르는, 그답지 않은 면들이 있었다.

이번 방문은 짧았지만 마음으로는 충분했다는 느낌이다. 꼭 동거하며 모시는 형태가 아니더라도 늙어 가는 부모를 남매들이 함께 돌보는 과정이 내게 위로가 된다는 생각을 한다. 물론 두 분과 상관없이 우리들 사이의 화목은 애초에 별 문제가 없었다. 다만 그것을 확인할 기회가 적었다. 그런데 두 분의 노쇠로 공동의 목적에 함께 집중하고 자주 만나면서, 남매간 화목을 구체적으로 노력하고 확인할 기회가 많아졌다. 우리는 여전히 지치지 않고 서로 위로를 나누고 있다.

무엇이 남매간 화목에 기여했을까? 애초부터 남매들 간에는 각자 열심히 사는 사람들이라는 기본적인 신뢰가 돈독했다. 물론 출생 순서나 사는 처지, 개인적 상황들에 따라 가족 관계 안팎에서 각자의 부침들이 있었지만, 이는 남매간에는 큰 문제가 아니었다. 각자 모두 대체로 '합리적'인 사람들이어서도 그랬겠지만, 사실 두 분의 불화로 인한 문제가 너무 컸기 때문에 다른 문제들은 느낄 새도 없었다.

무엇보다 남매간 화목에 기여한 것은 장남인 오빠의 솔선수범이었다. 부모 돌봄에 대한 그의 태도는 '할 수 있는 최대한'이 원칙이고 실제로도 그렇게 하고 있다. 그로 인해 다른 남매들 역시 자신만 부당하게 돌봄의 부담을 지고 있다는 느낌 없이 최선을 다하게 된다. 거기에는 소위 '장남네'로서 두 분을 직접 모시지 못하는 것에 대한 오빠와 올케언니의 책임감과 자책도 없지 않을 것이다. 하지만 직접 집에서 모시는 것에 대해서는 남매들 모두가 반대였다. 밀착하면 모두 힘들어 할 성격이기도 했고, 생애 경험의 조합을 봤을 때도 그게 낫다고 생각했다.

모든 부담을 분배하는 데 있어서 우리는 무슨 문제든 함께 논의하고 서로 보고하고 실천한다는 원칙과 경제적 부담은 경제력의 순서대로, 또 가부장적 순서대로(아들이 더 많이) 한다는 원칙을 지키고 있다. '가부장적 순서'는 나로서는 동의가 안 되는 조항이지만, 동의하든 말든 내가 문제 삼을 처지는 아니다. 그 김에 나는 다른 남매들은 힘든 '1박 방문'이라도 지키려 노력하고 있다.

1104(토)   아버지에게 가까이 간다는 것

보다 가까이에서 두 분의 늙어 감과 죽어 감을 기록하기 위해 나는 내년 3월경 살던 원룸의 전세 계약이 끝나는 시점에 타운 근처로 이사하기로 결정했다. 엄마의 알츠하이머가 빠르게 진행되고 있어 더는 미룰 수 없는 상황이기도 하고, 이제 만 60세를 넘은 내가 노인복지 현장에서 노동자로 얼마나 더 일할 수 있을까 하는 고민의 결과이기도 했다(복지 노동자의 연령 제한은 65세까지이다).

두 분의 늙어 죽어 감을 기록해 책으로 출간하기 위해서는 남매들의 동의가 필요했다. 돌봄이나 사랑, 가족과 부모 같은 것들을 구태여 계급적·성별적·역사적 관점으로 쪼개고야 마는 내 시선과 글에 대해 남매들 각자가 불편해 하거나 충분히 동의하지 않는 부분이 있음에도 불구하고 모두 동의해 주었다. 심지어 오빠는 부모님 가까이 이사를 오겠다는 내 결정에 고마워서 울컥했다는 말까지 했고, 나는 좀 겸연쩍어졌다.

물론 내 '다가가기'의 목적이 관찰과 기록에만 있는 것은 아니었다. 다른 남매(와 배우자)들이 할 수 있는 경제적 부담이나 자가용을 이용한 돌봄 등과 달리 내가 할 수 있는 몫은 더 가까이에서 더 자주 보러 가는 것이라는 생각도 있었다. 하지만 '더 가까이'를 하지 않는다고 누구도 불만일 리 없었고, 두 분의 노년이 더 힘겨워지는 것도 아닐 것이다. 돌봄 면에서 이런 내 결정은 없어도 상관없고 있으면 좋은 플러스알파 정도일 뿐이다. 다행히 나는 이주를 결정하고 실행하기에 최적의 조건을 갖춘 단출한 사람이다. 게다가 수원 원룸의 전세 보증금은 서울 마포의 3분의 1 정도. 또 그동안 내 관심 밖이었던 부자 노인들을 통해 새로운 세상을 쪼개 보고 지금까지와는 다른 것을 얻을 수 있는 기회도 될 것이다. 그러니 내 이주는 혈연을 최대한 활용해 배우고 기록하고자 하는 타산이다. 나는 '효'에서 시작한 결정이 아님을 남매들에게 충분히 설명했다. 무엇보다도 남매들은 두 분이 느낄 안정감을 다행스러워 했다.

　　내게는 또 한 차례의 떠남이자 이주다. 이주 공간의 조건은, 글쓰기를 위해 가능하면 조용하고 깔끔한 원룸, 두 분이 사는 실버타운까지 걷기 운동이 될 만한 거리, 사람들을 만나기에 너무 불편하지 않은 대중교통 조건이 전부다. 가까운 곳에 공공도서관과 시장이 있다면 금상첨화다. 이 이주를 통해 이미 열거한 내용들 말고 내가 더 무엇을 얻을지도 기대가 된다. 거처를 옮길 때마다 나는 계획하고 예상했던 것과는 별도로, 다른 '웬 떡 같은' 확장을 얻어 왔다.

　　이는 또한 이제껏 스스로를 던졌던 투기投己들처럼 또 한 번의 위험한 투기가 될 것이다. 아버지에게 다가가는 것이어서다. 혹 아버지와의 새로운 갈등 국면이 만들어지면 나는 어린/젊은 시절과 달리 어떻게 대응하게 될까? 그것은 나와 그의 어떤 변화에서 비롯되는 걸까? 여러 번의 가출과 스물세 살 때의 궁극적인 출가는 내게 아버지의 집을 떠난다는 의미였다. 그의 말과 권력과 언제 폭발할지 모르는 분노와 폭력에 맞서거나 피하다가 마침내 떠나 독립한 것이다. 적당한 거리를 두고 봐주고 넘겨주고 이해해 보려 노력하는 것이, 어느 시점 이후 서로를 대하는 방식이었다. 나도 그랬지만 그 역시 나에 대해 그랬다. 그리고 이제 그는 늙었다. 내게 행사되던 모든 힘들이 없어졌고, 내가 그를 돌보기 위해 감당해야 할 노동도 많지 않다는 전제하에, 나는 그를 더 잘 만나고 알고 이해하고 해석하고 글로 쓰기 위해 그에게 가까이 간다.

요즘 전립선비대증으로 소변줄을 하고 있는 동안, 그의 성기를 스치듯 두 번 보았다. 그의 생애 동안 즐거움을 주었을 요소 중 하나. 내가 미워한 아버지로 하여금 나를 만들게 한 신체의 가장 적확한 부위. 혹은 그의 자존심의 핵심. 그것을 내게 보여야 하는 그의 늙음과 무력함. 사람은 그렇게 노쇠해 가는구나. 할 수만 있다면 엄마에게 하듯, 그리고 노인 돌봄 노동자로 일하면서 남성 노인들을 목욕시키는 일을 했듯 그의 벗은 몸을 씻어 주고, 머리를 감겨 주고, 마른 몸을 닦아 주고 싶다. 그렇게 내가 내 존재의 물질적 시작과 만날 수 있을까. 내가 그에게 다가가고, 그가 내게 다가올 수 있을까.

3, 4년 전 그에게 인터뷰를 통한 생애사 작업을 제안했지만, 그는 단호히 거절했다. 아마 이 생에서 그와 나는 그런 식으로 그의 생애에 대한 이야기를 나눌 기회는 없을 거다. 나는 그의 생에 대해 아는 게 별로 없다. 그를 미워해서 관심도 없었고, 같은 공간에 있는 것을 싫어하다 보니 더 알 기회가 없었다. 그럼에도 불구하고 그에 관한 기억들은 많다. 아마 그에 관한 작업은, 내 기억들을 총동원하면서, 그가 어떠한가보다 그를 바라보는 내 시선의 변화를 따라가는 것이 중심축이 될 것이다. 상대가 변하기를 바라지 않고 상대를 보는 내 태도를 달리하는 것이, 부모뿐 아니라 타인을 대하는 내 방식이다. 그것이 상대를 이해하거나 서로 간 소통을 진전시키는, 내가 찾아낸 방식이다. 이럴 때 상대는 변하지 않더라도 나는 확장할 수 있다.

1105(일)   엄마의 낙상

엄마가 점심을 먹으러 아버지와 식당에 가다가 어지럼증으로 넘어졌다. 피가 나거나 심하게 다치지는 않았는데, 머리에 혹이 좀 났으며 약간의 어지럼증을 호소했다. 아버지가 놀라 막내에게 전화를 했고 작은며느리가 서둘러 타운을 찾았다. 도중에 사회복지사도 셋째에게 알렸고 셋째 부부도 타운으로 갔다.

　도착해서 확인해 보니 최고혈압이 190~200까지 높게 나왔다. 평소 엄마의 혈압은 정상치(80~120)보다 약간 낮은 정도였다. 머리의 혹은 상부 뒷부분에 직경 3센티미터, 두께 2~3밀리미터 정도의 크기였다. 병원에 가서 엑스레이 검사 등을 했는데 이상 소견은 없었다. 일단 퇴원하고 다음날 고혈압 진료와 약 처방을 받기로 했다. 아버지가 많이 놀란 데다 근심이 컸는데, 정작 엄마는 넘어진 것도 기억하지 못했다.

1126(일)　케어홈에 대한 각오

엄마 생신을 축하하는 가족 모임이 있었다. 엄마는 낙상 이후로 다행히 별 이상이 없었다. 그 후에도 엄마는 평소대로 신경정신과 약을 처방받았고, 아버지는 스텐트 시술과 전립선 경과를 확인하는 검진을 마쳤으며, 왼쪽 보청기 몰딩을 손봤다.

> (가족 모임을 마치고 헤어진 후 대화방)
> ― 셋째 : 아버지가 6개월 안에 엄마가 갈 것 같다고 말씀하시더라고. 우리가 보기엔 치매는 있지만 소화력이 좋으셔서 2, 3년은 더 사실 것 같고, 그전에 공동 케어홈 입주 단계가 있을 것이라고 대

답. 엄마가 케어홈으로 가실 경우, 아버지는 같이 케어홈으로 입주하지는 않고 자주 방문하며 돌보겠다고 하셨어요.

아버지는 저녁 7시부터 헬스실 가서 운동하고, 8시 반에 엄마약 먹이고 잠자리 봐준 후 나오는데, 어느 날은 아침 7시쯤 가보니 불 꺼진 채 차가운 바닥에 흠뻑 젖은 채로 누워 있어서 너무 가슴 아팠다고 말씀하시며 우시더라고.

— 첫째 : 저 역시 6개월 정도 후에는 케어홈으로 가셔야 할 것으로 각오하고 있습니다. 아버지는 같이 가시지 않는 게 좋겠다는 생각이에요. 입주 당시부터 별도 공간을 쓰신 게, 이제 와서 생각하면 아주 잘했다는 생각입니다. (모두 공감)

다음 달 있을 손주 결혼식에 두 분이 참석하실지는 닥쳐서 날씨를 보고 결정하기로 했다.

1216(토) 손주의 결혼식

낮 12시에 오빠의 작은아들 결혼식이 있었다. 이 결혼식에 부모님이 참여할지를 두고 우리는 이미 몇 차례 의논을 거친 터였다. 일기예보상 추울 것이 확실해지면서 여러 의견들이 나왔다. 나는 불참을 유도하는 통화를 해보라고 막내에게 농담 섞어 말했고, 혼주이자 장남인 오빠는 가능하면 참석하시면 좋겠다는 의견이었으나 결국은 두 분 결정에 맡기기로 했다.

아버지의 참여는 몸 상태와 날씨가 변수지만, 엄마는 걸림돌이 더 많다. 일단 그날의 기분이 '참여'로 잡히는 것이 중요했다. 장남의 작은아들 혼인이니 웬만해서는 가려 하시겠지만, 난데없이 만사가 귀찮다며 안 가겠다고 우길 수도 있다. 그렇게 우기기 시작하면 한참을 실랑이해도 어쩔 수가 없다.

그런데 어제 저녁 오빠가 아버지와 통화해 보니, 아버지는 몸 상태나 날씨가 어떻든 간에 안 간다는 생각은 전혀 안 해본 투의 반응이더란다. 간병인에게 미리 알려, 결혼식 참여를 위한 목욕과 옷차림 등을 부탁했고, 엄마 역시 걱정했던 어떤 문제도 만들지 않았다. 전날 낮에 약간 설사 기운이 있었는데, 그것도 금세 괜찮아졌다.

정작 문제를 일으킨 사람은 두 분을 모시러 간 막내아들이었다. 주말의 도로 사정을 고려하지 못해서, 두 분은 12시 직후 식이 막 시작되고 나서야 식장에 도착할 수 있었다. 다른 하객들에게야 두 노인네가 뒤늦게 들어와 주빈석에 다소 부산스럽게 자리를 잡는 것이 잠시 눈길을 주었다 마는 정도의 일이었겠지만, 나는 그렇지가 않았다. 난 이제야 마침내 다 채워진 느낌이 들었다. 어쩌면 두 분에게 마지막일지도 모를 자손의 결혼식이라는 생각 때문이었나 보다.

예식이 끝나고 테이블마다 음식이 들어오면서 축하연이 이어졌다. 우리 테이블은 부모님과 자식들, 며느리·사위들이 함께한 자리였다. 식사를 하다 말고 아버지는 자신이 모자를 쓰고 있지 않다는 사실을 깨달았다. 앞이마는 훤하게 벗겨졌지만 여전히 숱이 많은 백발의 아버지 모습은 타인들 눈에는 자연스러운데, 본인 기준으로는 모자가 중요했다. 특히 손주의 결혼식장이라 신경이 쓰이셨던 게다. 우리는 아마 타고 온 막내의 차에 놓고 내렸을 거라는 결론을 내리고 더 찾지 않았다. 하지만 나중에 생각해 보니 아버지는 아마 그때부터 자신의 차림에 신경이 곤두서 있었던 것 같다.

폐백이 준비되기를 기다리는 동안, 아버지는 가방을 찾으셨다. 이유는 넥타이. 나는 눈치를 못 챘지만, 당일 아버지는 넥타이를 매고 오셨다가 셋째가 불편하고 색이 안 어울린다는 이유로 본인 의사와 상관없이 넥타이를 풀어 드린 건데, 폐백을 받기 직전에 넥타이는 반드시 매기로 마음을 정하신 거였다. 사실 폐백이 있다는 사실을 혼주를 제외하고는 아무도 몰랐는데, 아버지는 이왕 폐백을 하게 됐으면 본인도 예를 갖추어야 한다고 생각하신 거다.

가방을 찾는 아버지에게 한 번 더 "안 매셔도 된다"라는 말을 꺼내려던 셋째는 아버지의 신경질 묻은 표정과 "가방 가져와!"라는 짧고 단호한 명령에 딱 막혀 버렸다. 다행히 큰소리는 아니었고, 젊은 시절 그의 느닷없는 분노가 만들던 표정의 다소 축소된 버전이었는데, 그럼에도 여전히 내 마음을 얼게 하는 위력이 있었다. 다행히 가방은 가까이 있었고, 가방을 받아 넥타이를 꺼낸 아버지는 그 자리에서 신속하게 넥타이를 맺다. 아마 당신 욕심대로라면 막내아들 차에 두고 온 모자까지 가져오라 하고 싶었을 텐데, 이런저런 번잡함을 가늠하고 자식들을 봐준 거다. 첫 절을 받기 위해 폐백상 앞에 앉는 두 분을 보면서야 나는 절값 생각이 났는데, 아버지는 양복 윗도리 안주머니에서 이미 봉투를 꺼내고 있었다. 그의 손에는 아내 몫까지 두 개의 봉투가 들려 있었다.

(두 분을 모셔다 드리고 대화방)
— 엄마 아버지 오시니까 좋기는 하더라. 다른 사람들도 모두 좋아하고.
— 어머니가 혼자 걷는 게 위험하시더라고요. 밖에서는 꼭 누군가 부축해야 할 듯.
— 아버지는 스스로 잘 챙겨 입으셨던데, 엄마가 폼이 안 나서 좀 마음이 쓸쓸.
— 엄마가 오신 것만으로도 다행이지, 뭐.

1222(금)　엄마의 딴청

어제 타운에 오기 전에 엄마에게 전화를 했는데, 쉰 목소리다. 추운 날 손주 결혼식을 왔다 갔다 한 것이 무리였던 게다. 아버지와도 통화했는데, 엄마가 감기약을 안 먹겠다고 고집을 피운다며 와서 약 좀 먹이라고 하셨다. 도착 후 이런저런 이야기를 하다가 아버지가 "다들 지난달 용돈 주는 걸 까먹은 것 같다"라는 말을 하셨다. 나는 얼른 대화방에 알리며 지갑을 꺼냈다. 아버지는 당장 필요한 것은 아니라며, 남매들에게도 말하지 말라고 하셨다. 당신이 직접 말씀하겠다는 거다. 이미 대화방에는 "아차" 등의 답변이 올라오기 시작했는데, 나는 본인이 직접 이야기하시겠다는 아버지의 의사를 전하고, 내게서 들었다는 말은 절대 하지 말아 달라는 당부까지 했다.

나는 이번 방문에서, 내년 초에 타운 근처로 이사 오겠다는 이야기를 전했다. 시기까지 정확히 이야기한 것은 처음이다. "그럴 것까지는 없는데……"라고 말하면서도 아버지의 눈과 표정에는 반가움이 역력했다. "제가 오고 싶어서 오는 거예요. 좀 자주 찾아뵙는 정도일 거예요." 엄마 역시 좋아했다. "그러면 너네 집에 가서 밥도 먹고 잘 수도 있겠네. 너한테 가서 같이 살까? 근처로 오지 말고 아예 여기로 들어오지." 나는 엄마가 너무 많은 기대를 할 수도 있을 것 같다는 생각에 얼른 다른 이야기로 넘어갔다.

엄마는 열 때문에 얼굴도 불그레했다. 나는 엄마도 엄마지만 아버지에게 옮길까 봐 걱정된다고 설득해 약을 먹였다. 아버지가 감기에 걸리는 건 엄마도 걱정하는 바여서 쉽게 설득됐다. 약에 대해 엄마는 약간의 거부감이 있다. 알츠하이머 때문에 매일 아침과 저녁에 먹는 약도 그 용도에 대해 잊은 상황이고, 그러다 보니 더 거부감이 있는 듯하다. "이거 왜 먹는 거야? 무슨 약이야?"라는 질문에는 싫은 기색이 잔뜩 묻어 있다. 어쨌든 감기약을 드시기는 했다.

콧물을 닦거나 코를 풀기 위해 휴지를 사용하는 문제로 아버지가 계속 엄마에게 잔소리를 했다. 엄마가 화장지를 딱 두 칸만 잘라 쓰기 때문이었다. 아버지는 매번 "휴지 좀 많이 해서 풀어"라고 말하다가, 그래도 말을 안 듣자 두루마리째 주면서 "더 띠어"라며 짜증 섞인 표정을 했다.

냅킨과 요구르트, 삶은 달걀과 견과류 등 엄마의 절약과 수집 강박이 최고조에 이르렀던 작년, 아버지는 잔소리를 하면서도 한편 동조하며 알츠하이머를 앓는 늙은 아내의 욕구를 적당히 맞춰 주는 듯했다. 아버지의 동조는 두 분의 관계 진전에도 도움이 됐고, 다른 한편 엄마의 과잉을 관리하는 역할도 했다. 그러다가 알츠하이머가 심해지면서 엄마의 수집과 절약 강박이 거의 사라졌고, 따라서 아버지 역시 동조할 이유가 없어진 것이다. 그러고도 아직 몸에 남은 '휴지 두 칸만'에 대해 아버지도 이제는 밉고 안쓰러운 거다.

엄마 침대에 함께 누웠다. 감기가 옮는다며 마주 보고 껴안는 자세는 마다해서, 얼굴은 좀 떨어뜨린 채 두런두런 이야기를 나눴다. 어쩌다가 이야기가 내 어린 시절 액취증으로 넘어갔다. 아마 내가 꺼낸 것 같다. 액취증 얘기를 엄마와 처음 하는 것은 아니지만 길게 해본 적도 없었다. 엄마뿐 아니라 상당히 나이 들기 전까지는 다른 누구와도 그 얘기를 해본 적이 없다. 왜 나는 느닷없이 엄마와 그 얘기를 하고 싶었을까? 정신이 말짱하던 그 세월들을 다 놔두고, 여든여

섯의 알츠하이머 환자가 되어 버린 엄마를 붙들고 예순둘의 딸이 뭐
한다고 이제야 말이다.

　― 액취증 때문에 나는 너무 힘들었어.

　― 나 학교 다닐 때도 우리 반 아이 하나가 냄새가 났어, 걔는 아주
심했어.

　― 엄마, 나도 심했어.

　― 선생님 하나도 그런 분이 있었어. 남자 선생님.

　― 남자들은 상대적으로 덜 힘들어 해. 여자애들한테는 얼마나 힘
든 건데, 십대 사춘기 무렵에 냄새가 시작되거든. 그 시절 여자아
이에게는 너무나 힘든 거야.

　― 너네 할아버지도 그게 있었어. 그래서 아버지도 그런 거지.

　― 맞아, 유전되는 거야. 땀샘 옆에 냄새를 만드는 샘이 있는 거
야. 대부분은 없는데 그런 사람들이 있는 거지. 그 체질이 유전되
는 거고.

　― 그럼 너네 애들도 그러니?

　― 작은애는 아니고 큰애는 그렇더라고. 냄새가 시작될 때 수술하
자고 했는데, 걔는 안 하겠다고 하더라고. 수술하면 냄새가 상당히
줄어드니까 언제라도 하고 싶으면 말하라고 했는데, 결국 해달라
고 안 하더라고. 나는 너무나 힘들었어. 그 냄새가 나한텐 아주 큰
수렁 같은 거였어.

　― 큰애는 잘사니? 애가 둘이지? 딸이 위인 거야?

— 응. 응암동 고모도 그 냄새가 났어.

— 그래? 그건 몰랐는데…….

— 할아버지 증상이 아들뿐 아니라 딸들에게도 유전된 거지. 모든 자식들에게 유전되는 건 아니더라고. 일부한테만 그러는 거야. 나도 몰랐다가 언젠가 고모네 집에서 하루 잔 날 아침에, 부엌에서 나오는 고모한테서 그 냄새가 나더라고. 전에는 그 고모에 대해 괜히 미운 느낌이 있었는데, 그때부터는 그런 마음이 없어졌어. 그 냄새를 가지고 저 나이까지 사느라 얼마나 힘들었을까 하는 생각이 들더라고.

— 응암동 고모는 잘 있대? 어떡하다가 막내 고모가 먼저 갔을까? 폐가 안 좋아서 일찍 간 거지?

— 응, 그러셨어. 그 막내 고모 남편 병원에서 내가 겨드랑이 수술을 했잖아. 고모부가 외과 의사였잖아. 그때 그 고모네 집에서 여러 날 있었는데, 막내 고모가 참 잘해 줬어.

— 그래. 그 고모가 마음도 넉넉하고 사는 것도 젤 넉넉했지.

— 대학 4학년 마치고 수술을 했던 건데, 그때는 너무 늦었어. 사춘기부터 청소년 시절이 너무너무 힘들었거든. 중학교 2학년 때 내가 엄마랑 아버지한테 수술해 달라고 하니까, 아버지는 여자 몸에 칼 대면 안 된다고 단호하게 반대했고, 엄마는 아무 말도 안 했어.

— 그랬어? 난 기억이 잘 안 나. 아버지가 담석증 수술한 게 마흔이 훨씬 넘어서였지. 수술 안 했을 때는 어떤 때 한 번씩 꼭 미친 사람처럼 난리를 치고 아파했는데, 수술하고는 괜찮더라고.

― 엄마, 그때 나는 너무너무 고민하다가 힘들게 부탁한 거였어. 그런데 단번에 안 된다고 하고 끝난 거야. 여자 몸에 칼 대면 안 된다는 그 말이 두고두고 생각나고 아버지가 너무너무 미웠어. 좀 일찍 수술해 줬으면 그렇게 힘들진 않았을 텐데…….

― 넌 냄새가 심하지 않았어.

― 아니야, 아주 심했어. 그래서 너무 힘들었어.

― 우리 반 아이는 아주 심했어. 그래서 애들이 다 싫어했어.

― 나도 애들이 다 싫어했어. 내 옆에는 오지를 않고, 나랑 짝 안 하겠다고 선생님한테 말하고, 선생님들도 내 옆에는 안 오려고 하고. 그 냄새를 줄이려고 내가 온갖 짓을 다 했어. 속옷 윗도리랑 겉옷을 하나씩 더 가지고 다니고, 소다도 발라 보고, 양쪽 겨드랑에 따로 손수건을 대서 수시로 빨아 보고. 봄이 되도 교복에 묻은 냄새를 덮으려고 공부 시간에 겨울 오버를 벗지 않다가 선생님한테 혼나기도 했어. 그래도 안 벗었어. 그러면 냄새가 오버에까지 배서 드라이를 맡겨도 안 없어졌어.

― 너 학교 다닐 때 공부 잘했잖아?

― 애들이랑 못 노니까 공부나 한 거야.

어긋나는 대화가 섭섭하기도 하고 슬프기도 했다. 그녀의 회피가 애초에 감수성이 적어서인지 아니면 알츠하이머로 인한 건진 모르겠다. 하긴 엄마는 젊었을 때도 감수성이나 공감 능력이 적었다. 돈 안 버는 남편에 다섯 자식을 키우며 사느라, 자식들 마음을 일일이 살필 여유가 없었을 거다. 그런 엄마를 내가 미워하지 않았던 것은, 아버지를 맹렬히 미워하느라 엄마를 미워할 새가 없었기 때문이다. 딸의 액취증을 모르쇠한 엄마, 초등학교 2학년부터 일숫돈을 걷게 하면서도 학용품 살 돈이나 용돈을 주지 않아 나를 도벽의 수렁에 빠지게 한 엄마, 자기도 남편을 미워하면서 결정적인 순간엔 그의 뒤에 숨어 내 편을 들어주지 않았던, 아버지의 여자. 그 시절 내게 집은 아버지의 집이었고, 엄마는 아버지의 여자였고, 남매들은 아버지의 자식들이었다. 그래서 내 독한 혼돈과 방황과 상처에 대해 가족 중 누구와도 이야기를 나누지 못했다.

이야기가 이어질수록 나는 울먹이게 됐고, 내 울먹임을 엄마가 알아채게 하고 싶었다. 하지만 엄마는 알아채지 못한 듯했다. 엄마 얼굴을 마주 보지 않기 위해 등을 돌렸다. 도대체 나는 이 늙은 '치매 할망구'를 놓고, 아니 원래도 무심하고 자기중심적인 이 사람을 놓고, 무슨 헛짓을 하고 있는 건가. 그러면서도 난 시비 걸기를 멈출 수 없었다.

— 엄마는 나한테서 그 냄새가 난다는 걸 알기는 했던 거야?
— 당연히 알았지. 그런데 내가 아는 척하면 아버지가 싫어할 거 같아서 얘기할 수가 없었어.
— 아버지 없을 때 나한테만이라도 좀 아는 척해 주지 그랬어?
— 아는 척을 하든 안 하든 그걸 모를 리가 없잖아. 그걸 어떻게 몰라? 너네 아버지랑 같이 산 사람인데…….

등을 붙이고 누워 있었기 때문에 울먹임으로 인한 몸의 들썩임이 전달되지 않을 수 없었겠지만, 혹 전달되지 않을까 봐 조금 더 들썩였다. 엄마는 아무 반응이 없었다. 나는 포기하고 욕실로 갔다.

'현숙아, 너 지금 뭐하는 거니?'

거울 속 나를 바라봤다. 눈물을 머금고 웃고 있는 내 얼굴을 보면서 혼자 낄낄거리다 세수나 하고 나왔다.

"목욕탕 불은 끈 거야?"

"하하하. 네, 껐습니다."

나를 낳은 그녀도 외롭게 자기 길을 가고 있는 것이고, 그녀 뱃속에서 나온 나도 외롭게 내 길을 가고 있는 것이다. 그러다 어느 날 내 안의 어린아이가 불쑥 올라와, 말귀도 못 알아듣는 늙어 빠진 엄마를 붙잡고 혼자 울고 있었다.

내 집으로 돌아갈 시간이었다. 취침 전 약을 챙겨 드리고, 나도 옷을 챙겨 입었다. 아버지의 방에 들러 인사를 하고, 다시 엄마 방으로 돌아와 가방을 챙기며 가겠다고 했다. 일어나 앉아 있던 엄마는 "차비라도 받아 가" 하며 장롱을 향해 느리게 몸을 움직였다. 두어 시간 전 장롱 속 엄마 가방에 현금 127만 원이 있다는 사실을 셋이 같이 확인하고 금액을 적어 두었다. 그거는 기억하고 있고, 그러니 자신이 차비 줄 생각을 하고는 있다는 걸 알릴 필요는 느낀 거다. 딱 거기까지였다. 열다 만 장롱 문을 도로 닫고는 나를 돌아보며 말한다.

"추운데 조심해서 가라." 다행이다. 아직 집착의 끈을 놓지 않았구나. 저 끈마저 놓쳐 버리면, 엄마는 풀썩 무너질 것이다.

아버지가 벌써 준 5만 원이 오늘은 위로가 되었다. 하하하.

1224(일)   '있는' 노인들

그들은 '잘나가는' 사람들이다. 사회적 지위와 명예도 갖고 있을 가능성이 크지만 일단 돈에서는 확실하다. 사람됨이야 각자 다르겠지만, 혹 좋은 인품을 갖췄다면 이 역시 상당 부분 돈의 덕일 가능성이 크다. 2017년 현재 1인당 1억5000만~2억 원 정도의 개인 공간 보증금과 200여만 원의 월 생활비, 그리고 의료비와 품위 유지비를 여생 동안 감당할 만한 돈이 있는 거다. 아니면 그 돈을 댈 능력과 의사가 있는 자식이 있거나.

돌봄 서비스, 친절, 덕담 등이 돈을 매개로 거래되는 이 실버산업 현장에서 타인들이 그들을 평가하는 핵심 잣대는 남은 건강과 죽음까지의 시간이다. 타인들이란 자식과 타운의 직원들, 방문객들, 그리고 함께 거주하는 다른 노인들이다. 각자에겐 과거가 있을 테지만, 타인들은 현재와 남은 시간만으로 그들을 가늠한다. 비교적 덜 늙은 입주자를 보게 되면, 그가 상대적으로 젊다는 느낌보다 더 긴 시간이 남았다는 생각이 든다. 상대적으로 젊은 입주자 역시,

더 늙은 입주자들을 통해 자신의 이후를 빤히 본다. '저렇게 되지 말아야지'는 어리석은 생각이다. 정도의 차이는 있겠지만 결국 그렇게 될 것이고, 죽지 않는 한 시간은 지나간다. 한 할머니는 자신이 장차 어떻게 될지를 매일 매 순간 봐야 하는 게 힘들다고도 했다.

분주히 걸음을 옮기며 운동에 여념 없는 저 노인들은, 이곳에서 더 길게 살고 싶다는 생각에서일까? 한 번 들어온 노인이 퇴소하는 경우는 많지 않다. 퇴소하더라도 대부분 다른 시설을 선택하며, 자식과의 동거나 독립생활로 가는 경우는 거의 없다. 그렇다면 그들의 운동은 이곳에서 더 길게 사는 결과로 이어질 것이다. 각자 사는 목적과 의미는 다양하겠지만, 시간에 관해서라면 운동은 사는 기간의 연장이다. 물론 생명과 활력에 대한 욕망이기도 하지만, 꾸준한 운동들에도 불구하고, 한 달에 한두 번씩 방문할 때마다 조금씩 무너져 가는 모습들이 눈에 들어온다. 혹 두세 달을 건너 마주친 노인을 보면, 더 확연하다. 그들 모두 알고 있다. 좀 더 정확히 말하자면, 그들의 운동은 죽음 전 와상 노인으로 들어가기까지의 시간을 연장하기 위한 것이다.

고령화사회에서 존재 자체가 문제시되는 빈곤 노인들과 달리, 이 '있는 노인'들은 쓸모가 많다. 그들은 아낌없이 쓸 줄 아는 소비자이자 납세자이다. 노동력이나 출산을 통한 (재)생산자로서의 쓸모는 없어졌지만 가진 돈 덕에 이 노인들의 늙음과 질병, 죽음은 아직 자본주의적 쓸모의 영역에 있다. 실버산업과 의료 산업은 구매력 있는 노인들이 오래 살고 건강이 안 좋을수록 돈을 번다. 이 타운 역시 입주 노인들의 건강 상태에 따라 거주 조건을 세분화해 촘촘히 차별화된 금액을 책정하고 있다. 그러다 죽어 나가도 들어올 노인은 줄을 서있다. 실버타운은 그들만의 별세계다. 대체로 여성 노동자들의 육체적·감정적 노동이 그 세계를 돌아가게 하고, 그 서비스를 받는 입주자들은 상대적으로 남성 노인들이 많다(비싼 값을 치러야 하는 실버타운이 아닌 보통의 요양원들은 여성 노인이 더 많다). 두고 온 세상과의 연緣은 가족의 방문으로만 근근이 이어진다.

나는 이런 그들만의 별세계에 공분하면서도, 기껏 움켜쥐었던 돈을 늙은 신체의 남은 품위를 연장하는 데 쓰고 있는 모습에서 욕망의 덧없음을 본다. 그 품위를 일찌감치 포기한 사람으로서 그 돈을 미리 번 착각이 들 지경이다. 사실 번 것은 돈이 아니라 그들과는 다른 우리들의 '생활'이다. '우리'라는 단어에 살맛 나게 사는 많은 친구들의 얼굴이 떠오른다.

한편 노쇠는 제정신 동안 껴입은 계급·계층의 껍질과 자국들을 한 꺼풀 한 꺼풀 벗겨 낸다. 없이 산 노인들은 챙겨 입던 게 없으니 그때나 이때나 별 차이가 없다. 있는 노인들의 외관과 내면이 돈에도 불구하고 무너지는 걸 보며, 어떻게 살고 어떻게 죽음을 만날지를 생각한다. 그들이 모르쇠한 다른 세상 사람들의 아픔과 힘겨움, 억울함, 천박함 속이 차라리 옳은 자리라고, 그래서 나도 함께 서고 싶은 자리라고, 나는 생각한다.

내년 신년 모임은 장남 집에서 두 분을 모시고 하기로 했다. 이를 대화방에서 의논하던 중 셋째가 아버지로부터 엄마가 일어나지 못한다는 연락을 받았다. 점심을 못 드시고 누워 계신 모양이었다. 어지럼증과 감기 탓인 듯해서 간병인에게 연락해 비타민이 들어간 링거를 맞도록 조처했고, 셋째네 부부가 죽을 사서 오후 2시 반쯤 타운을 찾았다.

[셋째 남편의 방문 보고]

아침까지는 식사를 잘하셨는데, 점심 식사를 하러 가시려다 일어나지 못하셔서 점심을 드시지 못했다고 합니다. 지금은 링거 맞고 계십니다. 감기는 그리 심하지 않은데 미열(37.2도)과 기침과 가래가 있네요. 21일부터 감기약은 계속 복용 중. 아마 평소의 어지럼증 등으로 일어나지 못하신 것 같다고. 타운 의사 말로는 링거 맞아도 호전이 없으면 병원에 가서 엑스레이를 찍어 보는 것이 좋겠다고 하네요. 아버님은 병원 입원에 대해선 일단 반대하시네요. 아마 무의미한 연명 의료로 넘어가 버리는 걸 염려하시는 것 같습니다. 경과 봐서 입원이 필요하면 아버님을 설득했으면 합니다.

1229(금) 차도?

간병인과도 아버지와도 여러 번 전화 연락들을 했다. 다행히 엄마는 좀 나아져서 병원을 찾지는 않았다. 1월 1일 날씨가 다소 춥다는 일기예보 때문에 우리는 모임 장소를 타운으로 급히 변경했고 인근 식당에 점심을 예약해 두었다.

1231(일) 두 번째 낙상

일요일이어서 간병인이 없는 날이었는데, 오후 5시쯤 아버지의 급한 전갈을 받은 셋째로부터 연락이 왔다.

> 엄마가 점심 드시러 가시다 또 넘어지셨다고 하네요. 직원이 부축해 일어났고, 점심은 드시고 방에 들어와 누웠는데, 일어나지를 못하신다고. 화장실도 못 가신대요. 저녁은 일단 방으로 배달해 달라고 했고, 상태를 더 두고 봐야겠다고 하네요. 내일 신년 모임은 취소하라 하심. 두 분 다 상황이 좀 복잡해지면, 일단 오지 말라는 말부터 하시는 경향이 있음.

우리는 아버지의 말씀 분위기로 봐서 응급 상황은 아니라고 판단했다. 게다가 내일 신년 오찬 모임에 4대까지 모일 예정이어서 저녁에 누군가 달려갈 생각은 하지 않았다.

2
0
1
8
년 일기

삶의 가장자리에서

"내가 이렇게 아무것도 못하고 남들 고생만 시키며 살아서 뭐하냐?"
"우리가 아무것도 못하고 엄마 고생만 시킬 때, 엄마가 우릴 먹이고 키워 줬잖아.
그러니 이제 엄마는 받기만 해도 되는 거지. …… 엄마 누구보다 열심히 살았고,
열정적이고 당당하고 똑똑한 여성이었잖아. 지금도 그렇고."
"그렇게 말해 주니 고맙다."

얼굴과 머리에 타박상을 입은 엄마의 모습은 나마저 흠칫할 정도였다. 말도 어눌했고 반쯤은 넋이 나간 듯했다. 약속 시간보다 한 시간 일찍 도착한 내가 가장 먼저 두 분을 만나 상황을 살핀 후 대화방에 알렸다. 아침 식사를 방으로 배달받아 드신 상태였고, 점심도 외식은 어렵겠다는 판단이 들었다. 다들 아버지만이라도 모시고 오라 해서 간병인에게 엄마 점심까지 챙겨 달라고 부탁해 놓았다. 간병인이 이제 엄마는 독립 공간을 사용할 수 없는 단계에 이른 것 같다고, 공동 케어홈으로 옮겨야 할 것 같다고 먼저 이야기를 꺼냈다. 우리는 이 문제를 점심 식사 후 의논해 보기로 했다.

아버지는 처음부터 언짢은 표정이 역력했다. 나는 갑자기 자리보전을 하고 누워 버린 아내를 놓고 당신만 외식하러 나가는 것에 대해 마음이 좋지 않은 것이라고 생각했다. 게다가 새해 첫날 노모가 저런 상황에서, 아들네가 제일 먼저 나타나지 않은 것에 대한 노여움도 있으리라는 생각이 들었다. 아버지는 처음에는 안 가겠다고 하시다가, 곧 마음을 바꿔 외손주 차에 올랐다. 식당은 타운에서 차로 5분도 안 되는 거리였다.

"바로 근처구만."

아버지의 말투에는 노여움과 비웃음이 묻어났다. 나는 "식사만 하고 바로 다시 올 거예요"라고만 답해 두었다. 내가 감지한 아버지의 기분 상태를 남매들에게 전달할 틈은 미처 만들지 못했다.

모두 식당에 와있었다. 큰아들 바로 앞자리에 아버지가 앉고, 아버지 옆자리에 내가 앉았다. 음식이 나오기도 전에 아버지는 작정한 듯 큰아들에게 차분하고 냉정하게 물었다.

"오늘 너희가 여기 모인 이유가 뭐냐?"

"새해가 됐으니 부모님 찾아뵙고 함께 식사하려고 모이자고 했어요."

큰아들은 차분만 읽고 냉정은 못 읽은 듯 의례적으로 답했다. 나는 불안을 감추며 둘에게 집중했다.

"어머니가 몸이 많이 안 좋으면 어머니부터 찾아뵙고 밥을 먹든가 할 일이지, 바로 앞까지 와놓고 어머니도 안 보고 밥부터 먹겠다는 게 말이 되냐?"

목청을 키우지는 않았지만 어조는 단호했다. 순간 나는 엄마의 상태에 대한 판단과 감정에 있어서 아버지와 자식들 간의 괴리를 깨달았다. 큰아들은 당황하면서 얼굴이 붉어졌다.

"어머니가 못 나오실 거라는 생각을 못 하고, 두 분 모두 모시고 나와서 식사하고 함께 타운으로 들어가기로 의논을 했어요."

오빠의 목소리에는 다소 흥분이 묻어났다. 그는 본인이 예상치 못한 아버지의 노여움에 감정을 주체하지 못하고 있었다. 내가 보기에 감정 관리를 못 하고 있는 건 둘 다 매한가지였지만 말이다. 오빠는 자신의 말을 다 맺지 못하고 결국 자리를 박차고 나가 버렸다. 아버지는 자리를 지켰다. 남은 자식들을 생각해 그는 참고 있었다. 멀리 떨어진 자리의 식구들은 어린애들을 챙기느라 이 상황은 모른 채, 아는 사람은 언급을 피한 채 식사 시간이 지나갔다.

3대와 4대는 할머니를 뵙고 귀가했고, 2대와 배우자들은 남아서 엄마 문제를 의논하기로 했다. 큰아들은 그날 그 자리에 다시 오지 않았다.

결국 엄마가 내려갔다. 아니 정확하게는 우리가 엄마를 내려 보냈다. 같은 실버타운 2층이고 자식들 걸음으로 1분도 안 되는 거리다. 그럼에도 개인 주거 공간에서 24시간 공동 돌봄을 받는 '공동 케어홈'으로 옮긴 것은 복귀 불가능한 하강이다. 12월, 세 건의 상사常事가 이어졌다. 엄마는 아버지와 함께 식당에 가다 주저앉으며 넘어졌다. 이후 감기에 걸려 식사를 마다하곤 했고, 어지럼증으로 기립이 어려워졌다. 그리고 어제, 식당에 가다 다시 넘어졌다. 얼굴에 타박상을 입고 말도 어눌해졌다. 왼쪽 다리에 힘을 주지 못해 식사는 방으로 배달시키기 시작했고 방 안에 있는 화장실도 가지 못했다.

새해 첫날, 20여 명의 자손들이 타운에 둘러앉았다. 공동 케어홈 입주를 더 이상 미룰 수 없음은 분명했다. 자식들과 남편과 간병인 간 논의가 진퇴를 거듭했다. 그 진퇴마다 실버타운 부장은 가격을 핵심으로 한 깔끔한 답을 내놓았다. 예민해져 있는 데다 귀까지 잡순 아버지에게 막내아들은, "독립 공간 거주 이제는 불가능", "더 미룰 수 없어요", "가시면 다시 오시지 못할 거예요" 등 위태롭고 적확한 단어를 골라 가며 필담을 나눴다. '죽음'이라는 단어도 아버지에게 처음 썼다.

"그래, 알겠다."

엄마의 케어홈 입주를 끈질기게 미뤄 오던 아버지는 두어 차례 찬반을 오락가락하다 결국 수긍했다. 어쨌든 병원은 절대 안 된다는 것을 마지노선으로 하고, 엄마가 좋다고 하면 그러라고 했다. 엄마가 좋다고 할 리 없었고, 아버지가 그걸 모를 리 없었다. 여든여섯의 알츠하이머 아내를 챙기고 돌봐 온 아흔의 남편은 아내 나이 여든 넘어서까지의 갈등 관계와 5년여의 오묘한 애착 관계를 거쳐 이제 분리 단계로 들어서는 것이다.

직원에게 "일단 지금" 공동 케어홈으로 가겠다고 알렸다. 이중 부담에도 불구하고 사용하던 개인 공간 사용권과 현관문 명패는 당분간 유지하기로 했다. '임시'라는 핑계가 두 분에게 유효해서다. 실버타운 입주부터 이런 임시 핑계를 유지하는 일까지 사실 모든 게 돈의 덕이다. 많은 빈곤 노인들에겐 절차가 보다 신속하고 가차 없이 진행된다.

"내 방 보증금이 얼마냐?" 엄마는 '케어홈'이라는 소리를 듣자마자 돌려받을 개인방 보증금 생각에 순간 말짱해졌다가는 "싫어,

싫어"를 반복했다. 다행히 그 자리에 아버지는 없었다.

"며칠만인 거지? 이 방에 다시 오는 거지?"

딸의 우회적 설명에 넘어간 엄마는 재차 물었고, 자식들은 이를 수락으로 해석해 버렸다. 그러고는 조금 있다가 그 애매한 수락조차 헤까닥 취소해 버렸는데, 나는 다른 방 구경이라도 해보자고 달래어 엄마를 끌고 나왔다. 막내와 내가 양쪽에서 엄마를 붙잡고 걸어서 결국 케어홈에 도착했다.

케어홈 현관에서 버티는 엄마를, 나는 남들 몰래 손과 팔에 힘을 주어 밀어 넣었다. 엄마의 왼쪽 다리에는 거의 힘이 없었다. 들어가자마자 직원이 휠체어에 엄마를 앉혔다. 엄마가 있을 케어홈을 먼저 둘러보고 나간 아버지는 나타나지 않았다. 막내는 "엄마를 여기 혼자 두고 나갈 자신이 없다"라며 울먹였다. 나는 그건 내가 할 테니 다들 적당한 때에 먼저 나가라 했다.

오후 5시 5분. 다행히 곧 식사 시간이다. 자꾸 현관문 쪽을 돌아보는 엄마의 시선을 가로막으며 앉은 나는 그녀가 좋아하는 가곡을 불렀다. "내~ 고향 남쪽 바다. 그 파란 물~눈에 보이네. 꿈엔들 잊으리~오. 그 잔잔한~ 고~향 바다." 엄마는 금세 따라 부르며 늘 그랬듯 젊어서 죽은 자신의 오빠 이야기로 넘어갔다.

상태가 고만고만한 할머니들이 둘러앉았다. 나는 '닭띠 엄마에 닭띠 딸인 우리 이야기'로 신입 인사를 대신했다. 할머니들의 이야기가 띠에서 태몽으로 건너가자, 나는 슬쩍 또래 할머니들이 애창하는 일본 노래를 청했다. 이런 날 태몽은 위험한 주제다. 노래가

합창되는 동안 저녁 식사가 차려졌고, 딸은 상차림을 돕는 척 일어나 직원에게 엄마를 부탁하고 나와 버렸다. 이후 엄마는 다시 자기 방으로 돌아가지 못했다.

남매들이 있는 홀로 나와 보니 없어졌던 아버지가 와있었다. 그는 엄마가 들어간 케어홈엔 들어가 보지 않겠다고 했다. 아버지를 2층 방에 모셔다 드리고 1층 라운지에 다시 둘러앉았다. 불과 몇 시간 만에 실행된 이 갑작스러운 큰 변화에 모두 몸과 마음이 지쳐 있었다. 우리는 며칠간 두 분의 마음과 판단이 계속 불안정할 테니 그에 대한 돌봄이 필요하다는 이야기를 나누었다.

점심 식사 자리를 함께하지 못했던 첫째가 자신의 집 근처에서 함께 저녁 식사를 하자고 제안해서, 모두 차를 나눠 타고 첫째네 집 근처 식당으로 옮겼다. 그는 아직 마음이 편치 않은 상황이었고, 아버지에 관한 이야기는 안 하고 싶어 했다. 우리는 오늘 일들을 전했다. 모두 첫째에게는 당분간 우리가 맡을 테니 좀 거리를 두는 게 좋겠다고 이야기했다.

첫째네 부부와 나는 그다음 날인 2일부터 6일까지 중국에 가야 했다. 하필 이런 시기에 장남네 부부와 장녀가 출국하는 것이 마음에 걸렸지만, 취소할 수 없는 일정이었다. 남은 이들을 믿고 우린 떠났다. 우리의 중국행에 대해서는 아버지에게 일단 알리지 않았고, 필요한 경우 남은 남매들이 알리기로 했다. 대화방을 통해, 아버지의 슬픔과 불안정, 엄마의 거부반응과 케어홈 생활의 시작, 셋째와 막내 및 그 배우자들의 바쁜 대응과 고민들을 나누었다.

엄마는 계속 자기 방으로 돌아가겠다며 떼를 쓰고 소리를 지르며, 직원들과 자식들과 아버지를 힘들게 했다. 남은 자식들이 매일 돌아가면서 방문했고, 때로는 아버지만 만나고 오기도 했다. 케어홈 간호사는 당분간 방문을 줄이는 것이 좋다고 충고해 주었다. 엄마는 조금 가라앉았다가도 자식이나 남편을 보면 울화가 도는 것 같았다. 아버지는 그래도 하루 한 번 이상은 엄마를 찾았다. 어떤 때는 대면은 안 하고, 유리로 된 현관문 밖에서만 보고 오신단다. 그는 자주 눈물을 보였다. 엄마의 핸드폰은 자주 꺼져 있었고, 아버지와는 연결되더라도 소통이 어려운 경우가 많아 자식들은 매일 아버지를 방문하고 엄마의 상태를 확인했다.

엄마의 하체, 특히 왼쪽 다리의 마비 증상이 점점 상체로 올라온다는 아버지의 말씀을 전해 듣고, 타운 의사가 엄마를 찾았다. 뇌졸중으로 인한 마비는 아니고, 노쇠와 알츠하이머로 인한 증상이어서 다른 조처가 필요치 않다고 했다. 엄마는 남편과 자식과 직원들에게 나를 묶어 놨다, 감금했다, 내가 무슨 죄를 졌기에 나한테 이러느냐 원망하며 때로는 소리도 질렀다.

엊그제 오후, 아버지는 당분간 엄마를 보러 가지 않겠다고 선언했다. 그러면서 그 시간에 운동이나 더 해야겠다고 했다. 하지만 하루도 참지 못하고 어제 아침, 남편은 아내를 찾았다가 또 그 원망과 분노를 마주했다. 직원들은 케어홈에 처음 들어와서 이런 반응을 보이는 분들이 더러 있으며, 그 기간을 단축하기 위해서는 당분간 가족들이 만나는 횟수를 줄이는 게 좋다고 했지만, 그가 가는 것을 말릴 수는 없었다.

엄마는 특히 휠체어의 안전벨트를 못 견뎌 했다. 셋째와 직원들은 엄마에게 안전벨트는 묶어 놓으려는 게 아니고 생명줄이라고, 혼자 서지 못하는데 안전벨트 없이 일어서려다 쓰러지면 뼈가 부러져 더 고생하신다고 계속 말해 주었다. 마비 증상에 대한 보다 정확한 진단을 위해 그날 오후, 셋째와 작은며느리가 엄마를 모시고 병원에 가서 CT 검사를 했고, 타박상 치료를 위한 약만 처방받았다.

며칠 사이 엄마는 전혀 걷지 못하게 돼 버렸다.*

* 그 이후에도 엄마는 영원히 혼자 일어서지 못했다.

아침 8시부터 아버지가 모두에게 전화를 돌렸다. 나중에 오후 5시
로 조정되긴 했지만, 처음엔 오전에 모두 타운으로 모이라 하셨다.
엄마에 대한 고민으로 밤을 새신 것 같았다. 우리는 모두 갈 것인
지 고민하다가 어젯밤 귀국한 큰아들 부부와 작은아들만 가기로
했다.

아버지는 엄마를 케어홈에서 다시 방으로 데리고 나오겠다고
했다. 작은아들이 '그대로'를 명확히 하며 설득했다. 결국은 아버지
도 다시 수긍했다. 엄마 개인방에 대한 계약을 해지하겠다고 말씀
드리니 눈물을 보였다. 자식들은 엄마를 직접 만나지 않고 케어홈
바깥에서 바라보기만 하다 왔다.

배변 관리가 거의 안 되기 때문에, 생활비를 10만 원 추가해야
한다고 간호사가 설명해 주었다. 그래서 이후 월 생활비는 엄마
270만 원, 아버지 175만 원이 됐다. 6년 전 입주 당시에는 타운 측
이 을인 느낌이었으나 이제는 우리가 을이 된 것 같았다. 그쪽이 요
구하는 비용에 대해 협상의 여지가 거의 없다.

저녁에 남매들 넷이 만났다. 큰아들 부부가 먼저 귀가한 후 아
버지와 이런저런 의논을 하다 온 막내아들이 차후의 일들에 대해서
도 중심이 되어 실무를 맡기로 했다. 엄마 방의 보증금이 빠지고 생
활비가 증액된 것을 계기로 지금까지 타운에 들어간 제 비용, 두 분

의 재산, 차후 들어갈 비용 등에 관해서도 논의했다. 엄마가 가지고 있던 현금을 은행에 입금하고 통장을 정리하는 일은 셋째가 맡아 진행하고, 그중에서 매월 500만 원씩 막내가 새로 만들 통장에 자동이체해 거기서 부모님과 관련된 제 비용을 지출하기로 했다.

엄마가 임종을 케어홈에서 할 수 있는지에 대해서는 내가 알아보기로 했다. 엄마도 평소 병을 지닌 채 오래 살기를 원치 않았고, 아버지도 엄마가 병원에서 임종을 맞지는 않을까 늘 염려하셨으며, 자식들 모두 연명 의료에 대한 거부 견해를 갖고 있어서 서로 간 불일치의 여지는 없었다.

0111(목) 불안한 나날들

엄마 방의 짐 정리는 딸과 며느리들이 맡았다. 냉장고와 급히 소용될 옷은 아버지 방에 놓고, 나머지는 필요한 사람이 가져가거나 첫째 집에 보관하기로 했다. 남매 모두 엄마나 아버지의 통장으로 자동이체되는 모든 것을 멈추고, 용돈은 아버지에게 현금으로 드리기로 했다.

경황없는 중에 작은아들이 지난달 용돈을 드리지 않았다는 사실을 아버지가 셋째에게 이야기해 알게 됐다. 실수는 하나 더 있었는데, 아버지가 자신의 방 청소를 주 3회에서 2회로 줄인 것에 대해 역정이 나 계셨다. 작은아들이 타운 측과 계약 조건을 변경하는 과정에서 2회면 충분하다고 생각해 변경해 놓고는 말씀드리는 걸 깜박한 것이다. 아버지는 그사이 청소하는 직원을 통해 이 사실을 접하고는 대노하면서 당장 작은아들에게 전화해 한바탕하신 모양이다. 아버지의 마음이 간당간당해 보인다.

모두가 오락가락했다. 아버지의 방문이 줄어드니 엄마가 더 불안해한다며 간호사는 이제부터 꾸준히 방문하는 게 좋겠다고 했다. 하지만 막상 얼굴을 보면 화를 드러내는 엄마 때문에, 아버지는 당분간 가지 않겠다고 했다가 갔다가를 반복했다(그는 한동안 식사 시간 직후로 하루 세 번씩 엄마를 찾기도 했다).

자식들의 방문은 원칙을 정할 수 없는 상황이 되었다. 어떤 날은 반가워하고 좋아하다가 끝나는데, 어떤 날은 좋아하다 말고 갑자기 분노로 뻗어 버리곤 했다. 그래서 각자 재수에 맡기고 재주껏하며 상황만 서로 공유하기로 했다. 장남은 엄마 보는 걸 가장 힘들어 했다. 엄마가 장남에게 가장 많은 억지소리를 하기도 했고, 엄마가 무너지는 모습을 보는 것 자체가 그에게 너무 힘든 일인 것 같았다.

아버지 방의 작은 냉장고는 버리고, 엄마가 쓰던 큰 냉장고를 아버지가 쓰기로 했다. 이제는 과일과 간식을 아버지 방 냉장고에 보관하고, 과일을 깎아 그릇에 담고 요플레 등을 챙겨 아버지와 함께 엄마에게 가서, 엄마를 모시고 나와 인근 휴게실에서 함께 과일을 먹으며 대화를 나누는 패턴으로 방문이 이어지고 있다. 우리가 없는 날은 아버지가 혼자 한다. 아버지는 엄마가 좋아하는 과일이나 간식 등을 잘 봐두었다가 우리에게 자주 주의를 주었다.

엄마가 밤잠을 안 자고 소리를 지르는 증상 때문에 같은 방의 노인들로부터 민원이 제기됐다. 급작스런 변화로 엄마는 아주 불안한 나날들을 보내고 있는 듯했다. 간호사는 1층의 4인실이 비면 옮기는 게 좋겠다고 권고했다.

0112(금)   각자의 자리

타운에 도착해 보니 오빠는 이미 돌아간 뒤였다. 원래 오빠네 부부와 함께 오전에 방문하기로 한 것이었는데, 오빠네가 좀 일찍 도착해 아버지를 먼저 만난 것이다. 언니와 나는 아버지를 모시고 구내식당에서 식사를 한 후 엄마를 보고 헤어졌다.

(오후 4시쯤 대화방)

―첫째 : 오늘 아버님 뵙고 이야기 나누는데, 내일 또 ○○이(막내)를 보내라고 하시더군요. 회사 일로 중국과 프랑스 출장이 연이어 있다고 말씀드렸더니, "어머니가 이런 상황인데……" 하면서 짜증을

내시고, 언제 오냐고 물으셔서 일주일 정도는 있어야 귀국할 거라고 하니 또 짜증스러워 하셔서, " ○○ 동생은 사업하는 사람이고 사실 요즘 회사일로 많이 바빴다. 그래도 틈틈이 자주 왔다. 연초여서 회사도 바쁘니 되도록이면 호출을 자제해 주시면 좋겠다" 등등을 이야기하는 중간에, 벌컥 화를 내시며 "가지고 온 것 도로 다 가지고 가라" 하셔서, 나는 일단 혼자 나오게 되었습니다.* 나는 당분간 아버님 안 만나고 집사람만 가도록 하겠습니다.

— 셋째 : 다음번에 제가 가면 조금 야단을 맞더라도, 오빠나 막내의 바쁜 상황과 자식들의 부담에 대해서도 말씀드릴게요. 아버지가 요즘 자꾸 본인 입장에서만 생각하시는데, 며느리나 아들보다는 딸이 욕먹더라도 솔직한 심정을 말씀드릴 필요가 있는 듯합니다. 섭섭하시더라도 거치고 가야 하는 수순인 것 같네요.

— 첫째 : 동생까지 그러면 너무 상심하시지 않을까요? 말씀드리더라도 막내 귀국한 후에 상의하고 나서 말씀드리죠.

— 셋째 : 그러면 좀 시간을 두고 봐가며 하겠습니다.

— 나 : 타운에 들어가는 경비 변화의 자초지종과 엄마 돈의 관리에 대한 설명을 아버지에게 하는 것이 좋을 것 같아요. 공연히 오해를 하고 계시더라구요. 그 일로 기분이 나쁘시니 다른 것에 대해

* 막내는 경영하는 회사에 화재가 났는데도 아버지의 호출에 뒷마무리를 직원들에게 맡기고 달려온 적이 있었다. 아버지에게는 화재에 대해 말하지 않았지만 그런 동생을 못마땅해 하는 아버지의 말을 듣자 오빠는 참을 자신이 없어 먼저 피한 것이었다.

서도 감정선이 아슬아슬하신 듯해요. 지난번에 셋째가 아버지 방 장롱 속에서 엄마 통장을 챙겨 가는 걸 보시고 화가 좀 나셨던 것 같아요. 오늘 언니랑 나랑 셋이 점심 드시다 말고, 엄마가 많이 아프니까 엄마 죽기도 전에 통장부터 챙기는 걸 보고 화가 났다 하시면서, 제 말은 들으려고도 하지 않으시더라구요. 나에게는 "그 얘기 더 하지 말라!" 하며 화를 내시고는, 본인은 그 얘기를 하시고 또 하시고……. ☹

— 셋째 : 맞아요. 그때 아버지가 기분이 많이 상하신 것 같았어요. 설명하려 해도 화를 내며 듣지도 않으시고.

— 나 : 방 청소가 세 번에서 두 번으로 줄어든 것에 대해 역정이 나신 것도, 돈 문제랑 연관된 감정이신 듯. 아버지 용돈 깜빡한 것까지 포함해서. 워낙에 돈에 관해 깜깜한 분이다 보니, 돈이 어떻게 마련되고 처리될지에 관한 생각을 전혀 못 하시는 면도 있고, 그러다 보니 오해도 하시고. 그래서 제 경비나 엄마의 돈 관리 등에 관한 설명은 해드리는 게 좋겠다는 생각이에요. 그런 설명 없이 아버지 방에서 엄마 가방 속 통장과 현금을 챙겨 나오기로 한 우리의 결정이 좀 실수였다는 생각이 들더라고요. 귀가 안 들리는 분들은 상황을 마음대로 오해하는 경우도 많거든요.

(약 10분간 조용하다가)

— 첫째 : 현숙 동생의 말을 듣고 보니, 아버님의 최근 반응이 한꺼번에 이해가 되네요. 나도 실수한 거 같고. ○○ 동생이나 ○○ 동생이 적당한 기회에 차분히 설명해 드리는 게 필요하겠네요. 우

리가 미처 아버님 입장이나 마음을 생각하지 못했네요.

난 연말연시 아버지의 마음 상태를 더듬어 보았다. "다들 지난달 용돈을 안 주었다"라는 말을 지나가는 말처럼 내게 한 게, 12월 22일. 용돈 이야기를 내게 할 정도면, 그리고 '지난달' 용돈인 걸 보면, 이미 아버지는 현금이 거의 떨어진 상태였을 것이다. 그러다가 아내의 감기와 낙상이 이어졌는데, '아들놈들'은 바빠서 못 오고 은퇴한 사위가 급하게 쫓아와 병원을 다녀왔다. 그러고는 12월 31일, 아내가 또 쓰러졌다. 1월 1일, 장남의 손주까지 모인 신년 모임 자리에서 장남에다 대고 "엄마를 먼저 보러 오지 않고 바깥에서 밥부터 먹냐?"라고 한 것은 이미 상당히 쌓인 화가 터진 것이었다. 게다가 그날 아내는 억지로 케어홈에 들어갔고, 정신없던 다른 자식들은 챙겨 간 밀린 용돈을 드리는 것도 모두 새까맣게 까먹어 버렸다.

그리고 바로 다음날인 2일, 큰아들놈네와 장녀는 중국을 가버렸다. 또 남은 자식들이 정신없이 뒤치다꺼리를 하는 와중에 지네 맘대로 방 청소 횟수까지 줄여 버렸다. 중국을 가버렸다는 큰아들놈이야 기다리는 수밖에 없는데, 막내아들놈까지 바쁘게 들락거리기만 할 뿐 용돈을 안 줬다. 거기다가 1월 9일, 둘째 딸년이 와서 한마디 말도 없이 당신 장롱을 뒤져 아내 통장과 현금을 챙겨 갔다. 아버지는 자식들 하는 짓들이 하도 기가 차서 비웃기만 하고 더 뭐라고도 못했다. 한바탕했던 큰아들놈이 12일에 와서야 용돈을 주기는 했지만 마음은 안 풀렸다. 그래도 좀 말이 통하는, 그런데 아직 지난달 용돈은 안 준 채 며칠째 안 보이는 막내아들놈을 좀 오라 했더니, 큰아들놈이 한다는 소리가 지 동생을 너무 자주 호출하는 걸 자제해 달라나 뭐라나.

나는 점심을 먹다 아버지가 화를 내는 동안, 일부러 옆자리로 옮겨 그의 손을 지그시 잡았다. 그도 빼지 않았다. 늙는다는 것은 누구와도 공유할 수 없는 서러움이자 고까움이며, 설명 불가능한 외로움이겠구나 싶었다. 그가 최근 열흘 많이 울었다는 말을 들으며 나도 가슴이 시려 왔다.

우리는 엄마가 더 정신없어지기 전에 정리를 해야 했고, 타운과의 계약 변동으로 지불 방법도 다시 정비할 필요가 있었다. 평소 돈에 대해 워낙 관심이 없는 분이다 보니, 아버지에게 미리 말하는 걸 누구도 생각하지 못했다. 한 번도 돈 걱정을 해본 아버지가 아니었고, 한 번도 돈 걱정을 끼쳐 본 자식들이 아니었다. 아버지에게 돈은 젊어서는 아내한테서 나오고, 늙어서는 자식들한테서 나오는 거였다. 셋째 입에서 농담과 넋두리 삼아 "아버지가 돈에 관해 우리한테 뭘 해줬다고 그렇게 요구만 하는지 모르겠어. 그런 거 생각하면 좀 밉다니까"라는 말까지 나왔다. 젊어서나 늙어서나 엄마는 돈에 너무 밝아서 자식들을 힘들게 하고, 아버지는 너무 무심해 애먼 소리를 하는 듯하다.

고령화사회 속에서 한국전쟁 직후 10년간 출생한 베이비부머세대(이 집의 경우, 첫째 둘째 셋째)는 요즘 부모 봉양과 자식 돌봄의 이중고 상황에 있다. 아흔 근처를 사는 부모를 돌봐야 하고, 아직 독립이 어려운 2030세대 자식들도 돌봐야 한다. 다음 세대인 50대 초반 막내 부부의 경우, 자녀를 돌봐야 하는 기간은 더 길다. 게다가 곧 은퇴할 형을 대신해 부모에 대한 경제적 지원에 앞장서야 할 수도 있다.

자식들 입장이야 이러했지만, 어쨌든 자식들이 아버지의 심중을 제대로 헤아리지 못한 죄로 총정리됐다.

엄마는 완전 딴판이었다. 새로 옮긴 1층 케어홈 4인실은, 방도 넓고 침대며 시설도 훨씬 깨끗하고 좋았다. 다른 노인들 열댓 명과 거실 소파에 앉아 티브이를 보고 있던 엄마는 현관문을 들어서는 나를 향해 꿀돼지 왔냐며 반가워했다. 나는 가슴을 쓸어내렸다. 엄마는 내내 기분이 좋아 보였다. 잠도 잘 주무신단다. 그런 엄마를 보는 아버지도 흐뭇해 하셨다. 아이고 아버지, 한 시간 전에 나한테 대고 자식들에 대한 섭섭함을 넘은 분노를 토하시던 건 다 까먹으셨나? 오빠네가 사간 딸기와 귤을 씻어서 아버지와 함께 넷이서 휴게실에서 먹으며 대화도 나눴다. 열흘 가까이 장남을 보지 못한 엄마가, 1월 9일 방문한 셋째에게 했다는 말. "○○는 죽었냐?" 하하하. 오늘 엄마에게 그 말을 다시 했더니, "설마 내가 그렇게 말했겠어? 잘 있느냐고 물었겠지" 한다. 오늘 엄마는 완전 맑음! 가끔 한 번씩은 이렇게 해주셔야 남편과 자식들이 견뎌지는 거다.

0113(토)　늙어 간다는 것

"너그 엄마가 얼마 못 살 거 같다."

최근 1, 2년 사이 아버지가 자식들에게 자주 하는 말인데, 매번 할 때마다 각별한 소식을 전하듯 표정과 말투가 진지하다. 그 진지함에는 슬픔과 순진함이 엉켜 있다.

"그러게요."

다른 대꾸 없이 슬픈 표정으로 받으며 나는 그저 아버지의 손을 쓰다듬었다. 그러면서도 내 표정과 행위에 묻은 슬픔이 그에게 충분히 전달되었는지 잠깐 염려한다. '글쎄요. 아닐 텐데요. 오래가실 것 같아요.' 내 마음속 응답을 들킬세라 얼른 생각을 돌린다.

엄마는 인지장애가 있고 걷기가 힘들 뿐, 다른 신체 기관은 건강한 편이다. 아흔의 남편 입장에서는 먼저 해체되어 가는 아내가 서럽고, 그걸 지켜보는 자신이 서러울 것이다. 그래서 더더욱 아내나 자신에게 하는 자식들의 말과 행동과 태도 하나하나를 은근히 주시하며 신경 쓰다가, 여차하면 노여움이 돋아 버린다. 늙어 죽어 가는 일은, 마음으로건 몸으로건, 무지막지한 자신만의 노역이다.

오전 11시경 대화방이 열렸다.

— 나 : 어제 방문했을 때 케어홈 간호사가 엄마 옷에서 나왔다며 40만 원을 주더라고요. 엄마가 가지고 계시기엔 너무 큰돈이라면서. 공금 통장에 넣어 둘게요.

— 셋째 : 오늘 아침 아버지 또 폭발. 오전 9시 좀 지나 전화하셔서 오늘 엄마한테 다녀가라고. 오늘은 못 가고 주중에 가야 할 것 같다고 했더니, 소리를 빽빽 지르시며, 오기 싫으면 오지 말고 당장 전화 끊으라고. 아버지가 무작정 본인 뜻대로만 하시려 하네요. 역정 내신다고 무조건 맞춰 드리지 말고 각자 형편껏 해야 할 듯. 섭섭하셔도 본인만의 시간이 필요하신 듯.

— 첫째 : 내게도 오전에 두 차례 전화가 왔지만, 전화 드리지 않았어요. 아버님과 통화하고 나면 내가 너무 힘들어서 좀 나중에 연락드려야겠다는 생각. 지금은 감당하기 힘들 정도로 나도 힘든 상태임.

— 나 : 그랬군요. 우선은 오빠 마음 닿는 대로 하셔요. 내가 좀 있다가 전화 드려 볼게요.

그사이에 동생이 내게 전화해서 한바탕 수다를 떨었다. 내용은 주로 아버지 흉보기. ☺ 돈을 놓고 자식들에게 하던 엄마의 생떼가 차차 줄어드니 이제 아버지가 생떼를 부린다고 쑥덕거렸다. 노인을 돌보는 노동자들이나 자식들끼리 하는 말로 "제정신이 더 힘들다"라는 말이 있다. 알츠하이머 노인은 억지가 있더라도 적당히 둘러치는 게 가능한데, 제정신인 노인은 일일이 섭섭해 하고 화내고 따진다는 것이다. 전체 남매들과 나누기 어려운 이야기를 장녀인 나와 둘째 딸은 가끔 서로 수다로 풀어낸다. 우리끼리나 가능한 쑥덕거림이지 아들들은 이 짓도 못 한다.

점심을 먹고 기분이 좀 가라앉을 만한 타이밍에 아버지에게 전화를 해봤다. 아버지는 자식들 중 내게는 별다른 요구나 생떼가 없다. 워낙에 못사는 자식이다 보니 기대하는 바가 없어서겠지만, 옛날에 아버지랑 많이 싸워 놓은 덕을 이제야 보는 듯도 하다. 둘 사이에 적당한 거리가 유지되고 있는 거고, "애는 어쨌든 지 고집대로 하는 애"라는 걸 아시는 거다.

(약 두 시간 후 대화방)

— 나 : 아버지랑 통화. 엄마가 많이 안정되었다고 좋아하시네. 엄마 핑계를 대시면서, 엄마가 ○○(셋째)랑 ○○(첫째)가 왜 안 오냐고 물었다고. 오빠가 요즘 학교 일로 많이 바쁘다고만 해두었음.

— 셋째 : 다행이네, 어쨌든 화는 풀려 계시니. 남매가 많으니 돌아가면서 하나씩 나가 떨어져도 되고 좋네. 하하하.

케어홈으로 옮긴 후 엄마는 시도 때도 없이 남편과 자식들에게 전화를 해댔다. 특히 깊은 밤에 남편에게 전화를 하기 시작했다. 귀 잡순 서방이 깨지 않는 건 다행인데, 엄마에게는 이 상황이 남편에 대한 분노와 망상을 부추기기 시작했다. 이 양반이 당신 서방 귀 잡순 거까지 잊은 걸까? 낮에도 수시로 아버지에게 전화를 해 억지소리를 해서 아버지는 때로 일부러 받지 않기도 했다. 엄마가 되는 대로 버튼을 눌러 대면서 전화가 먹통이 되는 일도 잦았다. 어느 날은 묵음으로 되어 있고, 어느 날은 자기도 모르게 전원이 꺼져 있기도 했다. 그럴 때마다 엄마의 분노는 더 심해졌다. 그 와중에 직원이 실수로 엄마의 핸드폰을 옷과 함께 세탁기에 넣고 돌리는 바람에 아예 고장이 나버렸다. 자식들은 그 김에 당분간 핸드폰을 사드리지 않기로 했다. 엄마는 "왜 나를 여기다 가둬 놓고 핸드폰까지 안 주냐?", "간호사가 내 핸드폰을 감췄다" 하며 분노를 드러내다가, 곧 핸드폰 자체를 망각했다.

오전에는 큰며느리가 타운을 방문했고, 출국했다 잠깐 귀국한 막내 동생은 오후 4시경 타운을 찾았다. 그런데 막내로부터 갑자기 "엄마가 섭섭해 하신다"라는 메시지가 왔다. 무엇을 섭섭해 하시는지 물어도 답이 없어서, 막내 핸드폰으로 엄마와 통화했다. 자꾸 비관하는 마음이 드신단다. 기분을 돌려 보려고 재미난 이야기들을 애교까지 섞어 해봤지만, 기분은 돌아오지 않았다. 어느 가닥 하나만 잘 잡으면 뒤집을 수도 있을 것 같아, 이런저런 말을 건네 봤다. 막내가 보낸 사진에서 본 빨간 윗도리가 예쁘다고 하니, "너나 가져다 입어" 한다. 머리핀이 예쁘다고 하니 답이 없다. 오늘 점심은 뭐 드셨냐고 물으니, 한숨을 푸욱 쉬시고는 "여기서 주는 거지. 같은 거 먹었지 뭐" 하신다. 며칠 전 내가 갔을 때만 해도 음식이 맛있다고 밝게 이야기하던 양반이다. 그러고는 내가 계속 말하고 묻고 해도, 아무 말이 없다. 여러 번 불러도 답이 없다.

통화를 끊고 대화방에 가곡 〈희망의 나라로〉를 올려놓고 엄마에게 들려 드리라고 했다. 나도 그 음악을 들으면서, 가사 내용과 분위기가 현재 엄마의 상황과 얼마나 괴리가 큰지를 생각하니 문득 슬퍼졌다. 그러면서도 가곡을 좋아하는 엄마가 그 노래를 들으며 기분이 좀 돌려지기를 바래 본다.

막내는 다녀와서 대화방에 이런 이야기를 전했다.

어머님은 오늘 정신은 맑으셨는데 가슴 아픈 얘기만 많이 듣고 왔습니다. 우리가 따로 할 일은 별로 없어 보이네요. 그냥 당분간 자주 찾아뵙는 것 외에 방법이 없어 보입니다. 나오며 느낀 생각은 살아 계시는 동안 더 효도해야겠다는 것이었습니다. 아무튼 마음 아픈 하루였습니다.

하나 드릴 말씀 추가. 아버님 어머님 두 분 모두, 어머님 휠체어에 태워 밀어 드리며 산보하는 것을 매우 행복해 하셨습니다.

엄마의 반복되는 질문에 화를 내곤 하던 막내에게 "오십 넘으면 참아질 거"라며 놀렸는데, 막내가 올해 오십 하나다.

0118(목) 더 늙은 가부장과 덜 늙은 가부장

남매 수가 다섯쯤 되는 가난한 집 장남들의 구술생애사를 해보고 싶다는 생각을 한다. 그들의 입장과 고민과 삶의 내력에는 젠더와 계급과 성질머리가 각별하고 복잡하게 뒤엉켜 아주 흥미롭고 유용할 것 같다.

가난하지는 않지만 내 원가족의 장남 역시 요즘 얇은 유리판 같다. 어제 아내가 타운을 혼자 방문했고, 부모님 근황을 묻는 자신에게 뭔가를 숨기는 듯 이야기를 안 한다면서 대체 어제 무슨 일들이 있었는지 대화방에 물었다. 그것도 새벽 5시 13분에. 자기가 들으면 또 잠을 못 잘 거 같아 일부러 숨기고 있는 것 같다고, 그걸 못 들어서 또 한숨도 못 잤다면서 말이다. 아내가 어제 밤늦게 셋째랑 길게 통화하는 소리도 들었단다. 에휴, 감당이 안 되면 궁금해 하지를 말든가. 아내가 슬쩍 "어머님이 방에서 안 주무시고 홀에 나와 주무시더라"라는 말을 흘렸고, 그게 무슨 소린지 다시 물어도 더 이상 말을 안 해줘서 갑갑해 죽겠다고 했다. 그러면서 혼자 부모님을 뵈러 갈 자신은 없고, 셋째가 가는 날 같이 가봐야겠단다. 아버지는 안 뵙더라도 어머니라도 뵙고 와야겠단다.

오전 8시 15분, 셋째가 답을 했다. 엄마가 홀에서 주무셨다는 건 아마 홀에서 다른 할머니들과 얘기하다가 깜빡 졸았다는 이야기가 아닌가 싶다고 했다. 어젯밤 통화가 길었던 것은 올케언니가 스마트폰이 없어서 대화방에서 논의된 사항을 설명하느라 그랬던 것이며, 자기는 다음 주 금요일 오후에나 방문할 예정이란다.

오빠는 "집사람이 오바를 했는지 내가 오바를 했는지 모르겠지만" 동생 따라서 어머니만이라도 뵙고 와야겠다며 그날 자기 좀 데려가라 했다. 그러다 한 시간쯤 지나 다시 어머니 옷을 챙겨서 또 타운을 가겠다는 언니를 따라 같이 다녀오겠단다. 오후 1시 반쯤 또 그의 메시지가 떴다. "어머님을 휠체어에 태워 아버님과 함께 산보 중"이라며 사진까지 찍어 올렸다. 동생들이야 뭐 격려를 할 밖에. 좀 있으니 이젠 우스갯소리도 한다. 엄마가 왜 막내는 안 오냐고 타박을 하신다며, 어제 왔다고 말씀드렸는데도 안 왔다고 우기신단다. 그러니 막내는 어머님 뵈러 오면 사진을 찍어 인쇄해서 어머님 침대 옆에 붙여 놓으란 소리까지 한다. 동생들한테 배운 묵은 농담이다. 동생들이야 뭐 무지 재밌어 해줄 밖에.

오빠는 아버지에 대한 뱃심이 생겼는지, 막내네 회사 화재 건이랑 셋째가 외손자 돌보느라 좀 바쁘다는 것까지 말씀드렸다고 했다. 이 메시지를 확인한 동생들 모두 조마조마했을 텐데, 다행히 아버지가 조용했나 보다. 화재에 대해 더 물으셨고 "셋째가 젤로 자주 왔고 젤 효녀"라는 말까지 하셨다 하니, 아버지도 요즘 마음이 뒤집어졌다 엎어졌다 하나 보다. 늙은 가부장과 덜 늙은 가부장의 감정 변곡 사이클이 어떻게 만나느냐가 중요한 것 같다. 이렇게라도 풀어졌으니 다행이랄 수밖에. 대화방에 "좋아요"와 "사랑해요" 이모티콘들이 가득했다.

0119(금) 엄마의 해탈

오늘은 셋째네 부부가 방문했다. 동생은 큰 글씨 필담으로 주로 아들들 이야기를 많이 해드렸다고 한다. 엄마 얼굴의 타박상은 많이 나았는데 발음이 좀 어눌하고 아직 인중이 좀 비뚤어져 있었다. 엄마가 똑 떨어지는 맨 정신으로 자기 방 보증금 빼서 "너희들 힘든데" 쓰라고 말씀하셨단다. 아이고 이 양반아, 자식들 딴 일로 힘든 거 없습니다. 셋째는 그 김에 엄마 용돈은 이제 아버지께 다 드릴 테니 필요한 거 있으면 아버지한테 말씀하셔서 쓰시라 이야기했고, 엄마도 "내가 어떻게 돈을 갖고 있겠니? 필요도 없고" 하며 쉽게 수긍했다고 한다.

　80년 세월 동안 잡고 있던 돈에 대한 욕망을 이제 해탈하신 건지 포기하신 건지 셋째는 좀 쓸쓸한 마음이라 했다. 가끔 말짱해져서 진실과 은혜를 설파하시는 엄마!

[셋째의 방문 보고]

오후 1시 반쯤 도착. 아버지의 두꺼운 남방, 프로바이오틱스, 다른 곳에 보관 중이던 엄마 물품들, 과일, 과자, 요플레 등을 챙겨 감. 마당 산책 후 관내 카페에서 과일과 간식 나누며 담소.

유산균 식품들 덕에 아버지 변비약 처방 더 받지 않아도 됨. 아버지 새 핸드폰에 자식들 연락처 단축 번호 만들어 드림. 직원들 말에 의하면 엄마가 밤잠도 잘 주무시고 직원들에게도 늘 고맙다며 이쁜 말씀을 많이 하신다고.

0123(화) 아버지의 바람

어제 셋째가 엄마의 핸드폰 문제를 간호사와 의논했는데, 간호사 역시 지금은 핸드폰을 소지하지 않는 것이 아버지에게 좋겠다는 의견이었다. 아버지에게도 간호사의 의견을 전하며 물었더니 동의하셨고, 대신 손목시계나 탁상시계를 요청하셨다.

하지만 오늘 아버지는 그 건으로 간호사가 아닌 부원장을 찾아

가서는 엄마가 갑갑해 하니 핸드폰이 있어야 한다고 강조하셨단다. 우리는 결국 새 핸드폰을 마련해 드리기로 결정하고, 최대한 빨리 마련해서 누군가가 방문하겠다고 다시 알려 드렸다. 간호사가 부원장에게 질책을 받지는 않았을까 걱정이 되기도 했다.

아버지는 내게 전화해 엄마가 너 보고 싶어 한다며 엄마를 연결해 주셨다. 그러고는 누가 오든 얼른 엄마 핸드폰을 만들어 와야 한다고 강조했다. 나는 작은며느리가 곧 가져가기로 했다고 알려 드렸다. 엄마는 핸드폰에 대고 말을 하다 말고 대화를 더 잇지 못하고 붙들고만 있는 것 같았다. 엄마의 핸드폰은 엄마의 요구라기보다 아버지의 바람인 게 분명했다.

0125(목)   재산 정리

[셋째의 방문 보고]

오늘 엄마 아버지 같이 계신 데서 돈과 관련한 웬만한 이야기는 다 설명함. 엄마가 "방 뺐냐? 돈은 얼마 받았냐? 누가 받았냐?" 등등 꼼꼼히 물으셔서, 보증금은 받아서 막내가 보관하고 있다고 말씀드림. "내 통장은 어떻게 했냐?"라고도 물으셔서, 통장마다 있는 돈 다 모아서 막내가 통장에 보관하기로 했고, 아버지 명의로 2000만 원 통장 만들어서, 아버지가 관리하시게 해드리겠다고 설명. "돈이 모두 얼마나 되느냐?"라고도 물으셔서, 2억 좀 넘고 모두 막내가 관리하면서 두 분 병원비와 생활비에 조금씩 보태겠다고 설명.

아버지가 설명을 얼마나 꼼꼼히 알아들으셨는지는 모르겠고, 엄마 역시 나중에 딴소리를 할지도 모르지만, 현재로선 두 분 모두 수긍.

엄마가 아버지에게 "당신이 나 좀 데리고 가서 같이 자면 안돼? 아니면 당신이 내려와서 내 침대에서 같이 자도 되고"라고 하셨고, 아버지는 웃음을 담은 침묵만. 엄마가 "내가 낙제해서 1층으로 쫓겨났다. 나 머리 나빠 퇴학당했다" 하셔서, 엄마가 왕비라 신하가 많이 필요해서 시녀들 많은 곳으로 온 거라고 말씀드림.

오늘은 엄마가 아기처럼 좋아하시고 밝으시니 내 마음도 가볍네요. 아버지는 오전 10시부터 11시까지 엄마를 휠체어에 태우고 나와 매일 산책하신다고 함.

0127(토) 엄마의 핸드폰

— 막내 : 지금 타운에 와있어요. 어머님 핸드폰 새로 개통해서 가져왔는데, 핸드폰 목줄이 없네요. 일단 아버님이 갖고 있던 목줄로 대체했고, 다음에 누가 사오기. (엄마가 핸드폰 목에 걸고 있는 사진 올

림) 단축 번호 확인 겸 모두에게 한 번씩 전화할 거니까 받지 않으셔도 됩니다.

— 나 : 엄마 목소리가 아주 좋으시네. 통화도 끝까지 잘하시고.

— 막내 : 엄니는 핸드폰 가져서 행복. 우리 딸이 만든 케이크도 가져왔는데 두 분 모두 좋아하셔요. 과일 드시는 양이 좀 줄었네요. 한라봉과 딸기 갖다 놓고, 오래된 과일 회수했어요. 요플레는 남은 20개 모두 수거했고, 새로 16개 채웠습니다. 두 분 모두 기분이 매우 좋으셔서, 저희도 행복하네요.

아버님 생신 모임 말씀드렸더니, 어머님과 같이 식사할 수 있으면 나오시고, 아니면 내부 식당에서 하시겠다고 합니다. 주변 식당 중 휠체어로 이동 가능한 식당 찾아 놓겠습니다. 어머님이 백프로 휠체어 생활을 하고 있어서 다시 걸으실 수 있을지 걱정이네요. 방문하시는 분들이 힘들더라도 워커(보행 보조기)를 이용해 걷기 연습을 시켜 드려야겠네요. 아무튼 지난번 출장 가기 전날 방문했을 때에 비해 훨씬 잘 적응하고 계세요.

(저녁)

— 막내 : 어머니한테 계속 전화 옴. "밖에 비오냐? 어둡다" 하시다가 끊고, 또 하셔서 "아버지 단축키 몇 번이냐?" 하시다 끊고, 또 하셔서 "잘 들어갔냐?" 하심. 전화를 별로 안 하셔서 기본요금 싸고 통화 요금 비싼 거로 가입했는데, 요금 폭탄 맞을 듯. 하하하.

— 셋째 : 엄마 아버지 여전하시고, 기분 좋으셔요. 엄마랑 화투놀이 중. 뒤집기를 좋아하시네. 민화투나 고도리는 다 까먹으신 듯.

— 나 : 너 엄마 돌라먹지 마! ☺

— 막내 : 핸드폰 줄은 제가 준비했어요. 3일에 가져갈 거니 다른 분들은 신경 안 쓰셔도 됨.

— 셋째 : 오늘 2000만원 입금된 통장 만들어 드렸어요. 쓰시던 통장 잔액이 500만 원 정도 되는데, 설 지나서 은행에 모시고 가서 한 통장으로 모아 놓기로 했어요. 도장과 통장은 아버님 드렸어요. 좀 든든해하시는 느낌. 절대 사양은 않으시네요. 그리고 엄마 돈은 전체 금액을 말씀드리고 막내가 관리한다고 했고, 거기에서 두 분 생활비 지불하기로 한다는 건 이번에는 말씀 안 드렸어요. 혹시라도 그 돈 다 떨어질까 염려하실까 봐서. 두 분 다 잘 이해하시고 너희가 알아서 하라고 하심. 엄마도 허투루 쓰지 말고 꼭 써야 하는 곳에 요긴하게 쓰라고 하심.

— 모두 : 똑똑한 딸내미!

— 셋째 : 엄마랑 화투를 했는데 짝도 잘 맞추시고 숫자도 잘 세시고, 손 근육도 잘 움직이심. 화투장도 하나씩 옮겨 가며 잘 세시고, 누가 이겼는지, 내가 혹 돌라먹는 거 아닌지 무지 따지심. 하하하. 케어홈 안에서 보행기 밀며 걷는 것도 조금 했어요. 그런데 다리 힘이 거의

없으심. 갈 때마다 모두 조금씩 운동시켜 드리면 좋겠어요.

— 막내 : 누님, 고마워요. 우리 한 명 한 명 모두 든든하고 멋진 남 매입니다. 하하, 우리 자뻑 좀 합시다요.

— 나 : 누나가 아니고 누님이라네, 하하하.

<u>0203(토)</u>   다른 여자

아버지의 생신 모임을 타운과 인근 식당에서 했다. 음력설이 며칠 남지 않아 2대만 모였고, 막내 손녀만 3대로 유일하게 참석했다. 손녀가 할아버지 생신 케이크로 레몬타르트를 만들어 왔고, 작은며느리는 핸드폰 목줄을 색색으로 세 개나 준비해 왔다.

내가 가장 먼저 타운에 도착했고, 엄마는 나를 보자마자 아버지 방으로 가자고 했다. 좀 흥분해서는, 아버지가 방에 다른 여자를 들였으니 당장 보러 가자는 거다. 사실 아버지에 대한 이 억지는 1월 중순부터 시작된 건데, 두 분 다 자식들에게는 내색을 안 해 이제야 알게 된 것이었다.

나는 엄마를 휠체어에 태워 아버지 방으로 갔다. 현관문을 여러 번 두드렸지만 아버지는 듣지 못했다. 결국 내가 키 번호를 눌러 문을 열었고, 그제야 우리를 돌아보았다. 그사이에 이미 엄마는 악에 받친 목소리로 아버지가 청소하는 여자를 방에 들였기 때문에

문을 안 열어 준다고 내게 고자질하듯 말했다. 나는 슬슬 오늘 모임이 걱정되기 시작했다. 다행히 큰소리를 내지는 않으신다. 그만큼의 교양은 살아 있는 거다.

아버지는 외출 준비를 거의 마친 상태였다. 엄마의 표정만으로도 낌새를 알아챈 듯 달래는 표정으로 말했다. "들어올 거야? 들어올 거면 들어와. 근데 휠체어가 여길 들어오긴 힘들어. 나도 곧 챙겨서 나갈 거니까 거기 좀 있어." 엄마의 위치에서 아버지의 침대 안쪽까지는 보이지 않았고, 나는 일부러 엄마를 안심시키려고 신발을 벗고 방으로 들어가 냉장고 안을 살피는 척했다. 엄마는 방을 나온 나에게 "안에 누구 있더냐?"라고 여러 번 물었고, 아무도 없었다고 몇 번을 대답했지만, 믿지 않을 뿐만 아니라 내가 아버지랑 짜고 당신을 속인다며 더 화를 냈다.

나는 좀 과하기는 해도, 엄마 입장에서라면 의심이 들 수도 있겠다는 생각을 했다. 남편과 가까운 방에 살다가 한 달 전에 혼자 케어 홈으로 들어갔다. 이주를 거부했지만, 당신 뜻대로 되지 않았다. 더구나 걷지 못하기 때문에 혼자 힘으로는 남편 방으로 갈 수가 없다. 남편이 자주 찾아오지만, 알츠하이머로 왔다 갔다는 사실조차 잊곤 한다. 엄마는 한번 의심에 꽂히면 다른 어떤 것으로도 생각이 넘어가지 않은 채 한동안은 그 의심과 분노에 붙들려 있는 것 같았다.

또 재산에 대한 셋째의 설명에 대해서도 일말의 의심이 남아 있었다. 셋째가 아닌 내게 여러 번 그에 관해 물었는데, 나는 혹시라도 셋째의 설명과 조금이라도 다를까 봐 "○○가 엄마와 아버지게 자세히 설명 드렸다고 얘기했어요. 남매들이 모두 의논해서 정한 거고, 엄마도 좋다고 하시고 아버지도 그렇게 하라고 하셨으니, 잘됐네요" 정도로만 받았다. 여전히 엄마는 자식에 따라, 또 혈연 여부에 따라 다른 태도를 갖는 인지력은 유지하고 있었다.

케어홈의 직원들은 모두 엄마가 '이쁜 치매'여서 다행이라 했다. 자식과 남편한테야 뜬금없이 오해나 분노를 드러낼 때도 있지만, 남들에게는 친절과 감사의 말을 입에 달고 사시니 천만다행이다. 직원의 도움으로 변기에 앉아 대변을 보고 뒤처리를 하는 동안에도 엄마는 눈을 감은 채 "고맙다"라는 말을 되뇌었다. 왜 눈을 감고 있냐고 물으니 "너무 애쓰는 모습이 고맙고 미안해서"란다. 배변 처리 능력의 상실과 알츠하이머가 함께 온 게 어떤 면에선 다행이다. 많은 노인들이 멀쩡한 정신으로 자신의 배변 과정을 남의 손에 맡기는 것을 정신적으로 상당히 힘들어 한다. 몸은 무너졌더라도 수치심 같은 정서는 살아 있기 때문이다.

직원 한 분의 이야기로는, 어느 날 엄마가 밤에 잠을 못 주무시길래 바닥에 요를 깔고 안아 주는 자세로 누워 이런저런 이야기를 했는데, 당신이 살아온 이야기를 한 시간가량 재미나게 풀어내더란다. 아마 나와의 구술생애사 작업 과정에서 나온 이야기들을 한 듯하다. 엄마는 2010년 무렵 나와 이 작업을 했는데, 그것이 책(『천당 허고 지옥이 그만큼 칭하가 날라나』)으로 나온 것을 잊고 있다. 가끔 당신의 어린 시절 이야기를 나누다가도 "니가 어떻게 그렇게 잘 알아?"라고 묻곤 한다. "나한테 다 얘기해 줘서 책으로도 냈었잖아?"

라고 하면, "그랬나? 내 머리가 뽕꾸라가 됐어" 할 때도 있다. 딴 정신과 맨 정신을 오락가락하는 단계의 노인이 자신의 병을 수긍하고 있는 것도 여러 면에서 다행이다. 주변과의 갈등을 많이 줄일 수 있기 때문이다.

모임을 파하기 직전 자식들 모두 케어홈을 방문했다. 테이블에 둘러앉아 티브이를 보고 있는 열댓 명의 노인들 속에서 엄마를 안고 만지며 작별 인사를 하는 과정이, 내게는 두 가지 지점에서 좀 조심스러웠다. 첫째는 다른 노인들이 느낄 수 있는 상대적 박탈감이었다. 케어홈으로 옮기고 나서 많은 자식들이 한꺼번에 방문하는 날에는 다른 노인들에게 조심스러운 마음이 된다. 게다가 엄마의 경우 남편이 하루 한 번 이상 꼭 찾아오는 할머니여서, 그것만으로도 다른 노인들은 상대적으로 외로움을 느낄 수 있다.

다른 하나는 헤어지는 과정에서 엄마가 혹 나를 데리고 가라고 떼를 쓰지 않을까 하는 염려였다. 다행히 오늘의 엄마는 이제 케어홈이 자신이 있을 곳임을 수긍하고 있다. 하지만 언제 변할지 모른다. 오늘만 해도 나만 있을 때는, "너는 혼자 사냐? 그러면 니 집에 가서 살아야겠다. 내가 왜 여기서 썩어야 하냐?" 등의 말을 했다. 이렇게 여러 사람들이 엄마와 함께 있고 엄마를 돌봐 주는 곳인데 그게 왜 썩는 거냐고 해도, 여전히 같은 주장을 했다. 이럴 때는 주제를 빨리 다른 재미난 것으로 돌리는 게 유일한 출구다. 때때로 주제 돌리기가 불가능하기도 하지만.

두 분과 함께 모이는 가족 모임을 이제는 거의 타운 근처에서

만 하게 될 것 같다. 날이 풀리면 좀 달라질 수도 있겠지만, 엄마가 움직일 수 있는 범위가 점점 좁아지고 있다. 몸무게도 늘어나고 다리는 물론 몸 전체를 잘 가누지 못하는 상태여서 휠체어에 탄 엄마를 차에 태우고 내리는 것도 쉽지 않다. 아버지 역시 다리 힘이 많이 약해져 타운 바로 옆 식당까지도 걷기 힘들어 했다. 나는 집에 돌아오는 길에 부동산에 들러 방을 내놓고, 타운 인근의 원룸들을 인터넷으로 알아보았다. 가능하면 빨리 이사할 예정이다.

0218(일)　엄마의 분노

인생이란 게 그렇듯, 늙어 가는 부모에 대한 돌봄 역시 무엇이 최선이었는지 부모의 죽음 후에도 모르는 거라는 생각이 든다. "과거 언제의 일을 2018년 2월 18일 현재 되돌아 생각하니 이러하다" 정도로 이야기할 수 있을 뿐이다. 이 해석은 계속 달라질 가능성이 높고, 또 함께 돌보는 이들 간에도 다를 수 있다. 그러니 각자의 판단과 해석이 늙어가는 부모의 사정과 느낌에 정확하게 맞거나 최선이었는지는, 모를 일이다. 돌보는 사람으로서 닥치는 대로 최선을 다할 뿐이다.

　이번 설모임에서 최선은 두 분 다 모시고 큰아들네로 가는 것이었고, 엄마가 못 나오게 되면 아버지만이라도 모시고 갈 생각이었다. 아버지는 엄마가 못 가면 본인도 안 가겠다고 했다가, 작은아들의 설득으로 다시 혼자만이라도 참여하겠다고 한 상태였다. 역시 가장 큰 문제는 엄마를 승용차로 옮기는 것이었다. 휠체어를 이용하는 엄마를 승용차에 태우고 내리는 일을 네 번 해야 하는데, 그게 쉬운 일이 아니었다. 장애인 이동 차량을 이용하려면 장애인 등록이 되어 있어야 하고, 타운 측이 소유한 장애인 이동 차량은 병원행차 외에는 사용할 수 없었다. 이에 대한 염려가 길어지면 오빠가 스트레스를 받을까 봐, 우리는 오빠를 빼고 따로 대화방을 만들어 "닥쳐 봐야 아는 문제이니 이 정도까지만 이야기하고 마무리하자" 정도로 논의를 정리했다.

오빠는 모임 당일인 그저께 아침 9시에 자신의 큰아들네 식구 세 명을 픽업해 타운으로 갔다. 그 와중에 엄마가 안 오신다는 연락이 먼저 오고 곧이어 아버지도 안 오신다는 연락이 온 모양이다. 나는 그 과정에서 오빠와 아버지 간에 또 충돌이 있었는지 걱정스러웠지만, 오빠와 마지막 통화를 한 막내의 말로는 "목소리는 괜찮더라"였다. 명절 모임을 우리끼리만 할 수는 없다는 생각에 막내는 타운 인근 식당을 서둘러 예약했다. 명절 전날이어서 자리가 없을까 걱정이었는데 다행히 가능했다.

엄마는 간호사와 케어홈 입구 데스크에서 이야기를 나누고 있었다. 아마 이미 격해진 엄마를 안정시키느라 간호사가 붙들고 달래는 중인 것 같았다. 나와 셋째를 보자 엄마는 반가움과 분노가 뒤섞인 요상한 표정으로 바뀌었다. 분노의 핵심은 역시 돈과 아버지였다. 나는 얼른 엄마를 모시고 관내 카페로 갔다. 케어홈의 노인과 직원들이 모두 있는 자리에 20여 명의 가족들이 쏟아져 들어오는 상황도 안 좋고, 그 자리에서 엄마의 분노를 아버지뿐만 아니라 3대와 4대까지 함께 겪게 하는 것은 최악이었다.

아버지를 포함해 모두가 카페로 모였다. 영감과 자식 며느리 사위야 이미 익숙한 일이지만, 손주, 손주 며느리, 손주 사위, 증손주들로서는 너무 놀랍고 당황스러운 상황이었다. 엄마는 분노가 드글드글한 와중에도 3, 4대와 눈이 마주치는 순간에는 눈빛이 부드러워지고 웃음을 반짝하며 음성도 가라앉다가 금세 눈길을 돌려 분노로 넘어갔다. 일단 막내에게 아버지를 먼저 모시고 식당으로 이동하라고 했다. 손주와 손주 며느리들 앞에서 그가 아내에게 수모를 당하는 장면은 막아야 했다. 모두 식당으로 자리를 옮기는 과정에서 큰아들은 너무 견디기 힘들다며 먼저 돌아가겠다고 했고, 모두 그러라고 했다.

엄마와 아버지의 자리를 되도록 멀리 떨어뜨려 잡고 엄마 옆에 내가 앉았다. 식사를 하는 동안은 비교적 괜찮았다. 식사 후 타운으로 다시 돌아오는 동안 엄마는 더 안 좋아졌다. 이제껏 본 것 가운데 최고조의 증오였다. 눈에는 살기에 가까운 분노가 가득 들어차고 꽉 쥔 주먹은 떨고 있었다. 말조차 잇지 못할 분노가 몸으로 튕겨 나와 바들바들 떨다 멈칫한 것은, 손주와 손주 며느리들을 아직은 의식해서였다. 엄마는 아버지가 바람을 피운다고, 아기까지 낳았다고 했다. 아버지 역시 손주 며느리들 앞에서 그런 말을 듣기가 너무 불편하신지 자리를 피해 나갔다.

엄마의 또 다른 대상은 자식들이었다. 자식들이 자기 돈과 통장을 다 챙겨 마음대로 쓰고 있다는 거다. 셋째의 설명에 수긍했던 사실을 잊은 건지 의지를 담아 번복하는 건지, 엄마는 집착과 증오로 이를 갈았다.

통장에 지금 얼마가 들어 있냐? 지금 당장 통장 내놔. 설날인데 내가 십 원 한 장 없다. 니네가 나한테 이럴 수가 있냐? 십 원짜리 한 장 건드리지 말고 그대로 다 가져와.

니네가 날 여기 가뒀어. 돈 도로 다 내놔.

니네 아버지는 정말 못돼 먹었어. 니네도 다 아버지랑 짜고 날 등신 만들고 있어.

"돈 가지고 뭐하시려고요?"라는 내 물음에 엄마는 순간 진심으로 생각하는 표정이 됐다. "내 맘대로 할 거다. 뒀다가 손주들 결혼할 때 1000만 원씩 주고, 나중에 한 푼도 차이 안 나게 똑같이 나눠 줄 거다." 결국 자손들한테 다 줄 거면서……

증오와 집착이 마음 한구석에 반질반질하고 새까만 총알이 되어 박혀 있다가 악다구니로 쏟아져 나오고 있었다. '미운 치매'로 넘어가는 걸까? 아니면 또 하나의 변곡점을 돌아서는 마지막 발악인가?*

오빠가 먼저 간 것은 다행이었다. 나중 모습까지 보았다면 얼마나 더 힘들어 했을지, 혹은 그가 계속 있었으면 엄마가 얼마나 더 격렬했을지 장담할 수 없다. 엄마는 계속 장남을 찾았다. 오빠는 감기가 심해서 두 분께 옮길까 봐 일찍 갔다고 계속 답했지만, 조금 있다가 또 큰아들을 찾아 댔다.

어린 증손주들이 재롱부리는 영상을 돌아가며 보여 주고 가곡도 틀어 주고 해봤지만, 엄마는 잠깐씩만 관심을 보일 뿐 다시 원점으로 돌아갔다. 휠체어를 밀고 나와 실내를 몇 바퀴 돌아 봐도 엄마의 관심사와 감정은 돌릴 수 없었다.

손주와 손주 며느리들은 카페 밖으로 나와 울고 있었다. 큰며느리가 엄마에게 줄 용돈 봉투를 꺼내길래 내가 받아서 5만 원짜리 한 장만 남기고 도로 언니에게 주었다. 그리고 내 지갑에서 1만 원짜리 5장으로 바꾸어 언니에게 주며 엄마에게 드리게 했다.

"얼마냐?"

"5만 원이에요."

"5만 원이 돈이냐? 50만 원 넣어 와라."

* 엄마의 이런 모습이 기록되고 책으로까지 출판되는 것은, 엄마와 가족 모두에게 무례이자 폭력일 수 있다. 하지만 사회적 차원에서는 기록되고 공유되어 최대한 이해되어야 한다는 소신으로 이 위험한 짓을 한다. 집착이든 병증이든 어쨌든 그녀 안에서 나왔다는 면에서, 자기중심적이고 왜곡되었더라도 그녀의 내면이고 일부다. 한 여성, 한 사람 내면의 긍과 부는 모두 개인적인 것이자 사회적인 것이며, 그러니 우리는 외면하거나 덮어 버리지 말고, 그녀의 증상을 통해 그녀와 사회를 이해하려고 노력해야 한다.

언니는 돈을 더 드리려 했지만 막내와 내가 말렸다.

가족 모임 다음날인 설날 당일은 큰아들네가 방문하기로 했었는데, 아버지가 아침 일찍 내게 전화해 엄마가 좀 편안해졌다며 아무도 오지 말라 했다. 다음날 막내네가 방문해 찍어 올린 사진 속 엄마는 평온한 얼굴로 아버지와 작은며느리와 함께 있었다. 아버지는 케어홈 직원들의 떡값으로 20만 원을 내놓으셨단다.

엄마의 충격적인 모습 탓인지 그날 이후 지금까지 나는 내내 아프다. 소화가 안 되더니 구토와 설사가 이어져서 하루는 단식을 하고 이제는 죽을 먹으며 견디고 있다. 꿈자리도 사나워 잠도 제대로 잘 수가 없다. 오늘 오전 마감인 신문 칼럼을 끝내느라 안 그래도 엉망인 수면 패턴이 더 토막토막 나버렸고, 몸의 사이클이 완전히 무너졌다. 치주염까지 도져 왼쪽 아래 송곳니 근처 이들이 흔들거린다. 음식을 제대로 씹을 수 없고, 조금이라도 단단한 음식에 이가 닿을 때마다 치통이 따라온다. 죽염으로 최대한 방어하면서 제발 치과 갈 상황으로까지 번지지 않기를 바라고 있다. 온몸에 땀이 났다 오슬오슬 춥다가를 반복해서 내복을 자주 갈아입으며 감기까지는 안 가고 이 혼란을 통과하는 것이 현재의 중요한 목표다. 내게 닥친 불행과 불운과 고통과 사건·사고에 저항하는 내 방식은 기록이다. 타인의 고통에 연대하는 방식 역시 기록이다.

오후에 엄마를 만나러 갔다. 오전에 통화할 때는 괜찮은 것 같았는데, 막상 방문해서 보니 오늘도 상당히 우울해 보였다. 막무가내로 떼를 부리지는 않았지만 남편에 대한 의심은 여전했다. 큰딸만 있는 자리여서 그런지 조심하는 마음조차 거두고 거침없이 의심과 불만을 날것 그대로 드러냈다. 엄마는 밤마다 늙고 귀 어두운 영감에게 계속 핸드폰을 해대고, 받지 않으면 더 바글바글 속을 끓이고 있었다. 엄마에게 핸드폰이 없는 게 낫다는 간호사와 자식들의 말을 듣지 않은 벌을 아버지는 톡톡히 치르고 있었다.

> 내가 뭐 성적으로 뭐를 하자는 그런 욕심이 있어서 그러는 거는 아니야. 그냥 밤에 와서 내 침대에서 같이 자자는 거야. 그래야 서로 정도 생기는 거잖아. 그런데 너네 아버지는 아주 독하고 인정머리가 없어. 그걸 안 들어주는 거야. 다른 여자가 생기고 애까지 만들었으니 내가 마음에 있겠어? 다른 걸로 잘해 주는 거는 그냥 가식이고 거짓이야. 겉으로만 그러는 거야.

내가 알기로 두 분이 잠자는 방을 따로 쓰기 시작한 것은 20년도 더 된 일이다. 관계가 좋고 나쁘고를 떠나 엄마의 예민한 잠 습관 때문이었다. 그런데 이제 와서 공동 케어홈의 4인실에서 같은 침대를 쓰자는 거다. 아흔의 남편은 요즘도 하루에 두세 번씩 과일과 간식을 챙겨 와 먹이고 휠체어에 태워 산책도 한다. 여든여섯의 아내는 알츠하이머에도 불구하고 그걸 또 기억하면서도 모두 가식이라는 거다. 남편이 내미는 과일 조각에 원망과 분노의 눈빛을 쏘며 고개를 돌려 버릴 때도 있다. 이유는 동침을 거부한다는 거고, 그래서 계속 남편을 의심하며 다른 여자를 방에 들였다고 우긴다. 심지어 아흔 노인이 아기까지 낳았단다. 그런 아내를 어떻게도 해볼 수 없는 아버지는 "질투하는 거 보니까 아직 기운이 좋네" 하고 만다. 늙은 나이에 가장 가까이에서 아내의 해체를 견디고 돌보느라 가장 고생인 것은 아버지이지만, 그 과정에서 두 사람 간 인생의 대차대조표가 좀 정돈돼 가는가 싶기도 하다.

엄마가 자신의 성애적 욕망에 대해 이토록 솔직하게 이야기하는 건 처음 들었다. 6, 7년 전 나와 생애사 인터뷰를 하면서도 이에 대해선 거의 말을 안 했다. 결혼 전 학교와 동네에서 있었던 약간의 설렜던 일들마저 스쳐 가듯 말할 뿐이었고, 그 또한 상대가 일방적으로 다가온 거라 했다. 결혼 전조차 어떤 사소한 로맨스도 없어야 한다는(그렇게 이야기돼야 한다는) 자기 검열에서 나온 구술 같았다. 자신의 성적 욕망이나 남편과의 성애에 대한 질문에도 그녀는 거의 답을 피했다. 청자가 딸이다 보니 더 말을 안 했을 것이다. 그런데 알츠하이머가 상당한 지금, 엄마가 딸에게, 더 늙은 여성이 덜 늙은 여성에게, "성적으로 뭐를 하자는 그런 욕심"에 대해 거리낌 없이 말하는 것이, 그녀의 왜곡과 원망과 분노의 도돌이에도 불구하고,

나는 일단 반가웠다.

난 엄마가 그 생각을 출구 삼아 에너지를 뿜어내고 있는 것 같았다. 자식과 남편에 의해 케어홈과 휠체어에 갇혀 버린 엄마의 갑갑함과 원망이 인지장애와 뒤섞여 뚫어 낸 출구가 영감에 대한 의심을 핑계 삼은 증오의 발화인 것이다. 그 인식과 감정이 왜곡되었거나 말거나 교양과 문화와 자타의 감시를 내던져 버리고 엄마는 자신의 판단과 감정을 온몸으로 증언하고 있다. 알츠하이머로 인해 오히려 걸러지지 않고 드러나는 욕망과 감정과 상상이, 엄마 자신은 물론 남편과 자식들 모두를 힘들게 한다는 면에서 때로 기가 차지만, 나로서는 각별하고 흥미롭기도 한 일이었다. 워낙에 열정적인 여성이었으니 성애적 욕망 역시 컸을지 모른다. 다만 평생 남편을 미워하느라 눌러 감춰 놓고 드러내지 않았을 수 있다. 알츠하이머로 인해 자기 자신과 타인의 감시가 없어진 상황에서 나오는 그녀의 말들은 새롭고 다양한 생각거리를 던져 준다. 난 아버지 앞이어서 좀 민망했는데, 아버지는 하도 자주 들어서 이젠 익숙해져 버린 것도 같다.

"니 엄마가 밤이면 전화를 해서 자꾸 오라고 한다. 낮에 그렇게 여러 번 와서 같이 있는데도, 밤마다 꼭 전화를 하는 거야. 그걸 안 받으면 다음 날 전화 안 받았다고 화를 낸다."

아버지가 딸에게 하는 이야기는 딱 이만큼이다. 양반연하는 아버지로서는 차마 구구절절 말하지 못하는 것들이 많은 것이다.

"죽고 싶다. 이렇게 살아서 뭐하냐? 약이라도 먹고 죽어야겠다. 약 좀 구해 와."

"그럼 나랑 같이 죽자. 나는 엄마가 있어서 죽을 생각을 안 하는데, 엄마가 죽을 거면 우리 같이 죽으면 되지 뭐."

"니가 왜 죽냐? 아직도 팔팔한데. 나는 이렇게 아무것도 못 하고 여기 갇혀만 있으니 죽겠다는 거지. 너는 소설도 쓰고 살림도 하고 다 하잖아. 나는 아무것도 못 해. 그래서 죽고 싶어."

사실 나는 죽고 싶다는 엄마의 말에 공감도 하고 동의도 되었다. "이렇게 살아서 뭐하냐?"라는 질문에 타인으로서 대체 어떤 답이 가능할까. 자식인 나를 위해 살아 있어 달라고? 그건 지독히 이기적인 답이며 내 마음 역시 그렇지 않다. 나는 엄마 없이 내 삶을 살아갈 수 있다. 엄마에게는 미처 말하지 못하지만, 나는 엄마와 같은 단계에 이르기 전에 스스로 죽음을 집어 들겠다고 다짐한다. 하지만 내 결단과 상관없이 살아 있는 엄마를, 살아 있는 모두를 존중한다.

"너네 집에 가서 너랑 같이 살아야겠다. 난 갇혀 있어. 니네가 나를 감옥에 가둬 놨어. 어쨌든 나가겠다."

"너네 집에 가서 살겠다"라는 말은 아마도 자식 중 내게만 하는 것 같다. 남매들도 엄마가 "현숙이네 가서 살 거다"라는 말은 여러 번 했지만 다른 자식들 집에 가겠다는 얘기는 들어 보지 못했다.

남편도 없고 자식도 모두 독립한, 혼자 사는 큰딸이 같이 살기에 가장 적당해 보여서일 것이다. 게다가 내가 곧 타운 근처로 이사 온다는 말은 알츠하이머의 뇌에도 정확히 꽂혀 지워지지 않고 있다. 기억장애는 내용에 따라 선택적이다.

"갇혀 있다", "가둬 놨다"는 엄마의 일관된 주장이다. 전에도 외출했다 방에 들어오면 "다시 관짝으로 들어왔다"라는 말을 종종 했다. 오늘은 "감옥"이라는 단어도 썼다. "이렇게 좋은 데가 왜 감옥이야? 얼마든지 드나들 수 있는데"라고 해도 "이러다가 여기서 죽는 거지. 예비 납골당이야"라고 했다. 나와 아버지가 케어홈을 나오려는 낌새를 알아채고, 엄마는 계속 겉옷을 입혀 달라 했다. 더운데 왜 겉옷을 찾느냐고 물으니 여기를 나가야겠단다. 어디로 갈 거냐니까 어쨌든 나가겠단다. 상대적으로 여건이 좋고 외출과 외박이 얼마든지 가능한 곳이지만, 엄마는 타운을 자신을 가두는 시설로만 느끼고 있었다. 독립생활이 불가능해 공동 케어홈으로 옮기고, 기립이 불가능해 휠체어에 갇히면서 "나는 갇혔다", "나를 가뒀다" 하는 엄마의 감정은 더욱 절박해졌다. 다른 대안이 없다는 것은 타인들의 생각일 뿐, 본인은 어쨌든 나가고 싶은 거다.

실버타운 입주를 적극적으로 선택했음에도 불구하고 엄마는 입주 두어 달 후에 "여기는 납골당"이라는 말을 한 적이 있었다. 여성 노인들 대부분은 "혼자 뭐든 끓여 먹을 수만 있으면 절대로 시설로는 안 들어가겠다"라고들 강변한다. 내 보기에 당시 엄마의 상황에서 타운 입주는, 가족 관계를 깰 엄두를 못낸 그녀가 받아들일 수밖에 없는 유일한 선택지였다. 그러니 '선택'이라는 말은 맞지 않다. 언제라도 입주 계약을 해지하는 건 가능하지만, 이제 이 몸으로는 나가서 갈 곳이 없다. 아니, 딸이 보기엔 다른 어디보다 여기가 훨씬 낫다. 하지만 그녀가 살던 사회와 (자식과 남편을 제외한) 모든 인간관계로부터 유리된 실버타운은 그녀에게 '갇힘'이었다.

알츠하이머가 상당히 진행되고 보행이 불가능해진 지금, 엄마는 더 갇혀 있다고 느낀다. 그녀에게 이곳은 집도 동네도 사회도 아니다. 세상의 어느 한구석 갇힌 공간, 외딴 섬이다. 독립 공간을 나와 공동 케어홈으로 들어온 지금, 더 갇혔다. 몸의 해체가 심해지면서 반강제로 어쩔 수 없이 들어온 케어홈은, "너네가 나를 가둔" 곳이다. "어쨌든 나가겠다"라는 그녀의 주장은 자식들이 받아들일 수 없는, 받아들일 의사가 없는 요구다. 나는 엄마를 위해 내 일상과 글쓰기와 자유를 포기할 수 없다. 하지만 뭐가 어쨌든 그녀는 나가고 싶다.

어떤 시설이든 시설은 안 좋은 것이라는 점을 다시 확신한다. 물론 엄마의 분노 증상이 시설 때문만도 아니고, 노부모를 시설에 보내는 것이 자식들 잘못이라는 것도 아니다. 현대사회는 노인이든 중증 장애인이든 지속적인 돌봄이 필요한 구성원을 가족 안에서 돌보는 것이 불가능한 사회이며, 그 돌봄 부담이 가족에게만 지워지는 것도 맞지 않다. 하지만 시설이 답일 수는 없다. 실버타운이라는 고급 시설 역시 마찬가지이다. 엄마가 분노의 와중에 "갇혀 있다" 같은 단어들을 계속 내뱉는 것은, 그녀의 분노가 상당 부분 시설 거주 자체에서 비롯되었음을 입증한다.

한편 갇혀 있다는 것에 대해, 엄마와 자식들의 느낌은 완연히 다르다. 엄마는 모든 좋은 점들에도 불구하고 일단 갇혀 있어서 싫은 것이고, 자식들은 '타운 거주'를 일단 상수로 놓고 '상대적으로 이렇게 좋은' 실버타운에서 불행과 분노를 드러내는 엄마를 이해하기 어려워한다. 나 역시 이제껏 그렇게 생각해 왔고, 심지어 엄마에게도 그렇게 말해 왔다. 최선을 다하는 자식들이지만, 당사자와 자식 간의 간극은 크다. 타인의 돌봄을 필요로 하는 사람과 소위 '보호자'들 간의 권력관계와 갈등과 괴리가 적나라하게 드러나는 지점이다.

아버지는 어떨까? '양로원'이라는 오래된 단어까지 들먹이며 자식들에게 배신감까지 드러내던 그는 오히려 그 불가피함을 수긍하고 입주 후에는 한 번도 타운에 대해 거부감을 표현한 적이 없다. 그는 견디기로 작정한 걸까? 상황을 수긍한 걸까? 자신이 생각했던 것보다 이 '시설'에 만족한 걸까? 타운의 여러 좋은 점을 놓고, 남매들은 가끔 "우리도 나중에 이런 곳"을 이야기하곤 한다. 대부분은 좋아하거나 최소한 수긍한다. 아직 내 일로 닥치지 않았기 때문이기도 하지만, 부모 세대와는 애초에 기대치가 다르기 때문이다. 기대치는 행복감, 수긍, 만족감 등에서 중요한 변수다. 부모 세대는 젊어서부터 자식을 보험으로 생각했고, 당연히 자식이 모실 것을 기대했다가 나중에 뒤통수를 맞고 있다. 이에 비해 우리 세대는 노후에 자식과 같이 사는 것은 아예 생각조차 하지 않는다. 그러니 독립생활이 불가능한 시점에 당연히 시설을 떠올리는 거고, '더 좋은' 시설을 선택할 생각만 하는 거다.

물론 나로서는 경제적으로 이런 시설의 입주 자체가 불가능하다. 시설이든 아니든 '글쓰기가 가능한가? 글쓰기의 현장인가?'가 내가 그곳에 머무를지, 떠날지, 죽을지를 판단하는 중요한 기준이 될 것이다. 혹 질병과 노쇠로 시설에 들어가더라도 글쓰기만 가능하다면, 내 노쇠와 질병, 죽음으로 다가가는 과정과 싸구려 시설을 생애 마지막 글작업으로 하고 싶다. 주변의 늙어 죽어 가는 가난한 사람들도 소재가 될 것이다.

간호사 역시 엄마에 대해 치매가 심하다기보다는 실버타운 거주 혹은 케어홈 이주 자체를 수긍하지 못하는 것으로 인한 울화가 큰 것 같다고 한다. 그러고 보니 오늘 엄마는, 자신의 감정과 욕망을 가감 없이 드러낸 것 말고는 다른 알츠하이머 증상은 보이지 않았다. 간호사는, 아버지는 당분간 안 오시더라도 자식들 방문은 필요하다는 의견도 주었다. 자식들까지 안 오면 그 분노가 쌓여서 더 크게 폭발할 수 있기 때문이란다. 간호사의 의견을 대화방에 알렸다. 당분간은 각자가 알아서 하기로 했다. 나는 어쨌든 방문을 지속할 예정이다.

아버지에게 새로 출간한 책(『이번 생은 망원시장』)을 드렸다. 내가 쓴 책이라는 말을 듣고 살짝 웃으며 챙기셨다. 그가 그 책을 읽을 수 있을지는 모르겠다. 집을 계약했고 다음 달 23일에 근방으로 이사 올 거라는 말도 전했다. 아버지는 "뭐하러 오려고 하냐, 오면 힘들기만 할 텐데. 엄마는 이제 얼마 안 남았다"라면서 금세 울먹였다.

0325(일)   잠시 이별

"왔냐?"

케어홈 문을 들어서는 나를 알아보며 엄마는 웬일인가 싶을 정도로 평온한 미소를 보였다. 엊그제 이사 후 처음 타운을 찾은 것이었다.

"애들은 잘 있냐? 니 손주는 잘 크냐? 아직 뱃속에 있냐? 걔는 둘째냐?"

엄마는 괜찮아 보였다.

증상이 시작된 것은, 봄볕을 쬐러 마당에 나오면서부터였다. 그사이에 엄마는 뇌 어느 틈엔가 끼어 있던 망상과 분노를 뒤져냈다. 남편에 대한 것이 워낙 강렬해서 자식과 통장에 대해서는 짧았다. 그러고는 온통 남편에 집중하며 수위가 점점 높아졌다. 머릿속에서 그 한 가지가 부글부글 끓어올라 다른 모든 것을 지워 버리는 것 같았다. 민요를 틀어 놓고 엄마 주위를 돌며 춤도 춰보았지만, 얼결에 팔을 허공에 조금 젓는 동안에도 표정은 굳어 있었고, 곧 팔을 내리고 되돌아갔다.

"니 아버지 방에 가자. 내가 가서 그 행동거지를 내 눈으로 직접 봐야겠어."

나는 아버지가 심한 감기에 걸려서 작은며느리와 같이 병원에 가셨고, 지금 방에 없다고 둘러댔다(감기 핑계는 내일 방문자와도 입을 맞춰 두었다). 아버지 방에 가자는 엄마의 요구는 집요했지만 나도 이리저리 돌려 막았다. 이제 헤어질 시간이 됐다 싶어 케어홈에 모셔다 놓고 나오려는데, 엄마는 후딱 내 손을 붙들었다.

"너네 집에 가자."

잡힌 손을 빼는 거야 간단한 일이었지만, 손바닥과 손가락 끝에 때글때글 고인 분노가 고스란히 전해졌다. 손을 빼자 "갈 거라니까" 하며 일어서려 했지만 일어설 수 없었다. 나는 엘리베이터 없는 5층에 살고 출근해야 해서 엄마를 모시고 살지 못한다고 미소와 단호함을 섞어 답했다. 큰딸년이 얼마나 미웠을까. 엄마는 자기가 밥값과 생활비는 내겠단다.

여기서 머뭇거리면 소란을 피우게 된다. 무엇보다 내가 이사 온 이유 가운데 엄마의 그런 요구를 들어주는 건 없다. 첫날부터 넘치지 말아야 하고, 그럴 리 없는 나다. 내 이주가 엄마에게 희망 고문이 되고 있다. 포기하거나 기억을 잃거나 욕망을 다 놔버릴 때까지 엄마는 한동안 근처로 이사 온 큰딸을 출구 삼아 타운 탈출을 꿈꿀 거다. 아직 분노가 가시지 않은 손아귀의 힘과 표정, 낮고 날카로운 말에서 등을 돌려 뒤도 돌아보지 않고 내 속만 차갑게 들여다

보며 나는 나왔다.

집에 돌아와서도 엄마의 손아귀에 쥐어져 있던 분노가 한참을 내 손에서 떠나지 않았다.

아버지가 외도를 하고 있다는 상상의 근원은 무엇일까. 아버지가 젊은 시절 다른 여자를 봤다는 말은 들은 적이 있다. 사실인지는 모르겠다. 혹 사실이더라도 나는 외도 자체를 비난하지 않는다. 내 소신으로는 일부일처제가 문제다. 하지만 그건 내 소신이고 둘 사이의 관계는 다르다.

"어떤 여자랑 그런다는 거야?"

"여기 더러운 년들 천지야. 빨래하고 청소하고 봉사하고…… 그년들이 다 아주 더러운 년들이야."

"그 사람들이 엄마 같은 노인들을 위해 얼마나 열심히 일하는 사람들인데 그런 말을 해?"

"더러운 년들은 겉과 속이 달라. 그년들이 꼬시는 거지. 꼬셔도 양반이면 넘어가면 안 되는데, 너그 아버지가 이럴 줄 내가 상상이나 했겠냐? 나쁜 놈이야, 너그 아버지."

엄마에게 이 망상을 하게 하는 근원은 엄마의 내면에 있을 것이다. 자신조차 잘 모르는 마음일지 모른다. 지옥이 따로 없다. 지옥은 마음 안에 있다는 말을 실감한다. 남들 보기에 이 좋은 실버타운에 있으면서도, 현실을 거부하고 남편과 자식들을 불신하며 자기

파괴적인 내용의 망상으로 머릿속을 채우고 실현 불가능한 욕망을 포기하지 못한 채, 휠체어에 결박된 몸뚱이로 케어홈 안에서 살 수밖에 없다는 것은 지옥이다. 지금의 몸으로는 생각을 뒤집지 않는 한 어떤 상황에 놓여도 지옥일 것이다.

일주일 넘게 엄마를 보지 못한 아버지는 몸은 괜찮았으나 마음이 약간 우울해 보였다. 케어홈에서는 '아내를 끔찍하게 챙기는 그레이스 파파' '누구에게나 먼저 목례를 하는 점잖은 양반'으로 평이 나있는데, 아무리 '치매 마누라'라고 하지만 아내로부터 "다른 여자를 들여 애를 낳았다"라는 모멸과 수모를 공개적으로 당하는 것은 참기 어려운 일일 것이다. 나는 당분간 엄마를 찾지 않는 것이 좋겠다고 재차 확인했고, 케어홈 간호사도 아버지에게 그렇게 권고했다며 아버지도 수긍했다. 그러면서도 엄마가 안됐다는 말을 여러 번 했다.

"엄마가 나를 안 찾더냐?" 아버지는 궁금해 했다. 나는 계속 찾으셨고, 감기 핑계를 대기로 입을 맞춰 두었다고 전했다. 타운 마당에서 산책하는 엄마 사진을 보여 드렸더니, 얼굴은 좋아 보인다고 안도하면서 한참을 들여다보셨다. "엄마가 요즘 왜 전화를 안 하는지 모르겠다." 아버지는 편하면서도 걱정된다고 했다. 아버지에게 계속 전화하는 것이 엄마에게도 좋지 않아서 간호사가 핸드폰 충전기를 관리하기로 했다고 전해 드렸다.

아버지 냉장고를 정리하다 보니, 딸기와 포도와 오렌지와 방울

토마토를 담은 플라스틱 통과 요플레, 그리고 나무 수저를 챙겨 둔 게 보였다. 아내의 억지와 소란에도 불구하고 보러 갈지 고민한 흔적이다. 조각 낸 과일들의 상태를 보니 담아 놓은 지 사흘은 족히 돼 보였다.

"안 가야겠다고 하면서도 그래도 너무 안돼서 …… 전에 엄마가 늘 과일을 챙겨서 내 방으로 왔었거든."

이 말을 하면서 그는 울먹였다.

최근 아버지는 엄마가 핸드폰을 왜 안 하는지 알아보라는 말을 여러 번 했다고 한다. 간호사가 일단 엄마에게 핸드폰을 드리지 않기로 우리랑 이야기가 됐다고 여러 번 이야기했는데도, 못 알아들으셨는지 아니면 다른 이유가 있을 수 있다고 여긴 건지, 꼭 알아보라고 강조했단다. 엄마는 아버지가 충전기를 가져다가 "그년"을 주는 바람에 핸드폰을 충전할 수 없다고 하고 있다. 저 망상과 분노의 단계가 좀 잦아들어야 남편은 아내를 찾아갈 수 있을 텐데, 그때는 한 단계 해체가 진행된 후 다음 단계의 슬픔이 찾아올지 모른다. 노쇠와 해체는 잠시 머뭇거리기는 해도 가차 없이 다가온다.

<u>0401(일)</u>   언제쯤 만날 수 있을까

밤을 새고 낮 12시까지 원고 하나를 마감하느라 머리도 아프고 무지

피곤하지만 졸리지는 않은 상태. 산책을 겸해서 타운 방문에 최적인 때다. 가겠다고 이야기해 놓고 나가려는데, 아버지가 일고여덟 번 전화를 해도 받지 않으셨다. 혹 무슨 일이 있는가 싶어서라도 가봐야 하는 상황이다. 집을 나서기 직전 다시 전화를 했더니 그제야 받으셨다. 아버지는 오지 말라고 했다가, 난 엄마 보러 안 간다고 했다가, 오려면 오라 했다. 난 나라도 엄마를 봐야 하니 가겠다고 했다.

가져간 과일을 씻어 아버지가 드시게 큰 그릇에 담아 놓고, 작은 그릇에는 엄마에게 가져갈 과일을 챙겼다. 그가 하던 대로 요플레 하나와 작은 나무 수저, 그리고 포크도 챙겼다. 아버지가 엄마를 매일 찾아갈 때는 냉장고의 과일과 간식이 꾸준히 줄었는데, 찾아가기를 멈춘 후부터 과일은 썩고 요플레는 유통기한을 넘기고 있다.

아버지는 왜 엄마가 핸드폰을 안 하는지 모르겠다는 말을 또 하셨다. 아버지도 혹시 알츠하이머가 아닐지 자식들 마음을 철렁하게 하는 말이다. 지난 월요일 작은며느리와 병원을 다녀오면서도 이 말을 다섯 번이나 했다고 한다. 단지 청력 문제나 확인을 위한 것이라고 하기에는 너무 반복되는 느낌이지만, 자주 보던 엄마를 2주 넘게 못 보고 있는 아버지로서는 궁금해 할 만도 하다는 생각이 들었다.

아버지의 궁금증을 뒤로한 채 난 혼자 엄마를 보러 갔다. 여느 때와 달리 엄마는 침대에 누워 있었다. 컨디션이 좀 안 좋아 보였는데, 바깥 산책을 나가자니까 일어났다. 직원을 불러 휠체어에 태워 달라고 부탁했다. 로비로 나오자마자 염려했던 대로 엄마의 집착은 또다시 시작됐다. 오늘의 핵심은, 아버지한테 데려다 달라는 것. 한 시간 정도 휠체어를 밀며 돌아다니는 동안, 그 집요함의 정도는 점점 심해졌다. 다행히 '다른 여자'나 '통장' 이야기는 없었다. 감기가 얼마나 심하면 자기한테 이렇게 오랫동안 못 오는 거냐며 아버지에게 데려다 달라는 말만 무한 반복했다. 오로지 남편을 만나겠다는 일념에 곁가지들은 다 쳐낸 모양이다. 다 같이 짠 대로, 아버지도 엄마가 감기 옮는 거 걱정하셔서 못 오는 거다, 의사도 당분간 만나지 말라고 했다 등의 대답을 계속했다. 엄마가 고집과 감정의 수위를 높여 감에 따라 나도 단호함의 수위를 높이다가 나중에는 짜증과 신경질까지 담아 방어했지만 안 여사는 끈질기고 강력했다. 그러다 엄마는 마침내 그럴듯한(?) 구실을 찾아냈다.

"아버지가 그렇게 오래 아프다가 만일 죽기라도 하면, 부부가 서로 얼굴도 못 보고 죽게 할 거냐? 나를 그렇게 못된 여자로 만들어야겠냐? 감기가 옮아서 죽을 때 죽더라도 만나야겠다."

나는 그 말을 하도 여러 번 들으니, 정말 이러다가 두 분이 만나지 못하고 어느 한 분이 돌아가실 수도 있겠다는 생각까지 들었다. "하이고, 사람이 그렇게 쉽게 죽어지나?"라고 응수하면서도 속으로는 만에 하나 그렇게 되면 그 슬픔과 자책과 원망을 어쩔 것인가, 하는 염려까지 피어올랐다.

나는 슬쩍 시험하는 말을 던져 보았다.

"아버지한테 엄마가 너무 말도 안 되는 생트집을 잡고 다른 여자를 보네 어쩌네 하니까 아버지가 너무 속상해서 병이 걸려 가지구 낫지를 않는 거 아냐."

"야 좀 봐. 내가 언제 그랬다 그러냐, 너는. 난 그렇게 교양 없이 막돼먹은 여자가 아니야. 한국 남자라는 사람들이 다 그렇기야 하지만, 난 그런 거 가지고 남자를 못살게 구는 여자가 아니라니까."

지난 방문 때와는 아주 딴판이다. 정말 그 생떼 부린 걸 까먹은 건가? 아니면 어쨌든 아버지를 만나고 봐야 한다는 전략인 걸까? 그렇게 오래 못 올 정도로(내 계산으로는 2주 정도인데, 두 양반 모두 한 달이 넘었다고 했다) 아프면 아주 심한 건데, 누가 먼저 죽더라도 죽기 전에 꼭 봐야 하는 거 아니냐, 너는 어떻게 자식이 돼 가지고 엄마가 아버지를 만나지 못하게 방해를 하냐 등등, 엄마는 구구절절 맞는 말만 골라 하며 항변을 이어 갔다. 말발이라면 나도 지는 사람이 아닌데 반박할 말을 찾아내지 못하겠고, 누가 보면 정말 못된 딸년이 노부모의 만남을 중간에서 가로막고 있는 꼴인 거다. 엄마의 항변은 계속됐다.

"너는 사람이 왜 그렇게 못돼 먹었냐? 서방이 아프다는데 너는 안 보러 갈 거냐?" 하다 말고, "니가 그렇게 독하니까 이혼을 했지" 라는 말까지 꺼냈다가 금방 "그래, 이혼할 일이면 하기는 해야지" 라고 마무리를 짓는다. 아, 이 영리한 노인네라니. 결국 알츠하이머 엄마한테 설득당하고 만 제정신의 딸은 조금 멀찍이 서서 아버지에게 전화를 했다.

"엄마가 아버지한테 데려다 달라고 또 우기시네요. 아버지를 너무 보고 싶어 하세요."

아버지는 티브이 볼륨을 크게 해놓고 야구를 보다 내 전화를 받은 것 같았다. 말귀의 핵심은 파악하셨는지, 안 된다는 말만 단호하게 하고 끊었다. 나 역시 지금 엄마의 이 말짱함에도 불구하고 막상 아버지를 보면 어떻게 될지 확신이 없었다. 나는 "감기 좀 나으면 찾아오겠다 하시네"라고 전했다. 그런데 엄마는 더 막무가내가 됐다. 이제는 큰소리까지 내는 지경이어서 나로서도 도저히 감당이 어려웠다. 얼른 케어홈에 모셔다 드리고 집으로 도망갈 생각을 했다. 지하 1층 홀에서 엘리베이터를 타고 케어홈이 있는 1층 버튼을 누르자, 엄마는 내 손을 쳐내고는 아버지 방이 있는 2층 버튼을 눌렀다. 그래도 나는 1층에서 휠체어를 밀고 내렸다. '혼자서는 거동이 불가능한 노인에게 이런 상황은 얼마나 분통 터지는 일일까. 그 배신감과 무력감으로 분노가 고스란히 쌓일 텐데……' 이런 반성이라는 게 들기는 했지만 어쩔 수 없었다.

케어홈에 들어가자마자 중앙 테이블에 자리 하나를 만들어 휠체어를 밀어 넣고 간단히 인사만 하고 돌아서려던 찰나, 엄마는 휠체어에서 안간힘을 쓰며 일어나 내 손을 움켜잡았다. "아버지한테 데려다 달라고!" 분노 섞인 표정으로 이 말을 반복했지만, 사지 멀쩡한 딸을 엄마는 막을 수 없었다.

"어디냐? 엄마랑 같이 있냐?"

간신히 엄마를 뿌리치고 2층 아버지 방으로 돌아가는 사이 아버지한테서 전화가 왔다. 내가 답을 했는데, 아버지는 엄마를 모시고 당신 방으로 가는 중이라고 잘못 알아듣고는 큰소리로 역정을 냈다. 통화를 하는 동안 나는 아버지 방에 닿았다. 아버지는 내가 혼자라는 사실에 일단 안심했다. 엄마 상태에 대해 간단히 묻더니 이미 작심을 해놓은 듯 말했다.

"같이 가자. 무슨 꼴을 보든 가자. 가야지 뭐. 그러다가 정말 못 보고 잘못되기라도 하면……."

아버지는 옷을 마저 챙겨 입었다.

케어홈에는 엄마가 없었다. 감정 조절이 안 된 엄마가 계속 소리를 지르며 화를 내자 직원 하나가 모시고 나와 마침 진행 중이던 '오후 세 시 다방'에 간 것이었다. 직원들은 이럴 때 가족이라는 사람들이 원망스러울 거다. 다방 모임이 진행되는 홀 근처에 가니 엄마 목소리가 들렸다. 조금 전의 격앙은 잠깐 밀쳐 두고 전에 알던 할머니 한 분과 반갑게 담소를 나누는 중이었다.

"엄마!" 내가 부르는 소리에 뒤를 돌아본 엄마는 내 뒤에 오는 아버지를 발견했다. 금세 울먹임과 반가움이 뒤범벅된 얼굴로 엄마는 아버지를 향해 한껏 몸을 내밀며 손을 뻗었다. 덩달아 나도 눈물이 찔끔했는데 아버지는 어느새 손을 잡고 울먹이고 있었다.

"미안해……."

아흔의 남자는 3주 만에 만난 여든여섯 아내의 손을 꼭 쥐며 말했다. 부부라는 게 정말 뭔지…… 그 기나긴 희로애락과 애증의 세월을 넘어 저렇게 그리워하게 된 지경이라니! 경이롭고 징그럽다. 나는 말없이 엄마와 아버지의 손을 하나씩 잡고 쓰다듬다 뒤로 물러났다. 엄마는 아버지와 눈을 맞추며 말했다.

"난 이제 당신밖에 없어. 내가 누가 있어? 당신하고 나하고 이제 둘밖에 없는 거야. 그런데 못 보게 하잖아. 당신이 아프다는 말만 하고, 데려다주지를 않는 거야. 죽더라도 내가 보는 데서 죽어야 할 거 아냐. 못 보고 죽으면 어떡해……."

난 기가 차고 쑥스럽고 화끈거리는데, 정신 말짱한 아버지는 딸년 앞에서 그 장면이 좀 쑥스럽기는 한 건지 어쩐 건지, 도무지 딸은 염두에 없는 건지, 엄마만 바라보며 손을 어루만지고 있었다. 웃음으로도 말로도 쑥스러워함으로도 미처 만들어지지 못한 채 출렁거리다 여차하면 울음으로 넘쳐 쏟아질 듯한 그의 내면이 늙고 야윈 얼굴을 일그러뜨리고 있었다.

"얼굴이 반쪽이 됐네. 왜 이렇게 야윈 거야? 감기는 좀 어떤 거야? 밥은 먹은 거야? 죽이라도 좀 챙겨 먹지 그랬어."

아내의 말들을 귀 잡순 영감이 어디까지 이해했을까? 보청기를 하고 계신 걸 보니, 상당 부분 알아듣기는 했을 거다. 어쩌면 보청기가 없더라도, 말조차 없더라도, 65년을 함께 산 부부는 이럴 때 서로의 마음을 알아듣는 걸까.

아버지의 손을 쓰다듬고 주무르며 엄마는 무어라 말을 계속하고, 엄마의 휠체어 앞 의자에 앉은 아버지는 말없이 미안함과 안쓰러움이 뒤섞인 표정과 글썽거리는 눈으로 아내와 눈을 맞춘다. 그 기억이 잊혔는지 밀쳐졌는지 '다른 여자'고 뭐고는 전혀 없이 지금의 만남에만 온전히 행복해 하는 두 사람. 견우직녀가 저랬을까. 이 '눈물의 상봉'을 극구 막아선 딸년은 대체 무엇이며, 당신도 당분간 절대 안 보겠다고 해놓고 손바닥 뒤집듯 마음을 바꿔 이 장면을 펼치는 저 늙은 남편은 또 무엇인가? 엄마의 돌변은 없을 것이 확실해 보여 나는 잠시 자리를 비켜 드렸다.

10여 분이 지나 직원들이 종이컵에 담긴 오렌지 주스와 1인용 사기그릇에 담긴 견과류를 하나씩 나눠 줬다. 방문자인 나한테까지 나눠 주는 걸 보고 아버지가 날 불렀다. 엄마는 감기에는 오렌지 주스가 좋다며 자기 것까지 아버지에게 내밀었고, 아버지는 도로 엄마에게 내밀고는 다 마신 자신의 종이컵 속을 휴지로 닦아 냈다. 그러고는 견과류 3인분을 그 종이컵에 모으고, 그 위를 냅킨 하나로 덮고는 종이컵 윗부분을 구겨 닫은 후 내게 내밀었다. "이거는 니가 챙겨라." 이 와중에 큰딸년 견과류까지 챙기는 섬세함이라니. 아버지를 무지 미워했던 내가 아무래도 뭔가 큰 착오를 했던 것 같은 혼돈마저 일었다. 부부간은 그렇다 쳐도 부모 자식 간 역시 도대체 모를 일이다.

케어홈에 모셔다 드리는 동안에도, 케어홈에 들어가서도 아내는 서방의 손을 놓지 않았다. 오랜만에 온 아버지에게 직원들이 인사를 하는 동안 남편은 아내에게 잡힌 손을 좀 쑥스러워 했는데, 아내가 놓을 기세가 아니라 포기하는 듯했다. 아버지는 그대로 여기저기 목례를 했다.

둘만 있게 되자 대화는 한층 더 애틋해졌다.

"소리 지르지 마. 소리 안 지르면 내가 올게. 소리 지르지 마."

"당신만 오면 내가 소리 지를 일이 없어. 당신이 안 오니까 당신한테 못 가게 하니까 그러는 거야."

그 옆에서 나는 젊은 시절 툭하면 소리를 지르던 아버지를 떠올리며 혼자 웃었다. 누구는 젊어서 지르고, 누구는 늙어서 지르고. 어쨌든 엄마가 제발 오늘을 까먹지 말기를, 제발 그 생트집이 다시 떠오르지 않기를! 아버지가 먼저 나갔고, 나는 엄마와 좀 더 이야기를 나누다 헤어졌다.

"고맙다, 너 오늘 딸 노릇 한번 제대로 했다."

아이고, 이 양반아. 모처럼의 다행이 길었으면 좋겠지만 기대는 하지 않는다. 알츠하이머든 삶이든, 다행일 때는 즐기고 불행일 때는 견딜 뿐이다.

0407(토)　다시 일상으로

오늘은 첫째 부부가 타운을 방문하는 날이었다. 아버지는 지난번 나와 함께 '눈물의 상봉'을 한 이후 다음날 혼자 엄마를 찾았다가 또 힘든 일을 겪고는 다시 한동안 엄마를 찾지 않고 있었다. 오늘 아들 부부가 온 김에 함께 케어홈을 찾은 아버지는 해가 저물 무렵 돌변해 또 고함을 치기 시작한 엄마를 겪어야 했다. 아버지도 자리를 피하고 오빠도 도저히 현장에 있을 수 없어 올케언니 혼자 엄마를 달래도록 하고 내려왔단다. 오빠는 엄마가 나와 막내가 잘 오지 않는다며 서운해 했다는 말도 전하며 자주 방문하는 게 능사가 아닌 것 같다고 했다. 나 역시 자식들이 다녀간 뒤 뒷감당을 뒤집어쓰는 직원들이나 다른 노인들에게 미안한 생각이 들던 차였다. 우리는 당분간 아버지 뵙는 걸 위주로 해야겠다고 이야기를 나눴다.

0506(일)　어버이날 모임

'오늘 엄마는 어떨까?'

　　엄마를 만나러 간다는 것은, 이제 걱정과 각오를 다지는 일이 되어 버렸다. 미처 말로는 나누지 못하지만 자식들 모두의 공통된 염려다. 엄마는 잠시 정신이 돌아왔다가도 분노와 왜곡을 도돌이 했다.

　　오늘은 어버이날을 앞두고 저녁 5시에 타운에 모여 외식을 하기로 했다. 해외 출타 중인 사람들 빼고 열세 명이 모였는데, 나와 내 작은아들네 부부가 4시 반쯤 가장 먼저 도착했다. 일찍 온 김에 엄마와 다시 차분한 대화를 시도해 봤지만 실패였다. 여차하면 가족들이 모이기도 전에 엄마 감정을 건드려 버릴 수도 있겠다 싶었다.

  — 엄마, 오늘은 나랑 차분하게 좀 얘기를 해보자고요. 아버지나 자식들에 대해 엄마가 억지소리를 자꾸 하니까, 다들 엄마한테 더 잘하고 싶은 마음이 간절해도 잘해 드릴 수가 없어서 힘들어 해.
  — 그게 무슨 소리니? 내가 언제 무슨 억지소리를 했다는 거야?
  — 아버지가 다른 여자랑 바람을 피운다는 둥, 자식들이나 남편이 엄마 돈을 다 빼돌렸다는 둥, 그런 억지를 부리면서 소리 지르고 화내고 하니까, 엄마를 흥분시킬까 봐 더 자주 찾아오고 싶어도 못 오고 있어요. 나는 엄마 자주 보려고 일부러 근처로 이사까지 왔는데, 자주 오지를 못하고 있잖아.
  — 내가 언제 그랬냐? 난 그런 적 없어. 내가 그럴 리가 없지. 나는 그런 몰상식한 여자가 아니야. 너는 왜 그런 말도 안 되는 소리를 하니? 사실 남자들 뭐 다 그러려니 하지만, 그걸 놓고 내가 서방이나 자식들한테 험한 말 하는 막돼먹은 여자는 아니야.

  엄마는 갑자기 슬픈 표정으로 진지하게 "난 정말 죽고 싶다"라고 말했다. 나는 그 심정이 깊이 이해되어 다음 말을 잇지 못했다.
  엄마의 머릿속에선 무슨 일이 일어나는 걸까. 기억도 못 한다는 그 억지 주장과 감정은 대체 어디에 있다가 어떤 순간에 무엇을 꼬투리로 터져 나왔다가 또 어디로 숨어드는 걸까?

차차 가족들이 모였고 아버지도 오셨다. 미리 정한 대로 타운 근처에 있는 식당을 찾았다. 나는 엄마 옆자리에 앉아 식사를 챙겨 드렸다. 혹시라도 안 좋은 상황이 벌어질까 봐, 일부러 엄마와는 한 자리 건너에 아버지를 앉게 했고, 아버지도 얼른 알아들으셨다. 두 분 다 잘 드셨다. 타운에서 제공하는 음식이 간이 약해서인지, 두 분은 외식 때마다 좀 자극적이다 싶은 음식을 즐긴다. 탈은 안 나신다니 다행이다. 엄마는 숯불 불고기와 도토리묵을 가장 잘 드셨고, 아버지는 빨간 양념 게장과 냉면을 좋아했다.

먼저 식사를 마친 아버지와 첫째가 식당 바깥 의자에 앉아 대화를 나누고 있었다. 창문 밖으로 보이는 그 모습에 나는 지난 1월 둘이 한바탕 부딪쳤던 일이 대비되면서 안도가 됐다. 그런데 엄마는 달랐던 모양이다.

"무슨 얘기를 하고 있는 거야?"

"글쎄, 무슨 얘긴지는 모르겠지만, 부자가 나란히 앉아 있는 모습이 보기 좋네."

엄마의 목소리에는 궁금증 이상의 의심이 묻어 있었다. 아마 그때부터 상상과 의심을 보태고 있던 걸까? 식사를 마치고 식당 현관을 나올 때, 독일에 체류 중인 셋째에게서 전화가 왔다. 셋째는 함께 간 큰딸이 둘째를 임신했다는 소식을 알렸고, 모두 한바탕 좋아했다. 엄마에게도 무심결에 그 소식을 전했고, 엄마도 잘됐다며 좋아했다. 그런데 '임신'이라는 단어에서 점화된 걸까?

식당 근처에서 꽃구경 겸 산책을 하고 타운으로 들어오는 중이었다. 엄마의 휠체어는 막내가 밀고, 그 오른쪽에 아버지가, 왼쪽엔 내가 있었다. 그런데 굳은 표정의 엄마가 갑자기 아버지의 얼굴을 향해 팔을 뻗었다. 힘이 실려 있었지만 다행히 거리가 있어 살짝 건드리는 정도였다.

"그래서 당신은 애를 몇이나 낳았어?"

소리를 지른 것은 아니었다. 순간 나는 엄마와 아버지 사이에 끼어들며 엄마에게 손가락 다섯 개를 펴보였다.

"아버지는 엄마랑 자식 다섯을 낳았지."

아버지는 나한테 자리를 내주며 조금 떨어졌다.

그때부터 엄마는 남편이 다른 여자와 아이를 낳았다는 상상에 꽂힌 채 흥분의 정도를 점점 올리기 시작했다. 아버지와 다른 식구들은 2층 휴게실로 앞서 걸었고, 막내와 나는 엄마를 모시고 일부러 약간 뒤처졌다. 나는 대화를 위해 휠체어를 세우고 마당의 긴 의자에 앉았다.

대화는 불가능했다. 흥분한 엄마는 어떤 설명도 무시하며 계속 같은 주장을 했고, 우리까지 모두 아버지와 짜고 자신을 속인다며 화를 냈다. 엄마는 아버지 방에 가면 다른 여자와 아기가 있을 것이라 확신하고 있었다. 잠깐 고민했지만, 아버지가 방에 안 계신 동안, 말하자면 아버지 모르게 엄마를 아버지 방에 데리고 가서 확인시켜 드리는 것도 한 가지 방법이란 생각이 들었다. 그것으로 엄마의 억지가 끝나지는 않겠지만, 케어홈에 들어온 이후로 엄마는 계속 아버지 방에 가겠다고 주장해 왔고, 아버지는 마치 최후의 보루처럼 그 요구만은 한사코 거절해 왔다. 아내 돌봄에 최선을 다해 온 아버지로서도, 아내의 억지에 자신의 공간까지 열어 버리고 싶지는 않은 것 같았다. 엄마는 소변이 급하다면서도 당장 아버지 방부터 가자고 했다. 아버지 방 앞에서 나는 말했다.

"엄마 참 나쁜 사람이야. 엄마한테 그렇게 잘하는 남편과 자식들을 어쩌면 이렇게 나쁜 사람 만들어 버려."

"야, 나쁜 거는 너네들이야. 어쩌면 다들 나한테 이럴 수가 있냐?"

막내가 키 번호를 눌러 현관문을 열었고, 일부러 휠체어로 방 안까지 들어가며 확인시켜 드렸다. 엄마는 방을 확인하며 어떤 생각을 했을까? 엄마는 '다른 여자와 아이'에 대해서는 한마디도 않은 채 냉장고를 보며 딴청을 부렸다.

"내 방에 있던 걸 다 여기 갖다 났네."

"아버지 냉장고가 원래 작고 오래된 거여서, 엄마가 쓰던 큰 냉장고를 여기다 갖다 났지. 버리는 거보다는 낫잖아. 아버지가 엄마한테 매일 과일 챙겨서 가려면 큰 냉장고가 필요하잖아."

"버리라는 말은 아냐."

남편의 방을 확인하고서도 엄마는 주장과 흥분을 거두지 않았다. 생각은 온통 그 지점에 꽂혀 버린 채 흥분은 오히려 가속되고 있었다. 내가 아버지 방에서 화장실을 쓰느라 조금 뒤처졌다 와보니, 막내는 엄마를 모시고 케어홈으로 들어가서 책임 간호사와 대화 중이었다. 나도 끼었다. 답이 없는 대화다.

"전에는 아버지의 방문으로 흥분하시더니, 이제는 대상이 자식들에게로 옮겨 갔다. 자식들이 왔다 간 날마다 흥분하고 소리를 질러서 직원들이 곤혹을 치른다. 그렇더라도 자식들이 꾸준히 방문하는 건 필요하다. 그렇지 않으면 분노가 계속 쌓여서 더 심한 상황이 될 수 있다. 남편과 자식들이 자신을 여기에 가둔 채 돈이고 무엇이고 모두 빼돌렸다는 것이 분노의 이유인데, 방문까지 안 하면 당장 표현은 안 해도 분노가 점점 더 쌓여 더 극단적이 될 수 있다. 현재 약이 효과가 없는 듯한데, 병원을 바꿔 보는 것도 한 방법일 수 있다."

간호사는 이런 요지의 이야기를 하며 병원 명함을 건넸다.

나는 간호사에게 최근 자식들이 방문할 때마다 반복되고 있는 엄마의 감정 패턴을 설명해 주었다.

"자식들이 오면, 앞부분은 그럭저럭 괜찮아요. 그런데 뒤로 갈수록, 아마 엄마가 느끼기에 헤어질 시간이 되어 간다 싶으면, 또 똑같은 억지와 흥분이 시작되는 거예요. 더 붙들고 있으면 감정만 고조되니, 다시 케어홈으로 모셔 올 수밖에 없더라구요. 그러다 보면 직원들에게 너무 죄송한 상황이 되는 거지요. 병원 건은 남매들과 의논해 볼게요."

간호사와 나눈 대화의 유일한 결론은 이 상황이 지나가는 동안 오는 대로 겪고 잘 견디는 것이었다.

"날 데려가라."

우리가 가버릴 것을 염려해서인지 엄마는 계속 막내의 이름을 부르며 말했다. 나와 막내는 엄마를 가족들이 모인 곳에 모시고 가지 않는 게 좋겠다고 결론 내렸다. 엄마가 잠시 우리를 보고 있지 않은 동안, 우리는 서로 눈길을 교환하며 케어홈을 나왔다. 뒤통수에서 엄마의 흥분한 목소리가 들려오지 않는 게 일단은 다행이라 생각하며, 식구들이 모인 카페로 갔다.

"엄마는 어디 있냐?"라고 묻는 아버지에게 내가 필담으로 엄마는 마음이 안 좋아서 케어홈에 모셔다 드렸다고 알렸다. 아버지는 금방 알아들었다. 오늘 보청기를 안 해서 더 대화에 끼지 못하고 있는 아버지를 생각해 나는 일부러 옆자리에 앉았다. 중간에 화장실을 다녀온 아버지가 이제 자리를 뜨고 싶어 하는 눈치여서 나는 좀 더 할 이야기가 있다는 가족들을 남겨 두고 아버지를 모시고 올라왔다.

방에 들어오자마자 아버지는 "끝났으려나?" 하며 티브이를 켰다가 이내 다시 껐다. 아마 프로야구 중계방송을 놓친 듯했다. 청각장애로 다른 노인들과의 관계가 거의 없는 걸 생각하면 즐기는 티브이 프로그램이 있어서 다행이다. 프로야구 시즌이면 그는 큰아들네 집에 가서도 야구 중계를 놓치지 않고 싶어 했다. 같이 올라온 막내가 쓰레기를 버리는 동안, 나는 냉장고를 청소하고 과일을 정리해 넣어 두었다.

아버지는 오늘 너네가 사온 건 미깡(귤)인데, 엄마는 미깡이 아니라 오렌지를 좋아하니 다음 주에 오렌지를 사오라고 했다. 요즘 아버지는 아침 식사를 하러 가는 길에 엄마한테 가서 "문안 인사"를 하고(이 대목에서 아버지는 웃었다), 식사를 마치면 다시 가서 관내 교회에 가는 일상을 보내고 있었다. 엄마의 상태가 어떻든 가서 잠깐씩이라도 함께 있기로 정하셨단다. 나는 웃음과 끄덕임으로 동의와 감사를 표했다. 나는 신을 믿지 않지만, 죽음에 가까이 가는 사람에게는 신앙이 정서적으로 도움이 될 수 있다는 건 인정한다. 매일 아침마다 엄마와 아버지는 어떤 기도를 할까. 엄마의 신앙은 자주 들어서 대강 알겠는데, 아버지의 신앙은 어떤 무늬일까.

"내가 무슨 애를 낳았다고 하는 건지……"라고 하면서도 아버지의 표정은 무심했고, 그 때문에 나는 다소 안심이 됐다. 엄마의 왜곡된 주장과 분노가 아버지를 힘들게 하는 정도가 차차 낮아지고 있는 것 같았다. 아버지도 이제는 으레 반복되는 일상쯤으로 받아들이며 상황에 따라 대처하는 걸 최선으로 여기고 있는 듯했다.

우리가 정리를 끝내자 아버지는 다시 방을 나오셨다. 자식들을 배웅하기 위해서다. 마침 식구들이 아버지 방을 향해 오고 있었고, 나는 복도를 가득 채운 그 대열이 풍성해 보여 아버지를 위해 다행이라 생각했다. 방 앞에서 인사들을 하고 아버지와 헤어졌다. 작별 인사를 위해 엄마를 다시 찾아가지 않는 것은, 모두가 이미 알고 공유하는 슬픔이다.

귀가 후 밤늦은 시간에 첫째는 요즘 어머니를 뵙고 돌아오면 거의 잠을 자지 못하고 뜬눈으로 밤을 샌다는 이야기를 남겼다. 짧은 위로의 말들이 올라왔다. 사실 요즘은 엄마를 보고 돌아가면 모두가 한동안 우울감에 젖어 있다. 그는 장남이어서 더한 거다. 내일 오후에 오렌지를 사들고 아버지에게 다녀와야겠다.

0507(월) "아버지가 주는 건데……"

거의 밤을 새느라 허기까지 온 마당에, 밥을 먹고 나니 졸음이 몰려왔다. 나는 그 김에 운동 삼아 오렌지 한 보따리를 사들고 타운으로 갔다. 생각보다 빨리 오렌지를 가지고 와줘서인지 아버지는 좋아했다. 오늘 아침에도 엄마에게 들렀고, 식사 후에는 함께 교회에 가서 기도도 드렸단다. 그놈의 하느님은 받은 기도를 대체 어쩌고 있는 건지. 당신도 좀 걱정을 했는데, 오늘 아침엔 엄마가 어제의 그 억지 소리는 뻥긋도 안 했단다.

나는 이번 주말이나 다음 주에 다시 올 거고, 그때 엄마를 보러 갈 거라 오늘은 엄마한테 들르지 않겠다고 했더니, 그러는 게 좋겠다고 하신다. 자식 역시 분노의 핵심 상대 중 하나임을 아버지도 안다. 지갑을 열어 돈을 꺼내시길래 손사래를 치며 일어서 나오는데, 아버지는 지갑을 벌린 채로 현관까지 쫓아 나오며 정색을 한다.

"아버지가 주는 건데……."

나는 5만 원짜리를 꺼내시기 전에 벌어진 지갑에서 얼른 1000

원짜리 한 장을 꺼내며 인사를 하고 문을 닫았다.

"아버지가 주는 건데……." 돌아오는 내내 그 말이 아렸다. 우리의 지난날이 슬펐다. 젊은 시절 그는 내게 얼마나 돈을 주고 싶었을까.

0522(화) 효의 비용

실버타운에 거주하는 부모를 자주 보게 되면서, 자신들이 젊어서 번 돈이나 비교적 부유한 자식들의 돈을 노년에 실버타운의 비싼 생활비로 지출하는 것에 대해 여러 결의 생각들이 뒤엉켜 있다. 일단 가족 중심적 입장에서 보면, 내 부모가 비교적 좋은(비싼) 환경에서 거주하고, 남매들 역시 경제적 여건과 우애가 좋아 여유롭게 함께 돌봄을 할 수 있어서 심간이 편하다. 특히 부모 돌봄에 관해 내 원가족 내에는 (가진 만큼 비용을 부담한다는) 일종의 '공산 사회의 규율'이 통용되고 있어서, 그 경제적 부담을 내가 전혀 감당하지 못한다고 해서 스트레스를 받는 것도 아니다.

하지만 한편으로는 빈곤과 노령이 겹친 늪지대가 점점 더 확대되고 이로 인한 개인적·사회적 고통이 가속화되는 상황에서, 노인장기요양제도에 의해 요양원에 들어가는 대부분의 노인들을 생각하면, 공정과 평등에 관한 윤리적 고민과 공분이 일기도 한다.

특히 30인 이상의 대형 요양원은 노인을 수용하는 수준에 머물고 있다.

일례로 이 가족의 사례를 보자. 남편은 아흔, 아내는 여든여섯 인 노부부가 중·상 수준의 실버타운에 6년째 입주해 있다. 두 노인을 위해 실버타운에 내는 비용과 용돈 등은 한 달 평균 650여만 원으로, 2012년 2월 입주 후 지난 6년간 경비는 4억6800만 원이 들었다. 물론 병원비나 기타 비용을 제외한 금액이다. 그 외에 두 개의 개인 공간 보증금으로 2018년 현재 약 3억이 지불되었다. 보증금의 90퍼센트는 계약 해지 시 돌려받는다.* 이 모든 비용은 노인과 자식들의 돈으로 충당하고 있다. 두 노인의 신체 건강은 연세에 비해 양호한 편이어서 차후 얼마나 더 돈이 들어갈지는 예상하기 힘들다.

평생 고생하고 모은(사유화란 게 본디 불공정한 일이긴 하지만 내 부모나 남매들의 부가 적어도 부정부패한 착복은 아니라는 전제하에) 돈을 초고령 노후의 삶을 연장하는 비용으로 지불하는 부자 노인과 그 자식들을 보면서, 한편으로 '돈 많아 봤자 별거 없구나'라는 생각과 함께 그 초고령 노후의 삶(어느 단계 이후로는 목숨)을 연장하기 위해 들어가는 비용이 아깝다. '저 돈을 다른 곳에 쓴다면 얼마나 마디게 쓸 수 있을까' 하는 생각을 한다. 신체와 정신 건강

---

* 보증금의 10퍼센트를 떼고 돌려주는 것에 대한 소송이 있었고, 그 결과 엄마도 결국 보증금 전액을 돌려받았다는 것을 최근에 알게 됐다.

의 해체가 어느 선을 넘어 버리면, 돈이 제값을 하지 못한다. 노인 시설이든 의료 시설이든, 노인 당사자를 위해 할 수 있는 서비스 내용은 죽음에 가까이 갈수록 줄어든다. 실버타운 안의 다양한 시설과 프로그램, 서비스를 이용할 수 없어질 뿐만 아니라 심지어 식사조차 불가능해진다. 이 단계에서는 부모를 직접 모시지 못하는 자식들의 소위 '죗값'으로, 그들이 물려받을 유산은 감소하고 부자 노인들을 소비자로 하는 실버산업과 의료 산업의 이익은 더 빠르게 증가한다.

효율성이 최고 목표인 자본주의사회에서 죽을 둥 살 둥 경쟁하며 소위 '성공'해서 번 돈으로, 전혀 효율성 없는 초고령 노인의 삶에 저렇게 많은 비용을 치르는 마음의 근거는, '내 돈', '내 핏줄', '효' 등이다. 나는 그 효라는 것이 전혀 공공적이지 않아 보이지만, 돈을 거의 내지 않는 자식으로서 남매들의 효를 반대하진 못한다.

한편 알츠하이머를 앓고 있는 엄마는 가끔 말짱하고 진지한 표정으로 큰딸인 나를 붙잡고, "진짜로 죽고 싶다" 말한다. 자신들이 감당하는 '효의 비용'에 대해 스스로 하등의 쓸모가 없다고 느끼기 때문이다. 그녀는 열정적이고 똑똑한 여성이었다. 나는 죽고 싶다는 말이 엄마의 진심이라고 생각한다. 하지만 어떤 답도 할 수 없어 속으로만 '나는 이러기 전에 스스로 죽을 거야'를 매번 다짐한다. 물론 그녀에게 그 '효의 비용'이 지불되지 않는다면, 그녀는 더 역정을 낼 것이다.

어떤 생명은 '하느님'이니 '절대' 등의 용어까지 동원하며 최후까지 불가촉이자 불가지의 영역에 남겨 놓으려 한다. 모든 것을 돈과 효율의 타산에 넘긴 세상에서, '생명'이나 '효' 등 지극히 사적이고 '천부적'이라고까지 여겨지는 영역에 대해서는 그토록 신봉하는 효율성의 기준조차 폐기한 채 돈을 지불하겠다는 부자 노인들과 자식들이 있고, 그들의 품위와 교양스러움과 연명을 위해 가난한 사람들의 친절 노동을 끌어와 돈을 챙기는 실버산업과 의료 산업이 있다. 그 건너편 '다른 세상'에는 돈이 없어 고생하다 죽음으로 떠밀리거나 죽음을 집어 드는 노인과 중장년, 청년과 청소년, 동반 자살 당하는 어린애들이 있다. 그들 중 일부는 저 실버산업과 의료 산업에서 성실과 근면과 순종의 근로를 훈육받아 밥을 버는 노동자들과 그 자식들이다.

가난한 노인들의 복지 현장에서 9년간 밥을 벌며 관찰해 온 내게, 그 거리는 너무 까마득해 아예 다른 세상처럼 여겨진다. '효'와 '하느님'이 '자본'과 만나 빈곤을 죄로 낙인찍고 있는 현장이자, 신자유주의 사회에서 자본이 가족주의 및 종교와 결탁하는 행태다.

0528(월)   "떨어져 죽어 버릴 거야"

오늘 아버지는 엄마가 많이 좋아졌다고 전하셨다. 혼자 휠체어에서 침대로 올라가기도 하고, 정신도 많이 맑아졌다고 한다. 하루 세 번 함께 교회에 가서 기도한 게 효과를 본 듯하다며 농 섞인 웃음도 보였다.

제부와 나는 두 분과 저녁에 외식을 했다. 두 분 모두 맛있게 드셨다. 아버지는 물냉면과 양념 게장을 좋아했고 돼지갈비도 좀 들었다. 엄마도 챙겨 드리는 대로 여러 가지를 잘 드셨다. 식사를 마치고 식당 밖 마당에 있는 테이블에서 한참 이야기를 나눴다. 낮에는 상당히 덥더니, 저물녘이어서 바람이 아주 시원했고, 꽃과 나무들도 좋았다. 독일에 있는 딸과 손주와 영상 통화도 했다.

"내가 잘못한 거 있으면 딸한테 말해." 아버지가 농담 삼아 말했고 엄마도 "최고의 남편이지" 하며 받아 모두 웃었다. 내가 엄마 기분에 따라 우리 모두의 기분이 오락가락한다는 이야기를 하며, 엄마가 몸도 기분도 좋아 너무 좋다고 했다. 그즈음부터였을까. 아버지는 휠체어를 밀며 테이블 근처를 왔다 갔다 했고, 제부와 나는 테이블에서 이야기를 나누고 있었다. 우리는 제부가 없었던 지난 방문에서 엄마가 보였던 억지와 분노에 대해서 작은 소리와 몸짓으로 이야기하다가 엄마가 가까이 오면 멈추곤 했다. 우리의 소곤거림과 멈춤이 문제였을까. 돌아오는 길에 제부가 휠체어를 밀고 아버지와 내가 옆에서 걷는데, 나를 향해 엄마가 시작했다.

"나한테 숨기려 하지 말고 솔직하게 말을 해."

그 후 엄마는 계속 '아버지의 여자와 아기'에 꽂혀 헤어나지 못했다. 나와 제부는 금세 눈짓으로 상황과 대응을 공유했다.

"아흔이 넘은 남자가 어떻게 애를 낳는다고 그래? 기막힌 소리 좀 그만하셔."

　나는 이렇게 저렇게 대꾸하면서, 오늘 일정을 어떻게 마무리할지 머리를 바쁘게 굴렸다. 내가 엄마를 맡기로 하고, 제부에게는 아버지 방에 가서 사온 과일을 씻어 정리해 달라고 부탁했다.

　아직 상황을 모르는 아버지에게 엄마의 상태가 좋지 않음을 손짓과 표정으로 알렸다. 아버지도 알아차렸다. 내가 혼자 엄마를 케어홈으로 데려가고 있다는 걸 알아챈 엄마는 계속 아버지 방에 가자고 우기다가 새로운 문장을 뱉었다.

　"떨어져 죽어 버릴 거야, 날 안 데려다주면."

　울화가 몰아치면 혼자서 그런 생각을 하는 걸까. 평소 그런 생각을 했기에 그런 말이 나온 걸까. 케어홈에 들어가 거실 작은 테이블에서 손톱을 깎아 드리는 동안에도 얼른 아버지 방에 가자며, 내가 혼자 가버릴까 불안한 듯 내 가방을 움켜쥐었다. 이러다가 어느 순간 내가 없어지는 걸 아는 거다. 나는 가방을 슬쩍 빼서 좀 멀리 두었다. 엄마는 손톱을 깎는 동안에서 계속 손을 빼며 당장 아버지 방에 데려다 달라고 졸랐다. 그러다가 살을 다치면 어떡하냐니까, 그까짓 손가락 하나 잘라져도 상관없단다. 큰소리를 지르지 않는 게 감사할 정도였다. 손톱을 다 깎고 나는 가방을 슬쩍 들고 일어서며 손톱깎이를 돌려줘야 한다는 핑계로 엄마의 시야에서 멀어졌다. 직원에게는 간단히 상황을 설명하고 엄마가 보지 않는 틈을 타 케어홈을 빠져나왔다.

　제부와 함께 타운을 나오며 우리는 엄마 있는 자리에서 우리들끼리 속닥거리지 말 것과, 엄마 앞에서는 누구의 아기든 아기 이야기는 하지 말자고 결론지었다. 이 분노와 의심을 얼른 잊고 오늘 밤 편하게 주무시기를. 내일 아침 아버지가 갔을 때는, 편하고 넉넉한 얼굴로 함께 기도와 산책을 즐기시기를……

0603(일)   엄마의 터닝 포인트

오늘은 첫째네 부부의 정기 방문 날이었고 나도 동행하기로 했다. 오빠는 자기 방문 때 가능하면 내가 함께하기를 원한다. 상황 대처에 도움이 되기 때문이고, 나는 그 김에 외식을 즐긴다. 올케언니가 엄마의 여름옷을 챙겨 왔다. 우리는 이제 엄마의 억지에 이골이 나 있었고 각자 각오들을 하고 있었다.

4시 30분에 1층 홀에서 만나 아버지 방에 가기로 했는데, 오빠네가 10여분 늦었다. 엄마가 오렌지를 좋아한다는 아버지의 확신에 맞추기 위해 철 지난 오렌지를 사려고 여러 곳을 돌아다니느라 늦은 것이다. 결국 오렌지는 구하지 못했고 대신 수박을 사왔다. 아버지는 수박을 보자마자 약간의 짜증과 반대가 묻은 표정을 확실하게 지었다. 철이 지나 오렌지를 구하지 못했다고 설명했지만, 아버지를 충분히 이해시키지는 못했다.

엄마는 기분이 좋았다. 아직 '그분이 오시기 전'이었다. 대체로 엄마의 억지가 시작되는 시각은 최근의 패턴대로라면 헤어지는 시간 즈음, 외식이 끝나고 타운으로 돌아오는 해 질 녘이다. 그 시간 전까지는 '설마 저 상태에서 돌변할 리 있겠어?' 싶지만, 이제는 모두 그 느낌을 믿지 않을 정도로 엄마의 돌변은 규칙적이다. 나는 그 시간을 '터닝 포인트'로 명명했다.

오늘도 마찬가지였다. 식사 후 식당 정원에서 한담을 나누다가 며느리와 남편이 잠깐 거리를 두고 있는 틈을 타서, 오빠와 나를 향해 엄마는 또 시작했다. "거짓말하지 말고 솔직허니 말해 봐. 대체 어떻게 된 일이야?" 첫째는 그저 웃었고, 나는 "엄마, 연세가 아흔인 노인네가 어떻게 아이를 낳는다는 거야?"라며 무심하게 받았다. 엄마는 심각했고, 그 시간 이후 똑같은 패턴이 반복됐다.

오빠는 일부러 제발 며느리 앞에서는 그 말을 하지 말아 달라, 며느리가 아는 게 창피하다고 했다. 물론 며느리는 이미 알고 있었지만, 엄마의 상승을 최대한 막아 보자는 생각에서였다. 그 효과였을까? 엄마는 아주 심해지지는 않았다. 아직도 자식들과 자식의 배우자들을 구분해서 언행을 달리해야 한다는 판단력은 상당히 살아 있는 것 같았다. 분노가 심하지는 않아서 구내 카페에서 수박을 다 같이 잘라 먹었다. 하지만 점점 더 정도가 심해지는 게 보였다. 이제 헤어질 시간이 된 것이다. 평소 수박을 좋아하던 엄마가 올 들어 처음 먹는 수박이었음에도 불구하고, 엄마의 붙들림을 돌려놓을 순 없었다.

다음번에는 일부러 방문 시간을 확 바꿔서, 오전에 시작하고 오후 2시 즈음에 끝내 해 질 녘을 피해도 증상이 되풀이되는지 관찰해 보고 싶다.

0604(월)　자식의 궁리

아버지가 병원에서 요류 검사를 받는 데 작은며느리가 동행했고, 그 김에 엄마의 약도 받아 왔다. 어제 방문한 내게 '내일의 병원 예약 건'에 대해 며느리에게 다시 확인시켜 주라고 주문할 정도로, 아버지의 기억력은 좋았다. 진료 결과는 현상 유지. 다행이다.

　병원 방문을 마치고 타운에서 두 분이 산책을 즐기고 있는 사진을 작은올케가 대화방에 올렸다. 아침나절 엄마는 딴소리 없이 기분도 좋아 보였다.

　노인주간보호센터 근무 때, 저물녘이면 평소와는 생판 다르게 과격한 말과 행동을 보이던 알츠하이머 할머니가 있었다. 평소에는 아주 얌전한 분이었는데, 해 떨어질 때만 되면 슬슬 욕과 거친 행동이 시작되어 점점 심해졌고, 날이 상당히 어두워지고 기운이 다 빠지고 나야 잠잠해졌다. 센터에서는 '터닝 포인트'가 오기 직전에 늘 그분에게만 별도의 숙제를 맡겼다. 콩, 쌀, 보리, 팥, 수수 등이 섞인 쟁반과 작은 그릇 여러 개를 주고, 종류별로 나눠 달라는 부탁이었다. 그 일에 집중하느라 4분의 3 정도는 돌변을 피했다. 나도 이 방법을 엄마에게 시도해 보았다. 해 질 녘이면 일부러 엄마가 관심 있어 할 만한 내용의 이야기를 줄줄이 이어 했는데, 실패였다. 이야기보다 더 강력한 것으로 콘텐츠를 바꿔 봐야겠다.

0605(화)   수박

며칠 전 오빠네가 사간 수박에 대한 짜증을 뒤집고, 오늘 오전에 아버지가 내게 전화해서는 엄마가 아주 좋아한다며 수박을 한 통 더 사오라 하셨다. 나는 통화 중에 살짝 웃었다. 당장에 오라는 말은 아니었는데, 내가 먼저 오늘 4시경에 가겠다고 했다. 아버지는 "오늘 온다고?" 하며 반가워했고, 무거우니까 타운 아래 슈퍼에서 배달을 시키라 했다. 안 그래도 지난번에 남은 반 통을 썰어 정리해 놓지 못하고 온 게 마음에 걸리던 터였다. 아버지는 세 번을 더 전화해서, "비피더스 포도도 사와라", "수박을 자르려면 부엌칼이 있어야겠다", "도마 같은 것도 필요하다" 등을 주문했다. 나는 그 김에 혹시 오렌지도 구할 수 있으면 사가겠다고 했다.

나는 대화방에 상황을 알리며 오빠를 위로하고 아버지의 변덕을 좀 놀려 주었다. 오빠는 "현숙 동생이 타운 가까이 이사하니 아버님이 회갑도 지난 늙은 동생을 너무 고생시키네요"라는 답으로 고마움을 전했다.

아버지 방에서 수박을 썰며 "오빠네가 수박 사들고 들어오자마자 인상을 쓰시더니 벌써 다 드셨냐?" 하고 물으며 살짝 웃었더니 아버지도 피식 웃었다. 딸이라도 조금은 쪽팔리셨겠지. ☺ 오늘은 산책을 좀 한 후 카페에서 수박을 함께 먹고 5시경에 엄마를 모셔다 드렸다. '그 시간'은 피했고, 급변은 없었다. 엄마의 기분은 최근 들어 가장 좋았다. "세상에서 젤 좋은 우리 서방!", "내 사랑!", "내가 젤로 행복한 여자!", "우리 영감이 열부라고 타운 전체에 칭찬과 소문이 자자" 같은 칭찬을 연발했고, 나와 함께 노래도 부르고 팔 흔들며 춤도 추었다. 오늘도 아버지 몰래 두 분 모습을 찍어 대화방에 올려 두었다.

0618(월)　기억력 감퇴

엄마의 치매 검진을 위해 작은올케와 동생 남편이 병원에 동행. 2013년 인지 검사에 비해 기억력이 많이 감퇴한 것으로 나왔다. 2013년에는 열두 가지 동물 이름을 말했으나, 지금은 6개로 떨어졌다. 단어 기억력도 많이 감퇴했으나 수치에 대한 기억력은 상대적으로 좋아서 1부터 14까지의 숫자를 그럭저럭 연결했다. 인지 검사 결과는 일주일 후에 며느리가 확인할 예정이다. 엄마를 승용차에 태우고 내리는 일이 성인 둘의 힘으로도 아주 어려웠다고 한다.

엄마의 터닝 포인트를 확인하기 위해 일부러 낮에 방문해 막내와 함께 점심 외식을 했다. 두 번의 위험한 순간이 있었지만(한 번은 "너희 아버지가 좋은 사람이냐? 나한테는 좀 거짓말을 하는 거 같다"라고 했고, 한 번은 다른 곳을 바라보고 있는 아버지를 향해 "당신은 누구 생각을 그렇게 하고 있어?"라고 해서 조마조마했다) 큰 탈 없이 점심 식사와 산책을 마치고 복귀했다. 낮이어도 억지가 아예 없는 것은 아니었지만 감정 고조는 좀 덜한 듯했다. 케어홈에 모셔다 드리고 헤어지는 과정까지는 괜찮았는데, 나중에 잠시 다시 들러 직원을 만났더니 오늘도 영감님 있는 2층에 가겠다며 살짝 한바탕했다고 한다.

내게 손주가 생긴 것을 두 분에게는 이야기하지 못했다. 혹시 아기 이야기를 실마리로 또 '영감의 아이'로 넘어가 버릴까 봐서다. 아버지에게라도 알릴까 생각했는데, 무심결에 엄마에게 말해 버려 난감한 상황이 만들어질까 봐 아직 안 하고 있다.

제부가 아버지에게 오늘 방문하겠다고 전화를 드렸더니, 고깃집에서 저녁 식사를 하자며 현숙이도 데리고 오라 하셔서 급하게 합류하게 됐다.

오늘도 엄마가 '터닝 포인트'를 도는 바람에 일찍 자리를 정리했다. 오늘은 아버지가 매일 아침 엄마에게 갖다 준다는 '비피더스 포도'를 엄마는 한 번도 먹은 적이 없다면서 "저 양반은 저렇게 거짓말을 하고 나를 속인다"라며 꼬투리를 잡기 시작해 이내 '다른 여자와 아기'로 넘어갔다. 헤어질 시간인 거다. 그전에 엄마와 나누던 이야기로 다시 관심을 돌리려 해봤지만, 엄마는 여전했다. 전에는 이러다가도 내가 유도하는 다른 채널로 넘어가기도 했는데, 갈수록 자신이 붙잡은 생각 꼭지에 대한 집요함이 질겨진다. 아예 내 말은 귀에 담지를 않는 것 같다.

아버지는 엄마가 '비피더스 포도맛'을 잘 먹어서 엄마를 더 주려고 당신은 안 드신다 했다. 일부러 넉넉하게 사오는 것이고 유통기한 지난 것은 매번 수거 중이라며, 아버지도 하루에 꼭 하나씩 드시라고 강조했다. 아니, 지금 두 양반에게 들어가는 돈이 대체 얼만데, 그 비피더스 포도가 아까워서 안 드신다는 거냐고 대체! ☺ 내가 동행한 날 수거된 것들은 대체로 내게로 온다. 사실 우유 발효식품은 유효기간이 좀 지나도 지장이 없다. 그 김에 나는 살이나 찌우고 있다.

제부가 아버지에게 내 며느리의 출산을 알렸다. 아버지가 나한테, "순산했다며?" 하시길래, 나는 엄마와 좀 떨어지며 "일부러 엄마에게는 얘기 안 했다"라는 말과 손짓을 하니, 아버지도 알아듣고 미소로 동의했다.

케어홈 앞의 1층 로비에서 아버지는 당신 방으로 가고 제부도 일이 있어 먼저 나갔다. 나는 엄마를 케어홈에 모셔다 드린 후 마당을 걸어 타운을 나오는데, 익숙한 음성이 귀에 꽂혔다.

"똑아."

내 큰아들의 애칭이다. 돌아보니 2층 베란다에서 두 분이 내려다보고 있다. 아버지는 그대로 자기 방으로 가버리기는 마음이 편치 않았던 거다. 엄마는 아직 억지 중이었을 테고 아버지도 그걸 아는데 남편은 아내에게 또 갔구나. 나도 그런 엄마를 직원에게 넘기고 돌아서는 마음이 울적했는데, 두 분이 나란히 있는 모습에 울컥하면서 가슴 한 켠이 따스해졌다.

0728(토)　　뇌경색을 의심하다

한 달 사이 각별한 변화는 없었다. 남매들 모두 각자의 방문 일정을 충실히 지켰고, 아버지의 틀니 교정과 보청기 점검이 있었다. 타운 근처로 이사 온 후, 다른 남매의 방문에 내가 동행하는 경우가 많아졌다. 외식하게 되면 아버지가 먼저 "현숙이도 부르라" 하셔서다. 몸무게가 걱정이다.

오늘도 막내네 부부의 방문에 동행했다. 오후 4시 50분경 도착해 동생이 주차하는 동안 올케와 내가 먼저 케어홈을 찾았다. 엄마의 상태가 눈에 띄게 안 좋아 보여 깜짝 놀랐다. 계속 목을 떨어뜨린 채 주무시려고만 하고, 몸이 왼쪽으로 많이 기울어진 채 세워지지 않았으며, 침을 많이 흘리고 있었다. 직원에게 언제부터 이 상태였냐고 물으니, 어제 자신은 비번이어서 자기가 본 건 오늘부터란다. 새 증상이 뇌경색을 의심할 만한 것이어서 다소 놀라며 대화방에도 공유하고, 비번인 책임 간호사에게도 문의를 해두었다.

일단 모시고 나와 식사를 하는 동안 엄마는 잠에서도 헤어 나오고, 침 흘리는 것도 줄어들고, 몸 기울기도 좀 나아졌지만, 여전히 상태는 안 좋아 보였다. 식사를 마치고 관내 카페에서 아버지 담당 간호사를 만나 엄마 상태를 설명하고 한번 봐달라고 부탁했다. 혈압과 맥박 등은 이상이 없다며, 담당 간호사를 만나 보라고 했다. 오후 6시에 출근한 담당 간호사 역시 혈압과 체온 등은 정상이니 며칠 주시해 보자고 했다.

오늘 헤어지는 과정은 완벽했다. 엄마는 손까지 흔들고 모범적이었다.

어제 오빠네 부부가 방문했을 때도 엄마의 상태는 여전히 안 좋았
다. 구내 한의원에서 침을 맞기로 했지만 기대할 건 없는 듯했다. 문
제는 또 있었다. 오늘 오전 11시경 케어홈 간호사가 전화로 엄마의
질염이 심각하다고 알려 왔다. 분비물이 상당히 많고 냄새도 심해서
외부 산부인과 진료가 필요하다고 했다.

　　남매들과 의논한 끝에, 내가 2시경 방문해서 간호사와 함께 엄
마를 모시고 인근 산부인과에 가기로 했다. 이동은 타운 측에서 운영
하는 장애인 슬로프 차량을 이용하기로 했다(그러면 휠체어에 앉은
채 이동이 가능하다). 1시 반에 먼저 아버지를 만나 상황을 설명했다.
평소 병원이라면 일단 거부부터 하시던 터라 필담으로 "질염으로 산
부인과"라고 정확히 써드렸고, 딱히 내키지는 않아 하셨지만 알겠다
고 했다. 나는 인터넷을 검색해 완경 이후 에스트로겐 부족으로 헤모
필루스 질염이 생기기 쉽다는 점과 여성호르몬, 연고, 질정 등으로
치료를 한다는 등의 정보를 미리 확인해 두었다.

[나의 산부인과 동행 보고]

○ 질염 치료하고 질정 처치 및 약 처방 받음. 치료비는 3만1000원.
처방 받은 질정은 간호사가 타운 내 약국에서 구입하고 월말 납
부금에 포함하겠다고(타운 약국에 해당 약 있는 것 확인했음).

○ 자궁경부암 검사도 받음. 구태여 그 검사를 받을 필요가 있을지 잠깐 고민했지만, 마침 올해가 무료로 진단받는 해인 점, 검사 처치가 간단한 점 등 때문에 검사받겠다고 함.

○ 간호사와 의논 후 침은 일단 질염 치료가 좀 끝난 후로 미루기로. 오늘은 몸도 마음도 아주 좋고, 이야기도 많이 하심. 몸이 왼쪽으로 기우는 증상은 없고, 침만 좀 흘리심.

엄마의 몸 기울기와 침 흘리기에 이어 질염을 겪게 되니 이제 한 단계 새로운 국면으로 들어갔다는 생각이 든다. 그러고 보니 몸을 제대로 가누지 못하던 7월 28일 이후로 아버지에 대한 억지도 없어졌고, 말수도 많이 줄었다. 내가 방문할 때는 그래도 여러 가지로 유도하는 덕에 말을 많이 하는 편이다. 앞으로 엄마의 말들을 더 잘 기록해야겠다.

— 내가 가만 생각해 보니까, 사람은 짐승하고는 달라. 지성이 있는 거지. 생각을 하는 거가 동물하고는 달라. 그러니 늘 조신하고 겸손할 줄 알아야 해.

— (엄마는 자주 나의 글쓰기에 대해서 묻는다.) 요즘도 글 잘 쓰는 거니? 허풍 떨지 말고, 거짓말하지 말고, 교만하지 말고, 정직하게 쓰고, 떠벌리지 마. 사람은 항상 겸손해야 해.

— 내가 이렇게 아무것도 못 하고 남들 고생만 시키며 살아서 뭐 하냐?

한편, 엄마의 지금 상황이 당신에게 수모나 모욕이 아닐지 하는 생각도 한다. 인지능력이 있어 수치나 부담감을 느끼는 노인과 아가는 다른 것이다. 엄마는 최근 우리와 함께 있을 때도 눈을 감고 있는 경우가 많았다. 오늘 산부인과에서도 진료를 받는 내내 눈을 감고 있었다. 왜 눈을 감고 있냐는 내 말에 "부끄러워서"라고, 여전히 눈을 감은 채 작지만 명확하게 말했다. 나는 마음 한쪽이 쿵 내려앉았다.

소변 나오는 곳에 염증이 생겨서 산부인과에 가는 거라고, 오늘의 병원행에 대해 엄마에게 미리 설명했었다. 당신이 왜 어디에 가는지에 대해 알 권리가 있다고 생각했다. 병원에 가서도 구체적인 치료 부위와 방법을 미리 간단히 설명했다. 혹 거부할까 염려했지만 반대는 없었다. 말은 안 하지만 제대로 이해하는 표정이었다. 접수 과정에서 여성 의사를 요청했지만, 지금은 남성 의사밖에 없다고 했다.

백발의 할머니가 휠체어에 실려 진료실로 들어오는 모습에 40대 초반의 남성 의사는 심란한 눈빛이 되었다. 나는 부드럽고 단호하게 일부러 의사를 주시했다. 증상을 설명하는 나의 두세 문장에 그의 표정은 좀 나아졌다. 이어 앞으로의 진단 과정과 치료 내용을 묻고 수락하는 과정에서 나는 단호한 표정과 눈빛, 결정권은 할머니와 내게 있다는 태도를 통해 이 늙고 난감한 할머니를 무시해서는 안 된다는 판단을 주고자 했다. 그의 속이야 넘겨짚을 일은 아니고, 내 의도는 그랬다. 거동이 전혀 불가능한 할머니의 질염을 확인하고 치료하기 위해 장차 우리가 할 행위와 노동에서 우선적 주체는 할머니임을 딸인 내가 정확히 알고 있다는 것을, 그에게 주지시키고 싶었다. 의사인 당신은 혹 싫더라도 그것을 감추는 데 성공해야 함을 그가 알 수 있도록 말이다.

　나는 '실버타운' 같은 단어를 사용해 이 할머니가 경제적으로 상층계급임을 일부러 드러냈다. 여기서 채 5분도 안 되는 거리의 실버타운에는 유사한 증상의 구매력 있는 할머니 소비자들이 많다는 것을 병원 운영자가 알아먹도록 문장을 구성했다. 돈이 판치는 세상에서 나는 필요하다면 돈의 위력을 활용하는 사람이구나. '없어 보여서' 당할 수 있는 차별을 미리 방어할 문화 권력을 난 가지고 있구나. 사실 의사 역시 그 실버타운을 모를 리 없었다. 이 병원을 권해 준 것도 실버타운의 간호사였다.

　이왕 온 김에 자궁경부암 검진을 하자는 의사의 말이 내겐 뜬금없이 들렸다. 아무리 여자라면 누구나 다 받는 무료 검진이라지만, 한눈에도 죽음이 멀지 않음을 알 수 있는 노인이다. 혹 암이 발견되더라도 수술이나 항암 치료를 할 생각은 전혀 없었다. 엄마도, 아버지나 남매들도 마찬가지일 거다. 그럼에도 검진을 거절하지 않은 유일한 이유는 검사 과정이 아주 간단해서다. 일부러 의사에게 과정을 물어보았다. 표피 채취만 아주 간단하게 하면 된단다. 병원으로서는 의료보험 수가를 챙길 거다. '그래. 그 정도야 뭐' 싶은 생각에 동의했다. 거의 모든 산부인과들이 몸조차 가누기 힘든 여성 노인 환자들, 즉 수술이나 항암 치료를 할 체력이 없는 환자들에게, 한 건당 얼마씩의 수입을 위해 이 검사를 하고 있을 것이다. 단지 산부인과뿐만 아니라 다른 전문과들에서도 비슷한 방식으로 수입을 챙길 것이다. 국민건강보험은 이럴 때 호구이고, 그 피해는 보험 가입자인 시민들의 몫이다.

엄마는 산부인과 진료 의자에 자세를 제대로 갖추고 올라앉는 것 자체가 불가능했다. 진료를 위해 네 명이 엄마를 떠메어 진료 의자에 올리고, 바지를 내리고, 기저귀를 풀고, 다리를 벌려 올리려다가 받침대에 닿을 만큼 벌어지지 않아 한 차례 실패한 후 두 다리를 두 사람이 각각 잡아 벌려 간신히 착석에 성공했다. 그러고는 아직도 양반연이 상당히 남아 있는 86세 여성의 성기를 젊은 남자 의사가 도구와 약품으로 문지르고 찌르며 들여다보는 상황을 엄마는 당했다. 그녀 스스로도 수치심을 느낄 진료라 생각하고 있었고, 그 수치심을 느꼈으며, 표현까지 했다. 그럴 정도의 인지력이 아직 남아 있다는 말이기도 했지만, 나는 안타까웠다. 여성의 성기를 '가장 수치스러운 부위'라고 알게 한 통념과 교육에 대해 화가 났다. 나는 그녀가 조금이라도 편하게 생각하도록 의사의 진료 행위마다 계속 간략한 설명을 덧붙였다.

"소독하는 거예요." "기구를 안에 넣는 거예요." "약을 넣을 거예요."

이 모든 과정의 주체가 엄마임을 엄마와 그 공간의 사람들에게 공지한 것이며, 나아가 여성/할머니의 성기는 수치스러운 것이 아니라는 것도 공지하고 싶었다. 의사 역시 치료를 위한 수단임을 엄마에게 말해 주고 싶었다. 그래서 엄마가 주체가 되었나? 수치심을 덜었나? 나만 힘주어 헛발질을 한 건 아닐까?

엄마의 성기 외관은 말끔했다. 기저귀를 자주 갈지 않아 생긴 염증은 아닌지 했던 일말의 의심은 없어졌다. 그녀의 성기이자 생식기. 내가 통과해 세상으로 나온 문. 음핵은 외음순에 덮여 보이지 않았다.

0822(수)　병원에 가야 할 것인가

[간호사와 나의 통화 내용 보고]

○ 지난번 산부인과 처방 후 나아졌던 질염이 재발해서 타운 내 의사에게 약 처방받아 투약 중.

○ 이번 주 내내 식사를 통 안 하심. 서너 수저씩만 드신다고. 왜 안 드시느냐 여쭤 보면 소화가 안 돼서 그런다고.

○ 요즘 어깨 통증을 자주 호소하시는데 혹시 석회화 증상이 아닌가 의심. 이번 주는 태풍 등으로 외출을 자제하는 게 좋으니, 한 주 더 살펴보다가 다음 주에 인근 정형외과 가서 사진 찍어 보고 필요하다면 주사 처방 등을 받아 보자고. 고개를 잘 가누지 못하던 것은 이제 괜찮아짐.

— 셋째 : 사실 나도 엄마한테 다녀온 후 잠이 오지 않음. 엄마의 정도가 심해서 요양병원 같은 데서 물리치료 같은 걸 받아야 하는 게 아닌가 싶기도. 현재 엄마의 증상으론 며칠 병원 다닌다고 될 일도 아닌 것 같고. 좀 나아지셨다니 다행이지만, 내가 봐도 그 자세에선 어깨나 목이 얼마나 아플까 싶더라고. 근데 내가 아픈 데 없냐니깐 없다 하시더라고.

케어홈 입주 후 엄마의 건강은 빠르게 무너져 가고 있다. 고령 노인의 건강 하락이 치료로 회복될 수 있는 것인지, 노쇠로 인한 것이어서 치료 효과가 없을지를 파악하는 것은 어려운 일이다. 이런 경우 대부분은 일단 의료 기관에 맡기고 보겠다는 생각을 한다. 나는 대체로 반대하는 편이지만, 나 역시 내 의견이 옳은지 확신할 수 없었다. 게다가 엄마가 케어홈으로 가는 과정에서 아버지가 우리에게 약속해 달라고 했던 한 가지는, 엄마를 병원에 보내지 않는 것이었다. 당장의 필수적인 치료를 위한 병원 방문이나 입원이야 가능하지만, 중장기적으로 엄마를 입원시키거나 병원에서 임종을 맞게 하는 것은 안 된다는 것이다. 우리는 아버지의 이런 입장을 우리들이 이미 합의한 '연명 의료 거부'와 유사한 의견이라고 받아들이고 있다.

지난 25일 방문에서 엄마의 씹고 삼키는 기능이 빠른 속도로 저하되고 있고, 케어홈 측에서 수시로 유동식 캔을 제공하고 있다는 설명을 들었다. 씹고 삼키는 기능의 저하는 뇌기능 저하와 연관이 높다. 그러니 마음은 안정돼 보였다. 이는 집착과 증오를 붙들고 있을 정신의 힘이 없어진다는 이야기이다.

○ 질염과 관련해선 진전이 없는 듯.

○ 어깨 : 앉아서 받는 전기 물리치료도 전혀 효과 없음.

○ 음식물 삼키지 못하는 문제 계속. 그러다 보니 입속 구석구석에 음식 찌꺼기가 아주 많이 남게 됨. 이후는 음식을 다져서 제공할 예정이나 그렇게 해도 계속 못 삼킬 가능성이 높음. 그럴 경우 밥과 반찬을 갈아서 유동식으로 제공할 예정.

○ 담당 간호사는 이런 상황에 비추어 볼 때 병원 입원 치료도 생각해 보는 것이 좋겠다고 조언. 우선 다음 주에 정형외과와 산부인과를 다녀오기로.

타운의 간호사 한 분과 함께 엄마를 두 병원에 모시고 다녔다. 다행
히 한나절 만에 끝났다. 엄마의 여러 증상들에 대한 의사들의 대체
적인 답은 '방법 없음'. 노쇠가 원인이기 때문이다. 노쇠로 인해 뇌
기능이 저하되니 씹고 삼키는 기능도 떨어지고 집착과 증오의 능력
도 떨어져 버렸다.

　죽음은 순간이다. 문제는 늙어 죽어 가는 과정이다. 엄마가 그
과정을 이제 마쳐도 좋겠다는 생각을 오늘 했다. 전에도 했던 생각
인데, 오늘은 더 진지하게 했다. 늙어 죽어 가는 사람을 이 병원 저
병원 모시고 다니는 일이 당사자에게 얼마나 무의미하고, 번거롭
고, 무례하며, 무력감을 느낄 일인가를 생각했다. 오늘 산부인과에
서는 지난번 질염 진단 때 앉았던 그 진료 의자에는 올라가지 않았
다. 올라가야 한다면 내가 거부할 생각이었다. 물론 엄마에게도 물
어봤겠지만 거부를 유도했을 거다.

　오늘도 엄마는 어떤 적극적인 거부나 의사 표현이 없었다. 마
치 자신의 몸을 놓고 이러쿵저러쿵 이야기하고 처치하는 사람들이
보이지도 느껴지지도 않는 것 같았다. 문득 엄마가 억지를 부리며
의심과 분노를 공격적으로 드러내던 게 겨우 한 달 전 일이라는 게
떠올랐다. 이제는 그런 단계를 넘어선 것이다. 돌보는 사람도, 아마
엄마도, 이 단계가 훨씬 편할 수 있다. 이제 엄마는 자신을 가둔 그

생각과 감정의 감옥에 있지 않다. 하지만 이젠 무감함과 무력함, 침묵 속에 갇혀 가고 있다. 그녀는 무엇을 느끼고 있을까?

엄마가 케어홈으로 돌아와 가장 먼저 한 일은 기저귀 교체였다. 병원에서 엑스레이를 찍기 위해 세 사람이 매달려 휠체어에서 병상으로 옮기는 동안 대변이 마렵다고 했다가 곧 괜찮다 했는데, 돌아오는 중에 보니 냄새가 났다. 나는 돌아오자마자 요양보호사에게 기저귀를 봐달라는 부탁부터 했고, 간호사와 할 이야기가 있어 잠깐 나갔다 들어와 보니 기저귀를 가는 중이었다.

"대변을 보신 거네요."

"아유, 보신 정도가 아니네요."

그 말의 음색이 이상하게 내 마음에 걸리적거렸다. 그녀가 노인을 탓하고 있다는 느낌이 들었다. 나중에 되돌아보니 내 귀와 마음의 느낌일 뿐, 요양보호사의 음색은 짜증도 판단도 거의 없는 '일상적인' 빛깔이었다. 나는 종종 필요하다면 돈을 매개로 한 갑질 증상을 드러내는 나를 발견하곤 한다. 내 돈도 아닌 혈육들의 돈을 놓고 말이다. 그저 무언가가 내 귀와 마음에 걸렸을 뿐인데, 그 무언가의 실체는 요양보호사가 아닌 엄마였다. 침대 위에 옆으로 눕혀져 몸이 벽을 향해 반쯤 돌려진 채, 엉덩이와 항문을 타인에게 맡기고, 똥이 뭉개져 있는 기저귀를 빼내고 물티슈로 항문과 엉덩이를 닦아 내는 일을 당하고/겪고 있는, 늙은 여자.

넉 달 전 엄마는 내게 "정말 죽고 싶다"라는 말을 또렷하게 했고, 그 또렷함 때문에 나는 섬뜩했다. 당시는 케어홈으로 이주 후 남편과 자식들에 대한 분노와 원망이 들끓던 때여서 실행의 기미까지 의심했었다. 마음 하나만 뒤집어 지금 당신 상황을 받아들이기만 하면 말년의 엄마 상황은 사실 상당히 좋은 편에 해당한다고 나는 생각했고, 심지어 그녀의 분노를 가라앉혀 보려고 그녀에게 그 말을 하기까지 했다. 하지만 그건 타인의 시선이고 기준이다. 당시 상황에 대한 본인의 감정과 판단에 따르면, 엄마는 '독한 불행' 속에 있었다. 한 인간의 고통에 대해 사회적 평균을 갖다 대는 것은, 적어도 당사자에게는 폭력이다. 그녀의 딸은 내내 평균을 들이대며 내심 사회적 저울질을 포기하지 않았던 것이다.

그리고 지금 엄마는 그 '독한 불행'에서조차 미끄러져 나왔다. 평화나 행복이 아닌 무력과 무능의 단계로 밀려들어 갔다. 타인의 위험한 단정일 수 있지만, 엄마는 감정도 판단도 없는 상태로 들어간 것 같았다. 케어홈으로 들어온 이후 엄마의 해체 속도는 빨라지고 있다. 되돌아보면 그 과정에서 아마 남은 집착을 떨구는 시기가 그 '독한 불행'의 시기였던 것 같다. 이제는 집착도 분노도 놓쳐 버리고, 점점 더 빠르게 망가져 가는 자신의 몸을 무방비 상태로 놔두고 있다. 내가 보기에 엄마는, 몸의 부분들이 각각 부서지다가 이제 그 부서짐들이 하나둘 연결되어 한 덩어리씩 뭉텅뭉텅 붕괴되어 가는 느낌이다. 그리고 나는 그녀의 아직 남은 기능들과 만나 함께해 보려고 이곳저곳을 더듬어 느끼면서 헤어지는 연습을 하고 있다.

그녀도 내 손길의 의미를 아는 듯 따뜻하다느니, 부드럽다느니, 차다느니, 아직 답을 해주고 있다. 독한 관찰자를 자처했지만, 계획에 없는 눈물이 때로 응시를 가린다.

엄마는 그 몸으로 생명을 놓치지 않은 채, 아니 생명이 아직 그녀를 떠나지 않은 채 죽음으로 흘러들어 가고 있는 것 같다. 마치 컨베이어 벨트에 놓인 채 기계의 동력으로 평면 위를 저절로 이동당하는 물체 같기도 하다. 엄마는 자신의 이동을 느끼고 있을까? 변화를 알고 있을까? 무엇에서 무엇으로 이동하는지, 어떻게 변화하고 있는지 알고 있을까? 안다면 더 불행한 일이고, 모른다면 차라리 나은 일인가?

"귀신 같지?"

병원 절차를 밟느라 내가 말을 적게 걸어 그녀도 말수가 적었던 오늘, 틈날 때마다 눈을 맞추며 얼굴을 어루만지던 내게 엄마가 말했다. "예쁜 할머닌데 뭐." 나는 방긋 웃으며 매무새를 한 번 더 다듬어 드렸다.

오늘 모든 걸 마치고 타운으로 돌아오다가 엄마는 뜬금없이 "사느라 모두 애쓴다"라는 말을 했다. 함께 간 간호사나 나의 수고에 감사하는 말이라 생각했는데, 어쩌면 자신에게 하는 말이기도 했던 것 같다. 내과와 정형외과와 산부인과의 세 의사가 엄마의 상태에 대해 내린 진단은 모두 "무엇을 어떻게 더 할 게 없다"라는 것이었다. 그냥 진행을 지켜보며 필요할 때 진통제나 쓰자고 했다. 엄마 역시 목숨에 대한 애착은 보이지 않는다. 점점 더 무력하고 무능해지는 변화가 그녀에게는 무엇일까? 그녀의 남편과 나와 다른 자식들에게는 무엇일까? 사회적으로는 무엇일까? 생태적으로는 무엇일까?

엄마는 지금 존엄한 존재인가? 모든 생명은 존엄한가? 그렇다면 죽음은 존엄의 반대인가? 나는 어떤 존재에 대해서도 무가치하다거나 반대로 존엄하다거나를 쉽게 말하고 싶지 않다. 그 단어들이 가지고 있는 속임수를 더 캐봐야 한다고 생각한다. 또 개인적으로는 분열적이더라도 사회적 존재로서의 엄마의 위치와 관계를 가늠하는 일도 내던져 버릴 수 없다. 그 가늠이 무례하고 폭력적이며 비인간적이라는 위험을 담고 있다 해도, 회피하지는 않겠다. 답을 얻지 못한다 해도 찾는 과정을 그만둘 수는 없다. 적어도 모든 생명은 존엄하다든가, 모든 죽음은 존엄의 반대라든가, 하지는 않다. 존엄이라는 단어는 너무 애매해서 쓰는 사람 멋대로 오용될 수 있다. 존엄의 여부를 떠나 생명과 죽음은 연속이자 이면이며, 순차이자 순환이다.

내가 엄마에게 바라는 것은, 그녀가 너무 어렵지 않게 죽음에 닿는 것이다. 이미 많이 어려워졌지만 더는 어렵지 않기를, 스스로를 비참하게 느끼며 존재하지는 않기를 바란다. 하지만 대부분의 어려움은 어느 순간 들이닥치는 것이 아니라 차차 다가오는 것이어서, 닥치는 대로 견뎌지다가/견딜 수밖에 없다가 문득 멈춰 되돌아보면 지나온 길도 다가올 일도 까마득하기 일쑤다.

지금이 느끼는 능력과 기능 자체를 잃어 가는 단계라면, 그녀 자신과 남편과 자식들이 감당하는 이 모든 마음 씀과 돈의 지불은, 무슨 의미가 있는가? 혹 그녀에게는 무의미한데, 살 만한 사람들만 의미를 붙들고 있는 건 아닐까? 불평등한 사회에서 그녀에게 이렇게 돈과 자원이 집중되는 것은 과연 공정한가? '자식의 도리', '혈연의 도리', '생명에 대한 도리' 등에는 어떤 긍과 부가 있는가? 각종 사회적 권력관계 속에서, 빈부의 차별 속에서, 자타의 뒤엉킴과 거리 속에서, 젊은 시절의 기여와 늙은 시절의 무능 및 돌봄 받음 속에서, 한 사람이 죽어 가는 데 드는 물적·심적 비용, 죽음에 닿을 때까지 자신과 타인이 지불하는 물질적·비물질적 비용에는 어떤 의미와 윤리가 있는가?

0917(월)　아버지의 변화

"엄마가 쉽게 죽지를 않는구나."

어제 모처럼 큰아들네 집 가족 모임으로 외출한 아버지가 타운으로 돌아오는 길에 막내의 차 안에서 창밖을 보며 말했다. 읊조리듯 말씀하셨는데 내가 세 번을 연거푸 되묻는 바람에 아버지는 똑같은 말을 세 번이나 되풀이해야 했다.

"엄마가 쉽게 죽지를 않는다고."

세 번째에야 정확히 알아들은 나는 혹시 운전 중인 동생이 못 알아들었을까 봐 "아하, 엄마가 쉽게 안 돌아가신다고요"라고 복창했다.

잠깐의 침묵이 무거워 나는 얼른 뒷좌석에서 조수석에 앉은 아버지의 왼팔을 말없이 감쌌다.

"네, 그럼요. 엄마가 몸은 건강하신 편이에요."

사실 속으로는 그 의미를 가늠하고 있었다. 동생도 핸들을 잡지 않은 오른손으로 아버지의 왼손을 잡으며 말했다. "아유, 아버님. 왜 그런 말씀을 하셔요?" 잠깐 침묵이 있었고, 길어질까 봐 내가 얼른 다른 주제를 꺼냈다. "오랜만에 막내딸 보니까 좋으시지요?" 마침 넷째가 일주일 일정으로 귀국한 터였다. 아버지는 웃음으로 대답했지만 우리 모두 더 이을 말을 찾지 못했다.

아버지의 말은 커브 하나를 돌았다. 전에는 오래 못 살 것 같다는 염려였다면, 오늘은 저 상태로 오래 살 것에 대한 염려였다. 그 심중의 가닥을 여러 가지로 짐작해 보며, 일단 침묵이 이어지지 않도록 나도 웃음으로 받았다. 이 순간에 웃음을 만드는 것 말고, 다른 무엇이 적절할까? 나는 조금 큰소리로 웃으며 말했다.

"작년만 해도 엄마가 얼마 못 살 거 같다는 말씀을 자주 하셨잖아요."

이 말의 의미는 또 무엇인가? 하여튼 오래 사셔서 다행이라는 의미를 그에게 전하고 싶었다.

요즘 자식들은 아버지가 더 걱정이다. 엄마는 이제 자식들의 걱정이나 수고를 넘어선 단계이다. 가족애와 돈이 있어 가족들이 자괴감에 빠지지 않을 정도의 돌봄이 이루어지는 것이, 지금의 유일한 다행이다.

오늘 아침 댓바람부터 아버지는 나와 막내에게 전화를 돌렸다. 어제 우리에게 한 말이 마음에 걸리신 거다. 엄마가 많이 좋아졌으니 걱정 말란다. 당신의 마음도 뒤집어졌다 엎어졌다 하고 있다.

0919(수)   임종에 관한 논의

어제 오전 간호사가 전해 준 엄마의 상태는 심각했다. 며칠 사이 한 층 더 악화된 엄마는 앉으면 목과 몸이 뒤로 넘어가고, 바로 잡아 드려도 계속 넘어가서 종일 누워 지내고 있으며, 수저질도 못해 잘게 썰어 먹여 드리는데 그것도 잘 삼키지를 못한단다. 이제는 음식을 갈아서 제공할 단계에 다다른 듯하다. 물이나 음료도 자꾸 흘리며 눈도 계속 감고 계신다 했다.

    넷째와 내가 오늘 아침 급히 타운을 찾았다. 가는 도중에 아버지한테 전화를 해보니 오지 말라고 하셨다. 아침에 이미 엄마에게 들러 보고 마음이 많이 힘든 거다. 우리도 엄마를 보면 힘들기만 할 거라는 생각에 하시는 말씀 같았다.

엄마의 상태는 간호사가 어제 전해 준 상황보다는 좀 나아 보였다. 목이 약간 뒤로 넘어가기는 했지만 심하지는 않았다. 넷째와 함께 모시고 나와 산책도 하고, 타운 내 교회에서 수요 예배에도 참여했다. 엄마는 내내 말이 별로 없었다. 대화를 유도했지만 이어지지 않았다. 그래서 고개를 끄덕이거나 단답형으로 답할 수 있는 질문을 해가며 소통했다. 눈은 거의 감고 있었지만, 나와 넷째는 알아보았다. 요즘은 엄마가 우리를 제대로 알아보는지 질문하는 습관이 생겼다. 아버지 역시 "엄마가 너를 알아보더냐?", "엄마가 ○○를 알아보더냐?" 하는 질문을 자주 한다. 가족을 알아보는 것을 인지력의 중요한 척도로 삼는 거고, 때로 엄마가 남편을 알아보지 못했다는 뜻이기도 하다.

11시경 막내가 와서 아버지와 넷이서 외식을 했다. 식사 후 엄마에게 다시 가보니 케어홈은 식사 시간이었다. 직원이 수저로 음식을 먹여 드리고 있었는데, 다른 노인을 돌보라 하고 내가 수저를 넘겨받았다. 아직은 간 음식이 아닌 잘게 썬 음식이었고, 생각보다 잘 드셨다. 오늘은 컨디션이 좀 나은 편인 것 같았다. 아버지는 아내의 그런 모습을 길게 보기가 힘드신지 먼저 나가셨다. 우리에게도 너무 오래 있지 말고 돌아가라 하셨다.

나는 오전에 했던 간호사와의 면담 결과를 대화방에 공유하며 엄마의 임종에 관한 논의를 제안했다.

○ 간호사에게 엄마가 어느 단계까지 타운에 있을 수 있는지 문의했고, 간호사도 만에 하나를 위해 어제 타운 내 의무실과 의논했다고 합니다.

○ 1인 입주자에 대해서는 식사를 못 하시는 시점에 병원이나 요양병원으로 옮기도록 규정되어 있다고 합니다. 타운이 운영하는 병원이나 요양병원은 없습니다. 식사를 못 하는 노인을 그대로 타운에 두는 것은 환자를 방치했다는 혐의를 받을 수 있어 그렇게 정했다고 합니다.

○ 부부가 함께 입주한 경우 배우자와 자식들이 원하면 임종까지 케어홈에 있을 수 있다고 합니다. 그 경우 최종 단계에서는 케어홈 내의 1인실을 사용하게 하고, 가족이 와서 함께 자는 것도 가능하며, 그 방에서 임종도 할 수 있습니다. 따라서 이 방법을 원할 경우 미리 확실히 이야기해 달라고 합니다. 우리는 타운에서 임종을 맞으시기를 원하며, 최종 의견은 의논 후 다시 알리겠다고 했습니다.

○ 타운 내 의사가 있는 시간에 임종하면 타운 의사가 사망진단서를 발급합니다. 만일 의사가 없는 시간에 임종하면, 외부 앰뷸런스를 불러 인근 병원으로 옮겨 사망진단서를 받는다고 합니다. 타운과 인근의 ○○ 병원 간에는 사망진단서와 관련된 협의가 되어 있어서 그 병원을 통해 간단하게 발급하기를 권한답니다. 평소 노인이 다니던 병원은 멀기도 하고, 경우에 따라 의사가 자신이 직접 임종 현장을 보지 않은 환자의 사망

진단서 발급을 꺼리면서 경찰 등의 확인을 요청하기도 한답니다.

이 대화방에서 최종 의견을 정해 전달했으면 합니다.

내가 먼저 케어홈에서 임종할 것과 타운에 의사가 없는 경우 ○○ 병원에서 사망진단서를 받자고 제안했고, 모두 동의했다. 나는 새벽에 이를 다음과 정리해 대화방에 공지한 후 다시 한 번 동의를 받고, 간호사에게 전달하며 타운 측에도 전해 달라고 했다.

[간호사에게 전달할 내용]

안완철 어르신의 이후 돌봄과 의료 조처에 관해 다섯 자녀 모두와 그 배우자들은 다음과 같이 의견을 모았고, 이를 ○○○ 간호사와 ○○○○ 타운에 공식적으로 전합니다.

○ 저희는 어머니가 타운에서 임종하시기를 원합니다.

○ 지금부터 증상에 대한 간단한 치료나 통증 완화를 위한 진통제 처방 외에 목숨을 연장하는 차원의 적극적인 치료를 원하지 않습니다. 이후 닥칠 수 있는 응급 상황에서의 연명 의료 역시 원하지 않습니다.

○ 임종시 가능하면 타운의 의사가 발급하는 사망진단서를 원하며, 혹 어려운 경우 ○○ 병원 등 타운에서 권하는 병원을 통

한 사망진단서 발급을 원합니다.

○ 아내의 병증과 노쇠의 진행을 지켜보며 많이 힘들어 하시는 아버지 최 ○○ 어르신을 염려하는 마음으로, 이 사항들이 아버지에게 알려지지 않기를 바랍니다. 혹 아버지께서 타운 직원에게 이에 대해 질문하시면, 자식들과 의논하시도록 안내해 주기 바랍니다. 물론 우리는 모든 과정에서 아버지와 충분히 상의하겠습니다.

○ 이제껏 그래 왔듯 이후에도 어머니를 위한 돌봄과 의료가 저희 자녀들과 충분히 의논된 후 진행되기를 바랍니다.

0921(금)   엄마의 입원

연명 의료 거부 의사를 타운 측에 공식화한 지 하루 만에 엄마가 병원에 입원했다. 응급 상황은 아니고, 질 내 균을 없애기 위해 집중적으로 항생제 주사를 맞게 하려는 것이었다. 혹 패혈증으로 넘어가는 최악의 상황을 막기 위한 대비책이고, 추석 연휴 기간 만일의 경우를 대비하자는 차원이었지만(타운에는 추석 연휴 동안 의사가 없다고 했다), 남매들도 아버지도 마음이 전과 다를 수밖에 없었다. 엄마가 또 다음 단계로 내려선 것이다.

아침에 아버지에게 전화로 입원 결정을 설명하는데, 딱히 놀라거나 반대하는 기색은 보이지 않았다. 오빠와 함께 아버지에게 들렀더니, '200만 원'이라고 쓴 두툼한 봉투를 주시며 병원비에 쓰라고 하셨다. 오빠가 괜찮다고 해도 아버지는 극구 봉투를 쥐어 줬다. 오빠는 봉투를 열어 보지도 않은 채 공금을 관리하는 셋째에게 주었고, 셋째가 집에 가서 확인해 보니 200만 원이 아닌 97만 원이었다. 우리 모두, 아버지가 액수를 착각한 것인지, 아니면 액수와 상관없이 모은 돈을 주신 건데 '200만 원'이라고 쓴 봉투에 넣은 건지 등에 대해 설왕설래했지만 사실 확인은 하지 않기로 했다.

"여기가 누구 집이냐?" "밖에 눈이 오니?"

엄마는 바뀐 환경이 좀 혼란스러운지 이런 질문들을 했다. 거의 말이 없었지만 어쩌다 하는 말은 힘은 없어도 정확했다. 내가 처음 병원에 도착했을 때에도 나를 현숙이로 잘 알아보았다. 백일이 채 안 된 증손주 사진과 동영상들을 보여 드렸고, 남성 성악가가 부르는 가곡도 들려 드렸다.

엄마는 계속 잠을 들락거렸다. 입을 벌리고 숨을 쉬는 구호흡을 하는 것은 코로 숨쉬기가 어려워서일까 아니면 턱을 닫고 있을 기운이 없어서일까? 그러느라 입속이 계속 마르는데, 먼저 물을 달라고는 안 하셔서 입속 마름 상태를 잘 살펴야 했다. 잠들어 있을 때는 가끔 파르르 떨리는 눈썹과 숨 쉬는 기운으로, 그녀가 살아 있음을 확인한다. 언젠가 지금 같은 자세로 저 얕은 숨기운마저 없어지면서 죽음으로 들어가시겠지.

오후 1시 45분, 들락거리던 잠에서 겨우 빠져나온 엄마는 나

를 간병인으로 착각했는지 '아주머니'라고 부르다가 잠깐 방을 나
갔다 왔더니 제대로 알아본다. 어쩐 일인지 목이 마르다며 물을 세
번 마시면서도 엄마는 많은 이야기를 했다. 마치 오늘 꼭 말해야 한
다고 작정한 듯, 힘들어 보이는데도 천천히 계속 말을 이었다. 유언
처럼 좋은 말들을 많이 해서 나는 명확하지 않은 발음을 고쳐서 복
창하며 녹음해 두었다. 내용은 "서로 잘 돌보고, 위해 주고, 챙겨 주
며, 무리하지 말고 쉬면서, 골고루 노나 먹고, 영원히 행복을 나누
며 살아라"라는 것이었다.

　노래를 틀어 드리니 팔을 올려 지휘를 하기도 하고, 입을 뻐끔
거리며 따라 부르기도 한다. 또 춘섭 오빠 이야기로 흘러들다가 여
러 친인척들로 오며 가며를 한다. 이제 엄마의 기억에 등장하는 모
든 사람들은 다 착하고 열심히 산 사람들이다. 2010년경 나와 구술
생애사를 할 때만 해도 "안 씨네도 최 씨네도 미운 사람"투성이었
는데, 이젠 "사람으로 태어나 사느라 고생들 많았고 실수도 했지만
그래도 모두 바탕이 착하고 열심히 산 사람들"이란다. 내가 "엄마
야말로 누구보다 열심히 살았고, 열정적이고 당당하고 똑똑한 여성
이었으며, 지금도 그렇다"라고 했더니 엄마는 그렇게 말해 주어 고
맙다며 미소를 비쳤다.

　녹음한 내용을 저녁에 대화방에 공유했는데, 모두 내용도 좋
고 말씀도 똑똑하다며 좋아했다. '유언'이라는 단어는 아무도 쓰지
않았다.

[나의 병원 동행 보고]

엄마는 직원이 모시고 가서 오전 11시경 입원. 나는 11시 30분경에 도착. 피검사와 소변검사 받음. 당일 점심이 나오지 않는다고 해서 야채죽을 사다 드렸고 맛있게 잘 드심. 4인실에 현재 엄마 포함 3인. 1일 병실 사용료 1만500원 + 공동 간병인비 3만 원 = 하루 체류비 4만500원. 식사 후 소화제 및 체온과 혈압 측정. 모두 정상.

엄마의 치매 증상에 대해 병원 측에서는, 만일 소리를 지르는 등 다른 환자들에게 불편이 되는 행동을 하면 1인실로 옮기고 개인 간병인을 쓸 수밖에 없다고 함. 현재 5인실이 비어 있어 그곳을 사용할 수는 있지만 거기서도 개인 간병인을 따로 써야 하고, 만일 그 병실에 다른 환자가 입원해서 항의가 있으면 1인실로 옮겨야 한다고. 이에 대한 서약을 하라 해서 해당 서류에 서명.

0922(토) 죽음 세레모니에 대한 고민

어제 오빠네 부부와 저녁 식사를 하면서, 엄마의 장례에 대해 짧게 의논했다. 세레모니의 일부를 개신교식으로 하는 것에 대한 이야기였다. 개신교인인 첫째 부부의 바람이자, 개신교 선교사로까지 나가 있는 여동생의 바람이다. 그들의 바람 이전에, 엄마가 평소 개신교

신앙을 가지고 있었기 때문에 반대할 생각은 없었다. 아버지 역시 최근에 엄마와 함께 타운 내 교회에서 기도를 하시곤 했다. 다만 그렇게 정할 경우 장남네 부부가 다니는 ○○ 교회의 목사가 세레모니를 주도할 텐데, 나는 ○○ 교회 자체에 대한 반대로 그것만은 피하고 싶었다. 하지만 한편으로는 '어차피 의례에 불과한데, 내가 구태여 반대할 것까지 있나?' 하는 생각도 든다.

나는 ○○ 교회가 만들어 내는 사회적 병폐들을 이유로 엄마의 장례가 그 교회 목사에 의해 진행되는 것에 대해 남매간 갈등을 무릅쓰고라도 반대해야 하는 것인가? 사실 난 세레모니 자체에는 관심이 없다.* 죽음 당사자의 생애와는 동떨어진 의례적인 인사와 언어, 표정과 몸짓들에 대해 '관찰' 이상의 다른 관심이 없고, 그래서 그 시간을 견딜 생각만 한다. 더구나 엄마의 장례 자리에서 불편과 불화를 만들고 싶지 않다. 사실 이 상황에서 내가 반대하는 건, 그 목사(와 교회)에게 지불될 장례 출장비 정도다. 돈의 부적절한 쓰임새와 현실과 동떨어진 의례적 언어와 행동들, 거기에 딸려 오는 사람들의 연출된 표정과 말들에 대해 관찰 이상의 무엇을 어쩐다는 것은 귀찮을 뿐이다. 게다가 그 문제가, 구태여 엄마의 장례를

---

* 죽어 가는 부모를 돌본다는 것은, 세상 속에서, 타인들에게는 전혀 사건일 리 없는 사건을, 족族을 끈으로 우리끼리 똘똘 뭉쳐, 겪고 대비하며 대응하고 마치는 과정이구나 하는 생각도 한다. 아마 인간만의 문화일 것이며, 마지막엔 적당한 세레모니로 외양을 갖춘다. 다른 생물과의 구별 지점일 수는 있겠지만, '존엄'의 근거는 아니라 생각한다.

맞아 왈가왈부할 일은 아니다. 그렇다면 반대표나 하나 던지고 평균에 합의할 일이다. 그럼에도 불구하고 이런 식의 타협이 ○○ 교회와 대표 목사의 문제를 늘 방치·확장시켜 왔다는 것도 알고 있다.

죽음은 개별 생의 마감이며, 따라서 죽음 당사자가 평소 지향하던 방식의 세레모니면 족하다. 그리고 죽음 당사자는 자신의 이름을 내건 의례에 참여하지 않을 테니, 그 죽음에 가장 가까이 있는 사람들이 죽음 당사자의 지향을 염두에 두고 대체로(필요하다면 '평균'을 내서) 원하는 방식이면 된다. 내부 당사자들의 마음을 모아 잘 이별하고 마치는 것이, 엄마의 장례에 대한 내부 당사자 1인으로서의 내 바람이다. 그것 말고 내가 기대하는 바는 없다. 나는 엄마를 나대로 기억하고 해석하며, 그녀와 나의 삶이 이어지고 구별되는 지점들을 잘 들여다보면서 내 방식으로 이별하면 될 일이다.*

나 자신의 죽음 세레모니에 대해서도 전혀 관심이 없지만, 자리조차 만들지 말라는 것은 주변인들에 대한 배려가 아닐 수도 있을 것이다. 다만 내 장례식과 참석한 사람들의 면면을 관찰하지 못한다는 것이, 내 유일한 아쉬움이라면 아쉬움이다. 죽으면 구경도 끝이다.

---

* 나는 엄마의 장례식에 문상을 오겠다는 지인들에게 다음과 같이 공지했다. "문의하시는 분들이 계셔서 여기(페이스북)에 알립니다. 가족주의에 대한 반대로, 저는 엄마를 직접 알지 못하는 제 지인의 조문을 청하지 않겠습니다. 이해 부탁드리며, 감사의 마음을 드립니다."

오늘은 오후 1시 반에 엄마를 보러 병원을 찾았다. 한 시간 반가량 내가 있는 내내 엄마는 깨어 있었고, 신체와 인지 기능도 좋았다. 딸도 잘 알아보신다. 물을 여러 번 드리고, 왼쪽 발과 다리를 오래 주물러 드렸다. 왼쪽 몸 전체가 상대적으로 더 안 좋은데, 그중 다리와 발이 더 아프시다. 간병인이 일자형 기저귀와 양치질 후 물을 뱉어 낼 작은 플라스틱 그릇이 필요하다 해서 저녁에 방문할 사람에게 부탁해 두었다.

소변검사 결과, 방광 내 곰팡이균이 발견됐다. 입원 후 열이 높지 않아 항생제 처방은 하지 않고, 링거를 통해 계속 수액을 공급하면서 소변과 함께 균을 내려 보내는 중이다. 27일에 다시 소변검사를 해서 균이 없어졌는지 확인할 예정이다. 식사도 잘하고 잠도 잘 주무셔서 영양제 처방은 하지 않았다.

연명 의료 거부DNR(do not resuscitate)와 관련해 이 병원은 자녀들 모두의 의견인지를 질문으로 확인하고 대표자의 서명으로 연명 의료 거부 절차를 다한 것으로 처리한다고 한다.* 이번 입원 중 위급

* 회생 가능성이 없는 사망에 임박한 환자가 자신의 결정이나 가족의 동의로 연명 의료를 받지 않을 수 있게 한 연명의료결정법은 2016년 1월, 국회를 통과해 2018년 2월 4일부터 시행되기 시작했다. 심폐소생술, 혈액 투석, 항암제 투여, 인공호흡기 착용, 수혈 등의 연명 의료를 중단하는

상황이 올 거라고는 생각하지 않지만, 만에 하나를 생각해 연명 의료 거부 절차를 밟아 놓는 것이 좋겠다는 결정을 다 같이 내렸고, 내가 서명하기로 했다.

0924(월)　그녀를 향한 나의 애도

추석 가족 모임을 미리 했기 때문에 연휴 동안 남매들이 돌아가면서 엄마 아버지를 찾아뵙고 있다. 추석 당일인 오늘은 오빠네 부부가 다녀갔고, 아버지와 나와 넷이서 외식을 했다.

　오빠는 집에 돌아가 자기 방에서 혼자 울었다는 이야기를 대화방에서 해주었다. 그가 동생들에게라도 슬픔을 표현하는 것이 다행이다. 내일 막내네 식구 넷이 모두 방문하겠다고 하니, 오빠는 작은

데, 통증 완화를 위한 의료 행위나 영양분 공급, 물 공급, 산소의 단순 공급은 중단할 수 없다.

　환자는 담당의와 해당 분야의 전문의 1명에게 말기 임종 과정에 있다는 의학적 진단을 받을 경우, 연명 의료 중단 여부를 스스로 결정할 수 있다. 이때 환자는 사전연명의료의향서나 연명의료계획서를 통해 연명 의료를 원치 않는다는 의사를 나타내야 한다. 그러나 환자의 의식이 없고 환자가 연명의료계획서 등을 미리 작성하지 않은 경우에는 환자 가족 2인이 연명 의료에 관한 환자의 의사를 진술하고, 그것도 없을 경우 환자 가족 전원이 합의해 연명 의료 중단을 결정할 수 있다.

아이는 데리고 가지 않는 게 좋겠다고 여러 번 강조한다. 곧 수능시험을 앞둔 조카딸에게 혹 안 좋은 영향이 있을까 걱정해서다.

'오빠가 내 감성까지 모두 가져갔나?' 하는 생각이 들 정도로 엄마의 죽어 감을 대하는 그의 모습은 나와 많이 다르다. 나는 늙음과 질병과 죽음에 관해, 타인뿐 아니라 부모에 대해서도, 감정이 복받치지 않는 것은 물론 냉정하다고 할 정도로 차분하다. 이런 차분함의 이유가 무엇인지 궁금할 정도다. 내 늙음과 질병과 죽음에 대해서도 아마 다른 사람에 비해 차분할 것 같다. 노인요양 현장이나 독거노인 현장에서 일하면서 늙음과 죽음을 많이 보아 온 맷집도 있을 것이고, 무엇이든 어떤 사람이든 거리를 두고 관찰하는 습벽의 덕/탓도 있을 것이다. 가족에 대해서라면, 나는 그들을 확실하게 떠났었고, 다시 돌아와 필요한 경우 함께하더라도 '심리적 떠남'은 여전하다. 개인과 상황과 세상을 보는 입장과 시각은 그들과 다를 수밖에 없다.

죽음에서 무엇을 알아내려고 나는 이토록 죽음을 노려보는가? 한 생명의 끝, 마땅하고 옳은 끝, 그것 말고 죽음은 대체 무엇인가? 남은 사람 입장에서라면, 더는 볼 수 없고, 만질 수 없고, 들을 수 없는 이별이며, 그것이 혹 슬픔이라면 슬픔이겠다. 그러나 죽은 이를 기억하는 모든 사람들 속에 그는 살아 있다. 그녀가 들려준 많은 이야기들을 기억하고 떠올려 재해석하며, 나와 세상 안에 그녀의 생애 경험과 의미가 존재하고 활동하게 하는 것, 그것이 가장 가까운 이웃이자 남은 사람으로서 내가 할 유일한 역할이며, 그녀를 향한 나의 애도이다. 슬픔이라는 감정보다 그 역할에 대한 욕망이 훨씬 앞서 있어, 슬픔을 느낄 여지가 적은 것 같기도 하다.

돈의 소유와 분배의 공정함, 돈의 힘이 슬픔과 관계에 미치는 영향 등 죽음에 대한 사회적 시선도 포기할 수 없다. 엄마와 아버지가 늙고 죽어 가는 과정에서 우리 남매들과 그 배우자들 사이의 화기애애함은 상당 부분 돈의 덕이다. 이 상황에 대해 나는 내부자로서 다행이라 생각하면서도, 외부자로서 공분과 문제의식을 갖고 있다. 나로서는 분열적이지만 그 경계에서 흔들리고자 한다. 자타의 늙어 죽어 감의 구조적 차이와 불공정에 대해, 어떤 태도와 선택이 공정을 향한 것인가에 대한 질문을 계속한다.

0926(수)　　"엄마가 돌아올 것 같냐?"

오늘은 점심을 먹고 운동 삼아 엄마한테 다녀왔다. 단기 기억이 문제인 것 말고는 심지어 알츠하이머 증상까지 없어진 듯하고, 이야기도 잘하시고 마음도 편안해 보인다. 엄마에게 다녀온 후 아버지와 통화를 했는데, 아버지는 "엄마가 여기로 돌아올 것 같냐?"라는 얘기를 자꾸 물으신다. 요즘 자식들을 만날 때마다 자주 그 걱정을 하신다. 당연히 돌아올 거라고 여러 번 말씀드리지만 그래도 다시, 또다시 묻는다.

오전 11시경 퇴원해도 좋다는 연락이 왔다. 마침 오늘 방문이 예정돼 있던 셋째와 함께 서둘러 퇴원 수속을 밟았다. 아버지가 많이 좋아할 거라는 생각에 나도 마음이 설레었다.

늙은 남편은 타운 마당까지 나와 아내를 기다리고 있었다. 케어홈에 들어가자마자 백발의 남편은 가장 먼저 머리빗을 꺼내 아내의 눌린 백발을 빗겨 주었다.* 둘째 딸이 끓여 온 잣죽을 아내의 입에 넣어 주고, 당신도 숨이 차면서 아내의 휠체어를 밀며 바깥 산책을 했다. 마치 그 일을 다시 하지 못할 줄 알았다는 듯이.

최근 들어 아버지가 자식들을 치하하는 말들이 부쩍 늘었다. "고맙다", "고생했다", "수고했다", "잘했다." 늙음과 죽음을 함께 헤쳐 나가는 당사자들 간에 오가는 묵은 정은 그 자체로 생의 — 죽지 않고 돌아옴의 — 막중한 의미이고 기쁨이다.

* 평소에도 남편의 주머니에는 늘 작은 머리빗이 들어 있었다. 아내가 휠체어에라도 앉게 되면, 남편은 늘 머리부터 빗겨 주곤 했다. 아내가 누워 있는 시간이 늘어나면서 남편의 빗질은 줄어들었지만, 잠이 들지 않았을 때면 누워 있는 채로도 빗겨 주었다. 납골 가족묘에 먼저 들어간 아내에게 남편은 그 머리빗을 넣어 주었다. 되돌아보면 내 어린 시절 등교 전 머리를 땋아 준 사람도 대체로 아버지였다.

어제는 막내 부부가 방문했다. 나도 함께 아버지와 넷이서 점심으로 추어탕을 먹었다. 아버지는 며칠 동안 작은 양철 상자에 모아 둔 가래를 보여 주었다. 검붉은 빛깔의 이물질이 섞인 가래가 나오기 시작한 게 일주일 정도 됐다고 했다. 식사를 하면서도 붉은 빛깔의 가래를 뱉으셨다.

오늘 가래 검사, CT, 피검사 등을 했고, 하루치 약을 받아 왔으며, 검사 결과는 내일 오전에 의사 면담을 통해 받기로 했다. 의사는 폐렴이 의심되며, 그럴 경우 입원 치료가 필요하다고 했다. 이 병원은 지난주 엄마가 입원했던 병원이다.

연명 의료 거부로 큰 수술은 하지 않는다 해도, 수시로 발생하는 질병과 증상들에 대해서는 치료와 시술이 필요하다. 모든 절차에 응하되, 응급 상황을 거쳐 중환자실에 들어가거나 연명 의료로 넘어가 버리는 단계를 잘 지켜봐야 한다.

1002 (화)　담담함의 이면

검사 결과를 받는 날이다. 오전에 셋째와 통화하며 폐암 가능성에 대한 이야기를 나눴다. 아버지의 작은 형과 막내 여동생도 폐암으로 돌아가셨고, 50년 가까이 흡연을 해온 점 등으로 인해 충분히 가능한 이야기였다. 남매들 모두 폐암 가능성을 염두에 두고 있지만, 아무도 그 단어를 입 밖에 내지는 않았다.

병원으로 가는 택시 안에서 아버지는 "나쁜 거나 아니었으면 좋겠다" 하셨고, 나는 폐렴일 거고, 일주일 정도 입원해서 치료받으면 될 거라고 답했다. 그도 나도 '나쁜 것'의 이름을 말하지는 않았다. 의사는 폐렴이 거의 확실하다며 입원을 권했고, 아버지는 "병원에서 하라면 해야지" 하면서 안도했다.

다시 아버지와 타운에 가서 입원을 위해 평소 복용하던 약과 짐을 챙겨 나오면서 케어홈에 들렀다. 내가 엄마한테 들리자고 말할 때는 "보면 눈물만 나지. 아침 일찍 한 번 보기는 했다"라며 안 갈 것처럼 하다가 짐을 다 싸서 나오면서는, 당신 없는 동안 먹을 참깨두유를 갖다 주자며 두유 10개를 챙겨 들었다. 엄마는 자고 있어서 담당 간호사만 만났다. 아버지는 아내에게 자신의 입원 소식을 전하지 말아 달라고 당부했다. 복도나 홀에서 만난 할아버지들에게도 그는 "어디 며칠 다녀오겠다"라고만 인사를 건넸고, 그들도 상세히 묻지 않았다. 서로 담담했고, 나는 그 담담함의 이면을 상상했다.

아마 돌아오지 못할 수도 있다는 생각을 할 거다. 이번 입원이야 큰 걱정은 안 하는 듯하지만, 그래도 그에게는 그 헤어짐도 각별할 것이다. 그는 "내가 없으면 니네 엄마가 힘들 텐데"라며 걱정했지만, 케어홈 간호사가 내게 전해 준 바로는, 엄마는 아버지가 왔다가도 금방 까먹고 안 오셔도 묻지도 않는단다.

아버지의 입원 수속을 밟고 점심 드시는 것까지 본 후 나는 집으로 왔다. 저녁 6시 34분인 지금은 첫째네 부부가 방문 중이다. 오늘부터 다시 차례로 남매들이 돌아가며 두 곳을 방문하기로 했다. 두 분이 타운으로 들어오는 계기가 폐렴까지 발전한 아버지의 감기였던 걸 생각하면, 그리고 많은 노인들의 사망 원인이 폐렴으로 기록되는 걸 생각하면, 가벼운 병증은 아니다. 더구나 이번 폐렴이 감기 없이 왔다는 것은 아버지의 폐가 많이 안 좋다는 의미로 보였다.

부모 돌봄의 단계가 성큼 다음 단계로 넘어간 느낌이다. 지난번 엄마가 입원했을 때부터, 자녀들의 부모 방문 일정이 전보다 훨씬 잦아졌다. 각자 적어도 일주일에 두 번은 병원과 타운을 방문한다. 병원 방문 치료나 입원은 갈수록 늘어날 테고, 이에 대해 우선 가장 가까이 있는 내가 응급 대응을 해놓고 나면, 다른 남매들이 자신들의 일정을 후다닥 조정한다. 이런 상황이 이제 응급이 아닌 일상이 되어 가고 있다. 일상적 참여가 가능한 남매와 배우자가 일곱이나 된다는 게 큰 다행이다.

1007(일) 난생처음 받은 생일 용돈

나와 작은아들네 부부가 아기를 데리고 아버지 병문안을 갔다. 아버지는 외증손주를 반가워하면서도 이제 백일 지난 아기를 병원에 데려왔냐며 나무랐다. 며느리가, 어머니 생신이어서 일부러 할아버지 병원 근처에서 식사하고 뵈러 온 거라고 말해 주었다. 나오려는데 아버지가 케이크를 사먹으라며 봉투를 주셨다. 난생처음 아버지한테서 생일 용돈을 받았다. 봉투에는 10만 원이 들어 있었다!

1010(수) 엄마의 임종이 멀지 않았다

병원에선 폐렴이 모두 나았으니 퇴원하라고 했다. 아버지는 퇴원하자마자 당신 방은 들를 생각도 않고 아내에게 갔다. 엄마는 주무시고 계셨는데 조금 소리를 내니 깨어나 아버지와 나를 알아본 후 금방 다시 잠들었다. 그사이 엄마는 더 많이 안 좋아져 있었다. 아버지는 "살이 많이 빠졌다"라며 아내의 손을 만지다 말고, 너무 마음이 아픈 듯 그만 가자며 돌아섰다. 엄마는 살이 빠졌다기보다 탈수증상으로 몸의 부피가 줄고 주름이 더 많아진 것 같았다.

나는 아버지 방에 갔다 나오는 길에 한 번 더 엄마에게 들러 간

호사를 만났다. 내가 보기에도 목소리나 기력이 상당히 떨어진 듯
했는데, 간호사 역시 어제 오늘 더 안 좋아졌다고 판단했다. 갈아서
제공하는 음식도 삼키기 어려워 자꾸 사래가 들린다고 했다. 음식
이 기도로 넘어갈까 봐 더 드리기도 어려운 상황이란다. 이럴 경우
비위간삽입(코와 위를 관으로 연결해 음식을 넣는 방법)으로 영양을
공급할 수 있지만, 우리 남매들은 이에 대해 반대 의사를 명확히 했
다. 하지만 탈수증상에 대해서는 적절히 수액 처방을 해달라고 부
탁해 두었다.

"당장은 아니어도 임종이 멀지 않았다는 생각이 드네요. 자주
살펴 주시고, 만일의 경우 혼자 임종하시지 않게 자식들과 그때그
때 의논해 주세요."

나는 다시 한 번 당부를 하고 나왔다.

엄마의 임종이 멀지 않았다.

1017(수) 출생과 죽음 사이

엄마는 잠이 깬 채 항생제가 들어간 링거를 맞고 있었다. 아버지는
습관처럼 나를 알아보는지 확인했고, 엄마는 작은 소리지만 내 이름
을 정확히 말했다. 엄마는 지금 연하곤란이 심해 유동식 영양액과
링겔을 통한 영양수액으로 살아가는 단계다.

하루가 다르게 엄마는 해체돼 가고 있다. 수액 처방 중인데도 입속 마름은 여전하다. 빨대를 이용해 물을 마시도록 해드렸는데, 빠는 힘도 아주 약했다. 간호사 말로는 양치물을 뱉어 내지 못해 양치도 해드릴 수 없는 상황이다. 늘 복용하던 치매약이나 수면제는 이미 중지했다. 다른 날은 거의 내내 잠만 주무시더니 오늘은 깨어 있는 시간이 좀 길었다. 눈이 감겼는가 싶으면 어느새 코를 살짝 골다가 다시 깨곤 했다. 오랜 시간 엄마 옆에 앉아 평소 애창곡을 낮은 소리로 불러 드리고 얼굴과 손을 쓰다듬으며 "엄마 사랑해", "엄마 고마워" 같은 말들을 되뇌었다. 그녀는 때로 얇은 미소로 답했다.

아버지에게 임종방을 보여 드렸다. 케어홈 카운터 뒤에 위치한 임종방을 처음 본 아버지는 방의 용도를 이해하지 못하고 다소 당황하는 기색이었다. 나는 타운 마당으로 모시고 나와 필담을 시작했다. 늦은 오전의 타운 마당은 단풍과 햇볕과 바람이 좋았다.

"지금은 아니고 나중에, 엄마가 더 안 좋아지면, 아까 그 방을 사용하실 거예요. 간호사와 의사가 자주 드나드는 방이고, 자식들이 와서 함께 잘 수도 있어요. 나중에 엄마가 우리들과 함께 임……."

나는 그에게 '임종'이라는 단어를 사용해야 한다고 며칠 전부터 다짐해 왔다. 하지만 '임'이라는 글씨를 쓰자 아버지가 다음 글자로 옮겨갈 내 손을 붙들었다. 시선을 돌려 보니 그의 눈에는 눈물이 가득했다. 나는 그의 무릎과 손을 오래 쓰다듬으며 한동안 그대로 있었다.

한참 있다가 나는 "엄마를 보는 게 너무 힘드시면 자주 들르지 않으시는 게 좋겠어요"라고 썼다. 그는 "보면 너무 아프지만 그렇다고 안 갈 수는 없다" 했다. 그는 하루에 세 번씩 아내를 보러 간다. 내겐 엄마의 죽어 감보다 아버지의 슬픔이 더 아리다.

그가 먼저 일어나 마당을 걸었고, 나도 따랐다. 걸음을 옮기며 보이는 것들마다 그는 엄마를 떠올렸다.

"엄마가 저 연못을 좋아했다.""엄마가 저 나무를 좋아했다." "이 꽃들을 아주 좋아했다.""저 산으로 나랑 산책을 갔었다.""엄마 방에선 저 성당이 잘 보였다."

헤어질 때도 그는 말했다.

"다들 엄마 보러 자주 오라고 해라."

노쇠한 몸과 비교적 맑은 정신으로 홀로 죽음을 향해 가고 있는 엄마는, 힘겨워 하고는 있지만 적어도 두려움은 없는 듯하다. 포기든 그 너머 무엇이든, 수긍한 자의 묵묵함과 여유가 느껴진다. 죽음에 대한 두려움은 살 만한 자들 간의 소문뿐일 수도 있다. 슬픔 역시 산 자들의 감정이다. 우리를 알아보는 것이 점점 불가능해지는 엄마를 놓고 막내는, "이제 엄마한테 시험문제 내지 마" 하며 울먹였다.

병원뿐만 아니라 타운에도 연명 의료 거부 의사를 밝히고 서류를 통해 공식화했지만, 단계마다 여러 결정들을 해야 한다. 결정의 매 순간마다 '나는 윤리적인가'라는 질문을 계속 던지게 된다. 특히 본인들의 의사를 적극적으로 확인하지 못한 채, 자식들의 논의로 결정해야 할 때 그렇다.

병원과 타운에 결정 사항을 전달하고 공식화하는 일을 내가 자청해 나서고 있는 이유는, 노인 돌봄 현장에서 일하고 공부해 온 경험과는 별도로, 이 불편하고 예민한 경계에 서서 겪고 느끼고 알아가고 기록하고 싶은 마음에서다. 다른 남매들 역시 '불편한 이야기'를 내가 먼저 꺼내 주고 실무적인 일들을 처리해 주는 것에 대해 고마워하고 있다. 하지만 사안의 설명이나 결정 과정에서 내 의견을 적극적으로 피력함으로써 결정을 유도하는 측면이 있을 수 있다. 물론 오래전부터 수차례 논의해 왔고 매 단계마다 다시 논의해 결정하고 있으니 내가 유도했다고는 할 수 없다. 그럼에도 세세한 단계에서 혼자 먼저 결정하고 나중에 알리는 상황이 종종 있을 수밖에 없었다. 그때마다 나는 인권적이고 합리적이며 사회적으로 공정한 판단을 하고 있는지에 대해 많은 생각을 하게 된다.

남매들의 경우 사회적·경제적 계층의 차이도 있고, 부모와는 시대적·문화적 차이가 상당하기 때문에, 생명과 의료에 대한 태도 역시 상당히 다를 수 있다. 엄마의 죽음 과정은, 아버지를 포함한 가족 모두가 '생명과 의료에 대한 태도'를 고민하고 공부하며 실천하는 장이다. 그 태도가 온전히 같을 수는 없지만 우리의 경우, 크게 다르지는 않으며 남은 차이에 대해 이해해 나가고 있다. 남매들이 가장 조심스러워 하며 우선적으로 존중하고자 했던 것은 엄마와 아버지의 생각이었는데, 엄마는 마지막 단계에서 생명에 대한 집착을 전혀 보이지 않고 있고, 아버지도 자식들보다 앞서 병원에서 '의미 없는 치료 과정'을 거치다 임종을 맞는 것에 대한 염려를 끊임없이 피력하고 있다는 점에서 우리는 대체로 의견이 일치한다고 생각하고 있다.

다른 한편, 마지막 단계에서 돈과 남편과 장남에 대한 집착을 강하게 드러내던 엄마가 '오로지 자신의 것인 목숨'에 대한 집착은 끝까지 전혀 보이지 않은 것에 대해, 많은 질문이 남는다. 사실 내가 은근히 걱정해 온 점이기도 했는데, 내 예상은 보기 좋게 빗나갔다. 그녀 말대로 "정말 죽고 싶어서"일까? 해체 과정에서 몸보다 정신력이 앞서 무너져서일까? 관계 속에서 자신의 존재를 확인하는 사람/여자여서일까? 신앙 때문일까?

"그렇게 활발하고 똑똑하고 노래도 잘하시더니, 왜 그렇게 갑자기 안 좋아지셨냐?"

타운 안을 걷다 보면 많은 할머니들이 내게 엄마의 안부를 묻는다. 다른 노인들에 비해 엄마의 하락 속도가 상당히 빠른 편이긴 하다. 그런 동료 할머니의 하락을 보며 자신에 대해 다행을 느낄 수도, 불안을 느낄 수도 있을 것이다.

오늘은 케어홈의 한 할머니가 일부러 엄마 방을 찾아왔다. 아주 활달한 성격에 키도 크고 몸집도 있는 단단한 할머니다. 전에도 내게 자주 말을 걸어오던 분이다. 그녀는 엄마의 빠른 하락을 안타까워하다 자주 찾아오는 남편과 자식들이 있어 부럽다는 말을 하고는, 엄마를 보며 "당신은 아주 복이 많은 사람이야. 기운 내서 얼른 일어나"라고 말해 주셨다. 마침 정신이 좀 맑았던 엄마는 "네!" 하고 조금 기합이 들어간 소리로 웃으며 답했다.

손주가 태어난 지 5개월째다. 며느리의 허리 인대가 늘어나 긴급출동을 요청하는 바람에, 지난 주말 2박 3일을 손주네 가서 지냈다. 애 아빠는 부산 출장 중이었다. 마침 급한 일정이 없어, 그 김에 제대로 할머니 노릇을 즐기고 싶었다.

엄마와 손주를 만나며 스며 오는 즉자적 아픔과 기쁨을 일단 수긍하면서도 의심해 본다. 왜 죽어 감 앞에서는 숙연해지고, 아가를 향해서는 어느새 웃고 있는가? 핏줄이 아닌 관계에 대해서는 아픔과 기쁨의 정도가 다르기까지 하다. 누가, 무엇이, 그 감성의 구분을 내 안에 넣었는가? 나는 왜 다르게 자동적으로 느껴 버리는가? 결국 핏줄 때문이며 죽음과 태어남에 대한 호오好惡 때문인가? 이런 감성의 차이는 어떤 구별과 차별과 이데올로기를 만드는가?

생로병사는 오는 대로 겪을 일이지만, 희로애락에 대해서는 속지 않기 위해 의심한다. 의심해 봤자 답은 찾지 못할 수 있지만, 속

임수라는 걸 아는 것만으로도 속지는 않는 거다. 혈 앞에서도 의심을 고수하기 위해 냉정해지려 노력한다. 혹 눈물이 나기도 하는데, 우는 나를 다행스러워 하면서도 눈물 속을 들여다본다. 무엇이 나를 울게 하고 다행을 느끼게 하는가? 웃음은 슬픔보다 속도가 빨라서 혹은 더 사회적인 것이어서, 일단 웃어 놓고 혼자 있을 때 의심한다. 의심보다 먼저 웃음이 오는 것은 사회인으로서의 나를 위해 다행이다. 이 순서가 바뀌면 나는 괴상한 사람으로 따돌려질 거다.

모든 생명은 죽음을 예정하고 태어나서, 출생과 죽음 사이 어딘가를 살아가고 있다. 죽음은 가차 없이 결국 온다. 선대가 모두 죽었고, 후대 역시 모두 죽을 거다. 산 사람 모두 주변 누군가의 죽음을 겪는다. 그러니 죽음은 낯선 것이 아니며, 죽음 그 자체만으로는 누구의 죽음도 억울할 게 없다. 한 생명체 안에서도, 수많은 구성 요소들이 죽고 태어남을 수없이 반복해야 생명이 지속된다. 생태계 역시 마찬가지다. 죽어야 할 때 죽지 않는 것이야말로 문제다. 그러니 죽음은 문제가 아니다. 어떻게 살아갈지가 유일한 문제다. 무엇을 좇아 어떻게 살 것인가?

1020(토)   아귀가 맞을 리 없는 각자의 슬픔이지만

새벽 5시경 잠을 자기 위해 누웠다가 한참을 울었다. 울어졌다. 아

버지의 슬픔이 내게 번져 온 것 같았다. 죽어 가는 엄마보다 죽어 가는 아내를 보는 늙은 남편의 슬픔 때문에 한참을 울다 잠들었다. 울음의 정체에 대해 의심이 들었지만, 의심을 미루고 그냥 그대로 울고 싶었다. 내 울음의 정체는 무엇일까? 아버지에게서 전염된 내 눈물은, 이질적인 온갖 불순물들로 뒤엉켜 있다.

우선, 아내와 연관된 그의 회한과 시행착오, 그리고 내가 모르는 그의 처지와 맥락들이 있다. 말년에 충실하게 맡은 아내 돌봄. 늙어서도 여전한, 한 남자 내면의 여리고 폭발적인, 관리 불가능한 감성들. 어쩌면 그 감성들은 기운이 다 빠져 버렸는데, 흉터가 남은 나만 두려워하고 있는 건지도 모른다. 어린 시절 그와 맞서 싸우느라 내 바닥에 눌어붙어 버린 흉터를 쑥 밀어 올리는, 다 늙어서도 여전히 위태로운, 어쩌면 나만 위태롭게 느끼는, 그의 표정과 말투의 습성들. 아버지, 엄마와 당신 사이에서 아파하는 당신을 보며 나는 당신과 나 사이가 아파요. 그로 인해 울면서, 나로 인해 울었다는 그의 울음이 떠올랐다.

20대 후반에 엄마가 내게 들려준 이야기가 있다. "니 아버지가 우는 걸 내가 평생 세 번 봤는데, 그 세 번 모두 너로 인한 눈물이었다." 일찍부터 시작된 큰딸과의 갈등, 그가 만들고 싶은 딸과 내가 되고 싶은 나, 그의 폭력과 나의 분노, 나의 혈 배반하기, 나중에야 알게 된, 어릴 적 그가 자신의 아버지로부터 당한 폭력.

1930년을 전후로 출생한 남자들/가난한 사람들이 생계와 좌우 갈등 속에서 흘린 피눈물. 죽을 고비를 피한, 지리산 근처 지주

집 막내아들의 계급성과 양반연과 무위. 서울 이주, 그리고 산업사회와 신자유주의 속에서 여전히 움켜쥐려 한 가부장적 권위와 콤플렉스. 비싼 타운 안에서 말년을 보내는 그를 포함한 입주 노인들. 그들이 누리고 있는 것들과 눈감은 것들, 그리고 아예 모르는 것들. 각자의 내력과 상처들. 여전히 교양 있게 먹고 운동하고 웃고 떠들다 흩어져 각자의 방에 문을 닫고 들어앉는 노인들. 엄마는 한 달에 200만 원짜리 그 방을 '관짝'이라고 했다. 늙어 죽어 감의 공통성과 불공정함. 계급에 관한 내 공분과 무력.

오늘 낮에 타운을 방문할 예정이었던 여동생과 통화를 하다가 아버지를 엄마 곁에서 잠깐이라도 떨어져 있게 할 필요가 있다는 데 의견이 일치했다. 우리는 아내와 타운에 붙들린 그를 부추겨 나들이를 갔다. 가을 축제 준비로 들뜬 화성행궁 마당의 구석 자리 벤치에 나란히 앉아, 그의 슬픔과 나의 슬픔을 포갰다. 아귀가 맞을 리 없는 각자의 슬픔이어서 껴안을 수는 없지만, 슬픔이니까 일단 포개자. 뭉개지는 않겠다.

1027(토)　건치의 계급성

어제는 잠깐이라도 반짝했는데, 오늘은 그마저 없다. 체온은 정상인데, 얼굴은 열 때문에 붉게 상기되어 있다. 손과 발에도 열이 상당하다. 간호사는 "서서히 들어가시고 있는 단계"라고 한다. 오랜 시간 엄마 곁을 지키며 가곡을 틀어 놓고 물수건으로 얼굴과 손을 닦아 주기도 하고, 수저로 물도 떠넣어 드렸다. 혹 사래가 들릴까 봐 빨대를 사용해 봤는데 빨지 못한다. 수저로 아주 조금씩 넣어 드리는 물은 잘 넘긴다. 말을 시켰는데, 대화로 이어지기는 힘들다. 나는 "사랑해요" "고마워요"를 반복했다. 잇속에 음식물 찌꺼기들이 있어 이쑤시개로 하나하나 빼드렸다. 모든 음식을 갈아서 입에 넣어 드리는데, 그것도 거의 삼키지를 못한다. 간호사는 의사와 상의해 필요하면 항생제와 수액을 더 공급하겠다고 했다.

치아는 엄마의 신체 중 가장 건강한 부위다. 누구든 놀라고 부러워하는 요소였다. 여든여섯의 노인이 썩거나 치료한 치아가 하나도 없다.* 해체되어 가는 몸과 건강한 치아의 불균형. 치아가 좋으

* 넷째는 한국에 사는 동안 치과의사였는데, "치과의사들 다 굶어 죽겠다"라며 엄마의 치아에 대해 놀라워했다. 엄마는 평생 치석 제거나 간단한 관리를 제외하고는 치과 치료를 받아 본 적이 없고, 모든 이가 온전히 성한 채로 돌아가셨다. 아버지의 치아를 물려받아 이가 안 좋은 나로서는, 임종 가까이에 구호흡을 하느라 벌어진 엄마의 입속에 가지런히 놓인 치아들이 아까워, "아구, 저 이빨들이나 나 좀 주고 가시지" 하고 농담을 할 정도였다. 오빠는 엄마를 닮아 이가 아주 좋은데, 엄마의 해체를 지켜보며 치아 세 개가 주저앉았다는 말을 열한 달이 넘어서야 했다.

임종하는 엄마의 모습이 보기에 좋았던 것은, 그녀가 누린 계급 덕도 크다. 빈곤 노인 현장에서 본 거의 모든 임종 장면에서 가장 마음 아픈 부분 중 하나는 얼굴이다. 대부분 틀니를 하던 노인들은 씹는 것이 불가능해지면 틀니를 아예 빼놓는다. 틀니를 뺀 빈곤 노인의 임종 장면을 생각하면 나는 저절로 눈물이 난다. 푹 패인 볼은 해골이 떠오르지 않을 수 없다. 엄

면 오래까지 건강하다고들 한다. 어느 단계까지는 맞는 이야기이
다. 하지만 뇌기능 저하로 씹고 삼키는 기능이 떨어지면서 건강한
치아도 쓸모없어졌다. 그녀는 홀로 자신의 죽음으로 다가가고 있
다. 오늘 당장 죽음에 닿는다 해도 자연스러워 보였다.

1030(화) "잘 노나 먹고"

어제 오후 4시경 엄마가 개인방으로 보내졌다. 독방, 간호사실, 임
종방으로도 불리는 방이다. 2시경 강의를 위해 기차를 타고 옥천을
가던 중 간호사의 전화를 받았다. 그녀는 오늘 엄마를 목욕시킨 후
개인방으로 옮기겠다며, "더 안 좋아져서라기보다 이미 안 좋은 상
태여서" 옮기는 거라 했다. 몸이 굳어지고 있어서 침대와 휠체어를
자꾸 옮겨 다니는 것이 엄마나 직원들 모두에게 무리라고도 했다.
엄마에게 이제 다음 목욕과 다음 휠체어는 없다는 뜻이다. 질문이
필요 없었다.

마의 시신을 목욕시킨 장의사는, 시신만 봐도 고인의 삶을 가늠할 수 있다
며 엄마의 인품을 알겠더라고 했다. 인사치레의 말이었겠지만, 나는 그런
말에 공분한다. 엄마의 인품이 어쨌다는 게 아니라, 돈이 만드는 외관은
생애 동안은 물론 시신에까지 차이를 만들곤 한다. 태워져 가루가 되고서
야 같아진다.

통화가 끝나고 다른 남매들에게도 이 소식을 알렸다. 아버지에게도 알릴까 생각하다가 그만두었다. 통화로는 제대로 설명할 수 있을 것 같지가 않았다. 다만 그가 혼자서 엄마를 보러 갔다 알게 될까 염려되었다. 대화방도 조용했다.

오전 7시 18분 경 아버지로부터 전화가 왔다. 더 이른 아침이 지나가기를 기다리다 한 전화다.

"어제 저녁에 엄마가 응급실로 옮겼다. 알고 있니?"

그는 '응급실'이라고 부르기로 했구나. 나는 맑고 차분한 목소리를 만들었다. 알고 있다고, 위독해서가 아니라 목욕하신 김에 더 잘 살피려고 그 방으로 옮긴 것이라고 설명했다. 이 설명을 그는 어디까지 이해했을까? 아버지는 "막상 그 방으로 옮긴 걸 보니까……"라면서 말을 잇지 못했다.

나는 11월 2일부터 일주일간 나주 여성 농민들을 만나 인터뷰를 해야 한다. 나주 출장 중 엄마가 죽음에 도착할 가능성이 높아 보였다. 그녀의 도착을 보고 싶다. '그녀와 함께'라고는 할 수 없지만, 그 도착 과정과 마침내 도착하는 순간을 놓치고 싶지 않다.

장례식에서 상영할 25분 정도의 영상물이 완성되어 대화방에 공유했다. 명랑한 엄마, 포즈를 취하고 있는 엄마, 밝게 웃는 엄마, 수줍게 미소 짓는 엄마. 그래서 더 슬프기도, 덜 슬프기도 했다. 사람들은 그녀의 죽음을 '호상'이라 할 것이다. 평균적으로 그녀는 중상 계층의 삶을 누렸다. 영상에서 그녀의 갈등, 아픔, 분노, 억울함, 미움, 고통, 해체, 홀로 죽음에 다가감 같은 건 드러나지 않는다. 나는 오히려 영상 뒤의 그녀를 구체적으로 기억하고 해석하고 기릴 것이다. 지난 추석 엄마의 입원 때 녹음했던 엄마의 말들도 영상에 넣었다. "잘 노나 먹고"라는 말이 가장 마음에 남는다. '나눠 먹고'가 아닌 '노나 먹고'였다. 어려서 엄마나 아버지한테서 들은 표현인데, 요즘은 어디서도 들은 적이 없다.*

잠이 부족해 좀 누웠다가, 막내가 방문하는 시각에 맞춰 같이 가야겠다는 생각에 일어났다. 임종 전후의 실무와 관련해 케어홈 측에 확인할 게 좀 있었다. 집 근처에서 그의 차를 타고 가며, 아버지에 대

---

* 지금도 남매들은 엄마의 유언 이야기를 할 때마다 이 말을 한다. 모두에게 그 단어의 느낌은 각별했던 것 같다. 글을 정리하며 확인해 보니, '노나 먹다'는 표준어이다(기본형은 '노느다.' 물론 표준어와 사투리 사이에 위계를 두는 것은 아니다). 더 놀라운 점은 '노나 먹다'는 여럿이 공유하는 것이고, '나눠 먹다'는 한 사람이 독점한 채로 일정량씩 떼어 주는 것을 의미한다는 것이다. '노나 먹다'를 자꾸 사용해야겠다.

2018년 일기

한 염려를 나누었다. 막내 동생도 요 며칠 자주 눈물을 보였다.

그사이에 첫째는 저녁에 아내와 함께 들르겠다며, 큰아들네 부부와 함께 와도 될지 아버지의 생각을 슬쩍 물어 달라고 했다. 아버지는 구경당하는 느낌이어서인지, 3대에게 해체되어 가는 아내를 보이는 것을 좀 꺼려했다. 나는 이제는 아버지의 의사와 상관없이 3대들도 시간 되는 대로 들를 단계 같다고 답했다.

아버지는 자고 있었다. 아마 지난 밤 제대로 주무시지 못했던 것 같았다. 보청기를 하고 있지 않아서 놀라지 않게 깨우느라 침대를 살짝 건드렸다. 일어나 앉으며 그는 "야, 오늘 점심에 짜장면 사 돌라" 했다. 나는 그 말이 반가웠다. 막내도 같은 생각이었는지, 아버지가 마음을 편히 잡숫는 것 같아 다행이라 했다. 요즘은 이런 순간들이 잠깐씩 위로가 된다.

엄마가 그 방에 있는 모습은 우리도 처음이었다. 턱의 무게를 감당하지 못하는 듯 살짝 벌려진 입에 잠인 듯 죽음인 듯 감은 눈과 흙빛 얼굴. 노인복지 현장에서 본 많은 빈곤 노인들의 주검이 떠올랐다. 엄마의 얼굴빛은 그들보다는 조금 옅고, 그제 보았던 것보단 완연히 안 좋다.

"엄마, 우리 왔어."

나는 작고 반가운 목소리를 만들어 인기척했다. 엄마의 눈은 조금 떠지다 말고 이내 감겼다. 수저로 떠넣어 주는 물은 제대로 머금지도 삼키지도 못했다. "엄마, 나 현숙이야." 난 겨우 벌려져 있는 눈에 내 얼굴을 맞추며 말했고, 막내는 "엄마, 나 엄마 강아지야"

라고 했다. 엄마는 평소 막내를 '강아지'라 부르곤 했다.

아버지가 알아보더냐고 묻길래 알아보신다고 답했다. 이제는 그 알아봄이 생과 사의 중요한 지표가 아니라는 걸 그도 안다. 아주 가끔씩 말고는, 이제 엄마는 남편과 자식들을 알아보지 못한다. 막내는 3대까지 모이는 대화방에 엄마의 상태가 상당히 안 좋다고 알리며, 이번 주 중 가능하면 3대들도 모두 한 번씩 들르는 게 좋겠다고 공지했다. 나는 얼굴을 쓰다듬고 물수건으로 얼굴과 목과 손을 닦아 주며, 사랑한다고, 고맙다고, 엄마 얼굴이 편해 보여서 좋다고 여러 번 속삭였다.

엄마는 죽음에 바짝 붙어 있는 듯 얇은 숨을 가끔 몰아쉬었다. 점점 더 얇아져 닳아 없어지면 죽음에 도착했음을 알겠구나. 기운이 다해 가는 엄마는, 죽어 가는 자는 아마 숨이 멈추는 것도, 죽음에 당도하는 것도 모를 수 있겠구나. 생과 사의 경계는 산 자들에게나 또렷한 끊어짐이지, 죽어 가는 자에게는 흘러들어 가는 것이겠구나. 출생의 순간에는 본인만 울고 모두 웃는다면, 죽음의 순간에는 본인만 모른 채 모두 우는구나. '살고 있는 자들'만이 출발과 도착을 경계 지어 웃고 우는 것이고, 태어나는 자나 죽는 자는 경계를 모르고 흘러 이어지는구나.

점심시간이 되기 전 막내 차로 타운을 나온 우리는 아버지가 비피더스를 사자고 해서 근처 슈퍼에 들렀다가 지난번 갔던 중국 음식점으로 갔다. 아버지가 드시겠다는 간짜장과 우리 둘이 나눠 먹을 해물 짬뽕 외에 요리를 하나 고르기로 했다. 아버지의 치아를 생각해 가능하면 부드러운 요리를 고르다가 직원에게 '요가기정'이라는 요리를 추천받아 그대로 주문했다.

음식을 기다리면서 나는 먼저 엄마 생신 모임 얘기를 꺼냈다. 아버지는 날짜를 계산하며 한동안 생각하더니, 미소 띤 얼굴로 "그날 모두 산에 가면 되겠구나"라고 말했다. 나는 그의 미소를 다행스러워 하며 딱 그만큼의 웃음으로 답했다. 그는 "내 말이 무슨 말인지 아느냐?"라고 물었고, 나는 그의 손을 잡으며 고개를 끄덕였다. 막내는 무슨 말씀인지 모르겠다고 했고, 나는 입모양으로만 "엄마 묻어 드릴 산"이라고 알려 주었다. 막내의 눈에 금세 물이 찼다.

아버지도 지난밤에 많이 울었다고 했다. 막내는 아버지의 손을 잡으며 자기 눈물을 닦았다. 아버지는 지난 밤 울음 덕에 마음도 안정되고, 허기도 생긴 것 같았다. 나는 그가 자식들 앞에서 울었다는 이야기를 하는 것이 다행이라 생각하며 그의 손을 잡았다. 오늘은 아버지가 담담하고 막내가 슬플 차례구나. 울음과 힘겨움을 돌아가면서 차례차례 겪을 수 있어 다행이라는 말을, 나중에 막내와 나눴다.

식사를 마치고 돌아오는 중, 이집트에 체류 중인 넷째가 오늘 내일 사이 들어온다는 메시지가 왔다. 아버지는 잠시 생각하더니 넷째는 지금 오게 하지 말라고 했다.

"미리 보면 마음만 아프지 뭐. 나중에 산에 갈 때나 같이 가면 되지."

이집트와의 거리, 혹 헛걸음이 될지 모른다는 염려, 그러느니 임종이나 장례에 없더라도 같이 산에 가면 된다는 것이 그의 판단이었다. 그는 넉넉해져 있었다.

엄마 방에 돌아오니, 간호사가 영양캔을 따서 수저로 넣어 드리고 있었다. 입으로 받아들이는 것도, 겨우 받아들인 것을 삼키는 것도 거의 못 했다. 아버지는 하루 이틀 안으로 모두 왔다 가게 하라고 말했다. 막내는 다시 메시지를 보냈다.

"아버지께서 오늘 내일 중에 모두 방문하라고 하시네요. 오셔서 어두운 분위기 만들지 말고, 좋은 이야기, 사랑한다는 말을 많이 해드리면 좋겠네요. 그래야 마음을 편히 놓으신대요."

오후 1시 반쯤 우리는 아버지와 헤어졌다. 우리가 경사 계단을 다 내려갈 때까지 그는 멈춰 서있었다. 막내와 나는 아버지가 마음을 편히 잡숴서 다행이고, 이 모든 과정을 함께 겪어서 다행이라는 이야기를 나누었다. 기운 내자는 말과 누나가 오늘 같이 와서 좋았다는 말과 고맙다는 말을 나누며 어깨를 두드리고, 나는 집 근처 건널목에서 내렸다. 마침 건널목에 초록불이 들어와 막내와 한 번 더 손을 마주 흔들 수 있었다. 서로의 마음이 더 걱정이어서 슬픔에 덜 빠져드는 것 같다.

나는 집에 도착하자마자, 의사 면담을 포함해 간호사에게 확인한 내용을 대화방에 정리해 올렸다.

> ○ 타운에서 임종과 사망진단서 절차까지 마치고 이동하겠다고
> 다시 확인.
> ○ 사망 후에 공공 119를 부르는 것은 불가. 따라서 사설 129나
> 장례식장을 이용할 병원 앰뷸런스를 불러서 옮겨야 함(타운에
> 는 앰뷸런스가 없음. 운명 직후 사설 129를 섭외해도 충분하다고 함. 케
> 어홈 측에서 실무적 처리를 해줄 것임).

인터넷을 검색해 우리가 이용할 장례식장 연락처와 홈페이지 링크를 공지했다. 막상 대화방에 '장례식장'이라는 글씨가 확 드러나니 마음이 어두워졌다.

할머니의 상황이 알려지자 속속 오겠다는 연락들이 왔다. 넷째도 내일 오전에 인천공항에 도착한다고 했고, 셋째 부부도 일정을 취소하고 내일 아침에 들르기로 했다.

내 작은아들네 세 식구와 나는 5시경 타운에 도착했다. 엄마는 수액 처방 중이었고, 낮보다 얼굴의 흙빛은 좀 흐려져 있다. 아버지는 아기를 보자 많이 반가워하셨다. 또 "엄마가 알아보더냐"라고 물었고, 우린 웃으면서 끄덕였다. 손수건에 물을 묻혀 엄마 얼굴과 뒷목과 손을 닦아 주었다. 얼굴에는 열이 없는데, 뒷목과 손에는 열이 상당하다. 오빠를 기다리는 동안 나는 엄마 옆을 지켰다. 유튜브로 가곡을 틀어 주었고, 네댓 종류의 자장가와 〈어머니의 마음〉도

여러 번 불렀다. 사랑해요, 고마워요, 엄마 마음이 편해서 참 좋아요……. 창문 너머로 아들 부부와 손주가 보였다. 녀석은 저녁 식사를 위해 오가는 노인들의 관심을 한 몸에 받고 있었다. 창밖은 즐거운 소음이 넘쳤다. 5개월짜리 아기라니! 노인들에게는 그런 아가를 만나는 것만으로도 선물이다. 그들 모두 그렇게 시작했다. 모두 한때는 존재만으로도 선물이었던 시절이 있다. 물론 그것마저 누리지 못한 사람들이 있다.

1031(수) "모두들 감사합니다"

오전 6시 반까지 글을 쓰다 잠이 들었는데, 8시 45분 알람 소리에 깼다. 어제의 기록도 아직 밀려 있는데 다음 하루의 기록들이 또 들이닥친다. 홀로 죽음을 향해 흘러가고 있는 한 사람을, 한 여성을, 엄마를 증언하고자 다시 어제의 일들을 이어 본다.

어제 저녁 6시 반쯤, 오빠네 부부가 도착했다. 오빠는 엄마 옆에 앉았지만 엄마를 바라보는 것 자체를 힘들어 했다. 그의 낯빛도 유난히 검었다. 올케언니는 계속 엄마를 위해 기도했다.

그 뒤로도 올 사람들이 두 팀 더 생기면서, 케어 홈 면회가 몇 시까지 가능한지 책임 간호사에게 문의했다. "평상시에는 오후 9시까지인데, 어머니는 특별 침실이고 특수 상황이니 언제든 가능합니다. 너무 시간에 구애받지 않으셔도 됩니다"라는 답이 왔다. 다시 모두 엄마 방으로 갔다. 케어홈은 이미 저녁 식사가 끝나고 홀 청소도 거의 마무리 중이었다. 오늘 하루 우리 가족들이 수도 없이 들락거리는 것이 직원들뿐 아니라 특히 주변 노인들에겐 많이 죄송한 일이다. 어두운 표정의 노인들에게 어두운 목례로 답할 밖에. 그나마 독방이어서 다행이다.

저녁 8시쯤 막내도 곧 도착한다고 알려 왔다. 아버지는 모두를 보겠다며 기다리겠다고 했다. 첫째네도 더 있겠다고 했지만 나는 이제 좀 쉬어야겠다는 생각에 아들네와 먼저 일어섰다. 5개월짜리 아가에게 오늘 하루는 너무 갑갑한 하루였다. 뒤집기, 엎어지기, 발장난하기, 배 밀기, 궁둥이 들썩이기, 방방 뛰기 등을 못 한 하루다. 그래도 내내 잘 웃어 주었고, 식사 중에도 식당 주인이 유모차에 태워 식당 안을 돌아 주며 엄마 아빠가 마음껏 먹도록 도와주었다. 아기로서는 최선을 다한 거다.

우리는 타운을 나오기 위해 경사 계단을 내려오다가 올라오는 노인 부부와 마주쳤다. 할머니는 유모차를 보는 순간 멀리서부터 활짝 웃기 시작하더니 아가와 가까워질수록 감탄을 연발했고 서로 지나쳤는데도 눈을 떼지 못했다. 나는 유모차를 뒤로 돌려 할머니에게 아가를 다시 보여 드렸다.

— 어머나, 고마워요. 너무너무 예뻐요. 어쩌면 세상에!
— 우리도 다 이렇게 시작했겠지요? 어르신도 저도.

— 그랬나요? 맞아요. 그랬겠지요, 하하하.

할머니와 나는 마주 보고 좋아했다.

집에 도착한 10여 분 후인 저녁 8시 23분, 엄마가 낮보다 훨씬 좋아 보이고 손주(막내의 아들)를 알아본다는 막내의 메시지가 떴다. 꿈결인 듯 잠을 오락가락하면서, "모두들 감사합니다"라고 하셨단다. 저녁 9시 14분부터 9시 38분까지 많은 메시지가 올라왔다. 엄마와 아버지의 모습, 서로의 수고에 대한 감사와 위로, 엄마는 우리에게 맡기고 현숙이는 편하게 나주로 출발해라, 내일부터는 넷째가 붙박이로 있으면 되겠다, 이번 주말에 가족 납골 묘지*가 있는 대성리 북한강공원에 다녀오겠다는 막내의 메시지 등이 올라왔다.

밤 9시 50분, 여행 일정을 취소하고 서울에 도착한 셋째네 부부가, 내일 오전 큰딸과 함께 타운에 오겠다는 메시지가 떴다. 밤 10시 6분, 막내가 북한강공원 관련 세부 사항을 올렸다. 31일 새벽 1시 8분, 한숨 자고 일어나 글을 쓰는 중 넷째의 메시지가 떴다.

— 넷째 : 지금 아부다비 공항. 여기서 환승해서 31일, 오전 11시 35분에 인천공항 도착이에요. 엄마 옆은 이제 내가 지킬게요.

* 납골묘는 2003년에 3000만 원에 구입했고, 그동안 비어 있었다. 비용 분담을 원하는 아들들의 제안을 물리치고 엄마가 자발적으로 전액을 냈단다. 자신과 가족들의 사후 거처까지 그녀가 마련한 거다.

— 나 : 그래, 오느라 고생이 많네. 너한테 미리 알려 둘 것은, 아버지는 너한테 나중에 알리라고 하셨어. 보면 속상할 테니까 임종 후에나 알리라는 거였는데, 혹시 헛걸음할까 봐 염려하시는 듯했어. 아버지한테는 알겠다고만 했고, 네가 오고 있다는 말은 안 했어. 그래도 막상 오면 좋아하실 거야.

— 넷째 : 그럼. 가야지. 막내딸 촐랑이가 가서 꼭 봬야지.

— 나 : (새벽 3시 50분) 다들 잘 아시겠지만 노파심에……☺ 의사들 말에 의하면 청각은 가장 늦게까지 좋은 기능을 유지한대요. 엄마 계신 근처에서는, 죽음이든 슬픔이든 그것에 대해 작은 소리로도 이야기하지 말고, 좋은 이야기 편한 이야기만 하시면 좋겠어요. 여차하면 까먹으니 조심.

한국에 도착하자마자 짐을 내 방에 부려 놓고 엄마를 만나러 간 넷째는 오후 6시 2분, 엄마가 자기를 알아봤다며 느낌표 세 개를 붙인 메시지를 보냈다. 나는 이제 엄마한테 시험문제 내지 말라며 농반진반으로 대꾸했다. 저녁 7시 반쯤 막내가 타운에 도착했다. 북한강공원은 주말에 아버지와 두 아들이 함께 다녀오기로 했다.

밤 10시. 막내가 긴 글을 올렸다.

"빠르면 오늘 내일, 길어도 일주일." 어제 타운 의사로부터 들은 말이다.

울산에 내려갔던 둘째 누나 부부는 일정을 취소하고 중도에 올라왔다. 이집트에 있는 막내 누나는 의사의 말을 알리는 내 메시지를 보고 바로 짐을 싸 오늘 한국에 들어왔다. 어제부터 오남매와 손주네들 모두 시간 날 때마다 어머님을 뵙고 있다. 어머님이 외롭지는 않으실 듯하다. 이때를 대비해 울 어머니가 힘들게 자식을 다섯이나 낳으시고 이토록 훌륭하게 키우셨나 보다.

올해 아흔이신 아버님은 이번 주 들어 오히려 평온하게 자식들을 위로해 주신다. 연로하시지만 자식들이 평정심을 잃을까 걱정하시며 조언하신다. 두 형님, 한 누님, 그리고 여동생까지 먼저 보내신 당신의 내공이려나. 아버님의 담대함이 너무나 다행스럽다.

의식과 무의식을 오가시기에, 기력이 너무나 없으시기에 대화를 하긴 힘들지만, 어머님은 비몽사몽간에도 작은 소리로 "감사합니다"라는 말을 하셨다. 나는 속삭인다. "어머니! 사랑합니다. 너무너무 감사합니다."

— 모두 : 오호, 글 좋습니다. 우리 집은 원래 글쟁이 기질이 있었어. 엄마의 일기도, 아빠의 선비 기질도.

막내가 이런 글을 써서 올린 건 처음이다. 어제 그제 자주 울고 어둡더니 이렇게 글로 이어졌나 보다.

밤 11시경 나는 넷째와 함께 잠들었고, 새벽 3시 10분경에 둘 다 잠이 깨 아예 일어나 앉았다. 나는 밀린 기록을 마저 하고, 넷째 는 이집트에 있는 남편과 통화를 마치고 성경을 읽었다.

1101(목)　아버지의 결정

오후 내내 인천문화재단 강의, 2일부터 7일까지는 나주 출장, 8일도 다시 오후 내내 인천문화재단 강의가 있다. 정해진 일정은 그렇고, 어떻게 바뀔지 모를 일이다. 나주 일정은 중간에 깨고 오더라도, 인 천문화재단 강의는 취소가 어렵다. 오전에 잠깐 타운에 들러 두 분 께 인사하고 인천에 갔다. 오늘 이후 상황은 주로 대화방에 올라오 는 내용들을 정리할 생각이다.

　우리는 간호사의 문의로 아버지에게 엄마 임종을 지킬지 여부 를 물어야 했다. 아버지는 너무 마음이 아파 임종에 있지 않겠다고 했다.

나는 아침부터 서둘러 나주행 기차에 올랐다. 친가와 외가 쪽에 엄마의 부고를 알릴 연락처들이 정리되었고, 친가는 막내, 외가는 첫째가 공지를 맡기로 했다(막내는 오래전부터 친가 쪽 같은 항렬의 총무를 맡고 있었다).

(오후)

— 넷째 : 숨이 많이 가빠지시고 숨 쉬다가 가끔 어깨를 들썩이시네요. 혈압과 산소 포화도는 정상.

(저녁)

— 넷째 : 오늘 밤은 아닐 거라고 간호사들이 말하고 있고, 저는 오늘부터 엄마 옆에서 자기로 했어요. 제 저녁 식사는 직원들이 챙겨줘서 먹었어요. 엄마 입술이 너무 말라 살갗이 찢어질 것 같아요. 오실 때 바셀린과 로션 하나 부탁해요. 피부도 많이 건조해지는 것 같아요. 엄마 화사한 옷들은 어디 있어요? 마지막에 닦아 드리고 갈아입혀 아버지 보여 드리려고요.

넷째가 잠시 자리를 비운 사이 막내가 아버지와 함께 엄마 곁에 있었고, 간호사는 새로운 수액 링거를 준비하고 있었다. 엄마의 팔목에서 주사 바늘 꽂을 자리를 찾느라 애쓰는 간호사에게 아버지는 "이제 그만 합시다"라고 말씀하시며 울먹였다. 막내도 침묵으로 아버지의 뜻에 수긍했다.

1103(토)   작별 준비①

(오전 4시 35분)

— 막내 : 어제 북한강공원 직원과 통화했습니다. 절차에 대해 정확히 파악했고, 우리 집안 납골묘 계약관계 문제없음을 확인했고, 직원이 우리 가족묘의 사진을 찍어 문자로 보내 주었습니다. (가족묘 사진 2장 올림) 지난번 말씀드린 대로 특별히 더 확인할 것이 없어서 북한강공원 방문은 하지 않겠습니다.

(오전 9시 21분)

[넷째의 간호사 면담 결과]

○ 임종 시 사설 앰뷸런스(129)를 부르는 것이 편하고 빠름(타운 측에서 불러 줄 것임). 옮겨 갈 병원의 앰뷸런스를 부르면 도착 시간이 늦어질 가능성이 많음.

○ 임종 직전 타운 직원들이 몸을 닦고 옷을 갈아입혀 드릴 것임.

○ 사망진단서를 위해 본적, 주민번호, 주소 등을 정확히 확인해 놓을 것. 사망진단서는 10부 정도를 만들고 혹시 보험회사나

재산 정리할 일들이 있으면 더 만들어 두는 것이 좋음.

이 글을 읽고 셋째는 엄마의 가족관계증명서 사진을 대화방에 올렸다. 오전 10시 5분에 첫째는 본인이 가입한 상조회에서 온 메시지를 올렸다. 새로 알게 된 사실 하나는, 임종 시 가장 먼저 해야 할 일이 화장장 예약이라는 것. 상조회가 대신 예약을 해줄 테니 엄마의 이름, 주민번호, 주소(주민등록상 거주지)와 종교 여부가 필요하다고 했다. 관련 답들을 셋째가 대화방에 올렸다.

오늘은 나 빼고 사남매가 모두 모였고, 넷째는 아버지와 함께 타운 헬스실에서 운동하는 사진을 찍어 올렸다.

— 셋째 : 아버지 왈 "넷째가 와서 효녀 노릇 혼자 다한다. 200만 원 있는 데서 100만 원은 넷째를 줘야겠다."

1104(일)   작별 준비②

새벽 6시 2분. 첫째는 일요일마다 지인들과 가던 등산을 취소하고, 비상대기하고 있겠다고 알렸다. 막내는 집에서 대기하는 것보다 차라리 등산을 가는 게 낫겠다며, 각자의 일정은 평상대로 진행하고, 다만 위급 상황에 대처할 수 있게만 해놓자고 했다. 첫째는 영정, 수의 등을 차에 싣고 등산을 가고, 급한 상황이 되면 산을 내려와 바로 타운으로 가겠다고 정리했다.

> (오전 7시 40분)
>
> ─ 넷째 : 숨은 안쓰러울 정도로 거친데 바이탈은 다 정상이고 맥박이 123(정상 80)으로 좀 빨라졌네요.
>
> (오전 8시 40분)
>
> ─ 셋째 : 타운 도착했어요. 난 엄마가 숨은 거칠지만 평생 못 주무시던 잠을 저렇게 쿨쿨 주무시는 게 좋아 보여요. 편히 가신다는 표시인 것 같고요. 너무 맘 아파하지 말고, 열심히 살기로 해요.
>
> ─ 첫째 : 다들 최선을 다하는 모습에 고맙고 감사합니다.
>
> ─ 막내 : 가족이잖아요. 늘 형님께 감사.

오전 9시경, 나주에서 인터뷰를 위해 숙소에서 나가려는데 막내로부터 전화가 왔다. "현재 긴급 상황은 아닌데, 오늘 밤에서 내일 새벽 사이일 가능성이 아주 높다"라는 말에 나는 즉시 수원으로 가는 기차표를 끊었다.

　단체 대화방에도 간호사가 오늘 밤과 내일 새벽 사이가 될 가능성이 높다고 했다는 공지가 올라왔다. 막내는 오후 3시 이후로는 연락하면 한두 시간 안에 올 수 있도록 채비를 해놓고, 핸드폰을 늘 가까이 두고 있으라고 했다. 화장은 수원 연화장으로 결정했다. 오후 4시 이후 임종 시 다음날 아침에 빈소를 차려 3일장을 진행하고 (돌아가신 날을 기준으로 4일장이 된다), 그 이전에 임종 시 당일 포함해서 3일장으로 하기로 했다.

낮 12시 14분. 아버지는 다행히 점심 식사를 잘하셨다. 엄마는 체온은 올라가고 혈압은 떨어지는 중인데, 그러다 가시게 된다고 간호사가 말했다. 오전에 전조 증상이 오면서 호흡이 많이 불안정하고 산소 포화도가 떨어져 인공호흡기를 사용했으며, 조금 후 안정되어 호흡기를 뗐단다. 아버지는 "더 이상 인공호흡기를 쓰지 말고 편하게 보내 주자" 하셨다.

기차 안에서 나는 내 도착을 기다리느라 무리하지 말라고, 내가 임종을 못 보더라도 남매들이 하는 것으로 충분하다는 의사를 전했다. 의식은 없지만 그래도 큰딸이 오기 전에는 가시지 않을 것 같으니 마음 편히 오라고 넷째가 답했다.

오후 3시 9분, 수원역에 도착했다. 집에 들러 짐을 놓고 걸어서 10분, 타운에 도착했다. 첫째는 오후 4시 반, 타운에 도착했다. 남매들과 배우자들이 속속 모여들고 있었다. 임종은 2대와 그 배우자들만 참여하기로 했다. 오후 5시 30분, 1진이 먼저 저녁 식사를 하고 들어와 2진과 교대했다.

오후 5시 40분, 비번인 책임 간호사가 엄마의 임종을 지키기 위해 일부러 출근했다. 간호사의 제안으로 엄마의 옷과 기저귀를 갈아입히는 동안 남자들은 방을 나갔고 나와 셋째와 넷째는 그 자리를 함께 했다.

엄마의 벗은 몸은 보기 좋았다. 나를 잉태해 열 달을 품고 있다 낳은 몸. 나를 안아 젖을 먹이고, 밥을 먹이고, '여자들 벌이'의 온갖 틈바구니를 종종거리고 아등바등하며 다섯을 키우고 가르친 몸. 나는 함께 목욕할 때 안았던 것처럼 그녀의 맨 몸을 깊게 안아 보았다. 살이 좀 빠지기는 했지만 앙상하진 않았다. 노인성 반점도 욕창도 전혀 없었다. 노인들에게 흔한 비듬 증상도 거의 없는 노년이었다. 체질과 계급의 덕일 거다. 나는 가능하면 엄마 옆을 지켰다.

저녁 7시 20분, 넷째만 엄마 옆에 남고 일단 모두 집으로 돌아가기로 했다. 막내가 2대와 3대, 배우자들까지 모이는 대화방을 하나 더 만들고, 3대에게 할머니의 상황을 알렸다.

할머니께서 많이 안 좋으셔서 오늘 내일일 가능성이 높네요. 체력 안배를 위해 막내 고모(이모)를 제외하고 모두 일단 귀가 중입니다. 내일(월요일)은 모두 정상 출근을 생각하고 있되, 특별한 상황이 생기면 공지하겠습니다. 오늘 이 대화방의 댓글이나 공지는 저녁 9시 이내로 제한하고, 저녁 9시 이후에는 비상 공지만 하도록

하지요. 2대들은 모두 전화기 볼륨을 최대로 해놓고, 체력 안배를 위해 저녁 9시부터는 가능하면 눈을 붙이도록 하십시오.

참고로 새벽 시간에 할머니 소식을 듣게 되면,

○ 3대들은 바로 움직일 필요 없고, 내일 아침 9시까지 장례식장으로 모이면 됩니다(현재 분당 ○○○ 병원 장례식장이 유력하나 변동 가능).

○ 상복은 장례식장에서 모두 배포될 예정이니 편한 옷으로 입고 오면 됩니다.

○ 아침부터 저녁 11시 전후까지 장례식장에서 조문을 받을 예정이고, 잠은 집에서 잘 예정이니, 숙박 준비 필요 없습니다.

○ 기타 궁금한 사항은 저녁 9시까지 여기 문의하세요.

저녁 7시 35분, 모두 타운을 막 떠나려고 주차장까지 갔는데 넷째의 메시지가 떴다.

"지금 바로 돌아오세요."

몇 차례 통화들이 오가며 모두 다시 타운으로 되돌아가던 중에 다시 메시지가 왔다.

"다시 심장이 뛴대요. 집으로 가셔도 될 듯."

몇 차례 통화 후 다시 각자의 집으로 돌아가기로 했다. 자식들이 집으로 돌아가는 걸 엄마가 알아챈 것 같다, 엄마가 우리들에게 '민방위 훈련'을 시킨다는 농담을 나누며 우린 흩어졌다. 나는 집

에 돌아와 씻고, 캐리어에 양말과 속옷을 챙겨 넣은 후 책을 읽다
가 11시가 넘어 핸드폰 송신음을 다시 확인하고 잠자리에 들었다.

1105(월)　엄마, 잘 가요

0시 2분, 핸드폰이 울렸다. 넷째였다. 다들 모이라는 메시지도 와있
었다. 모든 준비를 다 해놓고 옷도 외출용으로 입고 눈을 붙였던 터
라 외투만 걸쳐 입고 캐리어를 끌며 집을 나섰다. 장례 기간 중 나는,
장례식장 근처 오빠네 아파트에서 자기로 되어 있었다.

　집을 나서 걷는데, 다리가 후들거리는 게 느껴졌다. 나도 후들
거리는구나. 내 후들거림이 고마웠다. 걸어서 10분밖에 안 되는 거
리를 걷다 말고, 오는 택시를 잡았다.

　0시 16분, 타운에 도착했다. 막내네는 오빠네를 태워 0시 38
분에, 셋째네는 0시 50분에 도착했다.

　엄마는 조용히 자신의 마지막 날을 살고 있었다. 차차 잦아드는
숨소리. 체온 저하로 인한 두 차례의 얕은 진저리. 날숨과 들숨 사이
의 간격이 차차 길어졌다. 우리는 엄마 곁을 지키며 낮은 목소리로
이야기했다. 엄마 감사해요. 고마워요. 마음 편히 가지셔요. 아버지
가 조금 전 다녀가셨어요. 고생 많았어요. 엄마의 눈꼬리에 두어 번
물기가 생겨 닦아 드렸다. 혹 그녀는 듣고 있었을까. 얼굴과 목도 물

수건으로 닦았다. 홀로 죽음을 향해 가는 길에 번거로움을 줄까 싶어 만지거나 소리 내는 일은 최대한 자제했다. 도착점을 향해 홀로 가는 그녀를 우리는 소리 없이 응원했다. 다섯 남매와 넷째의 남편을 제외한 배우자들이 함께였다.

날숨과 들숨 사이의 간격이 점점 더 길어지다가, 어느 날숨 후 들숨이 오지 않았다. 새벽 2시 13분이라고 막내가 알렸다. 보기에 편안한 그녀의 죽음은 내게 죽음을 포함한 모든 두렵다는 것들에 대한 궁극적인 용기를 주었다.

간호사가 몇 가지를 체크한 후 엄마가 운명했음을 공지했다. 턱 아래에 수건 두 장을 받쳐 입이 벌어지는 것을 막고, 몸체와 다리를 곧게 펴고, 두 손을 배 위에 포개고, 흰색 이불로 얼굴을 제외한 몸 전체를 덮었다.

나는 엄마와 입을 맞췄다. 차지 않았다. 얼굴과 목 뒤를 쓰다듬었다. 따스했다. 생애 어느 때인들 그녀가 이토록 편안하게 잠들어 봤을까? 이토록 걱정 없이 하늘을 마주해 봤을까? 엄마, 잘 가요. 수고 많으셨어요. 3대들도 모인 대화방에 막내가 알렸다.

"할머니는 2018년 11월 5일 02시 13분, 모든 자식들이 지켜보는 가운데 하늘나라로 가셨습니다."

나오며

엄마의 죽음 과정은 내게 위안이었지만, 그녀의 죽음 앞뒤로 수많은 기가 찬 죽음들에 관한 소식을 들으며 마음이 복잡했다. 스물넷의 나이에 화력발전소 석탄운송용 컨베이어벨트에 끼어 죽은 노동자 김용균과 그가 남긴 싸움을 하고 있는 어머니 김미숙. 빈곤과 무대책과 무관심 속에서 이어지는 집단 자살과 동반 자살들, 죽음으로 밀쳐진 사람들. 이렇게 서러운 죽음들, 은폐되고 원통한 죽음들이 허다한 세상에서, 천수를 누리다 고급 실버타운에서 여생을 마친 엄마의 죽음은 대체 사회적으로 무슨 의미가 있는 걸까? 타운에 거주하는 노인들에 대한 내 감정은, 이질적인 것들이 뒤엉킨 채 분열적이었다. 늙어 가는 사람들에 대한 연민이 없지 않지만 그들이 소유한 부와 그들만이 누리는 여유를 보면서, 공분소憤 또한 일었다. 내 부모여도 마찬가지였다. 실버타운의 부자 노인들을 보고 있자면, 내 한쪽 뇌에는 늘 쪽방촌 노인들의 비루한 얼굴과 밥상, 옷차림과 살림살이, 누추하고 신속한 노쇠 과정과 죽음이 떠올랐다.

　빈곤을 동정하는 시선은 경계해야겠지만, 같은 시기에 실버타운과 쪽방촌을 함께 드나들었던 나는, 두 '별세계' 간의 메울 수 없는 간극과 불공정에 대해 무기력과 우울감에 빠졌다. 평생을 훨씬 더 힘들게 살다 지금도 빈곤과 소외 속에 늙어 가고 있는 소위 '하류 노인'들이, 사실 볼 기회조차 없겠지만 혹시라도 타운 내 노인들을 보게 된다면 느끼게 될 박탈감과 자괴감이 저절로 전이되며 이내 절망감으로 이어졌다. 공정의 실현이 너무 멀다는, 아니 불가능하다는 절망감 말이다. 이 절망감을 줄일 수 있는 내가 아는 유일한 길은 그들 곁에서 사는 것인데, 나는 조금 더 실버타운 근처에 머무를 것 같다. 아흔하나인 아버지 근처에서 하고 싶은 일이 남아서다. 그러니 지금 할 수 있는 최선은, 엄마 말마따나 "허풍 떨지 말고" 절망감이라도 놓치지 않는 거다.

타운 안에서 엘리베이터를 이용하는 젊은 사람들(직원이나 방문객들)과 슬라이딩 복도를 일부러 걸어서 오르내리는 노인들을 볼 때도 나는 느닷없이 냉정해졌다. 저렇게 불편과 힘겨움을 감수하며 지연시킨, 살아 있는 시간의 연장으로 반드시 해야 할 무엇이 있는가? 실버산업과 의료산업에 지불하는 돈의 액수에 비등하는 무엇을 그들은 이루는가? 그것은 산업 발전과 GDP 올리기 이외에 사회적으로 어떤 효율이 있는가? 십여 년 전 홍제천에서 걷기 운동을 하는 사람들을 보면서 순간 닥쳤던 이물감, '저렇게 얻은 건강으로 어떤 삶을 더 살고자 하는 것인가?' 하는 무례한 질문도 계속됐다. 그리고 나는? 적어도 목숨 자체를 연장하려고 하거나 그 연장만을 위한 운동은 하지 않겠다는 내 생각은 또 얼마나 공정하고, 또 얼마나 오만하고 폭력적인가?

　　어떤 다큐멘터리의 한 장면이 떠오른다. "아구 좋겠다!" 여든 이 넘은 할머니가 논둑에 쭈그리고 앉아 한 젊은 여자가 씽씽하게 걸어가는 모습을 보면서 부러워한다. 걷지 못하는 사람이 잘 걷는 사람을 부러워하는 것은 인지상정이겠지만, 정말 젊음은 그 자체로 부러운 것인가? '어떤' 젊음이냐를 질문해야 한다고 난 생각한다. 젊은 시절에 힘든 경험과 기억이 많았던 사람들은 젊은 시절로 돌아가고 싶지 않다는 말을 많이 한다. 나 역시 정신적으로 많이 힘든 젊음을 보냈던 사람으로서 그 시절로 돌아가고 싶지 않다. 그 혼돈을 통과하고 나서 얻은 지금의 내 정신과 삶의 태도가, 여전히 부족하더라도 '고생 끝에 얻은 낙'처럼 다행스럽다. 게다가 요즘 같이 어렵게 사는 청년들이 많은 시대에 부자 노인들이 가난한 젊은이들의 젊음 자체만을 부러워하는 것은, 박탈감과 분노를 유발하는 자기중심적 욕심으로 비칠 수도 있을 것이다.

사실 엄마에 대한 기록 작업을 시작한 것은 2009년으로, 2013년 『천당허고 지옥이 그만큼 칭하가 날라나』로 출간한 바 있다. 그 책에서 나는 출생부터 2012년 실버타운 입주 직후까지 엄마의 삶을 다뤘다. 이후 타운 입주부터 시작해 특히 마지막 3년 목숨 자리를 주시하면서 나는 예순셋이 되었다. 그 나이 즈음 그녀가 먼저 겪은 통증과 노쇠를 나도 고스란히 따라 겪었다. 죽음 뒤 1년까지 해서 지난

4년간, 나는 관찰과 기록이라는 방식으로 엄마의 죽음을 애도했다. 여든여섯 해를 살다 이제 궁극적 휴식에 들어간 그녀를 붙들고 슬퍼하기나 하는 산 자의 오지랖을 떨지 않기 위해 애도哀悼에 집중했다. 애도는 내게 먼저 죽은 사람의 생애를 이해하고 남긴 과제를 제대로 풀어내려는 노력이다. 이 책은 바로 그런 애도의 산물이다.

노인 하나가 어디에서 어떻게 죽어 가는가는 지극히 사적이면서 또한 정치적인 문제이다. 그 정치 안에는 계급과 젠더, 가족주의 등의 이데올로기들과, 사회복지, 과학 및 산업, 생명 윤리(그 과잉으로서의 생명 연장), 고령화, 효, 신앙 등 많은 사회문화적 요소들이 뒤엉켜 있다. 그리고 신자유주의는 이런 것들을 괴물처럼 빨아들여 사회 구성원 모두를 가해와 피해로 뒤엉키게 한다.

노부모가 함께 늙어 가는 모습을 곁에서 보고 느끼고 추론하고 해석하며 기록한 4년여의 시간은, 큰딸인 나의 그들에 대한 이해뿐만 아니라 내 자신을 뒤집는 경험이었다. 특히 일흔 중반까지 갈등이 심했던 부부가 어느 시점 이후 눈에 띄게 친밀한 관계로 바뀌는 과정을 보면서 나는 그 갈등 때문에 내가 어릴 적 겪었던 상처를 위로할 수 있었고, 관계에 관한 인식도 확장할 수 있었다. 물론 일반화할 일도 아니고, "그러니 참고 살아라" 할 일은 더욱 아니다. 마지막까지 원수처럼 지내다 그중 하나가 먼저 죽은 후 남은 사람은 여전히 상처와 미움에 부대끼는 경우도 많고, 사별 후 마침내 자유로워졌다고 말하는 경우도 많다. 내가 겪은 건, 내 부모의 개별 사례다.

하지만 온갖 사적이고 정치적인 요소들에도 불구하고, 죽음은 모두에게 궁극적으로 감사하고 마땅한 일이기도 하다. 한 목숨의 해체와 소멸은, 다른 목숨의 생성이자 생태계 순환의 과정이다. 사람을 포함한 모든 것들의 생존은, 다른 생명들의 죽음 혹은 직간접적인 죽임을 기반으로 한다. 나는 엄마의 늙어 죽어 감을 통해 늙음과 질병과 죽음이라는 생애 단계가, 자기 자신과 서로, 그리고 가족 공동체 안에서, 생애의 다른 시기와는 다른 어떤 변화들을 만들어 내는가를 보려 했다. 그런 변화에는 성별, 계급, 각자가 살아 낸 시대, 각자의 가치관, 성격, 건강 상태, 생애 경험 등이 연관돼 있다.

엄마가 임종방에 들어간 후 그녀 곁을 긴 시간 지키게 되면서 책임 간호사와 길게 이야기 나눌 기회가 몇 번 있었다. 혹 그녀에게 난 부자 노인의 자식인 '갑'이었을지도 모르지만, 그녀를 만나며 나는 서로 간에 깊은 신뢰를 갖게 되었다고 생각한다. 그녀는 엄마의 해체 과정에서 내가 남매들의 의견을 수렴하고 전달하는 중심 역할을 잘 해주어 고맙다 했다. 중심이 제대로 만들어지지 않는 경우, 가족 내 갈등으로 인해 돌봄 노동자들이 힘든 경우가 많다. 장례식장에 그녀와 부원장이 왔었고, 그때도 여러 이야기를 나눴다. 엄마가 한동안 아버지의 외도 상대로 지목하며 분노를 쏟곤 했던 대상이 그녀였다는 이야기도 그제야 했다. 삼우제를 마친 직후였던 엄마의 생일에 맞춰, 우리는 떡과 음료 등을 마련해서 케어홈 노인들과 직원들에게 감사 인사를 했고, 그녀에게는 별도의 금일봉을 마련했다. 하지만 단호하고 정중하게 세 번이나 거절하는 모습에, 전달을 맡았던 막내가 오히려 죄송한 마음이 들어 그만두었다고 했다. 그녀를 비롯한 돌봄 노동자들을 나는 깊이 신뢰한다. 돌봄은 물론이고 중요한 순간마다 그들이 도맡았던 의료적 판단과 조처들에 대해, 나는 타운 내 의사보다 노인들을 직접 대면해서 돌보는 그녀들을 더 믿고 의지했다.

그녀들의 노동을 나는 알고 있다. 나는 2008년 8월부터 9년간 노인 돌봄 현장(집과 요양원과 동네)에서 요양보호사와 사회복지사, 간병인, 독거노인생활관리사로 밥을 벌었다. 때론 밥 먹을 장소도 시간도 없어 지하철 화장실에서, 버스 안에서, 길거리에서, 아침에 급하게 챙겨 나온 주전부리로 허기를 채웠다. 노인들을 들고 옮기고 목욕시키고 운동시키느라 그녀들 모두 허리와 무릎과 어깨 통증에 시달리지만, 그들의 근골격계 질환은 산재로 인정받지 못하고 있다. 도둑 누명을 쓰거나 성격이나 종교가 맞지 않는다는 이유로, 문자 한 통에 당일 해고되기도 한다. 노인의 집에서 일하는 재가 요양보호사들은, 다른 가족들을 위한 청소와 빨래와 음식 만들기에 더해 가족들에 대한 감정 노동까지 감당해야 한다. 근무 연차나 숙련도와 상관없이 대부분은 늘 최저임금이다. 환자 측으로부터 임금을 받는 간병인들은 아직도 노동자성을 인정받지 못하고 있어 최저임금조차 받지 못한다. 그러고 보니 나는 다른 노인들의 똥기저귀를 갈았고, 그녀들은 내 엄마의 똥기저귀를 갈았구나. 노인들의 똥걸레를 빠는 노동을 하던 나는, "똥걸레나 빠는 여자" 취급으로 인

나오며

한 모멸감에 어느 날 아침 혼자 한참을 울고 나서야 출근할 수 있었다. 내가 돌봤던 가난한 노인들보다 부자 노인들은 아마 더 까탈스러울 거다. 최저임금을 받는 시급 노동을 하면서 나는 시간을 돈으로 따져 대는 버릇이 생겨 버렸다. 그렇게 따져 봤자 생활비가 모자랐다. 시급 노동자들에게야말로 시간은 돈이다. 내 엄마를 마지막까지 돌봐 준 여성 노동자들에게 진심으로 감사드린다.

혼자 혹은 너무 힘들게 부모를 보내고 있는 자식들을 생각하면 이 책의 출간이 많이 조심스럽다. 돈이 없고 남매간 우애가 없어 많이 지쳐 있을 당신에게, 외람되지만 괜찮다고, 할 수 있는 데까지만 하자고 말하고 싶다.

"괜찮아요. 당신 잘못이 아니에요. 당신은 최선을 다하고 있는 거예요."

당장 부모를 노인장기요양 제도 내 요양원에 보내야 하는 자식들에게, 가능하면 대형이 아닌 노인 수 30인 이하 요양원을 알아보라고 권한다. 대형 요양원일수록 '노인 수용소'이기 십상이다. 그리고 부모의 죽음과 우리들의 죽음 사이에서, 변화를 위해 함께 힘을 모으자고 제안한다. 가족에게만 혹은 가족 중 누구에게만, 특히 대체로 여성에게만 노인 돌봄이 떠맡겨지지 않는 사회, 늙음과 죽음이 돈으로만 거래되지 않는 사회, 돌봄 노동이 가장 싼 노동으로 취급되지 않는 사회를 만드는 것은 우리들의 몫이다.

내 가족들의 사생활 침해에 대해서는 모두에게 죄송하다. 가장 사적인 것이 가장 정치적이라는 게 내 소신이고, 게다가 가장 밀착 가능한 타인이 혈이다 보니, 가족에 관한 글을 자꾸 쓰게 된다. 욕하면 먹겠고 협의는 하겠지만, 무례하고 위험한 줄 알면서도 포기는 못 한다. 모든 사적인 것들은 공공재라는 내 편협한 명제만 내세운다. 이 관찰과 기록 작업의 목적이 효*는 아니지만, 가족에게 상처 줄 마음도 물론 없었다. 내 글이 아프다는 남매들에게, 그들의 동생이자 언니이고 누나로서 깊이 감사하다는 말로 답을 대신한다. 당신들 덕에 엄마를 잘 보냈고, 함께할 수 있어서 참 좋았다.

700여 쪽에 달하는 초고를 아주 반갑게 맞아 준 출판사에도 감사드린다. 특히 이진실 편집자의 꼼꼼하고 예리한 잔소리들과 알콩달콩한 피드백 과정은 내게 내내 행복한 공부였다.

후기를 정리하다 말고 문득 아버지에게 전화를 했다. 내 전화는 못 받으시고, 잠시 후에 전화를 하셨다.

"그냥 해봤어요."

"응 그냥? 너도 별일 없지?"

그와 나 사이는 여전히 단출하다. 난 곧 있을 추석 모임을 다시 확인시켜 드렸고, 아버지는 비피더스와 박하맛 사탕을 부탁하셨다. 올 추석에는 엄마가 있는 추모공원 근처에서 1대부터 4대까지 모여 1박을 하기로 했다. 가족 모임이나 병원 예약 일정 등에 대한 기

나오며

억은 아직도 그가 나보다 낫다.

　아버지는 지난 7월에 방문한 셋째에게 "요즘 좀 마음이 쓸쓸해서 너그 엄마한테 갔다 오고 싶다" 하셨다. 우리는 후다닥 팀을 꾸려 함께 다녀왔다. 그날 저녁, "이제 엄마도 없는 자식들"한테 밥을 쏘시겠다고 해서 또 모였다. 엄마가 돌아가신 후 모두 그의 마음과 건강을 염려했는데, 다행히 좋으시다. 끝판에 엄마가 힘들게 하고 가신 덕인가 싶기도 하고, 그러니 휴가 같은 시간이 지난 이후가 걱정이기도 하다. 엄마 생신도 기일도 모두 11월 초순이니 11월 첫 주말은 다함께 성묘를 하기로 했다. 비정기적 성묘에 자식네들은 형편껏 동행하지만, 아버지는 대강 두 달에 한 번 꼴로 아내를 보러 간다. 아무것도 준비하지 못하게 하고, 당신이 꽃만 갈아 놓는다. "내가 몇 번이나 더 꽂아 줄지는 모르지만, 그 다음에는 너네가 꽂아 줘야 한다."

　아버지는 이제 타운은 두 주에 한 번만 오라고 하시는데, 우리는 여전히 '돌아가면서 일주일에 1회 이상 방문'을 고수하고 있다.

　엄마는 갔지만, 내 기억과 그녀에 관한 우리들의 이야기와 해석과 질문을 통해 그녀는 세상에 있다. 죽음이 강력한 이유는, 모두에게 가차 없고 회복 불가능하기 때문이다. 그러니 죽음이 예약된 모두에게 가장 강력한 질문은 '어떻게 살 것인가'이다.

2019년 9월 추석 밑
수원시 조원동 원룸에서

부모 돌봄 일지

년	월	엄마	아버지	자녀들 및 기타
2012	02	타운 입주(만 79세).	타운 입주(만 83세).	
2015	05	부산 가족 여행(자식들과 부모가 함께한 마지막 여행).		
	09	알츠하이머 증상 시작.		
2016	01			1일, 기록의 시작(나).
	03	돈과 큰아들에 대한 왜곡 증상 시작. 남원 묘사 불참.	25~27일, 남원 묘사. (아버지와 첫째 부부, 맏손주 부부, 내가 동행)	
	04	소변 관리 어려움 시작. 25일, 외손주 결혼에 1000만 원 쾌척.		
	05	기저귀 사용에 동의. (실제로는 거의 사용하지 않음)		29일, 부모님 방문 수칙 제정(주 1회 방문 정례화와 방문 보고 공유).
	06		보청기 수리.	
	07	엄마 방에서 지린내 심해지기 시작(기저귀 사용은 계속 소극적).	아내 돌봄 노동 많아지기 시작.	
	10	엄마가 가장 평화로웠던 시기.	엄마 덕에 아버지와 자식들도 모두 평안.	
	11		22일, 어깨 석회화로 정형외과 검진, 주사.	
	12			7일, 엄마의 일기장 발견(나).

2017	01	중순, 인지력이 많이 저하되고 소변 관리가 더 힘들어짐.	어깨 통증 및 심근경색으로 아내 돌봄이 힘들어짐.	설 가족 모임에서 개인 간병인 채용 등에 관한 논의 시작.
	02		아내 돌봄 노동 줄어들기 시작.	22일, 간병인 근무 시작(1일 세 시간)하면서 기저귀 적극 사용 시작. 23일, 부모님 간병 비용 부담과 관련해 남매들 간 재조정.
	03		21일, 혈관 스텐트 시술(2차). 건강 등의 이유로 묘사 불참 시작.	
	08	돈에 관한 인지력 현저히 저하.	당신 몫의 용돈을 현금으로 직접 받기 시작. 아침 시간 아내의 대소변 관리와 목욕 돌봄에서 벗어남	13일, 간병인의 출근 시간을 오전 7시 40분으로 당겨 엄마의 아침 대소변 관리와 목욕을 맡기기 시작(1일 네 시간 근무로 변경). 15~21일, 넷째 잠시 귀국해 부모님 자주 방문.
	09		6일, 전립선비대증으로 소변줄과 소변주머니 처치. 25일, 팔 통증으로 타운 안에서 물리치료.	
	10		4일, 변비약 복용으로 인한 약한 설사.	추석 가족 모임에서 엄마의 연명 의료 거부 전체 합의. 장례식에서 상영할 영상 시사회.

부모 돌봄 일지

	11	5일, 1차 낙상(머리에 혹, 혈압 상승).		
		26일, (마지막) 생신 잔치.		
	12	16일, 모두 친손주 결혼식 참여.		
		31일, 2차 낙상 (머리에 혹, 얼굴은 일그러지고 말도 어눌해짐).		
2018	01	1일, 타운 내 케어홈 입주.	케어홈으로 하루 3회 아내 방문 시작.	
		15일, 재산과 남편의 외도에 대한 의심 시작, 억지와 왜곡 점점 심화.	아내 방문이 불규칙해짐.	엄마 방문이 불규칙해짐.
	03			23일, 타운 근처로 이사(나).
	04	1일, 2주 만의 상봉.		
	05	남편의 성애에 관한 억지 극심(7월까지 불규칙적으로 지속).		
		하순부터 정서 상태가 차차 나아지기 시작.	아내를 매일 3회 정도 방문. 아내가 좋아져서 행복해 함.	엄마가 좋아 자식들 모두 행복.
	07	하순, 질염 시작(면역력 저하로 임종까지 계속).	틀니 수리.	
		28일, 몸이 왼쪽으로 기울고 침 흘리는 현상 시작(오래가지는 않음).		
	08	의심과 분노도, 말도 줄어듦. 눈 감고 있는 시간이 길어짐.	엄마와 관내 교회에 기도하러 가는 일상.	
		6일, 질염 치료를 위한 산부인과 방문.		

	하순부터 음식을 씹고 삼키는 기능 저하, 남편과 자식에 대한 의심과 왜곡 사라짐.		
09	초순부터 거의 누워 있기 시작. 9일, 외래로 내과·정형외과·산부인 과 진료. 더 치료할 여지가 없다는 진단.	틀니 재수리.	넷째 방문(10일간).
	21~27일, 질 내 항생제 처방을 위한 병원 입원.	가래에 피 섞여 나오기 시작.	20일, 연명 의료 거부를 문서화해 타운에 전달. 병원 아닌 타운에서 임종하기로 결정.
10		2~10일, 병원 입원(폐렴).	
	중순부터 연하 기능 거의 정지, 탈수 현상 시작.		엄마의 비위관삽입 영양 공급 하지 않기로 재확인.
	17일, 고열로 양쪽 겨드랑이에 얼음팩. 최저혈압 상승. 탈수증상, 맥박수 증가.	아버지에게 엄마의 임종방 보여 드림.	거의 매일 자식들 돌아가면서 방문.
	30일, 임종방으로 이동.	30일, 심적으로 가장 힘들어 한 날.	30일, 임종방에 1인 이상 상시 대기 시작. 31일, 넷째 귀국, 임종방 지킴이.
11	3일, 링거 수액 공급 중지. 4일 새벽, 숨이 잦아들기 시작. 5일 새벽, 운명.	3일, 인공호흡기와 수액 공급 그만하자고 제안. 5일, 본인 의사에 따라 임종은 지키지 않음.	5일, 자식과 배우자들 모두 임종 지킴.

작별 일기
삶의 끝에 선 엄마를 기록하다

1판 1쇄. 2019년 9월 30일
1판 3쇄. 2021년 9월 30일

지은이. 최현숙

펴낸이. 정민용
편집장. 안중철
책임편집. 이진실
편집. 최미정, 윤상훈, 강소영

펴낸 곳. 후마니타스(주)
등록. 2002년 2월 19일 제2002-000481호
주소. 서울 마포구 신촌로14안길 17, 2층(04057)

편집. 02-739-9929, 9930
제작. 02-722-9960
팩스. 0505-333-9960
블로그. blog.naver.com/humabook
페이스북·인스타그램/Humanitasbook

인쇄. 천일인쇄 031-955-8083
제본. 일진제책 031-908-1407

값 18,000원

ISBN 978-89-6437-333-0 03810

이 도서의 국립중앙도서관 출판시도서목록(CIP)은
e-CIP 홈페이지(http://www.nl.go.kr/ecip)에서 이용하실 수 있습니다
(CIP제어번호: CIP2019036655).